Le sable ne se souvient pas

Giorgio Scerbanenco

Le sable ne se souvient pas

Traduit de l'italien
par Laurent Lombard

Collection dirigée par
François Guérif

Rivages/noir

Titre original : *La sabbia non ricorda*
(Garzanti Libri, Milan)

106, bd Saint-Germain – 75006 Paris

ISBN : 2-7436-1086-7
ISSN : 0764-7786

1

La jeune femme s'accroupit à côté de l'homme étendu sur le sable, la tête penchée en avant, pour mieux le voir. L'aube naissait à peine. La mer avait cessé de battre le rivage comme elle l'avait fait toute la nuit ; maintenant elle arrivait lentement sur la plage, sans bruit, tel un lac calme. L'homme était à plat ventre, les jambes écartées, comme s'il avait fait une mauvaise chute, le visage à moitié enfoncé dans le sable. La blessure qu'il avait au cou était large et, au-dessous, le sable était plus foncé. Au-dessus, en revanche, le ciel s'éclaircissait progressivement, bien que tout fût encore un peu gris sur la terre : la mer, la large bande de plage qui s'étendait à droite et à gauche, solitaire et sans fin, et le maquis au-delà de la plage.

L'homme était jeune, il avait les cheveux frisés, noir foncé et brillants. La jeune femme, accroupie à côté de lui, pensa en allemand : « Qu'ils sont gras ! » Elle se souvenait de cette impression de gras qu'elle avait ressentie la première fois qu'elle les lui avait caressés. Sa chemise blanche à manches courtes aussi était tachée de sang, sur l'épaule droite. La jeune femme se releva et se dit : « Ça devait arriver. » Sa jambe lui faisait encore mal à cause du coup de pied violent qu'il lui avait donné sur le tibia. Le vent soulevait doucement ses délicats cheveux blonds et décolorés. Elle regarda autour d'elle : personne. On pouvait même dire : rien, parce qu'à cette heure-là, dans la couleur grise qui confondait toute chose, c'était comme si le néant l'entourait. Un ciel sans étoiles, et sans soleil, comme un vide.

Vu de sa hauteur, parce qu'elle était grande, il lui sembla que le jeune homme était tombé du ciel, là, sur la terre. « Il faut que je parte », pensa la jeune femme en allemand.

Elle ne portait sur elle qu'une petite robe de coton bleue et une culotte, et elle avait un peu froid. C'est alors qu'elle vit le couteau, à un pas du jeune homme. Elle le regarda fixement, pensive : il avait un beau manche en os, jaune, veiné de noir. Elle revit mentalement Giannuzzo, lorsqu'il le lui avait montré et lui avait passé la pointe de la lame sur la joue, en la raillant. Elle se baissa et ramassa le couteau. Puis elle regarda autour d'elle, soudainement effrayée par ce qu'elle venait de faire. Les empreintes digitales, pensa-t-elle. Il n'y avait personne. Elle observa encore un instant le gros couteau qu'elle avait dans les mains, presque un poignard, puis, toujours en regardant autour d'elle, courut vers la mer. Pieds nus, elle entra dans l'eau et avança jusqu'à devoir soulever sa robe pour ne pas la mouiller. L'eau était froide, le fond boueux. Le couteau s'enfoncerait dans la boue, qui sait si on le retrouverait et quand. Elle s'arrêta lorsque l'eau lui recouvrit presque les cuisses, puis, d'un geste sec, elle lança le couteau le plus loin possible. Ce fut un geste précis, sportif, comme du temps où elle faisait du lancer de javelot à Hambourg. Le couteau décrivit un arc long, puis disparut dans l'eau grise et nacrée.

À présent, à l'horizon, une ligne blanche apparaissait, sans lumière, simplement blanche. Le soleil n'allait pas se lever tout de suite, mais il valait mieux qu'elle retourne au camping. « Ils vont m'arrêter tout de suite », pensait-elle en revenant vers le rivage, non plus du côté où se trouvait Giannuzzo, étendu, inerte sur le sable, mais beaucoup plus bas, du côté du camping. Elle pensait aussi aux empreintes de ses pieds autour du corps. « C'est moi qu'on va arrêter en premier, et on va me tourmenter pendant des mois. » Elle n'aimait pas la police italienne. Elle avait eu de mauvaises expériences à la frontière, à Milan, à Venise, et même ici au camping. On l'avait toujours traitée avec rudesse, et Ludwig lui en avait expliqué les raisons : « Parce qu'on est habillé d'une certaine façon, et qu'on a un sac à dos à la place de valises en peau. La prochaine fois, on viendra en voiture, et tu verras qu'ils nous traiteront mieux. »

Ludwig avait raison, pensa-t-elle encore. Après avoir traversé la plage, elle entra dans la pinède où se situait le camping. On regardait leurs vêtements, on croyait qu'ils étaient des vagabonds, on ne prenait même pas la peine de lire sur son passeport : « Gertrude Leuter, ingénieur. » Et on l'arrêterait tout de suite, dès qu'on trouverait Giannuzzo sur la plage. Au camping, son histoire avec Giannuzzo était connue, on les avait vus au village, continua-t-elle à penser, se glaçant d'effroi.

Elle s'arrêta un moment lorsqu'elle aperçut les tentes du camping entre les pins. Tout le monde dormait, mais certains allaient bientôt se réveiller. Puis elle franchit avec décision la clôture et vit, à côté de la petite fontaine, le gardien du camping qui se lavait le cou. Un homme gros, presque chauve, en caleçon bleu duquel débordait un bourrelet de graisse très bronzé. Il fallait qu'elle le croise pour arriver à sa tente. L'homme la vit, se redressa, le cou et le visage ruisselant d'eau.

– *Guten Morgen.*

Et il ajouta dans son allemand approximatif :

– Vous êtes rentrée tard, cette nuit.

Elle sourit à contrecœur, d'un air pincé. Puis elle dit :

– Je pars tout de suite. J'ai payé ma note.

Entre les tentes, il y avait des fils où du linge séchait en ondulant légèrement au vent. Et l'odeur de désinfectant. Et la traditionnelle boîte de conserve à moitié enfoncée dans le sable, et, du côté des toilettes, un fort parfum de chlore.

– Dommage, dit l'homme.

Il était vraiment navré car ces jeunes étrangères, dupées par les jeunes du pays, l'attendrissaient.

– Il est évident que vous ne pouvez pas rester ici éternellement.

Et je n'en ai pas la moindre envie, pensa-t-elle, en rejoignant sa tente qu'elle avait partagée avec une Hollandaise jusqu'à la nuit précédente. En deux minutes, elle jeta toutes ses affaires dans un sac : une robe, un corsage, sa montre, son bracelet et un minuscule coffret en métal contenant son argent. Et elle sortit. Elle pensa à son passeport. Ah ! oui, il était au milieu de ses petites culottes fraîchement lavées. Elle avait mis ses sandales qui, après presque une semaine passée pieds nus, lui faisaient un peu mal.

– L'autocar qui va à Latisana passe dans vingt minutes, lui dit le gros homme en allemand en l'accompagnant jusqu'à la sortie.

Elle le savait. Elle se levait toujours de bonne heure, quand il faisait encore nuit, et lorsqu'elle prenait l'autocar pour Latisana, c'était à cette heure-là.

– Peut-être à l'année prochaine ? lui demanda l'homme.

– Sûrement, lui répondit-elle.

Elle se mit en route sans perdre de temps, en ajustant

son sac sur le dos. À présent, à l'horizon, la ligne blanche était devenue aveuglante de lumière et au-dessous on distinguait déjà une évanescente ligne rose qui annonçait le soleil. En passant à côté d'un pin, elle en décrocha une petite branche et, tout en marchant, en mâcha un petit bout. Ça nettoie la bouche et les dents, pensa-t-elle. À la bifurcation du sentier et de la grand-route, elle le cracha et attendit : l'arrêt était là. Il n'y avait aucune maison aux alentours. D'un côté la plaine, encore plongée dans l'obscurité, et de l'autre la pinède. Le seul signe humain était le panneau qui indiquait le camping. Les premières poussières de soleil illuminèrent le ciel, alors que le car arrivait. Il était presque vide. Seuls une vieille dame et deux carabiniers descendirent tandis que la jeune femme montait.

2

Après être descendus de l'autocar, les deux carabiniers prirent ensemble, en silence, le sentier qui menait au camping. Un peu plus de la moitié du soleil apparaissait derrière la ligne gris-bleu de la mer qui devenait sanguine, lorsqu'ils arrivèrent devant l'ouverture de la clôture en barbelés qui entourait le groupe de tentes éparpillées. Deux filles du Nord très grandes et très pâles étaient déjà debout et ramassaient leur linge étendu à côté de leur tente. Elles avaient les cheveux d'un blond presque blanc et les hanches étroites et masculines. Les deux carabiniers se regardèrent, le sourire aux lèvres, mais restèrent sérieux. Le gros homme, en caleçon bleu, avait les mains sur ses grosses hanches rosies par la lumière des premiers rayons de soleil.

– Bonjour, dit-il aux carabiniers.

– Tout va bien ? demanda l'un d'entre eux.

– Tant qu'il y a du soleil, tout va bien, dit le gros homme.

Le camping était le point de départ de la tournée d'inspection des deux carabiniers qui continuèrent vers la plage en marchant bien droits, d'un air sévère. Après avoir passé la pinède, ils arrivèrent jusqu'à la ligne où les vagues, désormais, se jetaient avec moins de mollesse qu'auparavant, poussées plus fortement par le vent du matin, et ils s'y arrêtèrent un instant pour bien regarder. Il peut toujours se passer quelque chose sur une plage, la nuit ; cela dit, en général, il ne se passait presque jamais rien, même avec tous ces vacanciers, italiens et étrangers, qui tout au plus sortaient un peu trop déshabillés ou faisaient du vacarme après avoir trop bu.

Comme tous les autres matins depuis qu'ils étaient en service dans ce secteur, les deux carabiniers, après ce court arrêt, reprirent leur marche et traversèrent la plage en diagonale pour rejoindre ensuite le sentier qui bordait la pinède jusqu'à Lignano.

À cet instant précis, sans doute tous les deux en même temps, ils virent le corps de Giannuzzo étendu sur le sable. Le soleil rose créait des ombres d'un marron doux qui l'éclairait plus que s'il avait été sous la lumière d'un phare. C'était étrange qu'ils ne l'eussent pas vu plus tôt. Sans rien se dire, ni même se regarder, ils parcoururent d'un pas rapide les quelques mètres qui les séparaient de Giannuzzo. Un des deux plia légèrement son genou pour le voir de plus près et, au bout d'un moment, leva la tête vers son collègue.

– Il a été tué, dit-il. Va au camping et téléphone au brigadier.

Il se releva, tandis que l'autre se dirigeait vers le camping, et regarda attentivement autour de lui. Près du corps de Giannuzzo il y avait beaucoup de traces, mais la plupart, sur le sable très sec, avaient été presque effacées par le jeu du vent. Les plus fraîches étaient celles d'un pied nu ; un grand pied qui devait chausser du quarante-deux, voire plus, avec un talon étrangement fin, qui faisait penser à un pied de femme, ou bien à celui d'un homme très maigre. Ces traces ne pouvaient remonter à plus d'une heure, deux au maximum. Le temps était si sec et si chaud que même sans vent les empreintes sur le sable s'effaçaient toutes seules.

Une heure plus tard, le brigadier établissait que la

victime s'appelait Giovanni Masetta, vingt-trois ans, fils de feu Achille Masetta, arrivé depuis peu à Lignano de son village sicilien. Il habitait dans une ferme non loin du camping, où vivait également un autre Sicilien, et gagnait quelques lires en faisant des galoches, des sandales et des chaussures en toile pour le compte de certains commerçants de Lignano.

Trois heures après environ, le médecin arriva à son tour, suivi du procureur, et le corps de Giannuzzo put être enlevé. Le médecin déclara qu'il avait été tué par un coup de couteau porté profondément à la gorge, et après un violent corps à corps qui lui avait laissé un œil tuméfié, des excoriations sur le visage et une plaie à l'épaule.

Au même moment, trois agents de la police scientifique arrivèrent. Plusieurs carabiniers contenaient la foule loin de l'endroit où Giannuzzo avait été trouvé. La plupart des gens étaient en maillot de bain et seuls les ordres stricts des militaires les empêchaient de s'approcher. Les trois agents photographièrent le corps et son empreinte, ainsi que toutes les autres autour, et firent des moulages de certaines d'entre elles. C'est vers quinze heures seulement que le bout de plage fut libéré et que la petite foule de curieux put aller y voir de plus près. Mais il n'y avait plus rien. La tache de sang et les empreintes avaient été effacées. Néanmoins, plusieurs personnes restèrent sur le lieu du crime presque jusqu'au crépuscule.

Le soleil avait presque disparu quand, très loin de là, dans le train qui allait traverser le Brenner, un agent des chemins de fer et un policier commencèrent à demander leur passeport aux voyageurs. La jeune femme, grande, aux cheveux blonds fragiles et décolorés, les entendit soudainement arriver dans son compartiment, où elle était seule. Ses yeux étaient devenus gris-violet sous l'effet de la fatigue. Avec des gestes nerveux, elle fouilla dans son sac qu'elle avait tiré du filet. Où avait-elle mis son passeport ? se demanda-t-elle, tandis que les deux hommes l'observaient. Elle pensa ensuite à ce qu'elle pourrait faire ou dire si la police avait déjà signalé son nom à tous les postes-frontières, celui-ci y compris. Sa jambe lui faisait encore mal à cause du coup de pied que Giannuzzo lui avait donné.

Ah ! oui, son passeport était au milieu de ses culottes de rechange. Le voilà. Elle le tendit à l'un des deux hommes. Elle ne les voyait pas distinctement, parce qu'elle ne les regardait pas. Elle pensait uniquement à ce qu'elle ferait s'ils lui disaient qu'elle ne pouvait pas passer la frontière parce qu'elle était recherchée par la police. Elle ne pourrait rien faire, se dit-elle en allemand.

Sur le passeport, le policier lut attentivement « Gertrude Leuter », puis « ingénieur » ; il regarda la photo et jeta un coup d'œil à la fille. Dehors, une locomotive émit un sifflement.

Le policier lui restitua son passeport et les deux hommes passèrent dans le compartiment voisin, duquel provenaient des voix allemandes fortes et joyeuses. Elle jeta son passeport dans son sac d'où elle prit une orange. Elle sentait ses lèvres affreusement sèches et même le jus suret du fruit n'atténua pas cette sensation d'avoir les lèvres comme du cuir. Ce n'est qu'après un long moment, lorsque le train se remit en marche, qu'elle commença d'avoir la bouche moins sèche et qu'elle alluma une cigarette.

3

Michela était sortie parce que la vue du fleuve, d'un vert intense, la rendait mélancolique et parce qu'elle avait espéré qu'en se promenant un peu, elle n'aurait pas eu besoin de prendre son comprimé habituel. Et puis parce qu'elle voulait s'habituer aux talons hauts. À l'extérieur, il faisait très chaud. Elle s'en aperçut en parcourant le chemin privé qui conduisait de la villa à la grand-route. Arrivée sur cette dernière, elle s'arrêta à l'ombre d'un des grands arbres et, pendant un court moment, resta à regarder passer les voitures, les autocars, les cyclistes, en sentant que, malgré cette belle journée, le ciel parfaitement limpide, les longues semaines de repos et de détente, la sensation d'angoisse et d'inutilité de toute chose lui revenait. Elle était sur le chemin du retour quand son cœur se mit à battre plus fort, quand elle commença d'avoir peur de traverser la grand-route et d'entrer dans le village, quand naquit le désir de rentrer tout de suite à la villa et de s'y enfermer. Il était impossible de résister. Elle fouilla dans son gros sac de paille rouge, trouva le tube de comprimés et en avala un, non sans difficulté. Il fallait un quart d'heure, vingt minutes, pour qu'elle en ressente l'effet. Elle avait dit à son père que cela lui donnait l'impression de devenir une poule. Les poules sont calmes, regardent ici et là, picorent quelques graines et ne sont pas angoissées.

Sur la grand-route, de l'autre côté, il y avait une

station-service. Une petite voiture s'y était arrêtée. Un jeune homme en maillot noir en était descendu et parlait avec l'homme en tenue de travail. Il se retourna et la regarda. Michela décida qu'elle ne traverserait pas la route, parce qu'elle ne voulait être regardée par personne, c'était là aussi une manifestation de son mal, celle qui faisait penser avec le plus de certitude qu'elle ne guérirait pas de si tôt, même si le médecin souriait quand il l'entendait parler de cette façon.

Elle se retourna pour rentrer à la villa quand, au même instant, elle entendit son nom par-dessus le vrombissement d'une moto qui filait comme une flèche sur la grand-route. Elle se tourna et vit que le jeune homme en maillot noir, qui était descendu de la petite voiture, venait vers elle en bondissant devant un camion.

– Ma Mimi, ma petite Mimi.

Michela regarda le visage bronzé d'Al qu'elle avait instantanément reconnu, à sa voix. Une grande partie de son existence passée se déploya devant elle : la plage de Riccione, Al qui inventait chaque jour un surnom pour la railler parce qu'elle était grande, son père qui faisait des efforts inutiles pour cacher son amour pour la mère d'Al, les compétitions de hand-ball, les allées et venues sur l'avenue Ceccarini, en culottes courtes, longues, rouges ou jaunes, pour être et se faire voir ensemble, avec lui et suivis du père et de la mère d'Al, la pause au Zanarini pour l'apéritif, et Al qui parfois la bécotait, puis la repoussait feignant d'être en colère : « File, cherche-t'en un autre ! De toute façon, je ne veux pas épouser un gratte-ciel mais une femme, et puis j'ai mieux à faire que de m'abrutir avec toi. »

Elle aurait résisté aux souvenirs si Al ne l'avait

embrassée. Or il la serra dans ses bras en lui plongeant la main dans les cheveux, et lui dit :

– Tu as encore pris quelques centimètres, juste ce qu'il te manquait.

Elle voulut lui dire, pour plaisanter comme ils le faisaient autrefois, qu'elle avait commencé de porter des talons hauts parce qu'elle était fatiguée de toujours marcher avec des chaussures qui ressemblaient à des pantoufles du fait qu'elle était grande, mais au lieu de cela elle fondit en larmes. Les larmes convulsives de son mal. Des larmes sans cause, même s'il semblait qu'elle en avait trop, incohérentes, qui pouvaient l'assaillir à tout moment. Elle pleurait, et de la façon dont Al avait cessé de lui caresser la nuque, elle comprit qu'il s'était rendu compte que ses larmes étaient anormales. Sans dire un mot, Al la prit par le bras et la guida sur le chemin par lequel elle était venue et qui menait à la villa. Après le virage, on eût dit qu'ils étaient seuls dans un salon de verdure, avec tout un côté qui donnait sur un fleuve lui-même vert.

– Je n'ai pas de mouchoirs, lui dit-il avec sérieux, sans trop la fixer du regard.

Il lui prit son sac de paille rouge, fouilla à l'intérieur et en sortit un petit mouchoir qu'il lui tendit en silence. Il ne la regarda pas non plus pendant qu'elle essuyait ses larmes. Cela faisait longtemps qu'il ne l'avait pas vue, mais il la connaissait comme s'ils avaient toujours été ensemble ces dernières années, comme s'ils ne s'étaient jamais quittés. Il alluma une cigarette. Dans l'air vert où brillaient des taches de soleil, la fumée s'éleva comme une légère volute d'un turquoise vif. Il savait que son silence aiderait Michela. Il ne lui tendit sa cigarette qu'au bout d'un certain temps.

– Tire une bouffée, lui dit-il.

Elle ne fumait pas, mais quand elle allait avec lui à Riccione ou à Rome, elle aimait de temps en temps aspirer une bouffée de sa cigarette, et elle le faisait de façon à ne laisser aucune trace de rouge à lèvres. Mais du temps avait passé. Elle avait perdu son habileté d'autrefois ; aujourd'hui, elle remarqua qu'elle la lui avait cerclée de rouge.

– Mais regarde-moi quelle saleté, protesta Al en l'examinant avant de la remettre entre ses lèvres. Tu viens faire un petit tour, Mimi, comme ça tu m'expliqueras pourquoi tu es là et pourquoi tu as envie de pleurer dès que tu me vois.

Il lui fit traverser la grand-route en la tenant fermement par un bras, comme une vieille dame. On aurait dit qu'il savait qu'elle ne supportait pas les grands espaces vides – agoraphobie, selon les médecins – ni les lieux exigus et fermés – claustrophobie, selon eux – ni le noir, ni la lumière forte, en somme qu'elle était incapable de vivre. Mais à l'intérieur de la petite voiture d'Al, elle se sentit bien. Elle était si proche de lui qu'elle se sentait complètement protégée. Il conduisait lentement. Il avait quitté la grand-route qui serpentait sous le soleil de fin de matinée et qui suivait l'arc qui mène de Venise à Trieste, et il avait pris à droite une route plus tranquille dans la campagne qui descendait doucement vers la mer. C'était presque comme à Riccione, lorsque Al piquait la voiture d'un de ses copains et qu'ils allaient faire un tour à dix à l'heure sans savoir où aller.

À présent, le comprimé commençait de faire effet. Elle se sentait comme une poule qui regarde calmement ici et là et picore quelques graines de temps en temps.

4

Il fut un temps, pas si lointain, où elle n'avait peur de rien, ni de la lumière, ni du noir, ni des grands espaces vides. Elle participait aux tournois de tennis ou de ping-pong sur la plage, et dansait jusqu'à deux heures du matin, heure à laquelle les cavaliers, engourdis notamment par l'alcool, refusaient catégoriquement même le slow le plus langoureux. C'était le temps où, quand elle passait ses examens, elle étudiait jusqu'à dix heures de suite, sans café, ni sympamine. Elle se concentrait avec rage sur ses livres grâce à un enthousiasme débordant pour tout, et au sentiment sécurisant que tout était beau et à portée de main.

C'étaient les années où elle voyait Al quasiment tous les jours, en ville comme pendant les vacances. Puis, presque subitement, elle s'était détachée de lui.

Aligi était entré dans sa vie.

Son vrai prénom était Luigi, mais elle, sous le prétexte hypocrite de le railler, l'appelait Aligi, avec une tendresse romantique, même si lui, au début, avait été vexé par ce surnom trop littéraire. La vie était devenue encore plus ardente avec Aligi : vivre était un peu comme exploser ; une explosion douce et continue. Le simple fait de penser à Aligi était fabuleux ; tout ressemblait d'ailleurs à une fable.

Puis le mécanisme de la vie, jusqu'alors silencieux comme le battement d'ailes des anges, avait commencé à grincer. Ce fut quand cette voix de femme, au téléphone, lui avait dit avec une âpreté froide : « Si personne ne vous l'a encore dit, alors c'est moi qui vais vous le dire. Je vous ferai remarquer que Luigi est marié et qu'il se trouve que sa femme, c'est moi. » Elle était restée silencieuse et immobile, tenant dans une main le combiné du téléphone duquel ne parvenait plus aucun son. Mais tout autour d'elle, elle sentit un grincement douloureux qui persista, bien qu'avec moins de force, lorsque Aligi lui dit qu'il était séparé de sa femme depuis longtemps, qu'il demanderait le divorce, qu'il l'épouserait. Les ailes des anges firent même mine de reprendre leurs battements silencieux.

Son père également était intervenu. Un haut fonctionnaire du ministère de l'Intérieur comme lui, un hiérarque au physique imposant entouré par des dizaines de policiers dévoués, ne pouvait pas ne pas connaître la vérité. Son Aligi avait été comme « blanchi » par les policiers de son père, sans, bien entendu, qu'il s'en aperçoive. Ils savaient même combien il dépensait en cigarettes, et les noms de toutes les filles à qui il avait fait la cour ces dernières années. Et surtout le nom de celle qu'il fréquentait quand elle, Michela, le laissait seul. Luigi, ou Aligi, remplissait, bourrait pourrait-on dire, ses journées, avec Michela, avec l'autre, sa femme, à qui il rendait visite de temps en temps, et sûrement avec d'autres compagnes occasionnelles.

Au début, elle avait essayé de ne pas le croire, tout en sachant que son père était incapable de lui mentir. Elle avait préféré écouter Aligi qui lui disait que rien n'était vrai, qu'il n'aimait qu'elle. Mais en quelques semaines, elle avait compris tout le malheur d'avoir serré contre son cœur ce quelque chose qu'elle avait cru être l'amour, et qui n'était qu'un chiffon sale. Et son malheur était devenu pitoyable lorsque, dans un restaurant, à Ostie, la femme d'Aligi, une Romaine sauvage et brusque, était venue à l'improviste faire une scène tapageuse, et que lui était reparti avec la virago pour la calmer. Michela était restée alors seule à table, face à la mer, observée par tout le monde, y compris par le serveur qui tentait d'essuyer le vin rouge renversé par la furie qu'Aligi avait épousée, et avec l'addition à payer.

Avec cette odeur de vin rouge sous le nez, devant la plage bruyante à cette heure où l'on bouffe, sous le regard des gens des tables voisines, ce jour-là, l'envie de vivre s'était éteinte en elle. Elle était rentrée en car, parce que lui, naturellement, avait pris la voiture. Et même dans l'autocar, elle avait été gênée par quelqu'un qui lui avait fait la cour. Boire le calice jusqu'à la lie, comme lui disait sa tante Ada. Ce jour-là, elle avait compris tout le sens de cette expression.

Mais elle ne savait pas encore ce qui l'attendait. Son histoire était si quelconque, chaque jour il y a une pauvre idiote qui la vit, qu'on ne pouvait pas prévoir les dommages intérieurs qu'elle lui avait causés.

Elle commença de s'en apercevoir quand elle tenta de retourner à l'université. Son père lui disait que cela lui ferait du bien : se consacrer à ses études, revoir ses camarades, se distraire. Or, après une semaine, elle dut renoncer : elle n'arrivait plus à suivre une ligne sur les livres ; en cours, le professeur semblait parler dans une langue qu'elle ne connaissait pas et les discussions de ses camarades lui donnaient la sensation d'être étrangère, voire d'appartenir à une autre planète.

Même son robuste appétit de jeune femme saine de vingt-deux ans avait été atteint. À table, elle avait presque toujours l'impression d'être dans ce restaurant du bord de mer, quand la virago était venue faire son scandale. L'odeur du bon vin rouge que buvait son père lui donnait des vertiges et elle revoyait la tache de vin que le serveur, ce jour-là, tentait d'essuyer. Le soir, le sommeil la fuyait. Elle ne parvenait pas à dormir, ni dans le noir, ni avec de la lumière. Au début, le médecin de son père l'avait soignée avec des comprimés, puis avec des injections, ensuite il lui avait conseillé d'aller dans le Nord, à la montagne. Elle était allée à Bolzano avec sa tante Ada. Mais un an et demi après, elle pesait quinze kilos de moins et un spécialiste, que son père avait appelé, dit qu'il fallait tenter la cure de sommeil.

Son père s'y opposa. « Ma fille n'est pas folle, avait-il affirmé. C'est moi qui vais la soigner. » Il avait demandé un congé de trois mois et l'avait emmenée en voyage. D'abord, ils étaient descendus vers Positano, Amalfi, Capri, et à Taormina, puis étaient remontés le long de l'Adriatique jusqu'à Venise. Il était près d'elle à chaque instant de la journée et venait la voir plusieurs fois, la nuit, dans sa chambre. Il était devenu une sorte d'infirmier, de policier et de nourrice à la fois. Il avait même cherché Al pour elle, car il savait qu'il était le seul à pouvoir la réconforter. Mais Al était en mission en Hollande depuis environ six mois et on ne savait pas quand il allait revenir.

Alors, histoire de ne pas continuer à tourner en rond, son père l'avait emmenée ici, près de Latisana, chez un vieil ami, professeur de langues orientales, qui vivait avec son fils dans une petite maison sur les bords du Tagliamento. Cela faisait quatre jours qu'elle était dans cette petite chambre qui donnait sur les eaux vertes du fleuve, avec son agoraphobie, sa claustrophobie, sa photophobie, et toute son incapacité à vivre.

La jeune femme pleine de fougue d'hier, aux enthousiasmes débordants, était éteinte. Certes, la protection, la proximité, la tendresse désespérée de son père lui avaient fait du bien. Elle n'était plus aussi maigre, les comprimés l'avaient même harmonieusement remplie. Mais à l'intérieur, elle était vide. Enfin, presque, car il lui restait un lac d'angoisse qui lui ôtait toute force physique et la faisait paniquer pour un rien, pour ce qui bougeait comme pour ce qui était immobile. L'angoisse ne se calmait qu'avec les divers comprimés qu'elle avait sur elle, lesquels, lorsqu'ils faisaient effet, la vidaient et lui donnaient l'impression d'être plus faible qu'une poule, un vrai légume. Elle était devenue presque incapable de lire et d'écrire, raison pour laquelle elle ne parlait pas ; incapable de penser aussi, sinon au malheur de s'être mise dans cet état pour un motif aussi misérable : un amour illusoire. Et pour un homme aussi misérable : un homme faux. Ça n'avait même pas été un grand amour, profond et bouleversant : c'était une histoire déplorable et ridicule, aussi abîmée qu'un vieux vêtement, qui arrive tous les jours, à des centaines de femmes sottes et sans expérience.

Il valait donc mieux qu'elle n'arrive pas à penser. Le seul instinct qu'elle avait gardé était celui de ne pas trop faire souffrir son père. Celui-ci donnait de lui l'image d'un gros roc insensible, incapable de souffrir. Tout le monde y croyait, même au ministère où on lui confiait toujours les affaires difficiles, celles qui demandaient une énergie obstinée et glaciale. Mais Michela savait que son père n'était pas seulement un fonctionnaire de police endurci. Elle savait qu'il avait son talon d'Achille, un infime point faible, une infinie faiblesse : elle-même. De la voir souffrir usait son père comme la lime use le fer. Alors, la seule chose qui était restée vivante en elle était le vif désir de ne pas lui faire trop de mal en se montrant détruite à ce point. C'était pour lui qu'elle se soignait et qu'elle luttait pour recommencer à vivre. Le matin, elle allumait sa radio pour que lui, de la chambre voisine, puisse penser : « Elle va bien, elle s'est réveillée heureuse, elle a envie d'écouter de la musique. » À table, elle mangeait toujours plus que ce qu'elle pouvait, et quand elle ne se sentait pas trop mal, elle lui demandait de l'emmener au cinéma pour qu'il croie qu'elle commençait de se réveiller, de vouloir revivre.

Mais un haut fonctionnaire du ministère de l'Intérieur, un policier aussi tenace, aussi intelligent que son père, le *commendator* [1] Silvestro Loré, ne peut être trompé facilement. Il comprenait qu'elle n'allait pas bien, qu'elle s'était arrêtée ; ni en vie, ni sans vie. Alors, à son tour, il tentait de lui mentir.

– Je suis fatigué, lui avait-il déjà dit plusieurs fois, je n'ai plus envie de faire le flic de luxe, ni le flic tout court. Je vais essayer de demander ma retraite, comme ça, je profiterai de mes dernières années auprès de toi.

C'était un mensonge. Silvestro Loré, en fait de fatigue, était d'une ignorance complète. Il en avait seulement entendu parler par les autres, sans rien y comprendre, comme il entendait parler de peinture, de physique atomique, et avait une très vague idée de ce que ça pouvait être. À cinquante-cinq ans, il menait sa vie professionnelle avec autant de vigueur que lorsqu'il l'avait débutée à vingt-cinq. La chose la plus banale qui pouvait lui arriver était de rester au ministère du matin jusqu'au lendemain soir. Pendant les élections, il était

1. Titre honorifique attribué au mérite par l'Ordre de la République aux personnalités importantes et aux hauts fonctionnaires de police. Le texte suit l'usage italien de donner un titre à l'interlocuteur en rapport avec son métier. *(N.d.T.)*

debout du vendredi soir au lundi soir. Lorsqu'il y avait eu la vague de grèves [1], il avait voyagé en voiture pendant cinq jours consécutifs de Rome à Trieste et de Trieste à Palerme, en mangeant et en dormant dans l'auto et en faisant sauter au plafond les préfets qui, à cinq heures du matin, voulaient aller dormir. Ce n'était pas par fatigue que son père pensait se faire mettre en retraite, mais pour ne pas la laisser seule. Il sentait qu'elle n'était plus capable de vivre seule, en admettant qu'elle fût encore capable de vivre, et il voulait continuer de rester près d'elle, quitte à tronquer brusquement sa carrière. Avant, il y avait la mère de Michela, mais elle était morte depuis longtemps, lorsque Michela était encore petite. Néanmoins, son père, grâce au pensionnat, aux demoiselles suisses, et à quelques collègues, avait quand même réussi à l'élever, à lui donner une éducation. Mais à présent, c'est de lui qu'elle avait besoin et non plus d'un agent de confiance qui lui fasse les commissions, l'accompagne à la gare quand il partait ou qui lui réserve sa place au théâtre. Et vu que c'était de lui qu'elle avait besoin, il allait se mettre en retraite, pour rester près d'elle. Mais ce n'était qu'un mensonge dû à la fatigue. Et Michela, noyée dans son lac d'angoisse, avait cette autre difficulté : celle de ne pas trouver comment ne pas nuire à son père. Elle allait encore tellement mal qu'elle avait besoin de lui. Si son père avait repris le travail au

---

1. L'auteur fait référence ici aux grèves et manifestations de rue, violemment repoussées par la police, qui ont bouleversé l'Italie en 1960. Les émeutes faisaient suite à l'autorisation accordée, par le gouvernement du démocrate-chrétien Fernando Tambroni, au parti néofasciste (Mouvement social italien) de tenir son congrès à Gênes. *(N.d.T.)*

ministère, elle aurait dû se faire interner dans une clinique, et cela son père ne pouvait le concevoir.

Sans doute cette difficulté était la seule raison qui lui avait donné le courage de parler si longuement à Al, à qui elle pouvait tout dire. Elle voulait qu'il réfléchisse au moyen d'éviter que son père ne se détruise en arrêtant de travailler, ce qui serait une destruction morale complète, parce que son père était incapable de vivre sans son travail de flic, comme il l'appelait.

5

– C'est une sacrée dépression nerveuse, lui dit Al, en conduisant toujours très lentement.

Ils étaient maintenant revenus sur la grand-route qui menait à Latisana.

– J'en ai fait une, moi aussi, quand j'étais gamin, je ne te l'avais jamais dit ? Et naturellement ça m'a passé, juste après t'avoir connue.

Ses lèvres étaient entrouvertes comme si elle souriait. Ce n'était pas un vrai sourire, mais la sérénité abrutie que lui provoquaient les calmants. Toutefois, la présence d'Al lui donnait un autre type de sérénité : elle arrivait à penser, à se souvenir qu'autrefois elle avait été heureuse, qu'elle avait souri, ou ri de bon cœur à certaines plaisanteries qu'il inventait pour l'amuser ; ce qui était déjà beaucoup.

– Et pour toi aussi, ça ira mieux un de ces jours, si je reste à tes côtés, continua Al.

Il semblait qu'il le disait pour plaisanter, mais elle savait qu'il parlait sérieusement. Il ne fallait pas beaucoup d'explications avec lui. Ils se comprenaient à demi-mot. Il lui avait toujours donné toute l'aide possible sans qu'elle dût le lui demander explicitement.

Tout en ralentissant encore un peu, parce qu'ils étaient arrivés à l'endroit où il l'avait rencontrée, au croisement avec le chemin qui menait à la villa de l'ami de son père, sur lequel il s'avança de quelques mètres, dans l'ombre déjà chaude du soleil de midi qui embrasait l'air, il lui dit :

– Ça va me compromettre jusqu'au cou, mais j'accepte de partir avec toi. Il faut que nous étudiions un programme. C'est même moi qui vais l'étudier, parce que les folles malades des nerfs de ton genre ne font pas de programmes. Continuer à voyager un jour par-ci, un jour par-là, ne peut pas te faire du bien, ça te fatigue trop. Il vaut mieux que nous nous arrêtions dix jours dans un endroit et dix dans un autre, et ainsi de suite. Je pourrai enfin lire tout d'une traite le traité d'astronomie que j'emporte depuis deux ans avec moi, et qu'à ce jour, je n'ai réussi qu'à feuilleter.

Il parlait en la regardant peu, avec une simplicité qui donnait davantage d'importance à ses paroles. On eût dit qu'il établissait le programme pour une excursion de fin de semaine.

– Mais comment feras-tu pour rester tout le temps à mes côtés ? lui demanda Michela. Et ton travail ?

– Voilà une fille qui ne connaît pas toute l'importance qu'a son papa, dit Al, toujours d'un ton calme et sérieux, mais amusé. Il suffit d'une signature de ton père, même pas une signature, un coup de téléphone, et j'aurai tout le temps de me consacrer à toi. Tu devrais le savoir que ton père est le supérieur de mes supérieurs.

Alberto Missaglia, qui ne se laissait appeler Al que par Michela, parce qu'il détestait les diminutifs, travaillait au ministère de l'Intérieur – à contrecœur – depuis que – sans enthousiasme – il avait obtenu sa maîtrise de droit. Tout avait dépendu de sa mère et du père de Michela, qui, tous deux veufs et amis, avaient décidé qu'il deviendrait un haut fonctionnaire du département de la police scientifique du ministère. Il avait tout fait pour leur faire plaisir, même si, en son for intérieur, il se moquait de la police scientifique. Il avait suivi des cours au ministère, avait obtenu de très bons résultats aux examens et des promotions salariales. Il pouvait parler pendant des heures des empreintes digitales, des rayures des armes à feu, des blessures à l'arme blanche, mais sans la moindre passion. Sa seule vraie passion, celle qu'il cachait à tout le monde, sauf à sa mère et à Michela, était l'étude de l'astronomie et de la philosophie : deux disciplines assez peu rentables. Il était souvent en déplacement pour son travail, avec des missions très délicates, mais dans sa valise il emportait toujours deux ou trois gros bouquins qu'il n'aurait jamais dû avoir le temps de lire. Et pourtant il le trouvait ce temps, la nuit, souvent jusqu'à ce qu'il fasse jour, et aucun de ses collègues n'aurait imaginé pour quelle raison, parfois, il avait tant sommeil. C'est pourquoi la possibilité de voyager pendant deux mois, voire plus, aux côtés de Michela, et de passer des heures dans un fauteuil à lire les mystères des galaxies, lui plaisait. Il le dit à Michela. Ce qu'il ne lui dit pas, en revanche, c'est qu'il avait promis à une autre jeune femme de passer ses vacances avec elle.

– Papa t'a cherché ces derniers mois, mais tu étais toujours en déplacement, dit Michela.

– Là aussi, je suis en déplacement, comme tu le vois, répondit Al. Je dois être à quatre heures à Piran et il faudra que je reste en Yougoslavie au moins deux ou trois jours. Donne-moi ton adresse exacte. Dès que j'ai fini, je te rejoins.

– Je suis là.

Michela indiqua le fond du chemin, au-delà du virage. Elle lui dicta l'adresse qu'il écrivit sur son bloc-notes. Tandis qu'il finissait d'écrire, le son déchirant d'un klaxon lui fit lever brusquement la tête. Devant son auto, il y avait l'avant d'une grosse et vieille voiture américaine toute déglinguée. Un jeune homme, au volant, tout en continuant à klaxonner, lui faisait, de sa main libre, des gestes colériques pour qu'il le laisse passer.

– Je veux bien que ma voiture ressemble à un pot de yaourt, par rapport à ça, dit Al calmement, mais, on dirait bien que c'est quelqu'un qui fait une déprime, comme toi !

Toutes les occasions étaient bonnes pour plaisanter d'un air pince-sans-rire. À ses côtés il était difficile d'être triste ; Michela commençait à s'en souvenir.

– Mais écoute comme il klaxonne, ajouta Al, en passant la marche arrière pour laisser passer l'autre véhicule.

Mais bien avant qu'il ne démarre, le jeune homme avait bondi de sa voiture et avait couru vers Al.

– Qu'est ce que tu attends pour me laisser passer ? s'écria-t-il.

Il devait avoir un peu plus de vingt-cinq ans. Il était blond, un blond très clair qui contrastait avec son visage bronzé, et très élégant dans son habit bleu en tissu léger qu'on pouvait prendre pour un pyjama. Les traits de son visage étaient virils mais délicats. Il semblait tellement emporté par la colère et criait si fort qu'il ne devait pas être d'une nature aussi polie que son apparence le laissait croire.

– Si vous ne savez pas passer une marche arrière, alors poussez-vous, je vais le déplacer, moi, ce machin. Et dépêchez-vous ! Je vais quand même pas rester ici à attendre que vous ayez fini de dormir !

Ce n'était pas tant les paroles que le ton et la gestuelle de ses bras, violente et dédaigneuse, qui irritèrent

Al, lequel, au lieu de démarrer, éteignit le moteur et ouvrit sa portière pour descendre.

– Non, laisse faire, lui dit Michela.

Elle n'était pas en mesure d'assister à des scènes de ce genre.

– Ne t'en fais pas, Mimi, je ne ferai rien, dit Al.

Et il lui fit une caresse rassurante sur la joue.

– Vous pourriez trouver un autre endroit, vous deux, cria encore le jeune homme, exaspéré par le calme d'Al.

Al se tourna lentement et lui dit :

– Exprimez-vous avec plus de courtoisie et un ton plus bas, si vous voulez que je vous écoute.

Le jeune homme ne répondit rien. Ses lèvres tremblaient de fureur ; les quelques petites taches de soleil qui venaient s'écraser sur sa bouche, et sur tout son visage, rendaient le tremblement encore plus visible. Il prit Al par un bras et le déplaça d'un demi-mètre, comme si c'était un objet, puis il s'apprêta à monter dans son auto pour la mettre en marche et la reculer. Sur la grand-route, qui était un fleuve de soleil, continuaient à passer des voitures et des camions avec de longues traînées de hululements vibrants, mais personne n'allait à pied. Ils étaient comme dans un désert, si l'on ne tenait pas compte de l'homme de la station-service, de l'autre côté de la route, qui ne regardait pas dans leur direction et qui ne s'était aperçu de rien. À une centaine de mètres environ arrivait, du bar en bas d'un immeuble, un peu de musique effilochée d'une radio que l'on entendait à peine.

Al, bousculé de cette façon, ne regarda pas le neurasthénique, mais Michela, et avec un sourire des lèvres et des yeux la tranquillisa. Puis il saisit le jeune homme qui s'était quasiment assis au volant de sa voiture et le tira à l'extérieur, debout, comme on tire un vêtement d'un coffre. Il lui dit à voix basse :

– Police, montrez-moi vos papiers.

Il n'aimait pas utiliser cette méthode. S'il avait été seul, il aurait résolu la question différemment, mais il y avait Michela et il ne voulait pas lui faire peur.

Le mot « police » faisait toujours beaucoup d'effet, mais il en fit encore plus sur le jeune homme. Il mit un pied devant comme s'il voulait fuir – Al eut vraiment l'impression qu'il était sur le point de bondir, comme un coureur avant le départ – mais il se contrôla, s'accrocha presque, pour se contrôler, à la portière ouverte de la voiture d'Al. Son visage avait complètement changé : autant auparavant il était durci et tendu sous l'effet de la colère, autant maintenant il semblait défait, presque noyé de peur et d'appréhension.

– Excusez-moi, fit-il d'une voix confuse, pareille à celle d'un vieillard fatigué.

Il commença de fouiller, avec des gestes lents, dans les poches de son costume et ajouta :

– Ils sont dans la voiture.

Alberto le suivit. Le jeune homme prit les papiers de la voiture, et son passeport qu'il lui donna. Alberto le regarda attentivement, mais, pendant un instant, il se tourna vers Michela et lui fit un autre sourire qui semblait dire : ce n'est rien, tu vois. Le visage du jeune homme s'était mis subitement à transpirer. Il ruisselait et ne s'essuyait pas. Il semblait avoir peur de faire le moindre geste.

Alberto lui restitua son passeport. À l'école de police, il avait appris à mémoriser toutes les informations contenues sur une pièce d'identité, après les avoir parcourues plusieurs fois. Si un mois après, on lui avait demandé ce qui était écrit sur ce passeport, il aurait pu répondre : Roberto Arrighi, né à Venise le 20 janvier 1934, de Sebastiano Arrighi et feu Carla Manneri, ingénieur.

– Essayez d'être moins nerveux, lui dit-il simplement.

Il le laissa, retourna dans sa voiture auprès de Michela, recula de quelques mètres et lui dit :

– Ne me dis pas que tu as eu peur, ma petite boule de nerfs.

– … Non, fit-elle.

Au début, elle avait effectivement eu peur, puis le souci d'Alberto de la rassurer l'avait tout de suite calmée et lui avait donné un fort sentiment de protection qui lui permettait de se sentir bien.

Le jeune homme était remonté dans sa voiture, mais semblait s'être calmé, à présent. La voiture américaine, lentement, trop lentement, partit enfin, passa devant eux, s'arrêta un instant au croisement de la grand-route, et, tout à coup, fonça comme un bolide.

– En voilà un qui doit avoir quelque chose sur la conscience, dit Al.

Michela avait seulement vu les cheveux blonds du jeune homme, et ses yeux foncés, que la colère avait foncés davantage.

– Papa et toi pensez toujours aux mêmes choses, protesta-t-elle.

Les policiers voient toujours des voleurs partout, et les voleurs des policiers.

– Un beau garçon, n'est-ce pas ? dit Al. Si tu veux, je te donne son nom, son prénom et son adresse.

Michela se sentit rougir, mais sans être embarrassée, presque avec douceur. C'était la première fois que ça lui arrivait depuis un temps infini, bien avant qu'elle ne connaisse Aligi.

6

Silvestro Loré s'assit dans un petit fauteuil en osier, à côté de Michela. Les grands arbres qui longeaient le fleuve offraient une ombre fraîche. L'écoulement vert du Tagliamento en aval de la villa était frais lui aussi. Le petit fauteuil, qui contenait à peine Silvestro Loré, gémissait sous son poids. Il s'y était assis avec circonspection. Il aurait préféré une chaise longue, après le petit déjeuner substantiel qu'il venait de prendre. Son visage large était toujours blême, même après un repas, du blême sain de ces gens qui ont le sang froid. Et son expression était toujours fermée, comme s'il était toujours prêt à se défouler sur quelqu'un ou sur quelque chose. Mais à cet instant précis il était heureux, car Michela avait rencontré Alberto et celui-ci allait revenir pour rester avec elle. Pour lui, c'était comme si sa fille était déjà sur la voie de la guérison. À table, en effet, elle avait mangé davantage, et maintenant elle se relaxait sur le petit fauteuil, une revue sur les genoux et regardait devant elle, calme et non comme si elle fixait un objet qui l'angoissait ; ce qui était bon signe.

On n'entendait même pas le bruissement des feuilles à cette heure-là. La villa semblait abandonnée et aucune autre maison ne s'apercevait aux alentours, là où le fleuve faisait un virage brusque, bordé par de grands arbres. Dans le silence complet, un papillon vola silencieusement sur la terrasse, vers le fleuve. Le fauteuil de Silvestro Loré grinça légèrement ; il s'était déplacé pour prendre une cigarette de son paquet. On entendit le claquement du briquet.

– Qu'est-ce qu'il a ton ami ? demanda Michela.

Son père était la seule personne – après Al, maintenant qu'elle l'avait retrouvé – avec qui elle désirait parler, y compris de sujets qui ne l'intéressaient pas. Elle ne voulait pas toujours rester silencieuse ; elle savait que son père souffrait de ses silences. Et puis, Sebastiano Arrighi était pour son père un grand ami, son seul ami. Elle en avait entendu parler à la maison depuis qu'elle était petite. Le nom, Sebastiano, l'avait intriguée. Son père aimait beaucoup Sebastiano, le professeur le plus doux, le plus timide qui soit. Les deux hommes étaient aussi différents que deux créatures d'une espèce différente. Son père était concret, réaliste, actif. Sebastiano était plein d'imagination, totalement privé de sens pratique, sensible comme un adolescent à peine sorti du collège, et intelligent, trop intelligent, pour pouvoir vivre sans souffrir au milieu des autres. C'est pourquoi il s'était enfermé dans cette villa, prisonnier de son incapacité à vivre avec ses semblables. L'amitié entre son père, policier, et Sebastiano Arrighi, homme timide, très cultivé et délicat, était l'amitié la plus insolite, mais aussi la plus profonde que Michela connaissait.

– Il n'est pas bien à cause de son fils, dit Silvestro Loré, en exhalant la fumée de sa cigarette sans l'avoir avalée.

Il fumait ainsi depuis dix ans, maudissant les médecins, le tabac, et lui-même.

– Pourquoi ? questionna Michela.

Elle allait mieux, elle commençait de s'intéresser aux autres. Il avait suffi de si peu, pensa son père. Il était bien sur cette terrasse, à cette heure pleine de soleil, malgré le silence.

Il regarda avec haine la cigarette qu'il tenait entre les doigts.

– Une histoire bête, dit-il. Du reste, ils sont bêtes tous les deux, le père et le fils.

Il dit « bêtes » presque sur le même ton qu'une mère dit « mon trésor » à son nourrisson.

– Mais son fils ne devait pas arriver ces jours-ci ? demanda Michela.

Elle regardait le papillon qui, à présent, revenait du fleuve ; ce devait être le même, clair, jaunet, une des espèces les plus communes. Il était possible de guérir, pensa-t-elle. Guérir, recommencer à vivre, à faire des projets pour l'avenir. Depuis longtemps, elle ne faisait plus aucun projet, même pour le lendemain, comme si elle n'y croyait plus. Maintenant elle pensait que dans quelques jours Al reviendrait. Elle se souvint de la manière dont il l'avait laissée, il y a deux heures : « Salut, ma petite boule de nerfs, je reviens très vite. »

– Si, il était là ce matin, juste le temps de provoquer des brûlures d'estomac chez son père et il est reparti.

Il remplit sa bouche d'une fumée qu'il évacua tout de suite, avant d'être tenté de l'avaler.

– C'est grave ? dit Michela.

– C'est une des choses les plus stupides que j'ai jamais entendues.

Son père tenta de s'adosser au petit fauteuil en osier, mais il comprit qu'il était plus prudent de ne pas s'y fier. Il ajouta anxieux :

– Sur la plage, là-devant, où débouche le fleuve, il y a une semaine, on a retrouvé un jeune homme tué à coups de couteau… Ça t'impressionne ?

– Mais papa, je ne t'ai jamais entendu parler d'autre chose que de ça.

– C'est vrai, chez nous, on a toujours plus parlé de faits divers que du Petit Chaperon rouge.

Il hocha la tête en souriant : quel étrange métier que le sien !

– Bref, on l'a retrouvé mort, et Roberto a peur que la police ne vienne l'arrêter, lui.

En la regardant, il s'aperçut que Michela n'avait pas bien compris.

– Roberto est le fils de Sebastiano, expliqua-t-il alors. Il pense que c'est lui qu'on accusera, tôt ou tard, de cet assassinat.

Michela secoua la tête. C'était étrange. Elle ne saisissait pas encore très bien.

– Et pourquoi ? demanda-t-elle.

– Sans doute parce qu'il est bête, dit Silvestro Loré. Mais il y a aussi d'autres raisons qui semblent plus probables.

Il lui expliqua que, deux ans auparavant, le fils de son ami était allé en vacances en Sicile. Là, il avait connu une femme, fille de pauvres gens, et il était arrivé ce qui arrive si souvent. Puis, comprenant qu'en Sicile certaines choses sont plutôt compliquées, il était revenu chez lui. Bien que Roberto n'eût fait aucune promesse à cette fille, qui n'était plus un modèle de candeur, le frère lui avait écrit en le sommant de revenir en Sicile et de remplir son devoir envers sa sœur, sans quoi ce serait lui qui viendrait le lui faire remplir. Et c'est ainsi que, quelques mois après, Giannuzzo, le frère de la jeune femme, était arrivé là, à Latisana, dans cette villa.

– Non ! s'étonna Michela.

Elle s'imaginait ce frère traverser l'Italie pour

protéger – un peu tard – l'honneur de sa sœur, et cela lui parut curieux.

– Eh si ! fit son père. C'est arrivé juste là, dans cette maison. Il a parlé avec Roberto, puis avec Sebastiano, et il a proféré d'étranges menaces. La première fois, Roberto lui a donné une certaine somme qu'il a prise et il semblait alors satisfait. Mais au bout d'un certain temps, il est revenu et ne s'est calmé à nouveau qu'avec de l'argent. Il a continué à venir et, comme Roberto ne lui donnait plus rien et lui répétait qu'il n'avait aucune intention d'épouser sa sœur, il est devenu de plus en plus méchant.

Un soir, de la semaine précédente, Giannuzzo était revenu une nouvelle fois. C'était la nuit, après le dîner, et au lieu de sonner, il s'était mis à hurler derrière le portail pour que Roberto sorte, parce qu'il voulait lui apprendre à se comporter en homme d'honneur. Roberto n'avait pas peur, son père n'était pas là pour le retenir, et il l'avait rejoint en courant.

Au début, Giannuzzo lui avait répété qu'il devait épouser sa sœur, puis, comprenant de lui-même la futilité de sa requête, il avait dit à Roberto qu'il devait au moins subvenir à ses besoins. Roberto ne s'était plus contrôlé et lui avait répondu avec méchanceté que sa sœur, ce qui est vrai, avait eu plusieurs autres aventures avant la sienne. C'en était trop pour le Sicilien, petit mais trapu et sanguin. Ils avaient commencé à se battre, sans retenue, parce que la villa était isolée, la maison la plus proche étant le petit immeuble avec le bar, sur la grand-route, à plus de cent mètres. Roberto était plus mince et plus faible que Giannuzzo, mais il avait toujours fait beaucoup de sport, dont la boxe et le judo. Giannuzzo encaissait de vilains coups à l'estomac, au visage, au cou, roulait par terre, mais se relevait et se jetait sur l'autre, aveuglément. Tout à coup, Roberto avait vu dans la main de Giannuzzo le scintillement de quelque chose et avait entendu un claquement. Un couteau.

Il avait eu peur mais n'avait pas perdu la tête et, avec une prise précise qui rompit presque le bras de Giannuzzo, il le lui avait fait tomber des mains. Giannuzzo s'était alors jeté à terre, pour pleurer. Il se frappait le visage contre le gravier du chemin, se donnait des coups de poing sur la tête et pleurait en marmonnant dans son dialecte des mots incompréhensibles. Apitoyé, Roberto l'avait fait relever, l'avait conduit dans le jardin de la villa où se trouvait une petite fontaine et l'avait aidé à laver un peu son visage en sang. Giannuzzo continuait à gémir qu'il était ruiné et déshonoré. Il pleurait sincèrement, et Roberto devait le tenir pour qu'il ne se frappe pas la tête contre les murs. Personne dans son village ne saluait plus les gens de sa famille, continuait-il à se plaindre, ni même levait la tête à leur passage. Il était tellement désespéré qu'il avait arrêté d'accuser Roberto. C'est à sa sœur, à présent, qu'il en voulait, c'est contre elle qu'il invectivait en disant qu'elle n'avait pas d'honneur et qu'elle l'avait ôté à toute la famille. On racontait les choses les plus injurieuses sur sa sœur, au village. On disait qu'elle se faisait payer. Il en était parti parce que sinon il aurait tué quelqu'un. Il voulait travailler et s'installer là, dans le Nord, et y faire venir sa mère, ses deux tantes célibataires et sa petite sœur. Mais personne ne l'aidait.

– Mais tu veux l'entretenir à toi seul, cette flopée de femmes ? lui avait dit Roberto.

À présent, Giannuzzo lui faisait vraiment pitié. Les pleurs de ce jeune homme primitif et totalement affligé le rendaient amical aux yeux de Roberto.

– Elles sont mon sang, disait Giannuzzo. Elles sont mon sang, vous autres, ici, vous ne pouvez pas comprendre.

Alors, Roberto était allé prendre de l'argent, tout le liquide qu'il avait trouvé dans la maison, une somme importante, surtout pour Giannuzzo, qui avait regardé avec étonnement tout cet argent, tous ces larges billets de cinq et dix mille lires. Et lorsqu'il fut certain qu'ils étaient bien à lui, que Roberto les lui donnait vraiment tous, et non pas pour les lui reprendre, il avait embrassé ces billets un par un. Il ferait venir sa mère, ses deux tantes et sa petite sœur, et même l'autre, l'infâme. Il y avait assez d'argent pour leur voyage et pour les entretenir pendant au moins un mois, parce que, entre-temps, lui travaillerait toujours, de même que ses tantes, et ils réussiraient tous à s'en sortir. Désormais, il ne pleurait plus, mais c'était pire : il était comme possédé, ou ivre. Il continuait à parler, embrassant cet argent et expliquant tout ce qu'il allait pouvoir en faire.

Puis, soudainement, il s'était évanoui. Roberto l'avait frappé avec vigueur, tout à l'heure, et c'est seulement grâce à sa force léonine qu'il avait résisté, mais maintenant il s'effondrait. Roberto avait dû le traîner dans la villa pour le faire revenir à lui. Giannuzzo s'était repris mais avait dit qu'il n'arriverait pas à retourner chez lui. Il habitait quasiment sur la plage, dans une ferme, avec un de ses concitoyens, à une vingtaine de kilomètres de la villa. Habituellement il faisait la moitié du trajet à pied et l'autre en auto-stop, selon son humeur. Mais ce soir-là, il n'avait pas la force de rester debout. Roberto l'avait donc chargé dans sa voiture et l'avait rapproché de chez lui. Lorsqu'ils étaient quasiment arrivés à Lignano, à l'endroit où la grand-route passait le plus près de la mer, Giannuzzo était descendu. Désormais, il allait mieux, avait-il dit. Il le salua dignement, amicalement d'une main ; l'autre, dans la poche, protégeait son argent, son trésor.

Roberto l'avait vu se faufiler dans la pinède, vers la ferme de son concitoyen, qui, d'après ce que lui avait dit Giannuzzo, se trouvait tout près de là. Puis il avait fait demi-tour et était rentré chez lui. Cette histoire était finie pour toujours, avait-il pensé. Désormais, Giannuzzo ne viendrait plus l'importuner.

Or l'histoire ne faisait que commencer.

Deux jours plus tard, il avait lu dans le journal que Giannuzzo avait été retrouvé mort sur la plage, près de l'embouchure du Tagliamento. Il avait été tué, en fait, le soir même où il l'avait accompagné en voiture jusque-là. Le médecin avait établi que la mort se situait entre onze heures et une heure du matin. Et Roberto l'avait quitté peu après onze heures.

La police, en menant son enquête, remonterait jusqu'à lui un jour ou l'autre. Elle saurait qu'il avait eu une relation avec la sœur de Giannuzzo, que Giannuzzo était monté de la Sicile pour discuter de ce problème, qu'ils s'étaient battus le soir du meurtre, et se convaincrait que c'était lui qui l'avait tué.

Très proche de son père par sa sensibilité excessive et par son imagination débridée, Roberto avait perdu le contrôle de lui-même. Il avait commencé de penser qu'on l'arrêterait, que toutes les preuves étaient contre lui, qu'il ne pourrait jamais démontrer son innocence. Dans tous les cas, on l'arrêterait, il y aurait une longue période d'attente, puis le procès. Même si à la fin on devait l'acquitter pour insuffisance de preuves, il aurait déjà fait deux ans de prison. Alors, terrorisé, il avait décidé de fuir.

7

– Mais s'il fuit, c'est comme s'il s'avouait coupable, dit Michela.

Elle avait entendu beaucoup d'histoires de meurtres par son père, mais celle-ci lui paraissait très insolite, plus humaine et plus compréhensible que bien d'autres meurtres absurdes qui semblaient avoir été commis plus par des marionnettes que par des humains.

– C'est exactement ce que j'ai dit à son père, répliqua Silvestro Loré, et c'est ce que son père lui a dit. Mais tu ne le connais pas, ce garçon. Quand tu le verras, tu comprendras tout de suite pourquoi il agit comme ça.

Il hocha la tête et ajouta :

– Il n'est pas du genre à rester tranquillement chez lui à attendre que la police vienne l'arrêter et, ensuite, à expliquer ce qu'il en est et à essayer de prouver son innocence. C'est quelqu'un d'explosif. Tu n'as jamais vu ces jeunes coqs qui bougent continuellement leur tête dans tous les sens et qui vont et viennent sans jamais s'arrêter ? Eh bien, c'est lui.

– Et toi, tu ne peux rien faire ? demanda Michela.

Son père fit signe que si, qu'il pouvait faire quelque chose.

– Si, bien sûr. Mais pas maintenant, murmura-t-il. La situation n'est pas simple, et je peux comprendre ce garçon. Tu sais, la victime a été retrouvée par les carabiniers et ce sont eux qui mènent l'enquête. Je ne peux pas intervenir pour les avertir qu'il y a un jeune homme qui pourrait être impliqué dans ce meurtre, et leur garantir qu'il n'a rien à y voir. Et Roberto ne peut, lui non plus, aller chez les carabiniers et leur dire qu'il est innocent, avant même qu'ils ne l'accusent.

Non, on ne pouvait rien faire, pensa Michela. Son père avait raison, cela semblerait plutôt étrange que quelqu'un aille se disculper avant même d'être accusé.

– Son seul espoir, dit son père, c'est que la police trouve l'assassin avant d'être informée que Roberto avait des liens avec Giannuzzo. Comme ça tout serait fini avant même de commencer. Mais il est fort possible que ça ne se passera pas ainsi, et si les carabiniers arrivent jusqu'à Roberto, la première chose qu'ils feront, ce sera de l'arrêter. Mais, là, je peux intervenir. Le problème est qu'il s'agit d'un homicide, et qu'on ne peut lui faire obtenir la liberté provisoire, mais je pourrai diligenter l'instruction et le procès, donner toutes les garanties possibles et... il pourrait sans doute être acquitté faute de preuves.

Le ton de la voix de son père n'était pas très convaincu, tandis qu'il disait ces paroles, et Michela le sentit.

– Tu penses qu'il risque aussi d'être condamné ?

– S'ils ne trouvent pas le véritable assassin, oui, dit son père.

Il se leva, énervé, un peu à cause de l'incommodité du petit fauteuil en osier – pourquoi cet idiot de Sebastiano ne mettait-il pas des chaises longues ? – mais plus encore à cause de l'incohérence de cette histoire ; plus il y pensait, plus elle lui apparaissait incohérente, un peu comme quand on veut démêler une pelote emmêlée qui ne fait au contraire que s'emmêler davantage.

– Mets-toi un moment à la place des jurés, au procès : Roberto, le soir du crime, se dispute avec cet homme et le frappe, et il a des raisons de le haïr parce que Giannuzzo, pour être clair, le menaçait depuis des mois, lui extorquait de l'argent et le persécutait. Pourquoi les jurés devraient-ils croire Roberto qui raconte qu'il l'a seulement frappé ? Pour les jurés les choses pourraient s'être passées très différemment et plus simplement : nerveux comme il est, Roberto, exaspéré, a pris le couteau des mains de Giannuzzo et l'a tué. Donc si l'on ne trouve pas quelqu'un d'autre qui ait eu de meilleures raisons de le tuer, le coupable, pour les jurés, peut tout à fait être Roberto. Au fond, et son père s'arrêta devant elle, ce n'est pas si étrange que ça que Roberto soit si inquiet : si le coupable n'est pas trouvé tout de suite, il risque d'être pris dans un engrenage très dangereux.

En le regardant, debout devant elle, pris dans ses pensées, Michela sentait tout l'intérêt que son père manifestait pour le fils de son ami. Elle le sentait également très incertain, lui qui était toujours si sûr et si rapide dans ses décisions. Cela aussi était un signe du danger que courait le fils de Sebastiano.

– Et tu ne peux pas faire faire une enquête pour ton propre compte, par tes hommes ? Le vrai coupable existe, et ton équipe peut bien le trouver.

Silvestro Loré pensa que Michela allait beaucoup mieux. Même son visage, désormais, n'avait plus l'air effrayé de vivre qu'il avait toujours. Si cette histoire l'intéressait, alors très bien, il lui en parlerait tant qu'elle voudrait.

– Officiellement, je ne peux rien faire, dit-il. Je ne peux pas arracher le dossier des mains des autorités locales pour l'accaparer. D'abord parce qu'ils sont tous fâchés contre Rome qui centralise tout, et puis parce qu'il s'agit d'un crime trop peu important pour que mon équipe s'y intéresse. Mais officieusement, si. Je pourrais par exemple détacher deux de mes meilleurs hommes, afin qu'ils mènent leur enquête, mais il faudra qu'ils travaillent comme des détectives privés, sinon on se retrouve avec une embrouille bureaucratique qui va me mettre hors de moi.

Pendant un moment, Michela ne le suivit plus. Elle s'en était arrêtée à la pensée, gênante, voire plus que gênante, qu'un innocent puisse être condamné. L'engrenage, pensait-elle, l'engrenage bureaucratique des circonstances contraires, des apparences ennemies. Elle voyait une épaisse toile d'araignée, avec la victime qui s'y débattait et s'y empêtrait de plus en plus. Elle avait écouté avidement les discours de son père, depuis qu'elle était toute petite, et elle connaissait ces mécanismes contre lesquels on ne peut rien faire. Elle se leva, elle aussi, et alla sur le parapet de la terrasse pour regarder le fleuve qui s'écoulait peu de mètres au-dessous, vert et silencieux, tel un canal.

– Il faut tout faire pour l'aider, papa, dit-elle, tout en sachant que ces propos étaient inutiles.

– Je ferai tout ce que je pourrai, dit son père en s'approchant d'elle, mais il faudrait que ce garçon m'aide aussi. Et au lieu de cela, il complique les choses : il a fui ce matin. Il est resté cinq minutes chez lui, il a pris son passeport, son argent, et a dit à son père qu'il partait à l'étranger. Comme ça, si les carabiniers remontent jusqu'à lui, viennent ici et apprennent qu'il a fui, tout risque d'empirer. Mais lui, il dit qu'il ne pourra pas résister à deux jours de prison, qu'il est convaincu que, s'ils l'arrêtent, ils le condamneront et qu'il fera tout ce qu'il peut pour que ça n'arrive pas. C'est presque une crise d'hystérie. Pour qu'il s'en sorte, il faudrait le raisonner, mais maintenant Dieu sait où il est.

– Et toi, papa, tu ne pouvais pas le convaincre de rester ?

– Mais personne ne l'a vu ! Il est arrivé ce matin, après avoir tourné quatre ou cinq jours dans les parages, toujours avec cette pensée que la police allait venir l'arrêter. Il a parlé dix minutes avec son père qui a tenté de le retenir, et puis il est parti. Et maintenant Sebastiano est en crise lui aussi. Il est dans sa chambre en train de pleurer comme un enfant. Et moi, de voir pleurer un homme de plus de soixante ans, ça me rend mélancolique.

Silvestro Loré caressa les joues de Michela. Elle restait toujours, à ses yeux, ce qu'il y avait de plus important. Il voulait voir si elle allait vraiment un peu mieux et lui dit :

– Je t'emmène faire un tour en voiture ?

Il espérait qu'elle dirait oui. Depuis longtemps, elle répondait toujours non, à quelque proposition que ce soit. Il fallait même la forcer pour l'emmener de sa chambre à cette terrasse, sans quoi elle serait toujours restée à l'endroit où elle se trouvait, enfermée dans son angoisse.

– Oui, papa, répondit Michela spontanément, sans hésiter.

Son visage, qui transpirait légèrement, semblait encore plus détendu, comme il ne l'était plus depuis trop de temps.

8

Avec la tombée de la nuit, les choses changent.

La villa, de nuit, ainsi isolée, était silencieuse, trop silencieuse. Même le bruit des voitures qui passaient sur la grand-route n'y entrait pas. Nul vent ne faisait bruisser les feuilles des arbres. Plus rien ne semblait vivre. Le cliquetis du petit réveil sur la table de chevet devenait aigu et menaçant ; il semblait dire : maintenant, maintenant, maintenant, comme si maintenant il devait se passer quelque chose. Michela l'écoutait les yeux ouverts parce que, ce soir-là, elle n'avait pas voulu prendre de somnifères. À Rome, dans sa chambre, même au milieu de la nuit, on entendait quelques pas, quelques crissements de pneu, quelques voix solitaires venir de la rue. Ici rien. À Rome, même en éteignant la lumière, la lueur couleur perle des réverbères apparaissait derrière les persiennes. Ici rien, le noir absolu, si bien qu'elle devait laisser l'abat-jour allumé.

À deux heures, elle se leva. Elle allait bien, elle n'avait pas l'angoisse des autres fois, d'hier soir, mais elle était quand même inquiète. Les pensées nocturnes sont très différentes. Même Aligi lui revenait. On ne peut pas annuler ce qu'on a vécu. Ce qui a été est indestructible. Cette nuit-là, tout revenait : les premiers temps avec Aligi, leurs premières embrassades, cet air de rêve qu'il y a, au début, entre un homme et une femme. Tant de temps avait passé, tant de choses, que, même en se remémorant ces instants, elle n'éprouvait pas de véritable douleur, mais plutôt un sentiment d'inquiétude. L'inquiétude de savoir si, encore une fois dans sa vie, elle pourrait vivre ces moments-là, si elle en aurait l'envie, ou si son cœur avait été trop blessé pour croire encore en quelqu'un.

Elle avait plusieurs belles robes de chambre dans son armoire, mais elle enfila une jupe et un pull-over, parce qu'elle pensait aller se promener dans le jardin pour se fatiguer un peu et ainsi trouver le sommeil. Du reste, l'espace ouvert du jardin la calmait davantage que les quatre murs de la chambre de cette maison amicale mais néanmoins nouvelle. Elle la connaissait déjà bien, ce n'était pas une grande villa. Il n'y avait de grand que l'escalier central, en marbre, dont le style imitait les escaliers des anciennes villas vénitiennes, et le salon au rez-de-chaussée qui faisait aussi bibliothèque. Voilà, elle pouvait aller fouiller un peu dans ces livres, pensa-t-elle. Il y avait les grammaires et les dictionnaires de nombreuses langues – rares étaient les langues que Sebastiano Arrighi n'avait étudiées – peut-être réussirait-elle à s'endormir en lisant certains essais sur les langues gauloises ou celtiques. Dans tous les cas, il fallait tenir éloignées la pensée du passé, d'Aligi, l'inquiétude que cela lui donnait et les questions que cela faisait naître en elle. Elle pouvait aussi aller à la cuisine pour chercher un fruit. Pourquoi pas ?

Elle sortit de la chambre, sans crainte de faire du bruit. Elle savait que dans cette vieille maison aux murs épais, chaque bruit était étouffé. Si elle ne pouvait vraiment pas résister à cette inquiétude, elle irait réveiller son père, au lieu de prendre des calmants. Ce ne serait pas la première fois, et son père était heureux qu'elle recoure à lui. Il aurait tué quiconque l'aurait réveillé, mais elle pas. Il se réveillait aussitôt, allumait immédiatement une cigarette et lui parlait. Il lui donnait un sentiment de protection immédiate, quoi qu'il lui dise. Mais peut-être n'était-ce pas nécessaire, peut-être que cette fois elle y arriverait toute seule.

Le palier du grand escalier était sombre et elle était sur le point d'allumer le lustre qui l'éclairait du plafond sur deux étages, lorsqu'elle vit qu'en bas, au rez-de-chaussée, de la lumière venait du salon bibliothèque. À cette heure-là, il était peu probable que Sebastiano soit dans la bibliothèque. En effet, il allait mal ces derniers jours, à cause de l'histoire de son fils, et il s'était détourné de ses livres.

Elle n'eut pas peur. Elle n'avait pas peur des choses matérielles. Elle craignait seulement ses pensées, ses angoisses. Elle pensa que la lumière avait été laissée par inadvertance. Elle alluma le lustre qui éclairait l'escalier en spirale et commença de descendre. Sur les marches en marbre, desquelles on ôtait le tapis en été, les talons hauts de ses chaussures cliquetèrent distinctement dans le grand silence. Elle était presque arrivée en bas de l'escalier, quand un homme sortit par la porte ouverte du salon. Il marchait d'un pas allongé et rapide, comme s'il courait, comme s'il fuyait même. En la voyant, il s'arrêta subitement, avec le mouvement brusque et cabré d'un mécanisme qui se bloque.

Michela s'arrêta elle aussi, une main sur la large balustrade de l'escalier. Elle l'avait déjà vu. C'était le jeune homme qui, dans la matinée, s'était disputé avec Al, lequel lui bouchait le passage avec sa voiture. Il portait un autre vêtement, plus chaud, mais c'était lui. Peu d'hommes avaient les cheveux blonds si clairs. Mais elle pouvait dire l'avoir reconnu davantage par la description que lui en avait faite son père : un jeune coq qui bouge prétentieusement la tête dans tous les sens et qui va et vient nerveusement en plastronnant. Même maintenant qu'il était arrêté et qu'il la regardait fixement en silence, il y avait dans sa façon de rester immobile comme une tension continue. Il donnait l'impression que d'un moment à l'autre il allait bondir quelque part.

Et il bondit. Il s'approcha d'elle avec de longues enjambées et s'arrêta à nouveau subitement.

– Vous êtes Michela ? lui dit-il.

– Oui.

Michela finit de descendre l'escalier et lui tendit la main.

– Et vous, vous êtes Roberto.

Il ne semblait pas content de cette rencontre. Son visage nerveux le disait. Ce n'était pas un visage : c'était un livre. N'importe qui pouvait le lire. Son regard, le battement de ses paupières, les mouvements de ses lèvres semblaient traduire en mimiques tout ce qu'il pensait et ressentait.

– J'allais dans le jardin parce que je n'arrivais pas à dormir.

Michela justifia sa présence pour qu'il ne pense pas qu'ainsi habillée, elle sortait à cette heure-là.

– On ne peut pas dormir dans cette maison, il y a trop de silence, dit-il.

Il alluma une cigarette, en un instant, presque sans que Michela puisse voir comment il avait fait. Il avait pris le paquet de sa poche, la cigarette de son paquet et l'avait allumée avec une allumette. Malgré cette rapidité, ses mouvements étaient harmonieux et ne donnaient pas du tout l'idée de quelqu'un qui était épuisé nerveusement : chez lui, c'était naturel. Si bien que sa présence ne troublait pas Michela ; et même, son inquiétude de tout à l'heure s'atténuait.

– Je croyais être la seule à le penser, dit-elle. D'habitude les gens dorment bien dans le silence.

– Ce n'est pas du silence ça, écoutez.

Il se tut un instant, pour lui faire comprendre que *ça*, ce n'était pas du silence.

– Ça, c'est le néant, vous avez entendu ? On a l'impression d'être dans le néant et d'être anéanti.

Michela comprit qu'il lui avait expliqué en quelques mots – qui semblaient si simples – la sensation d'angoisse qu'elle éprouvait dans le silence complet : elle avait l'impression d'être dans le néant, d'être anéantie. Il suffisait effectivement d'arrêter de parler, et il y eut une pause à ce moment-là, pour que le silence écrase tout.

– Dans le jardin, au moins, on entend couler l'eau de la fontaine, continua-t-il.

Il était un peu plus petit qu'elle, mais seulement parce qu'elle s'était mise des chaussures à talons hauts. Il la regardait avec frénésie, tel qu'en lui-même, comme s'il était toujours sur le point de lui dire quelque chose d'important et qu'il cherchait à attirer son attention.

– Et puis tout ça, regardez.

Il montra l'escalier, les tableaux accrochés le long des parois de l'escalier, les petits losanges blancs et noirs du sol en marbre de l'antichambre où ils se trouvaient, le gros et long coffre à côté de la porte qui donnait sur le jardin.

– Le goût de mon père ! C'est beau d'accord, il a dépensé une fortune pour toutes ces choses, mais ça fait trop musée, et ce coffre, on dirait un cercueil. Regardez.

– Vous allez me faire peur, dit Michela.

Elle sourit aussi. Elle n'était pas effrayée. Elle n'écoutait plus trop à présent. Subitement, en le regardant, elle avait pensé à toute cette histoire, à cet homme mort sur la plage, à lui qui fuyait parce qu'il pouvait être arrêté. Maintenant qu'il était devant elle, bien que ce ne soit que depuis quelques minutes, elle pouvait comprendre pourquoi il voulait fuir. Il donnait l'impression de quelqu'un qui avait toujours voulu fuir, pour n'importe quelle raison, parce que tout devait le blesser, l'irriter, l'effrayer. Voilà, peut-être ressemblait-il plus à un poulain qu'à un jeune coq ; un poulain ombrageux, qui dresse toujours les oreilles, les jarrets toujours prêts à bondir.

– Excusez-moi, vous avez raison, dit-il.

Il jeta à terre sa cigarette à moitié consumée, mais ne l'écrasa pas avec le pied. Il resta un moment à la regarder.

– À cette heure-ci, dans cette maison, on peut facilement avoir peur. Je vous tiendrais bien compagnie, mais je dois partir. Si vous voulez, vous pouvez vous servir du tourne-disque. Vous savez où il est ? Suivez-moi.

Il alla tout droit au salon et elle fut obligée de le suivre.

– Regardez, il est ici, encastré dans les rayonnages, et les disques sont dans ce tiroir… mais vous le saviez peut-être déjà ?

– Non, je ne savais pas qu'il y avait un tourne-disque.

Elle n'y avait même jamais pensé.

– Je ne sais pas s'ils vous plairont, dit-il. Ce sont toutes des chansons à la mode un jour, et qui le jour suivant sont déjà démodées. Moi, je n'ai pas de goût musical, peut-être que je n'ai de goût pour rien, d'ailleurs.

Il était harmonieux même dans sa façon de parler

rapidement, avec excitation, parce que, malgré cela, sa voix restait douce et basse.

– *Morgen*, je l'ai usé à force de l'écouter, ajouta-t-il.

La voix qu'il avait prise était très différente de celle de ce matin, lorsqu'il avait hurlé, aboyé contre Al parce que celui-ci lui bloquait la route. Ce devait être la voix qu'il avait avec les femmes, se dit-elle. Les hommes ont une voix pour parler avec les hommes et une autre voix lorsqu'ils s'adressent aux femmes. Ce n'est pas qu'elle pensait vraiment tout cela, non, elle le sentait d'une façon obscure, féminine, à cause de l'atmosphère d'intimité – d'un coup elle se rendit compte aussi de cela – que l'heure de la nuit profonde, le grand salon avec deux murs entièrement recouverts d'étagères pleines de livres, les trois fenêtres longues et étroites, dignes d'un château, créaient entre eux.

– Je vais peut-être prendre quelques livres, lui dit-elle.

– Là ? s'étonna le poulain, en indiquant du regard les étagères. Si vous êtes capable d'y trouver quelque chose qui se lise. Le plus facile et le plus amusant doit être l'histoire des langues finno-ougriennes, en allemand naturellement !

Il ne souriait pas, même lorsqu'il plaisantait.

Tandis qu'il parlait, Michela vit quelque chose luire, quelque part dans le salon, scintiller doucement. Elle tourna légèrement son regard et, sur la grande table ovale au milieu de la pièce, elle aperçut une brillance : de petits disques jaunes, éclatants. « Des pièces », pensa-t-elle. C'était comme si on les avait renversées d'un gros sac sur la table. Elle n'en avait vu en telle quantité que dans les films, en particulier dans les dessins animés de Mickey. Elle ne dit rien, mais Roberto avait suivi son regard, et il se tut. Toutefois, dans ce livre aux pages ouvertes qu'était son visage, on lisait une expression de mécontentement, de rage contre lui-même. Puis, toujours sans parler, il prit un sac en peau qui était sur un fauteuil et y fit tomber toutes les pièces d'or, ce qui provoqua un bruit sourd, doux, étouffé et non pas amplifié par l'ampleur de la pièce.

– Je dois y aller, lui dit-il.

Son visage bronzé était devenu d'une couleur légèrement plus sombre parce qu'il avait rougi. Il lui tendit la main. Il semblait avoir été surpris à faire quelque chose qu'il voulait garder secret. Michela revoyait encore l'homme mort sur la plage ; elle pensa qu'il devait avoir continûment l'image de cet homme à l'esprit.

Elle lui tendit la main, en hésitant. Elle aurait aimé parler, mais aucun mot ne lui venait. Des étroites fenêtres, ouvertes, n'entrait aucun air, aucune lumière, aucun son : c'était comme si elles étaient ouvertes sur le néant. Il l'avait déjà laissée et, tenant son sac plein de pièces d'or, était sur le point de sortir du salon, quand elle lui dit :

– Écoutez…

9

Il se retourna rapidement, d'un mouvement mécanisé, obéissant et rapide, comme si l'on avait appuyé sur un bouton. Il la regarda, mais elle restait silencieuse, parce que les mots ne lui venaient toujours pas. Elle était même confuse d'avoir prononcé cet « écoutez ». Elle ne se rappelait plus pourquoi elle l'avait dit. Mais elle avait senti qu'elle devait parler.

– Oui, lui dit-il, froidement, presque de manière bureaucratique

À la lumière vive du grand lustre, elle ne réussissait pas à comprendre encore de quelle couleur exacte étaient ses yeux. Ce dont elle était sûre, c'était qu'ils étaient foncés, mais pas marron. Violets peut-être. Mais, pourquoi pensait-elle à cela, au lieu de lui répondre ?

– Non… rien, hésita-t-elle, intimidée par son regard.

Il l'examina encore un instant. Son visage disait qu'il ne la croyait pas et qu'il la trouvait ennuyeuse, mais il garda le silence et tourna les talons pour sortir. Toutefois, avant d'arriver dans l'antichambre, il se retourna, et revint rapidement dans le salon. Il posa le sac sur la table, sèchement.

– Ah, non ! s'exclama-t-il.

Son petit nez droit se dilata un peu, sous l'effet de la colère.

– Vous aviez quelque chose à me dire que vous ne voulez plus me dire.

Sa voix était moins douce qu'auparavant ; elle avait déjà repris l'intonation tremblante et névrotique de ce matin avec Alberto, mais l'expression de son visage et ses mots étaient si loyaux que Michela n'eut pas peur. Même si elle avait eu peur de tout jusque-là, à présent c'était terminé. Les mots qu'elle voulait dire commençaient de naître en elle, comme autrefois, bien avant Aligi, lorsqu'elle savait toujours ce qu'elle devait faire ou dire.

– Ce sont peut-être des choses dont vous pourriez dire qu'elles ne me regardent pas.

Elle comprit qu'elle pouvait lui parler avec autant de loyauté qu'il l'avait fait.

En un instant, Roberto avait allumé une autre cigarette et lui avait tourné le dos, mais pas pour sortir cette fois : il alla jusqu'au fond du salon, en marchant étrangement lentement, avec une certaine maîtrise, tel un poulain dont le mors est fortement tiré.

– C'était à prévoir, dit-il, en s'approchant d'elle.

À présent, il semblait souffrant.

– Mon père a dû raconter l'histoire à tout le monde, bientôt il ira même la raconter au brigadier de Latisana, pour lui demander conseil. Vous avez vu comme les vieux se demandent conseil entre eux ? Alors qu'ils devraient savoir mieux que quiconque ce qu'il faut faire ou pas, du fait qu'ils ont beaucoup d'expérience, ils préfèrent aller mendier des conseils à droite et à gauche, auprès de tout le monde.

Il s'assit sur la table d'un léger bond et la regarda avec patience et nervosité à la fois.

– Je n'ai pas besoin de conseils, je vous le dis tout de

suite, et maintenant vous allez me dire ce que vous aviez à me dire.

Il n'était pas non plus très gentil ; toutefois, Michela sentit qu'elle allait mieux, qu'elle n'avait plus cette angoisse qui, tout à l'heure, l'avait poussée à sortir de sa chambre, et ce léger degré d'incivilité dans le ton de sa voix ne l'impressionnait pas. Elle se sentait presque forte : depuis combien de millénaires n'éprouvait-elle plus ce désir de réagir, de combattre ?

– C'était justement un conseil que je voulais vous donner, lui dit-elle en le regardant fixement.

Elle ne savait pas comment il réagirait, mais elle termina quand même :

– Celui de ne pas fuir.

Il descendit de la table, tourna autour, alla vers le néant que l'on voyait par les fenêtres, puis revint sur ses pas, et s'assit à nouveau sur la table. Ses mouvements étaient comme ralentis. Derrière son front lisse, on avait l'impression de voir cet homme étendu sur le sable, mort. C'était cette image qui le ralentissait, pensa Michela.

Même sa voix n'était plus nerveuse, elle souffrait comme son visage.

– Vous croyez en la loi, n'est-ce pas ? En la justice ? Mon père aussi y croit. Mais moi, pas. Je crois aux faits. Regardez cette maison : dans trois ans, mon père ne pourra plus payer ses impôts, et le fisc la lui mangera, et à plus de soixante ans, il se retrouvera sans maison et sans argent. Tout ça parce qu'il a perdu un procès contre sa sœur, un procès d'héritage. Mon père avait raison et sa sœur tort. Dans le testament de mon grand-père, il était écrit que la maison et les biens en argent devaient revenir à mon père, et les terres à sa sœur. Mais c'est elle qui a gagné le procès, et elle a pris les terres et l'argent, laissant à mon père cette maison qui coûte en impôts plus que ce qu'elle vaut.

Entre autres à cause de ce discours naïf, Michela sentit qu'elle avait les plus belles cartes du jeu. Comme si elle était plus adulte et comprenait davantage.

– Cela n'a rien à voir, fit-elle.

Sans s'en rendre compte, elle commençait de lui parler comme à un gamin : indulgente, mais ferme. Elle continua :

– Si on parle en général du juste et de l'injuste, on n'en finit plus. Vous devez penser à vous-même, à votre cas particulier.

– Et rester ici à attendre que la police vienne m'arrêter ! dit-il à mi-voix, de façon grossière, l'œil colérique.

Il jeta sa cigarette et resta à regarder où elle roulait en tombant.

– Elle est déjà venue tourner par ici ce matin, dit-elle.

Il la regarda, comme s'il se souvenait tout à coup de quelque chose. Il descendit de la table et lui dit d'une voix nouvelle :

– Vous ne seriez pas la jeune femme qui était dans la voiture de ce policier, ce matin ?

Michela sourit :

– Si.

Lui aussi, désormais, se souvenait.

– Et vous le connaissez, ce policier ?

– Assez bien.

Le poulain sembla mastiquer le mors qui le bridait, alla une nouvelle fois jusqu'au fond du salon, mais plus rapidement cette fois, et revint en courant.

– Alors vous savez ce que faisait la police autour de chez moi. Peut-être que vous l'avez déjà prévenue ?

– Mais non, dit Michela, personne ne l'a avertie et personne ne l'avertira.

– Et alors pourquoi ce policier était-il là ?

– Parce qu'il discutait avec moi, dit-elle. Nous sommes amis et nous nous sommes rencontrés quand je sortais de la villa.

Il la regardait fixement.

– Je ne crois pas aux rencontres de hasard, lança-t-il. Pourquoi votre ami policier était-il justement autour de chez moi ? Vous l'avez peut-être rencontré par hasard, mais lui, il devait être ici pour une raison précise.

Michela ne lui répondit pas tout de suite, elle fit elle aussi quelques pas dans la pièce.

– Je crois que vous êtes trop bouleversé par cette histoire, dit-elle, avec une amitié sincère. Vous voyez des policiers et des carabiniers partout. Mon ami était arrêté juste devant chez vous, parce qu'il faisait le plein dans la station-service, sur la grand-route, et non pas parce qu'il vous surveillait.

– Mais il m'a demandé mes papiers.

– Il vous les a demandés parce que vous avez crié et l'avez bousculé, expliqua-t-elle patiemment. Et il vous les a demandés parce que j'étais avec lui et qu'il ne voulait pas faire de scandale avec une femme à côté, pour ne pas m'effrayer. Si je n'avais pas été là, il ne vous aurait pas demandé vos papiers pour vous calmer, il l'aurait fait d'une autre façon.

Elle sourit, lui pas. Pourtant il semblait convaincu : son visage ne se rasséréna pas, mais son regard n'était plus aussi méchant et aussi effrayé qu'auparavant.

– J'ai soif, dit alors Michela. Il doit bien y avoir quelque chose dans la cuisine ?

Elle le lui demanda pour le détourner un moment de la pensée obstinée qui l'angoissait.

Il lui dit, en effet, d'un ton empressé :

– Bien sûr, venez ! moi aussi, j'ai soif.

En traversant plusieurs petits couloirs et plusieurs pièces, ils arrivèrent à la cuisine qui donnait sur le jardin derrière la maison, duquel provenait le grognement paresseux d'un chien. Michela le connaissait, un vieux bâtard dont Sebastiano Arrighi s'obstinait à penser que c'était un chien de garde, alors qu'il passait ses journées et ses nuits à se pelotonner ici et là et à dormir.

– Tais-toi, imbécile, lui dit Roberto.

En entendant la voix d'un de ses maîtres, le chien cessa de grogner.

Il y avait du lait, du jus de fruits en boîte, dans le réfrigérateur, et des pêches. La cuisine était ancienne et reposante. La seule chose nouvelle était ce réfrigérateur qui détonnait avec le fourneau à bois, la huche, la grande armoire et la lampe avec un contrepoids, que l'on pouvait baisser ou lever selon son désir. Il la baissa, de sorte que la lumière les éclairait un peu au-dessous de leur visage.

Ils burent tous les deux du lait, sans parler, debout. Les fenêtres étaient grandes ouvertes, toujours sur le néant ; un fond noir où la lumière de la lampe ne réussissait pas à pénétrer, mais dans cette pièce quelque chose de vivant sortait de ce néant : l'odeur du jardin, une odeur douce et sèche. Il y avait quelque chose de serein dans cette cuisine, qu'il n'y avait pas dans l'austérité du salon.

En faisant tourner nerveusement son verre vide, il s'assit devant la table recouverte d'une nappe à fleurs. Son visage s'était mis à suer, comme le matin, quand il avait été saisi de peur en entendant le mot police. Puis, tout à coup, il explosa avec une violence sourde, sans élever la voix, mais furieux.

– C'est facile de conseiller de ne pas fuir. Restez-y, vous, ici, pendant des heures, pendant des jours, à attendre qu'on vienne vous arrêter et vous mettre en prison pour un crime que vous n'avez pas commis.

10

Michela s'assit, elle aussi, sur la table. L'ambiance humble de cette cuisine, les meubles, vieux et nobles, qui la remplissaient, la rendaient sereine. La lumière de la lampe tombait maintenant juste sur les yeux de Roberto et Michela s'aperçut qu'ils étaient violets.

– Si vous fuyez, ça ne changera rien, dit-elle. Vous attendrez toujours, heure après heure, que la police vienne vous arrêter, que ce soit ici, dans cette maison, ou n'importe où où vous irez.

Elle savait ce qu'étaient les idées fixes, les obsessions, les angoisses, c'est pourquoi elle arrivait à le comprendre. On n'échappe pas à quelque chose qu'on a à l'intérieur de soi.

– Oh ! bien sûr, c'est très philosophique, dit-il brusquement. Je sais tout ça. Mais il y a un détail que ni vous, ni votre père, ni le mien, ne voulez considérer. Ils trouveront le vrai coupable certes, et je préfère qu'ils le trouvent avant qu'ils ne me mettent en prison, mais seulement après m'avoir gardé un mois ou un an.

En peu de temps, il devenait colérique, puis redevenait calme ou apeuré, puis de nouveau impulsif.

– S'ils m'arrêtent, ils feront une pause, interrompront leurs recherches et se diront : « C'est lui le coupable » ; et moi je risquerai d'en prendre pour vingt ans. Mais tant qu'ils ne me prennent pas, ils continuent leur enquête, suivent d'autres pistes et peut-être trouveront-ils même le maudit type qui l'a tué.

Il se leva d'un coup, en poussant la chaise avec violence.

– Et puis, je n'ai aucune envie d'aller en prison. Tout, mais pas ça !

Elle lut encore clairement sur son visage ce qu'il voulait dire : tout, même mourir, mais pas la prison.

À ces paroles, l'air, les meubles et la lumière, dans la cuisine, semblèrent vibrer. Michela comprit que cette affaire était beaucoup plus dangereuse et menaçante que ce qu'elle paraissait. L'homme qui était devant elle ne supporterait pas cette tension. Il était possible qu'il eût déjà décidé de mourir. Qu'il disait vouloir fuir, mais qu'il entendait fuir définitivement de la vie. Il ne céderait pas, il ne se laisserait pas emprisonner, il n'espérerait pas que la justice reconnaisse son innocence. Il n'était pas de ceux qui espèrent, jamais.

À présent, Michela ne se sentait plus aussi forte. La violence amère de Roberto l'effraya. Néanmoins, un désir inexplicable et secret de l'aider la poussa à continuer de parler :

– Peut-être que les choses ne sont pas comme vous les voyez ! dit-elle. Avant de condamner un homme pour homicide, il faut beaucoup de preuves, de simples doutes ne suffisent pas. Vous parlez comme si on vous avait déjà condamné. Ce n'est pas raisonnable.

– Bon ! écoutez, il haussa les épaules, vous ne parlez pas à un gamin. Si j'étais à la place du jury, je ne pourrais pas faire autrement que de me condamner. Ils vous ont bien expliqué comment les choses se sont passées ? De neuf heures et demie du soir à onze heures, le Sicilien et moi nous nous sommes battus dans le jardin de la villa. À onze heures, je l'ai raccompagné chez lui, là-bas, à Lignano, près de la plage, et à onze heures trente il a été poignardé. Qui a bien pu le tuer ?

Moi. Moi qui me suis battu avec lui, moi qui ai des raisons de m'en défaire pour toujours, moi qui l'ai vu pour la dernière fois quelques minutes avant, comment dire, qu'il ne soit tué. Et comment est-ce que je fais pour démontrer que ce n'est pas moi ? En disant aux jurés que je suis un gentil garçon, honnête, incapable de tuer ?

Il avait raison, pensa-t-elle, mais pas complètement.

– Avant qu'on arrive au procès, lui dit-elle, beaucoup de choses se seront passées. On doit, tout d'abord, trouver les pistes qui mènent jusqu'à vous. Et il est possible qu'on trouve les traces du véritable assassin avant, et que personne, donc, ne vienne vous embêter.

Il s'était mis à califourchon sur la chaise. Sans doute l'insistance sereine de Michela à vouloir l'aider affaiblit son obstination.

Mais il dit, avec amertume :

– Toujours des espoirs. Comment peut-on vivre d'espoirs ? Bien sûr, je peux espérer qu'on l'ait déjà trouvé, l'assassin de ce malheureux, tout comme je peux espérer avoir gagné cent millions à la loterie nationale, j'ai justement un billet. Mais c'est quoi cette façon de vivre ?

– Je ne sais pas. Mais peut-être est-ce mieux que de vivre sans espoir ?

– Ça y est, on est revenu aux discours philosophiques. Je me moque de la philosophie. Ce qui compte, c'est moi, dit-il, agacé.

Ce ton irrita Michela. Pourquoi était-il aussi sûr de lui ? Jusqu'où croyait-il être supérieur aux autres ?

– S'il n'y avait que vous qui comptiez, vous resteriez chez vous, dit-elle presque froidement, comme à quelqu'un avec qui on ne peut pas raisonner. Vous n'avez pas envisagé ce qui arrivera si la police vient ici et apprend que vous avez pris la fuite. En plus de tous les doutes qu'ils peuvent déjà avoir sur vous, ils croiront avoir la preuve que c'est bien vous le coupable, justement parce que vous avez fui. Essayez d'être objectif au lieu de penser à l'idée terrifiante de finir en prison.

Pendant un moment, il resta immobile, certainement plus touché par la voix froide de Michela que par son raisonnement. Puis il commença de faire tambouriner ses doigts sur la table, mais on n'entendait aucun bruit à cause de la nappe, on ne voyait que ses longs doigts battre nerveusement, en suivant un rythme, un motif secret que lui seul entendait.

– Vous et les autres, vous pouvez être objectifs parce que vous êtes en dehors de ce piège. Moi pas ! Mon père m'a dit les mêmes choses que vous, et d'ailleurs, je me les suis dites moi aussi. Il m'a laissé entendre aussi que votre père pouvait faire beaucoup pour moi…

– Bien sûr, s'empressa de répondre Michela, en espérant avoir trouvé une raison suffisante pour le faire rester, pour le calmer. Nous en avons parlé longuement, aujourd'hui, avec papa. Il va faire faire une enquête particulière par son service, avec les meilleurs agents. Quelqu'un a tué cet homme, et ce quelqu'un ne peut pas avoir disparu comme un fantôme ; on le retrouvera, et peut-être bien avant que vous ne soyez inculpé.

Au bout d'un moment, il se leva, sans lui avoir rien répondu. Il alla prendre dans le réfrigérateur une boîte de jus de fruits et en versa le contenu dans un verre. Il but lentement. Ainsi debout, il était dans l'ombre de la lampe baissée, de la mi-poitrine jusqu'à la tête, et elle ne pouvait pas bien le voir, mais elle pensait – ce qu'elle souhaitait – l'avoir un peu ébranlé. Puis, toujours en silence, il sortit de la cuisine. Michela entendit le bruit de ses pas s'éloigner, s'éteindre graduellement. Il ne pouvait pas être parti comme ça, elle en était certaine. Quelques minutes passèrent, dans l'odeur sèche et douce du jardin qui venait de la fenêtre. Puis elle entendit le grognement du chien. Pourquoi jappait-il avec embarras ? Elle en comprit très vite la raison : elle entendit le vrombissement d'une voiture qui partait si près de la villa que ça ne pouvait être que celle de Roberto. Elle retourna donc au salon, comme si elle ne voulait pas croire qu'il soit parti. Il n'y avait personne mais les lampes étaient toutes allumées. Elle vit par terre la moitié de la cigarette qu'il avait jetée tout à l'heure. La porte d'entrée qui donnait sur le jardin était grande ouverte. Une fois dehors, elle entendit le clapotis de la fontaine. Le portail de la villa aussi était ouvert. La lumière, sur un des deux piliers du portail, éclairait paresseusement le chemin privé qui finissait sur la grand-route. Il lui sembla sentir aussi une vague odeur d'essence.

Un instant après, elle se sentit à nouveau seule et faible. Le jardin, autour d'elle, devint progressivement de plus en plus grand, obscur et menaçant ; si grand même, qu'elle comprit qu'elle n'aurait pas la force de le retraverser. Agoraphobie. Et au fond, cachée entre les arbres, la villa aux fenêtres toutes éteintes, à part la lumière de l'entrée, devenait pour elle un vieux manoir hostile, peuplé d'êtres abominables cachés derrière les murs à l'attendre. Elle comprit qu'avant de se sentir trop mal, elle devait faire un effort pour s'arracher de là, de sa terreur, et rejoindre la chambre de son père, sinon son cœur éclaterait. Elle parvint à bouger, même si elle eut l'impression d'être en pierre et de se déplacer comme une statue. Elle se dirigea vers la villa, vers ces êtres hostiles qui l'attendaient, oubliant de fermer le portail. Une fois à l'intérieur, la lumière dans la vaste antichambre lui fit plus peur encore, de même que l'escalier plongé dans le noir. L'effort qu'elle fit pour le monter augmenta les battements de son cœur.

La porte de la chambre de son père, qui était à côté de la sienne, n'était jamais fermée à clef : il lui suffisait simplement de tourner la poignée et d'allumer la lumière, avant que l'angoisse ne la suffoque complètement. Son père se réveilla dès que la lumière fut allumée. Il s'assit sur son lit, son pyjama rouge ouvert sur une poitrine grise et velue, et elle faillit presque lui tomber dans les bras.

– J'ai peur, dit-elle.

Puis, tout de suite après, en voyant les yeux de son père se plisser de douleur, elle ajouta :

– Ce n'est rien, toujours la même chose.

Elle esquissa un sourire.

Son père, sans la serrer, la prit dans ses bras en tenant ses épaules dans ses larges et fortes mains, et elle, comme d'autres fois, sans raison, se mit à pleurer. Ses oreilles bourdonnaient, l'angoisse la prenait de plus en plus à la gorge ; mais maintenant il y avait son père.

11

Un très long train s'arrêta péniblement devant la gare de Latisana sous la lumière incandescente du soleil. La voix du chef de gare, qui criait « Latisana », était étouffée par la forte chaleur et paraissait s'évaporer silencieusement dans l'air brûlant. Personne ne descendait ; tout semblait inutile, inexistant : le train, les voies, et même la gare. La seule chose réelle était cette fournaise qui racornissait les fleurs dans les bacs en ciment et cuisait les voyageurs dans leur compartiment. On entendit ensuite la voix d'une femme qui criait en sicilien. Vers les derniers wagons du long convoi, une porte s'ouvrit. Une espèce de tache verte descendit du train. Le chef de gare la regardait : c'était une jeune femme qui portait un habit vert, brillant, peut-être en soie, ou en quelque chose de plus épais. Elle venait vers lui, en trébuchant avec ses talons hauts sur le petit chemin caillouteux qui menait au quai de la gare. Quelqu'un dans le train ferma la porte derrière elle et le chef de gare leva sa palette. Il ne répondit pas à la jeune femme qui était arrivée derrière lui. Elle lui parlait dans un dialecte si serré qu'il avait pu uniquement reconnaître que c'était du sicilien sans en comprendre un seul mot. Et puis, avant, il devait faire partir le train. Ce train n'était certes qu'une espèce d'omnibus insignifiant, mais ça restait toujours un très long train, beaucoup plus important que cette jeune femme. Il ne se retourna vers elle qu'après que l'ensemble du convoi plaintif et strident fut passé devant la gare. Ensuite, il se mit rapidement à l'ombre, pour ne pas être réduit en cendres par le soleil, et dit à la jeune femme qui l'avait suivi :

– Si vous ne faites pas un effort pour mieux parler, je ne pourrai pas vous comprendre.

Il remarqua qu'elle était très belle, même dans son horrible vêtement vert, sûrement plus adapté à une soirée dans certains bastringues populaires sur une plage qu'à un voyage ; même avec ses cheveux courts, très noirs, décoiffés et comme empoussiérés par un voyage qui avait commencé en Sicile et duré des jours ; même avec ses petites chaussures noires, déformées, aux talons très hauts ; et même avec cette valise en aluminium qu'elle tenait dans la main et sur laquelle le soleil dardait ses rayons aveuglants et brûlants. Elle était vraiment très belle. Il lui dit alors plus gentiment :

– Vous avez dit Lignano ?

Il lui semblait avoir entendu cela parmi les mots obscurs qu'elle avait prononcés.

– Oui, Lignano ! Lignano ! cria la jeune femme.

Elle avait senti l'admiration instinctive de l'homme et instinctivement en profita ; sa bouche sans rouge à lèvres sourit, découvrant des dents d'un blanc éclatant.

– Il y a l'autocar, dit le chef de gare, il est là, sur la place. Il part dans un quart d'heure.

– Ah ! fit la jeune femme. Ah !

Elle voulait dire qu'elle ne voyait pas l'autocar.

– Vous sortez de la gare, expliqua le jeune homme, et il est juste devant.

Elle comprit en partie grâce à ses gestes, mais elle ne se dirigea pas vers la sortie. Elle posa sa valise qui, au soleil, devint comme un globe incandescent, une masse de métal en fusion, et du petit sac qu'elle avait dans son autre main, elle prit un papier.

– Lisez, lisez, c'est là que je dois aller.

Ses gestes étaient violents mais sinueux et provocants. Pas la moindre trace de sueur sur son visage : elle devait être habituée à la chaleur. Le papier était très froissé, usé aux plis, il devait être vieux de plusieurs semaines, de plusieurs mois peut-être, mais l'écriture au crayon, bien qu'à demi effacée, était grosse et encore bien lisible.

Le chef de gare lut : « Giovanni Masetta, chez Pappalettera, plage de Lignano, près du camping Tagliamento. »

– Oui, dit-il.

Il redonna le papier à la jeune femme dont les yeux rieurs et malicieux lui rappelèrent un soir, il y a des années, dans la pinède, une jeune femme comme elle ; un grand soir ! Désormais, il était marié.

– Vous allez jusqu'à Lignano, et quand vous y serez, là où s'arrête l'autocar, vous demanderez. Vous avez compris ?

Il dit « vous avez compris ? » avec douceur, en s'abandonnant un peu à son accent vénitien monotone. Cette douceur, insolite chez lui quand il était en service, était provoquée par ces grands yeux humides de femme qui ne semblaient voir que pour lui et lui seul. La phrase heurta toutefois la jeune Sicilienne, une phrase nouvelle pour elle, presque offensante, comme si elle n'était pas en mesure de la comprendre.

– J'ai compris, dit-elle, en levant un bras, le visage dur.

Elle prit sa valise, devenue brûlante au soleil, et s'éloigna pour sortir de la gare, avec une démarche languissante afin qu'il puisse se rendre compte de ce qu'il avait perdu en devenant son ennemi, en pensant qu'elle ne comprenait pas l'italien. Après quelques pas, elle se retourna et son visage accueillant souriait à nouveau :

– Par ici ? demanda-t-elle. L'autocar est bien par ici ?

Le chef de gare la rejoignit et la conduisit sur la grand-route. À l'élargissement de la chaussée, à l'ombre des arbres, un autocar était arrêté, avec à son bord quelques personnes aussi immobiles que des mannequins car chaque mouvement donnait chaud et faisait transpirer. Mais, désormais, il ne voyait plus la beauté de la jeune femme. Ce nom, Giovanni Masetta, qu'il venait de lire, lui revenait à l'esprit, comme une luciole dans la nuit qui s'allume et s'éteint, et avait fait exploser en lui une curiosité plus forte que tout autre instinct. Plus le temps passait, plus il était certain que ce nom, avant de le lire sur le papier que lui avait donné la jeune femme, il l'avait lu dans le journal. C'était celui du jeune homme qui avait été retrouvé mort sur la plage, quelques jours plus tôt. Giovanni Masetta. Il en était sûr.

– Il va à Lignano ? dit la jeune femme, en indiquant l'autocar.

Le signe d'acquiescement du chef de gare fut suffisant pour qu'elle rejoigne l'autocar et y monte, sans plus regarder le jeune homme. Elle avait traversé toute la péninsule en ne s'adressant qu'à des hommes, profitant de cette espèce d'aura féminine qui l'emplissait toute, de plus en plus, au fur et à mesure qu'elle allait vers le Nord. Jusqu'en Calabre, en effet, elle n'avait sollicité que des femmes, parce que, dans ces régions du Sud, il valait mieux ne jamais interpeller les hommes : la moindre demande d'aide pouvait être prise comme une invitation explicite et ce n'était pas là son intention. Mais à partir de Naples, c'était uniquement aux hommes qu'elle avait demandé si elle était dans le bon train, un café chaud servi dans un verre en plastique ou la revue illustrée qu'elle leur empruntait histoire de lire un peu. Plus le train s'enfonçait dans le continent, et montait vers le Nord, plus son pouvoir sur les hommes semblait augmenter et plus ces derniers devenaient serviables et moins dangereux. Le plus dangereux avait été celui qui lui avait offert une importante somme d'argent, qui lui aurait suffi pour vivre un mois si elle était descendue avec lui à Bologne, mais elle l'ignora.

Dans l'autocar, pour se rassurer, elle prit place derrière le chauffeur, un jeune homme avec la casquette sur les genoux, et dont la blouse de travail jaune était déboutonnée tout comme sa chemise, ouverte sur une poitrine ruisselante de sueur. En fumant, il la suivait du regard depuis qu'elle était montée. À travers les volutes de la fumée bleue, on comprenait ce qu'il pensait. Elle lui demanda tout de suite si l'autocar allait à Lignano et le jeune homme répondit oui, mais il lui aurait répondu oui même si elle lui avait demandé si l'autocar allait à Tarente, sans même saisir la question.

– Là, fit la jeune femme.

Elle reprit le papier de son sac et le lui donna à lire.

– Je vais là.

Le jeune chauffeur le lut, comme il aurait sans doute fait tout ce qu'elle lui aurait ordonné de faire. « Giovanni Masetta, chez Pappalettera, plage de Lignano, près du camping Tagliamento. » Il lui restitua le papier. Sans doute avait-il trop chaud, mais il n'avait pas compris pourquoi il avait dû le lire, ni ce qu'il avait lu.

– Oui, fit-il.

Il ne lui aurait jamais dit non.

Rassurée que l'autocar aille à Lignano, la jeune

femme s'abandonna sur son siège en faux cuir qui semblait garder la chaleur des jours précédents. Le chauffeur regarda la valise en aluminium à ses pieds, elle lui rappelait son service militaire. Il l'avait déjà effectué, heureusement, mais, tout compte fait, c'était le bon temps, pensait-il, on rencontrait des jeunes femmes comme elle et on n'avait à penser à rien : c'était les grosses têtes, avec leurs galons en or qui commandaient à la caserne et qui veillaient à tout. Pendant quelques instants, il revécut rapidement tous ces mois au cours desquels il avait été militaire, puis il se leva. C'était l'heure de partir. Il prit la valise de la jeune femme et la mit dans le filet. Il essaya de se souvenir de l'adresse qu'il venait de lire sur le papier, peut-être que là il aurait pu la retrouver, une fois sa tournée terminée. Il se souvenait de « Pappalettera », et puis, ah ! oui « camping Tagliamento ».

La jeune femme lui sourit, reconnaissante pour la valise.

– Je vais chez mon frère, lui dit-elle à voix basse, comme un secret entre eux que les autres voyageurs, mannequins pétrifiés par la chaleur, ne devaient pas connaître.

Il dit oui une nouvelle fois. Devait-il lui demander tout de suite s'il pouvait la revoir ? Elle ne devait pas être née d'hier si elle bougeait les yeux de cette façon, mais il pensa que c'était trop tôt, qu'il valait mieux ne pas l'effrayer. Et tout à coup, il se souvint aussi du nom qu'il avait lu sur le papier froissé et usé par les centaines de fois qu'il avait été plié et déplié : « Giovanni Masetta. »

C'était arrivé justement à Lignano, à côté du camping, le journal en parlait depuis une semaine, lui aussi était allé voir sur la plage l'endroit où avait été tué le jeune Sicilien, et il s'appelait comme ça, Giovanni Masetta. On en avait beaucoup parlé dans les environs.

Mais il était l'heure de partir ; son collègue contrôlait déjà les billets. Il jeta un coup d'œil hésitant à la jeune femme avant de lui tourner le dos et de s'asseoir au volant, vit ses grands yeux noirs briller pour lui, un instant, et ferma la porte en se demandant si elle venait voir son frère parce qu'elle avait été avertie qu'il était mort, ou si elle ne le savait pas encore. Elle ne devait pas le savoir, pensa-t-il en démarrant ; elle était trop tranquille.

Même lorsque l'autocar prit de la vitesse, par les fenêtres ouvertes, au lieu de l'air frais, il entra quelque chose de visqueux qui aurait dû être de l'air mais qui ressemblait plus à de l'eau chaude en ébullition. Toutefois, la jeune femme gardait toujours un visage sec et lisse, les lèvres humides, l'œil vif et éveillé.

– C'est loin ? demanda-t-elle au chauffeur, en se penchant vers lui, si bien qu'il sentit une de ses mains presque contre son dos.

– Non, un peu plus d'un quart d'heure, lui dit-il fonçant sur la grand-route droite au milieu de la plaine, séchée par le soleil, qui menait à la mer.

– Et après, je dois aller où ? ajouta-t-elle, toujours penchée vers lui.

Il sentit sa respiration sur sa nuque.

– Heu, fit-il, heu… Je vous le dirai, quand on sera arrivé, finit-il par dire.

Il est évident que si elle ne savait pas qu'on avait tué son frère, ce serait un sacré coup.

Rassurée une nouvelle fois, elle s'abandonna à nouveau sur son siège et regarda la campagne trop plate et trop décolorée, même sous ce soleil, par rapport aux couleurs, aux lumières que son œil était habitué à voir depuis qu'elle était née. Elle se mit à regarder le chauffeur dans le rétroviseur, dans lequel, lui aussi, jetait un coup d'œil de temps en temps. Il éprouvait du remords en sentant qu'il désirait lui demander s'il pouvait la revoir, cette pauvre fille, qui ne s'attendait pas à ce qu'elle allait trouver, à ce qu'elle allait apprendre dès qu'elle serait arrivée. Puis il pensa que, excepté son frère – qui n'était plus là – elle n'avait personne, qu'elle était seule à plus de mille kilomètres de chez elle ; ça se voyait qu'elle venait dans le Nord pour la première fois, et qu'elle aurait sans doute besoin d'aide. Peut-être était-ce une pensée hypocrite, peut-être cela lui plaisait-il de pouvoir dire à ses amis qu'il connaissait la sœur du jeune homme qu'on avait retrouvé mort sur la plage, mais il y avait aussi un peu de compassion sincère à son égard.

– Vous venez à Lignano pour les vacances ? finit-il par lui demander, lors du premier arrêt qu'il fit pour faire descendre une grosse femme avec un panier d'abricots sur le bras.

– Je vais chez mon frère, répéta la jeune femme.

C'est vrai, elle le lui avait déjà dit. Avant de redémarrer, il prit dans sa poche un ticket, et le lui passa, en se tournant un peu vers elle.

– Si vous avez besoin de quelque chose, vous me téléphonez à ce numéro, lui dit-il. Vous demandez simplement Giovanni. C'est moi.

Par chance, son collègue était au fond et lui tournait le dos, comme ça il ne pouvait pas le railler.

– Vous vous appelez comme mon frère, Giovanni [1], dit la jeune femme.

Elle fit la naïve plus qu'elle ne l'était, mais cette

1. Giannuzzo, de même que Giovanuzzo, est un diminutif, plutôt peu raffiné, du prénom Giovanni. Il est usité couramment et principalement en Sicile. *(N.d.T.)*

coïncidence futile lui faisait vraiment plaisir. Un nom comme tant d'autres : la chance se retrouve aussi dans les petites choses.

– Le soir, je finis à huit heures, dit le jeune homme.

De penser qu'il s'appelait comme le mort ne lui faisait pas plaisir.

– Ah ! fit la jeune femme, en levant la tête.

Elle avait pris le ticket, et elle avait compris que, désormais, elle devait moins jouer avec ses yeux. Elle devinait que, même dans le Nord, les hommes n'étaient pas faits de bois. Le ticket pouvait toujours servir, surtout venant d'un chauffeur de car qui peut être fort utile. Mais ça suffisait. Et puis maintenant qu'elle allait vivre avec Giannuzzo, il allait recommencer avec ses histoires qu'elle ne devait pas sortir le soir, bien qu'elle n'y eût jamais trop prêté attention.

– Même si je n'y suis pas, précisa le chauffeur – c'est un beau garçon propre et gentil, pensa-t-elle – en se tournant un peu vers elle, de toute façon, il aurait pu conduire les yeux fermés, vous pouvez dire où vous êtes et si vous avez besoin de quelque chose, et dès que je suis libre, je viens tout de suite.

La jeune femme leva une nouvelle fois la tête. On aurait dit qu'elle se cabrait, mais elle ne souffla mot.

Au bout d'un moment, elle dit :

– Je ne sors pas le soir, mon frère ne le veut pas.

L'effort qu'elle fit pour parler un italien correct était le signe de sa sympathie pour le chauffeur.

Son frère. Le jeune homme lui tourna le dos, pour ne pas la voir. Qu'elle parle ainsi de son frère, le croyant en vie, lui avait tout à coup noué la gorge. Il ne pensait plus que c'était une belle femme, ni aux journées de son service militaire. Inconsciemment, il voulait seulement l'aider. Voilà le poteau avec l'arrêt à côté du camping

Tagliamento : ils étaient arrivés. Il y avait deux étrangères en short qui attendaient de monter. Il arrêta l'autocar et ouvrit la porte.

– Mademoiselle, dit-il à la jeune femme, à voix basse.

En la regardant, sa gorge se noua davantage.

– C'est ici que vous devez descendre. N'oubliez pas votre valise. Mais si vous m'attendez dix minutes, je reviens et je vous emmène où vous voulez aller.

La jeune femme regardait le jeune homme, regardait la porte ouverte, les deux étrangères sans hanches qui montaient, sa valise qui était dans le filet, et ne répondait pas. Elle avait compris ce qu'on lui avait dit, parce qu'elle s'efforçait de comprendre les dialectes du Nord, mais ne répondait pas.

– Vous savez, ajouta-t-il, si vous y allez toute seule, vous perdrez une demi-heure pour trouver l'endroit, alors que si vous m'attendez, je reviens tout de suite et on y arrivera en deux minutes.

Sans penser que cela allait être compliqué pour se faire remplacer, il voulait accompagner cette jeune femme et être près d'elle quand elle apprendrait que son frère avait été tué. Il ne pensait même plus à la satisfaction de dire qu'il connaissait la sœur du fameux mort de la plage ; il voulait seulement l'aider.

– Et si vous ne revenez pas ? dit-elle.

D'un côté, elle avait un peu peur de ça, de l'autre, elle ne voulait pas entendre Giannuzzo ronchonner quand elle se présenterait accompagnée d'un homme, et ne voulait pas qu'il lui lance ses insultes habituelles, l'accusant d'aller avec n'importe qui. Mais l'avantage de ne plus rien devoir demander à personne, de se remettre entre les mains de quelqu'un qui conduisait et qui savait où aller, était plus fort qu'elle.

– Je vous attends, mais vous revenez, lui dit-elle, en lui lançant une œillade mutine.

Attendre ne la dérangeait pas. Combien d'heures avait-elle attendu depuis le début de ce voyage ! Du reste, elle aimait attendre. Les femmes sont nées pour attendre, croyait-elle sans être capable de le penser, et elle aimait ça, attendre, parce que, elle, c'était une vraie femme.

Le jeune homme prit sa valise du filet et la lui donna.

– Dans un quart d'heure au maximum, je suis ici.

À Lignano, au village, il se ferait remplacer et prendrait sa mobylette pour revenir.

– Mettez-vous là, à l'ombre, lui conseilla-t-il, naïvement protecteur, en lui indiquant le gros arbre à côté de l'arrêt.

– Eh ben, c'est du beau ! T'as pas bientôt fini ? lui cria du fond de l'autocar son collègue qui venait de s'apercevoir de son manège avec la jeune femme.

– On y va ! on y va ! dit le jeune homme, avec nervosité et en rougissant un peu.

La jeune femme descendit. Il n'y avait personne, ni sur la grand-route, ni aux alentours, pas même une maison, seulement ce poteau avec le panneau indiquant l'arrêt, et le gros arbre. Elle posa sa valise près de celui-ci et regarda un instant l'autocar disparaître au-delà du virage. Bien qu'elle ne la vît pas encore, elle sentait déjà l'odeur de la mer. Son orgueil lui donnait la certitude que le jeune homme allait revenir, toutefois sa méfiance instinctive envers les hommes était grande. Elle savait qu'il suffisait qu'une autre fille, dans l'autocar, l'aguiche pour que, comme les autres, il la laisse là et coure après l'autre.

Elle resta debout un moment. Comme elle était seule, elle fut tentée d'enlever ses chaussures, mais elle savait que c'était une fausse solitude. De la mer proche, avec la plage certainement pleine de gens, il pouvait toujours arriver du monde, et même de la grand-route, et elle ne voulait pas qu'on la prenne pour une va-nu-pieds. Puis elle s'aperçut qu'elle avait soif. Elle avait bu un verre d'eau, il y a trois heures, en mangeant le pain et les abricots qu'elle avait achetés à Mestre. Elle était habituée à boire très peu, mais il faisait trop chaud même pour elle. Avec la langue, elle s'humidifia les lèvres qui commençaient de devenir sèches et, au bout d'un moment, s'assit sur sa valise en se tenant droite ; elle n'était plus qu'une sorte de tache verte au milieu de la verdure. Elle était patiente et pleine de courage, parce qu'elle pensait qu'elle était maintenant arrivée à la fin de cette aventure, et que, même si Giannuzzo ne l'attendait pas, il serait très content de la voir, qu'il l'aiderait, et qu'elle l'aiderait aussi. C'est comme ça qu'il fallait agir : vite et avec décision, pensait-elle, en remuant ses pieds, trop à l'étroit dans ses chaussures. S'ils écoutaient leur mère, ils resteraient à la maison encore dix ans. Elle avait écrit à Giannuzzo, mais elle avait posté la lettre à la gare, avant de monter dans le train, afin qu'il ne puisse lui écrire de ne pas venir.

C'était l'heure de la sieste, et il ne passa qu'une voiture et une camionnette. Puis, du côté de la mer qu'on ne voyait pas, apparut une mobylette qui semblait vouloir lui foncer dessus. La jeune femme, qui attendait patiemment, comprit que c'était lui, qu'il était arrivé beaucoup plus vite qu'elle ne le croyait. Elle le reconnut, même s'il ne portait pas sa tenue de travail, grâce à ses cheveux châtains et à son visage pâle, en dépit de son bronzage.

– J'ai fait vite ? s'exclama le jeune homme d'un air

heureux, en arrêtant sa mobylette sous l'arbre. Donnez-moi votre valise et montez derrière.

Elle n'était plus méfiante ni craintive désormais, et elle lui obéit docilement, comme si elle ne souhaitait pas faire autre chose que ce qu'il voulait. Il plaça la valise devant lui, entre ses jambes.

– Tenez-vous bien, lui dit-il, parce qu'ici la route, ce n'est pas vraiment une route.

– J'ai l'habitude, répondit-elle, en se tenant solidement à sa taille.

J'ai plus l'habitude de la mobylette que de la voiture, aurait-elle pu ajouter.

– On va d'abord au camping, dit-il, et là, on se renseignera.

Il se souvenait de Pappalettera écrit sur le papier. Le gardien du camping devait savoir qui habitait dans les environs. Il conduisait lentement la mobylette sur le sentier qui menait au camping pour qu'elle ne soit pas trop secouée, mais aussi à cause de la valise qu'il tenait entre les jambes et qui le gênait beaucoup. Et tout à coup, ils furent dans la pinède, l'air devint moins brûlant et commença de sentir la résine et surtout la mer.

– La mer, là-bas ! s'exclama la jeune femme.

Elle entrevoyait seulement une bande bleue, on eût dit un coup de vernis et de laque, tant elle était nette et en contraste avec le ciel enflammé par le soleil.

– Ah, c'est beau ici ! confirma-t-il.

Plus il la sentait normale et sereine, plus elle lui faisait de la peine. Il pensait comme elle était loin de ce qui l'attendait ; et il ne savait pas ce qu'il pourrait faire, comment il pourrait l'aider, dès qu'elle apprendrait la mort de son frère.

Puis, sous l'ombre épaisse de la pinède, apparurent les couleurs brique, sable, ou vert pâle des toiles de tente du camping. Un gros homme, qui n'avait sur lui qu'un caleçon, était à l'entrée, comme s'il les guettait.

On aurait dit qu'il attendait quelqu'un pour discuter. Il eut un sourire avenant dès qu'il comprit que le jeune homme et la jeune femme s'arrêtaient là, et fit même quelques pas dans leur direction, parce qu'il avait reconnu Giovanni, le chauffeur de l'autocar ; il voulait tout de suite savoir ce qu'il faisait avec cette femme dont les jambes étaient plus belles que tant d'autres qu'il voyait chaque jour, d'un bronze si délicat et si clair que ça ne semblait pas du bronzage, peut-être des collants, mais il comprit vite que ce n'était pas une femme qui mettait des collants, du moins en cette saison.

– Salut Mattia, j'ai besoin d'un renseignement, lui dit le jeune homme en posant un pied à terre.

Il parla dans un vénitien pur et très chantant, comme ils avaient l'habitude de le faire entre eux, si bien que la jeune femme ne saisit pas un mot. Mais en descendant de la mobylette, elle sourit presque en cachette en pensant à l'intonation monotone de ce dialecte.

– Mademoiselle, vous pouvez me passer votre papier ? lui demanda-t-il.

D'un pin se détacha une brindille qui tomba juste dans le cou de la jeune femme et glissa dans son décolleté. Pour se l'enlever, elle tourna légèrement le dos aux deux hommes. Le gros Mattia mit la main devant les yeux du chauffeur, lequel cependant garda son sérieux.

– Tu t'es trouvé une poulette, lui murmura-t-il en lui serrant le bras.

De toute façon, la jeune femme n'aurait pas compris même s'il avait parlé à haute voix, parce qu'il n'avait pas dit « poulette », mais un terme vénitien pas très châtié. Le jeune homme toutefois resta sérieux et attendit que la jeune femme eût enlevé la brindille de son décolleté et qu'elle eût extrait de son sac le papier en loques, mais précieux, qu'avaient lu des dizaines de personnes, dans tous les trains et dans toutes les gares, depuis le détroit de Messine jusqu'ici, l'embouchure du Tagliamento.

– On cherche quelqu'un qui s'appelle Pappalettera, dit le jeune homme en lisant le papier, et qui serait plage de Lignano, près du camping Tagliamento.

– Oh ! fit Mattia, ses gros pouces enfilés dans l'élastique de son caleçon, qui était quasiment son seul vêtement de mai à septembre, pour éviter qu'il ne lui marque trop une peau redondante de graisse.

– C'est à deux pas d'ici. C'est un de ceux qui montent les dames sur des talons hauts !

Il rit grassement de son trait d'esprit insipide. Il pensait que la jeune femme ne comprenait pas un mot de ce qu'il disait ; il y était habitué avec les étrangères du camping, à qui, tout en souriant, il disait les galanteries les plus injurieuses tout en proférant des appréciations vulgaires sur leur personne.

– Tu n'as qu'à aller à la ferme Rapiàn, là derrière, sur le fleuve. Il est là. Les Rapiàn lui ont loué un trou à rat où, autrefois, ils gardaient leurs chèvres. Il n'en a bougé que quand les carabiniers l'ont convoqué après le meurtre de l'autre Sicilien. Ils étaient amis.

Le jeune homme rougit avec embarras. Il aurait voulu dire au gros homme de se taire, parce que la jeune femme pouvait comprendre certains mots, mais il pensa qu'il serait plus simple de s'en aller tout de suite.

– Merci, lui dit-il et il fit vrombir sa mobylette en donnant trop de gaz alors qu'elle était encore arrêtée.

Il fit signe à la jeune femme de monter. Elle fut si rapidement sur le siège, les bras autour de sa taille, qu'on eût dit qu'elle avait gagné un championnat féminin de saut sur mobylette avec jeune homme.

– On l'a trouvé, il est juste là derrière, sur le fleuve, expliqua le chauffeur, en conduisant un peu nerveusement parce qu'à présent, le moment approchait où elle saurait que son frère avait été tué.

Il en souffrait tellement qu'il aurait presque voulu ne pas être là, avec elle, à cet instant.

– Ah ! fit la jeune fille, avec satisfaction, sur son épaule.

Le sentier arrivait là où la pinède finissait. Devant, il y avait l'étendue de sable et puis la mer. De la rive parvenaient les cris et les voix de gens à moitié nus, bronzés, allongés sur le sable, ou qui couraient en piétinant peut-être l'endroit même où avait été tué Giannuzzo. Mais cela, elle ne le savait pas encore ; elle imaginait plutôt que son frère, en la voyant arriver avec un homme, ne lui parlerait pas, à cet homme, et la fixerait d'un regard dur et amer en pensant : « C'est évident qu'une fille comme toi ne pouvait qu'arriver comme ça, avec le premier gars trouvé sur la route, et continuer à souiller l'honneur de toute la famille, à me faire perdre la face même ici, devant mon ami Giuliano Pappalettera, qui m'héberge, et dans toute la zone, où on va très vite comprendre quel genre de fille tu es. » C'est à ça qu'elle pensait. Le reste, elle ne le savait pas.

Ensuite, le sentier – plus qu'un sentier, c'était un sillon plus dur que le sable – suivait le bord de la pinède jusqu'au Tagliamento, à l'endroit où, sans trop s'élargir, il se confondait et se mélangeait avec la mer ; et même le sentier semblait s'y précipiter, vers le fleuve, si bien que, pendant un instant, le jeune homme eut peur de tomber, avec la jeune femme et la valise, mais il tenait avec vigueur le guidon de sa mobylette.

Sous le soleil qui donnait l'impression que le cerveau bouillait, il regagna la petite route qui courait le long du fleuve, et qui allait au nord, en tournant le dos à la mer. Une centaine de mètres après, il s'arrêta devant la ferme Rapiàn, une maison de paysans, neuve, mais déjà vieille parce que non finie, comme si on avait par paresse arrêté de la construire une fois le toit terminé.

L'endroit était silencieux et champêtre, même si l'on voyait la mer. Dès que la mobylette s'arrêta, le silence brûlant les surprit un peu tous les deux : le silence, déchirant et inattendu comme un cri soudain, peut, en effet, surprendre et même faire sursauter.

– Attendez-moi ici, je vais aller demander, dit le jeune homme.

Il regardait la jeune femme qui souriait, et sa gorge se noua plus fortement.

Mais il ne fut pas utile de s'informer. De derrière la ferme, où une légère pente verte descendait en quelques mètres jusqu'au fleuve, était apparu un jeune homme torse nu, une chaussure dorée de femme à la main. Il restait à les regarder cependant que toute cette dorure, au soleil, semblait rendre la chaleur plus intense.

La jeune femme, alors, eut une sorte de tremblement, comme un moineau avant de prendre son vol, et criant : « Giulianuzzo, Giulianuzzo », courut, vola, vers le jeune homme qui parut, lui aussi, être pris du même tremblement. Mais lui, il ne courut pas, parce qu'il pensait que ce n'est pas digne pour un homme de courir à la rencontre d'une femme, et il resta à l'attendre. Le chauffeur de l'autocar pensa qu'à présent, ils allaient s'embrasser. Or, elle, elle s'arrêta tout à coup devant lui et ne l'embrassa pas : c'étaient un homme et une femme, non des conjoints. Le conducteur, à côté de sa mobylette, les vit s'immobiliser ; le jeune homme, telle une statue, tenait toujours la chaussure dorée à la main. C'était si près qu'il entendait tous les mots, tous les sons plutôt, mais il n'en saisissait pas le sens. C'était la jeune femme qui parlait davantage, un vrai moulin à paroles. Pendant ses brèves pauses, l'autre lui donnait des réponses graves et, au début, durant plusieurs minutes, la jeune femme eut une façon de parler fluide et presque joyeuse. Le jeune homme de l'autocar sentait qu'elle était encore heureuse.

Mais brusquement l'homme à la chaussure dorée leva un peu, lentement, presque hiératiquement, la chaussure, et prononça toute une série de phrases courtes, détachées, graves. Lorsqu'il se tut, le silence revint, très profond, tout autour de la ferme. Le jeune homme de l'autocar vit la jeune femme, de dos, qui ne gesticulait plus, qui restait rigide. Il comprit qu'elle savait.

Puis elle s'écroula à terre, sur l'herbe chaude et verte, pencha la tête pour la cacher entre ses genoux, et demeura ainsi. Si elle pleurait, elle pleurait si doucement qu'on ne pouvait pas l'entendre. Non, elle ne devait pas pleurer. Le chauffeur fit quelques pas pour la rejoindre. Il s'attendait que l'homme à la chaussure dorée se baisse pour relever la jeune femme, mais il ne se baissait pas, il demeurait bien droit, hiératique, et ne la regardait même pas. En revanche, il observait le jeune homme qui s'approchait d'eux, avec un regard encore vague, peu amical, de moins en moins amical, et qui devint même dur et hostile quand il comprit que le chauffeur voulait relever la jeune femme, pliée sur elle-même, avec sa tête aux beaux cheveux noirs qui se débattait entre ses genoux, dans un silence plus pénible que si elle avait crié de douleur.

– Partez, dit l'homme à la chaussure dorée, en

italien, mais avec un fort accent sicilien. S'il vous plaît, partez.

C'était un jeune homme qui n'en semblait pas un, à cause de son regard cruel. Tous les traits de son visage avaient d'ailleurs quelque chose de cruel, son nez droit, sa bouche aux lèvres charnues, sa grosse mâchoire de jeune fauve capable de mordre avec force.

La jeune femme leva brusquement la tête, vit le jeune homme de l'autocar à côté d'elle, et se redressa d'un bond, le visage plein de haine.

– Emmenez-moi chez les carabiniers ! lui dit-elle.

Son visage n'avait pas de larmes, et dans ses yeux il n'y avait que de la haine. C'étaient les yeux d'une Furie.

Le jeune homme de l'autocar la regardait avec hésitation.

– On a tué mon frère, dit la jeune femme.

La Furie se donnait des coups de poing sur la poitrine.

– Et moi, je sais qui l'a tué, ajouta-t-elle en sicilien.

Puis elle répéta en italien :

– Je sais qui l'a tué.

Elle se frappait la poitrine de ses poings pour que tout le monde, pour que tout l'univers, sache qu'elle savait.

L'homme à la chaussure dorée finit par bouger. Il la prit par un bras et lui dit en sicilien :

– Arrête, Maruzza ! Tu n'iras pas chez les carabiniers.

– Toi aussi, tu sais qui l'a tué, lui répondit-elle en sicilien, mais elle n'essaya pas de se dégager de son emprise. Toi aussi tu le sais et tu devrais venir avec moi chez les carabiniers, mais si tu ne veux pas te compromettre, alors reste ici : moi, j'y vais.

– Toi, tu n'iras nulle part, dit l'homme à la chaussure dorée.

À présent, il tenait la chaussure délicatement, par le talon, parce que ses mains suaient tout à coup.

– Ce sont des idées, Maruzza, et même si ce ne sont pas des idées, personne ne peut le prouver.

– Je le sais, moi, qui l'a tué, et ce ne sont pas des idées.

Il lui tenait toujours le bras.

– Ce ne sont peut-être pas des idées, mais tu n'arriveras à rien. Ce ne sont pas des gens qui vont en prison, jamais. Tu perdras simplement ton honneur. Si tu parles aux carabiniers, tu seras déshonorée.

Le jeune homme au visage dur parlait d'un ton grave, comme un vieillard, comme le prêtre d'une religion païenne.

Alors la Furie leva les poings au ciel, et commença de hurler à pleine gorge, après s'être libérée d'un coup sec de celui qui lui tenait le bras, dans un sicilien si serré que le jeune homme de l'autocar n'en comprenait que la mélodie sourde, quoique douce.

– Mon frère vaut plus que tout mon honneur, hurlait-elle en se tapant la tête, que tout l'honneur de ma mère et de mes sœurs et de toute la famille. Moi, je n'ai plus d'honneur parce que je suis... et elle dit le mot sicilien le plus cru, mais même si j'avais tout l'honneur du monde, je le vendrais parce que ces gens doivent aller en taule et y pourrir jusqu'au dernier jour.

Le jeune homme de l'autocar, devant ces cris et ces gestes désespérés, eut peur. Il voulut avaler sa salive, mais la chaleur et la peur lui avaient desséché la gorge, et comme c'était un gamin lui aussi, il lui vint une stupide envie de pleurer, qu'il n'avait jamais éprouvée auparavant, pour ces étrangers qu'étaient pour lui ces deux ploucs du sud.

– Ces gens-là ne vont jamais en prison, dit, solennel, l'homme à la chaussure dorée. Jamais ! Souviens-t'en, Maruzza, jamais.

La Furie s'immobilisa. Elle cessa d'agiter ses bras au ciel, et de hurler. Elle se tut un instant, et dans un profond silence, après ces cris qui avaient fait sortir de la ferme le couple de paysans Rapiàn, elle dit avec la précision d'un scalpel :

– Cette fois-ci, ils vont y aller en prison.

– Jamais !

Il fit un geste, le premier après une longue immobilité : il leva la main qui tenait la chaussure dorée, dessinant dans l'air un fulgurant tracé doré.

– Jamais ! répéta-t-il. Jamais !

– Cette fois, si ! affirma la jeune femme.

Il ne semblait pas qu'elle parlait mais qu'elle gravait ses mots dans le marbre. Désormais, elle le regardait avec des yeux secs, des yeux de fureur et de vengeance. Elle fixa le jeune homme de l'autocar et lui cria en italien :

– Emmenez-moi chez les carabiniers !

Le chauffeur de car opina de la tête. Il regarda d'abord la jeune femme, puis, hésitant, le cruel jeune homme qui détourna la tête, comme pour dire qu'il n'était pas là : car, pour eux, il n'existait plus.

– Emmenez-moi chez les carabiniers !

La jeune femme continuait de hurler tandis qu'elle enfonçait ses mains avec de grands ongles dans le dos du jeune homme de l'autocar, à travers son maillot ; elle le secouait et enfonçait ses ongles, sans s'en rendre compte, au-delà de l'épaisseur de coton du maillot, dans la peau, coupable qu'il était à ses yeux de ne pas l'emmener tout de suite où elle voulait aller. Comme lui, effrayé par cette explosion de fureur, gardait les lèvres entrouvertes ne sachant ni que dire ni que faire, elle cessa de le secouer et de le griffer. Elle le rejeta en arrière d'un geste névrotique, telle une chose méprisable.

– Et si vous ne voulez pas m'y emmener, vous n'avez qu'à crever, je n'ai pas besoin de vous, sale race de gens du Nord, lâches, j'irai toute seule.

Elle regagna la mobylette, prit sa valise en aluminium, se tourna vers son concitoyen et, dans leur dialecte, elle lui en mit pour son compte à lui aussi :

– Je vais y aller toute seule, j'ai pas besoin de toi non plus, tu n'es qu'un plouc, un cul-terreux comme tous les autres, même pas un homme. Tu laisses tuer ton meilleur ami, le frère de la femme que tu aimes, et tu tournes la tête pour ne pas voir qui c'est.

Elle le regarda d'un air provocant, sa valise en aluminium scintillante à la main, et parut lui cracher son dernier mot :

– Lâche !

Le jeune Sicilien fit un pas vers elle, l'expression complètement déformée par une colère rentrée qui devait le bouleverser intérieurement.

– Allez, viens ! cracha-t-elle alors, toujours sauvage et gonflant sa poitrine. Allez viens, lâche. Vas-y, tape une femme, tu en es capable, après avoir laissé tuer ton ami.

Il s'arrêta. Son visage se recomposa lentement en une expression plus humaine. Il eut même un sourire de mépris. Il se tourna vers le jeune homme de l'autocar qui, comme lui, était un homme, et pouvait donc le comprendre :

– Ah, les femmes ! dit-il, avec dédain, pour lui dire

que rien au monde ne pouvait être plus incohérent et futile que les femmes.

Il continua de le regarder fixement comme s'il attendait son consentement, que lui aussi, en tant qu'homme, dise « eh oui ! les nanas » avec le même ton.

Mais le jeune homme de l'autocar garda le silence. Il ne comprenait pas. Son dos le brûlait à cause des griffures de la jeune femme. Il la rejoignit, prit sa valise et lui dit :

– On y va, je vais vous y emmener chez les carabiniers.

Qu'il faille l'emmener chez les carabiniers, ça il l'avait bien compris. Il pensa aussi que, désormais, les journaux parleraient peut-être de lui : il avait accompagné la sœur de la victime à la police, et peu de temps après, la police avait arrêté l'assassin.

La jeune femme ne dit rien et sauta sur la mobylette, toujours avec le même élan, mais avec plus de violence, sans grâce.

Sa chaussure dorée à la main, le jeune Sicilien resta à les regarder, pendant un bref instant, s'éloigner le long du fleuve, vers la mer, puis il retourna derrière la ferme, foulant, pieds nus, l'herbe haute et chaude de la pente qui finissait dans le fleuve. Il entra dans quelque chose qui pouvait être une chambre, sans fenêtres, et qui avait été, comme l'avait dit Mattia, une pièce construite pour les chèvres.

Tout y était sombre, mais il voyait le petit lit de camp mis dans un coin, l'oreiller sans taie où les mouches se promenaient paresseusement, l'établi de cordonnier sur lequel se trouvait l'autre chaussure dorée, et à côté de laquelle il posa celle qu'il avait à la main. Il voyait aussi la guitare accrochée au mur, au-dessus du lit de camp ; cette guitare était sa télévision, son cinéma, son bal, tous les soirs, depuis des mois qu'il était dans le Nord. Il voyait encore, toujours au-dessus du lit, accrochées avec des pointes de cordonnier, les photographies de sa défunte mère, de son défunt père, d'une de ses sœurs qui avait émigré en France avec son mari, et sa photo à lui jouant de la guitare, photo prise un soir lointain, au village, quand il pensait être un artiste ; et enfin, la photo, plus petite, floue, mal prise mais celle à laquelle il tenait le plus, la photo de Maruzza.

Giuliano Pappalettera, en la regardant, se couvrit le visage avec les mains et, s'étant assuré que personne ne le voyait, se mit à pleurer, debout, devant cette photo, qu'il ne voulait pas voir. Il cessa de pleurer aussi vite qu'il avait commencé, enleva les mains de son visage et s'assit sur son lit de camp.

Il prit ses chaussettes sous l'oreiller et les mit, puis d'un clou il décrocha son pantalon, celui de son beau costume, et se changea. Il se mit ensuite un débardeur qu'il enleva d'un autre clou, et enfila une veste. Enfin, de sous le lit de camp, il sortit des chaussures en piteux état, difformes, sèches et craquelées, comme seul un cordonnier peut en avoir, et les enfila.

Il était fin prêt maintenant. Il ne lui manquait que deux choses. De sous la petite table de travail, d'une cachette qu'il trouva tout de suite, en tâtonnant, sans voir, il prit un billet de cinq mille lires, toute sa fortune, le début de sa richesse à venir. Il le mit dans sa poche. Ça c'était la première chose. L'autre, c'était le tranchet. Il y en avait deux. Dans l'obscurité enflammée de la pièce sans fenêtres, il distingua immédiatement celui qui coupait le plus. Il l'essaya sur la paume de sa main et comprit l'aspect dangereux et mortel de la lame ainsi aiguisée. Puis il prit un morceau de cuir qui était sur l'établi et y essaya le tranchet, en faisant d'abord de fines lamelles, délicates comme une peau de raisin, puis des lamelles de plus en plus épaisses, d'au moins un demi-centimètre. La lame coupait tout, toutes les épaisseurs, avec la même facilité et la même instantanéité. Et il pensait que celui qui avait tué son meilleur ami, le frère de la femme qu'il aimait, même si c'était une femme sans honneur, n'irait jamais en prison, mais qu'il pouvait mourir. Ça, oui. Qu'il devait mourir même ! Pour que personne, surtout une femme, ne puisse dire qu'il était lâche, qu'il avait laissé tuer son meilleur ami et avait tourné la tête pour ne pas voir.

Lorsque le dernier morceau de cuir lui resta entre les doigts, si fin qu'il ne pouvait plus le couper, il mit le tranchet dans la poche intérieure de sa veste, avec la simplicité et l'habitude d'un comptable qui range son crayon, et, lentement, il sortit de ce qui était sa maison. Il s'y était attaché, bien que prêtée par une chèvre, à cause de toutes les longues heures et de tous les longs mois de travail et de sueur passés sur d'élégantes sandales. En les voyant ensuite aux pieds des jeunes Italiennes – les étrangères n'achetaient pas de chaussures aussi fines – il pouvait alors penser : c'est moi qui les ai faites.

Tout cela, à présent, était derrière lui et ne reviendrait plus. Il avait décidé que son devoir était tout autre : faire justice.

12

Depuis de longues minutes, Sebastiano Arrighi regardait dans le petit coffre-fort mural, dans la bibliothèque où le soleil entrait par les hautes fenêtres, tacheté par le feuillage des arbres sur le fleuve. Il était vide et, tout en le regardant, il savait qu'il resterait vide. Toutefois, lorsqu'il l'avait ouvert, quelques minutes auparavant, il n'était pas complètement vide. Il y avait un mot de son fils, une simple enveloppe qu'il avait maintenant entre les mains, qu'il avait lue et relue, et sur laquelle était écrit : « Pardonne-moi, papa. Je ne peux pas attendre à la maison. Je pars, et j'ai besoin d'argent. Tu n'as pas voulu m'en donner, j'ai donc été obligé de le prendre. Roberto. »

Deux cents sequins, pensait Sebastiano, non pas pour la valeur de ce qu'on lui avait pris, mais pour calculer combien de temps son fils pourrait tenir. Deux cents sequins d'or : de la manière qu'il dépensait l'argent, il pouvait tenir un peu plus d'un mois. Ou moins ? Oui, un mois peut-être, même s'il était parti avec Irene. C'était même sûr qu'il était parti avec elle ; dans de telles circonstances, il ne resterait pas seul, il le lui avait dit. La simple pensée de cette fille prétentieuse, avide et vulgaire dans l'âme, même si dans ses manières elle singeait la demoiselle des anciennes bonnes familles vénitiennes, l'irrita et l'attrista. Lui aussi, quand il était jeune, pensa-t-il, il s'était intéressé à des filles qui ne valaient rien, et qui, parfois, lui avaient plu et qu'il avait stupidement admirées, mais il n'avait jamais pensé à les épouser. Son fils, si. Il se souvint de la dernière fois que Roberto lui avait parlé :

– Avant que je finisse en prison, je dois me marier avec Irene, elle ne doit pas avoir perdu inutilement toutes les années qu'elle a passées avec moi.

Il avait regardé son fils à travers son pince-nez de professeur pointilleux et sensible, et lui avait dit :

– Tu n'iras pas en prison, mais puisque tu es tellement convaincu d'y aller, crois-tu que c'est en épousant cette fille – il ne prononçait jamais son nom – que tu vas la caser, avec toi qui en prendras peut-être pour dix ans ?

Il n'y comprenait plus rien, sinon que cette fille savait pertinemment que Roberto n'irait jamais en prison, et qu'elle profitait de ce moment de panique pour se faire demander en mariage. Et lorsque la police trouverait l'assassin de ce pauvre Sicilien, Roberto n'aurait plus peur, mais elle resterait sa femme, Mme Arrighi. Elle, il la comprenait. Mais pas son fils. Il reposa lentement l'enveloppe dans le coffre-fort désormais vide, en ferma la porte, mais pas à clef car cela ne servait plus à rien. Et il remit les livres qu'il avait déplacés devant la porte de sorte que le rayonnage redevenait complet, cachant l'inutile secret de cette cachette ingénue.

Puis Sebastiano Arrighi se leva. De son fils, il avait eu autrefois la façon de bouger et la voix nerveuse. Il restait encore un dernier résidu de cette nervosité dans sa manière de froncer les sourcils au moindre bruit, à la moindre pensée qui le perturbait, si bien que son front était devenu une grosse toile de rides creusées et tendues partant dans tous les sens, de toutes les épaisseurs et profondeurs et aux multiples reliefs. Et tout comme son fils dont il suffisait de regarder le visage pour y lire ce qu'il pensait, il suffisait de suivre le déplacement et le froissement de ses rides pour connaître chacune de ses pensées et chacun de ses sentiments.

Il sortit du salon bibliothèque. Il était grand et droit, mais on voyait qu'il n'avait plus aucune force vitale. Il resta inquiet, triste, sur le seuil, devant la vaste antichambre, à regarder le soleil qui entrait par le jardin. Il ne parlerait pas des deux cents sequins à son ami Silvestro, il ne lui dirait plus rien, et si Silvestro voulait lui en parler, il lui demanderait de ne plus penser à cette histoire. Si son fils était à ce point déraisonnable, personne ne pouvait plus rien faire pour lui.

Le téléphone de l'antichambre sonna et le tira de l'incertitude et des pensées amères et mélancoliques qui l'immobilisaient sur le seuil. Il alla jusqu'à l'appareil. Une voix d'homme demanda s'il était chez les Arrighi. Il répondit oui. La voix demanda alors si Mlle Michela Loré était présente. Il répondit qu'il pensait que oui, fronçant les sourcils parce que cette voix, à l'accent vénitien vulgaire ne lui plaisait pas.

– Je vais voir, attendez un instant, dit-il.

Il monta l'escalier, en s'appuyant lourdement sur la main courante de la balustrade trop décorée et, bien que les marches fussent petites et basses, une fois arrivé sur le palier, il sentit son cœur battre jusque dans l'estomac, comme si on lui donnait des coups de poing de l'intérieur, et il dut garder la bouche ouverte pour respirer. Deux cents sequins d'or, pensa-t-il encore, pas pour l'argent, seulement parce que si son fils les lui avait pris, cela voulait dire qu'il était fou. Depuis quelques jours, il se demandait sans cesse comment il se pouvait que deux êtres aussi rationnels, lucides et logiques que sa femme et lui, aient pu engendrer un fils aussi fou.

Toujours haletant, il alla sur la terrasse qui donnait

sur le fleuve ; il était certain que Michela y était. Elle s'y trouvait, en effet, avec son père. Tous deux se retournèrent en entendant ses pas et lui sourirent.

Qu'est-ce qu'il est pâle, pensa Michela. Les rides sur son front, dans leur agitation et leur mouvement continu et imperceptible, lui disaient que l'ami de son père était très anxieux.

– Michela, on te demande au téléphone, dit Sebastiano Arrighi.

Il avança sur la terrasse d'un pas plus vif et arborant un sourire si singulier qu'on eût dit qu'il portait écrit sur son visage maigre et sombre qu'il faisait semblant, qu'il jouait le rôle d'un homme serein, qui n'a aucun souci, qui ne voulait pas les ennuyer avec ses histoires.

– Toi, tu as de nouveaux ennuis, dit Silvestro Loré à son ami, en se levant du dangereux petit fauteuil en osier et en se dirigeant vers lui.

– Moi ? s'étonna Michela.

Elle pensa que seul Al pouvait lui téléphoner ; elle ne connaissait personne d'autre dans les environs, et il était difficile qu'on l'appelle de Rome. Il n'y avait qu'au ministère qu'on connaissait ce numéro de téléphone.

– Oui, répondit Sebastiano, et il sourit, d'un air las.

– Je vais vous dire où je suis, lui dit Roberto au téléphone, comme ça vous pourrez me rejoindre. Je ne veux pas que vous le disiez ni à votre père ni au mien, et qu'ils viennent eux aussi. Je ne reviendrai pas à la maison, n'essayez pas de me convaincre, et si vous ne venez pas toute seule, alors tant pis.

Elle avait compris. Elle s'aperçut que sous le téléphone il y avait un tabouret et elle s'y assit.

– Si vous me demandez de venir seule, je viendrai seule, murmura-t-elle, blessée.

– Je suis désolé, mais je devais vous le dire.

Sa voix était presque confuse, faisant comprendre qu'il se sentait coupable de lui avoir parlé ainsi. Et puis il demanda avec humilité :

– C'est vrai, vous pouvez venir ?

Elle ne répondit pas tout de suite. Elle songeait à ce qu'elle dirait à son père. Elle conclut que le mieux, c'était de lui dire simplement qu'elle sortait faire une promenade, le plus naturellement du monde. Mais le coup de téléphone ? Qui pouvait-elle dire qui lui avait téléphoné ? Elle trouva.

– Je peux venir tout de suite.

– Bon, écoutez, dit-il heureux mais pressé, vous traversez la grand-route et vous allez vers Latisana. Après la station-service, à droite, il y a un chemin de campagne, vous le suivez sur deux cents mètres environ ; je suis là.

– D'accord.

Elle avait compris. L'air vaguement romanesque de leur rencontre lui donnait encore plus d'énergie. À présent, elle n'avait plus peur de se sentir mal devant lui.

– J'y serai dans un quart d'heure, au maximum.

– Merci, Michela, sa voix était pleine de reconnaissance, je vous attends.

– Oui, à tout de suite.

Michela reposa le combiné, se dirigea vers l'escalier et le monta très lentement, pensive. C'était la première fois qu'elle disait un tel mensonge à son père. Oh ! bien sûr, au temps d'Aligi, elle en avait certes dit beaucoup, mais pas pour lui mentir, seulement pour ne pas le faire souffrir, c'était différent. Arrivée sur la terrasse, elle vit son père et Sebastiano appuyés contre le parapet, qui regardaient en bas vers le fleuve, et elle entendit la voix posée, rassurante, de son père qui parlait à son ami, comme l'on fait avec les enfants nerveux et farouches qui disent toujours non.

– Je vais un moment au village, papa, dit Michela quand il se retourna.

– Tu as raison, va te promener, lui répondit-il, encore un peu distrait par ce qu'il disait à son ami Sebastiano. Tiens ! Achète-moi des cigarettes.

Maudites cigarettes, pensa-t-il. Il essayait de les acheter le plus tard possible, pour rester sans, mais cela ne servait pas à grand-chose.

– La coiffeuse vient de me téléphoner qu'elle avait un moment de libre, ajouta-t-elle, presque étonnée par tant d'habileté, alors si tu n'en as pas besoin tout de suite, je te les apporterai quand j'aurai fini.

– Plus tard tu me les apporteras et mieux ce sera, lui dit-il.

Il regarda sa fille avec attention et quelque chose lui donna la sensation qu'elle mentait. Il n'y avait rien sur son visage clair et souriant qui puisse le lui faire supposer, mais il était policier depuis quarante ans, un maudit flic, comme il se définissait, et pour lui tout le monde était suspect, lui compris, ainsi qu'il le répétait à ses hommes. Et même si depuis vingt ans il faisait partie de la haute hiérarchie, ne faisait plus d'interrogatoires et n'avait plus de contacts avec les délinquants ou les voleurs, il avait gardé son instinct de flic ; une sorte d'antenne qui lui permettait d'entendre ce que personne n'entendait ni ne voyait.

Mais à la pensée que sa fille lui mente, il sourit intérieurement, parce que ce devait être un mensonge de môme, et peut-être n'était-ce même pas un mensonge. Il se pouvait que Michela dût aller faire des achats dont elle ne voulait pas parler, là, devant deux hommes. Ou peut-être voulait-elle lui faire une surprise, et il se demanda rapidement si ce jour-là était une date importante. Mais ce n'était ni son anniversaire, ni sa fête, ni rien d'autre.

– Au revoir Sebastiano, dit Michela, salut papa, je me dépêche.

Silvestro Loré leva légèrement son bras pour la saluer. En la regardant un instant droit dans les yeux avant qu'elle ne sorte, il eut la certitude qu'elle avait menti.

– Alors mon petit vieux, dit-il au bout d'un moment à Sebastiano, en lui tapant sur l'épaule, on continue à parler de ton dingo de fils en bas dans le jardin ? Ça te va ?

– Ça me va où tu veux, répliqua Sebastiano.

Le mot dingo, dit par Silvestro, lui fit davantage plaisir que s'il avait dit génie, parce qu'il sentait la profonde affection que Silvestro y mettait.

– À condition qu'on parle d'autre chose. Tu es venu ici pour te reposer, avec ta fille, et non pas pour écouter mes pleurnicheries.

Pendant qu'il parlait, Silvestro le poussait affectueusement en avant.

– Allez, allez, on va écouter la petite fontaine dans le jardin et on va y mettre des petits bateaux en papier, c'est à ça que tu aimes jouer maintenant, n'est-ce pas ? Autrefois, dès que tu voyais un jupon à un kilomètre, tu prenais ton élan en piaffant, mais aujourd'hui tu m'as plutôt l'air de quelqu'un qui ne piaffe plus guère.

– Oh, pour ça, tu ne piaffes plus beaucoup toi non plus !

Pour Sebastiano, la compagnie de Silvestro était le meilleur des remèdes. En sa présence, il ne pensait plus que ce qui leur arrivait, à son fils et à lui, était une tragédie. C'était un simple tracas. Mais lorsqu'il était seul, c'était différent.

– Moi ? Je ne sais même plus ce que veut dire piaffer, dit Silvestro.

Ils avaient déjà descendu l'escalier, et Silvestro continuait à se demander pourquoi sa fille lui avait menti. De toute façon, il avait déjà décidé qu'il le saurait. Il sortit dans le jardin et traîna Sebastiano vers le banc devant la petite fontaine en recommençant à lui parler, mais plus sérieusement, de son fils. Sebastiano lui avait expliqué la disparition des deux cents sequins d'or, ou plutôt il s'était laissé tirer les vers du nez. Ce n'était pas grave. Une simple bêtise de Roberto. Ces sequins étaient à lui. Depuis que Roberto avait huit ans, Sebastiano lui en offrait deux, à chaque anniversaire, à chaque fête, à chaque examen réussi, pour Noël, pour Pâques et à bien d'autres occasions. C'était pour l'amuser, quand il était petit, qu'il avait eu l'idée de ce petit coffre-fort mural, dans les rayonnages de la bibliothèque, pour lui donner l'impression aventureuse du secret caché. Et même lorsque Roberto était devenu un jeune homme – mais à vingt ans il avait commencé de le faire davantage par plaisanterie, pour se moquer de son père – il aimait, après qu'on lui avait donné ses deux sequins habituels, demander la clef du coffre-fort à son père, et aller les y déposer.

Sebastiano était au bord des larmes.

– Si j'avais su qu'un jour il les prendrait pour aller les dépenser avec cette fille, pour fuir avec elle et me laisser seul, parce que ce n'est pas tant par peur de la police qu'il l'a fait…

En regardant le jet d'eau limpide de la petite

fontaine, Silvestro essayait désormais de tranquilliser son cher professeur dingo.

– Tu l'as dit toi-même qu'il a pris cet argent pour aller le dépenser avec cette fille, c'est pas mieux comme ça ? Il doit avoir envie de gaspiller un peu, tu lui as toujours donné de l'argent au compte-gouttes.

Il disait cela pour contrarier Sebastiano, qui avait été trop gentil avec son fils. Silvestro contrôlait toujours d'un œil distrait la sortie de la villa, avec l'indifférence hypocrite du chat qui surveille le trou de la souris, et vit, à cet instant, Michela sortir d'un pas allongé et comme anxieux, qui ne lui était pas habituel : comme si elle voulait courir et qu'elle se retenait.

– Je me suis trompé en lui donnant toujours trop d'argent, dit Sebastiano, avec un mouvement nerveux, et sous l'effet de la colère, sa tristesse passa aussitôt, exactement ce que voulait son ami. Il a même une voiture américaine. À son âge, mon père ne me donnait même pas les clefs du portail, et si je voulais une lire, c'est de ma mère que je l'obtenais.

– Oui, mais quand tu avais son âge, une lire suffisait pour vivre une semaine, continua à le taquiner Silvestro Loré. Salut, Michela, dit-il à sa fille qui avait ralenti en passant devant eux.

– Je reviens pour le déjeuner, dit Michela.

Elle sourit à Sebastiano et continua, avec la même allure retenue, ce qui, pour Silvestro Loré, était une nouvelle preuve qu'elle lui cachait quelque chose.

Tous les deux la regardèrent disparaître au-delà du portail de la villa, après le virage du chemin. Il ne faisait frais que dans le petit jardin entouré de grands arbres qui créaient une ombre épaisse ; tout autour on se sentait assiégé par une chaleur écrasante. Silvestro Loré se frappa le genou de la main.

– Comme d'habitude, j'ai oublié que j'avais fini mes cachets.

D'un œil, il regardait dans la direction où sa fille avait disparu.

– Je vais essayer de rattraper Michela, sinon j'irai moi-même faire un saut à la pharmacie pour les acheter.

– Bon, moi je reste ici, dit Sebastiano. Si je t'accompagne, à peine au soleil, je tombe raide mort.

– Tu n'es qu'un paresseux, lui dit Silvestro, mais il avait calculé aussi que son ami ne l'accompagnerait pas.

Sebastiano lui sourit, et fit le geste pour plaisanter de vouloir le frapper. Silvestro se leva alors en vitesse, comme pour s'esquiver et dit :

– Salut, salut.

Une minute plus tard, il était quasiment au bout du chemin et il voyait Michela marcher sur le bord de la grand-route, de l'autre côté, au soleil. Le flic qui était en lui en déduisit plusieurs choses. La première, que sa fille ne se rendait pas au village, parce que pour y aller, il fallait qu'elle reste de ce côté-ci de la route. La deuxième, que si elle marchait au soleil, c'était parce qu'elle allait tourner dans peu de temps à droite. Personne, et encore moins une fille rationnelle comme elle, ne marcherait sous ce soleil si ce n'était par nécessité de tourner ensuite. La troisième, que sa fille allait dans un endroit étrange : il s'était pas mal promené aux alentours avec sa voiture et il savait que les premiers virages à droite, dans cette direction, ne conduisaient qu'à de lointaines fermes isolées. Et il en déduisit aussi que Michela fréquentait un homme. Une jeune femme ne va pas rejoindre sa coiffeuse dans un endroit lointain et isolé, dans une ferme.

Un homme. L'idée était inattendue. Le soleil frappait si fort que l'asphalte de la grand-route toute proche lui renvoyait un air brûlant. Les quelques voitures qui passaient faisaient penser à des fournaises de métal. Il resta à l'ombre, sous les derniers arbres du chemin jusqu'à ce qu'il vît sa fille, comme il l'avait prévu, tourner à droite. Alors il sortit courageusement au soleil, traversa la grand-route et d'un pas svelte la suivit.

Un homme, non, ça faisait très longtemps qu'il n'y songeait plus, pour Michela, depuis qu'elle était tombée malade. Bien souvent, il avait souhaité qu'elle s'intéresse à quelqu'un, parce que cela aurait signifié qu'elle était guérie.

Près du virage, il ralentit sa marche. À travers les arbres et une haute haie de broussailles, il aperçut Michela marcher sur le bord du chemin de campagne poussiéreux. Il s'arrêta une petite minute, puis, prudemment, tourna lui aussi et distingua alors, à environ deux cents mètres au fond du chemin, la grosse voiture américaine déglinguée de Roberto Arrighi.

Il se cacha derrière la haie, ce qui lui permettait de rester à l'ombre. Il serrait les mâchoires, c'est ainsi qu'il faisait lorsque arrivait quelque chose qu'il n'avait pas prévu. Il n'aimait pas l'imprévu et avait du mal à le comprendre, mais s'y adaptait tout de suite. Il devait y avoir une raison pour que Michela soit venue là, en cachette, retrouver Roberto. Elle lui avait raconté qu'elle avait discuté avec lui la nuit précédente, dans la bibliothèque de la villa, lui avait parlé de toutes les pièces d'or qu'elle avait vues sur la table, et comment il était parti à l'improviste. Et maintenant elle venait là, voir Roberto.

Il pensa au coup de téléphone que Michela avait reçu et n'eut alors aucun mal à comprendre ce qui s'était passé : Roberto lui avait téléphoné et lui avait demandé de ne pas dire qu'elle le rejoignait. Cela aussi était compréhensible. Un jeune homme aussi bête que lui ne se fiait à personne ; il craignait que la villa ne soit surveillée par la police d'un moment à l'autre, et il restait loin de la maison mais aussi de ses occupants. Et ce jeune homme, c'était bien lui, Roberto. Si Michela ne s'était pas intéressée à Roberto, elle n'aurait pas accepté ce rendez-vous secret. Tout son esprit de flic essayait de comprendre de quel genre pouvait être cet intérêt. Si c'était Roberto qui avait téléphoné, c'était parce qu'il avait besoin de quelque chose. Peut-être Michela voulait-elle seulement l'aider, et n'était-elle poussée par rien d'autre. Mais ce n'est pas courant qu'une femme, jeune, veuille aider un homme, jeune, sans qu'il y ait d'autre sentiment.

Tout cela était imprévu, et pis encore, il ne savait pas si c'était bien ou mal. Lorsqu'il entendit sur la route poussiéreuse le vrombissement sourd de la voiture américaine, il se pencha encore plus contre la haie pour mieux se cacher. La voiture passa à côté de lui, derrière la haie. Un nuage de poussière transparent monta dans l'air et au-delà du voile feuillu et poussiéreux, Silvestro Loré distingua sa fille assise à côté de Roberto. Il regarda sa montre, cela aussi était une habitude de flic, pensa-t-il. Il était onze heures et quart.

13

– Vous devez m'excuser pour l'autre nuit, je suis parti brutalement, sans même vous saluer.

Il avait laissé sa voiture sur la grand-route et avait conduit Michela dans un vallon, une espèce de large ride dans la plaine que deux gros arbres feuillus gardaient à l'ombre. Bien qu'étant dans la plaine, de là où ils se trouvaient, ils ne pouvaient pas être vus de la route. On apercevait seulement, au loin, les rares maisons d'un village. Ils étaient tous les deux debout, car il y avait comme écrit sur le visage de Roberto que cet entretien devait être court, qu'il était inquiet, et que dès qu'il aurait fini de lui dire ce qu'il avait à lui dire, ils se quitteraient. Lorsqu'elle était arrivée, il l'avait fait monter dans sa voiture et lui avait seulement dit : « On y va. » Depuis, c'était les premiers mots qu'il lui adressait.

– Je suis parti comme ça, ajouta-t-il, il ne s'était même pas rasé, son habit était froissé, on voyait qu'il n'habitait plus chez lui et qu'il n'avait donc plus les soins attentionnés de la vieille domestique, parce que si je n'avais pas bougé, vous auriez fini par me convaincre de rester à la maison. Et je ne veux pas être convaincu : je veux me convaincre tout seul.

Michela pensa une nouvelle fois, à cet instant, qu'elle était plus forte que lui. Elle le sentait, quoique ombrageux, désarmé et faible.

– Ça, c'est juste, lui dit-elle, en se dirigeant vers un gros arbre et en s'y appuyant.

Étrangement, là, il ne faisait pas chaud, bien que ce ne fût qu'une minuscule île d'ombre au milieu d'un grand lac de soleil brûlant. Elle continua :

– Tout le monde doit se convaincre par soi-même, et non parce qu'on force votre volonté.

Sans trop de courtoisie, Roberto haussa les épaules, comme si ces mots étaient trop loin de ce qui l'intéressait.

– Je n'ai confiance qu'en vous, lui dit-il, et c'est uniquement pour cela que j'ai voulu vous voir.

Il alluma une cigarette et s'approcha d'elle. Cette fois-ci, il eut une façon de la regarder qui la perturba. Ce n'était pas encore le regard intéressé d'un homme pour une femme, mais quelque chose de plus subtil. C'était comme s'il comptait sur le fait qu'elle était une femme et lui un homme, sur l'ascendant instinctif caché de l'homme sur la femme.

– Je pars aujourd'hui. Je quitte l'Italie. Je voudrais vous dire où je vais, pour que vous puissiez m'informer de ce qui se passe ici, si la police vient, si mon père va mal, ou quelque chose de ce genre.

À présent, il regardait au-delà d'elle, vers le petit village.

La lumière aveuglante qui les entourait sans les toucher rendait ses yeux encore plus violets.

– Mais vous devez me donner votre parole que vous ne direz à personne où je suis. Je ne voudrais pas qu'il vous passe par la tête que, pour mon bien, il serait mieux de prévenir la police.

Il était trop près, désormais, et elle se déplaça. Elle marcha vers un autre arbre, puis se retourna vers lui et dit :

– Si j'avais eu cette idée, je serais arrivée avec la police. Mais si vous partez, si vous fuyez comme un coupable, alors je ne vous aiderai pas. C'est une erreur, c'est trop déraisonnable et je ne me sens pas de vous aider à faire fausse route.

Elle le vit presque frémir, comme un poulain prêt à se cabrer, mais qui se maîtrise.

– Alors tant pis. Excusez-moi de vous avoir fait venir jusqu'ici pour rien, lui dit-il brusquement, et dans le livre qu'était son visage, elle put lire que la conversation était close.

Michela sourit, bien que perturbée par cette violence secrète. Puis elle se fit sérieuse.

– Je ne vais pas vous dire que vous faites bien de partir, alors que je pense exactement le contraire. Ou peut-être que vous vous fichez de ce que je pense.

– Ce n'est pas ça.

Il se calma subitement.

– Tout ce que vous dites m'intéresse beaucoup, autrement je ne serais pas là à vous écouter, mais je n'arrive pas à raisonner comme tout le monde, je n'y suis jamais arrivé. Peut-être que je me trompe, mais je sens que je dois partir. Alors, ou vous pouvez m'aider ou vous ne le pouvez pas !

Il était toujours violent, même si sa voix s'était un peu adoucie. Michela pensa qu'elle ne devait pas céder. Elle sentait qu'elle était la seule personne qui, d'une manière encore très floue, avait de l'influence sur lui, une influence que de façon confuse son instinct de femme lui disait d'utiliser pour le raisonner.

– Je ne peux pas vous aider à faire votre malheur, et du reste vous n'avez pas besoin de mon aide, ni de rien d'autre venant de moi.

Elle sentait que c'était dangereux de lui dire ces mots, de forcer ainsi sa volonté.

– Pour savoir si la police vous a cherché ou pas, et comment vont les choses ici, vous n'avez pas besoin de moi. Vous n'avez qu'à appeler ou faire appeler, comme vous l'avez fait aujourd'hui.

Elle ne savait pas comment il allait réagir, mais ça ne lui faisait pas peur. Elle était certaine de faire tout cela pour son bien, et c'était la seule chose qui comptait.

Elle ne le vit pas bondir. Elle ne l'entendit pas répondre avec nervosité. Il resta immobile et silencieux. Ils écoutèrent tous les deux le vrombissement d'une mobylette qui passait sur la grand-route, puis il dit avec lenteur :

– Alors, ça vous plaît de prendre la responsabilité de me faire rester ici, et qu'on m'arrête ?

Il avait parlé presque solennellement, comme une menace.

Michela sentit qu'elle était sur le point de gagner. Car, au-delà de la solennité et de la menace, dans sa voix il y avait aussi de l'abandon, comme s'il avait dit : « Si tu es sûre de toi, je ferai comme tu le veux. » Elle lui répondit aussitôt :

– Oui, je suis certaine que c'est mieux pour vous.

Elle en était vraiment sûre, passionnément.

– Comme je suis certaine qu'on ne vous arrêtera pas. On ne fera que vous interroger, tout au plus, et puis on vous laissera partir, non seulement parce qu'on comprendra que vous êtes innocent, mais aussi parce que mon père interviendra.

Au lieu de ses gestes impétueux, il fit un geste lent : il leva légèrement sa main, comme pour lui dire que ça suffisait, qu'il avait compris.

– Je ne vous crois pas, dit-il, mais je ferai comme vous voulez.

Puis, il se retourna brusquement et se dirigea vers la grand-route, remontant la petite pente du vallon où ils s'étaient dissimulés, d'un pas allongé et nerveux qu'elle réussit toutefois à suivre facilement, malgré ses talons hauts.

La voiture était restée au soleil ; elle brûlait rien qu'à la regarder. Avec une petite clef, il ouvrit le grand coffre : il était plein de valises. Michela en distingua deux blanches, type sac de voyage pour dame et également un imperméable, d'un rouge cyclamen. Il fouilla un peu au milieu des valises, trouva une mallette de couleur sombre, la prit, et la lui tendit.

– Prenez-la, s'il vous plaît.

Puis il referma le coffre et monta en voiture, toujours sans la regarder. La mallette était très lourde. Michela s'assit à côté de lui et la mit entre eux. Elle ne comprenait pas, ce qui expliquait son silence, mais elle avait quelque motif de satisfaction : peut-être avait-elle réussi.

Roberto mit le contact, mais avant de démarrer, il se tourna vers elle. Étrangement, à cet instant, on ne pouvait rien lire sur son visage : c'était comme si les pages du livre étaient blanches.

– Vous donnerez cette mallette à mon père, dit-il.

Il paraissait fatigué par l'effort de la décision prise.

– Il contient un tas de sequins d'or. Il a commencé à me les offrir quand j'étais petit, deux par deux, et voilà, maintenant il y a tout ça. Je les lui ai pris parce que je pensais partir définitivement, et puis vous êtes arrivée et vous m'avez fait changer d'idée. Désormais, je n'en ai plus besoin.

Il alluma une nouvelle cigarette ; il fumait beaucoup.

L'intérieur de la voiture était brûlant, mais il ne s'en rendait pas compte. Elle non plus : elle était trop tendue.

– Donnez-les à mon père, et dites-lui de garder son calme. Il tient beaucoup à ces pièces, pas pour leur valeur mais parce qu'il voudrait que je les dépense un jour pour quelque chose d'exceptionnel, d'important. Dites-lui que c'est ce que je ferai, que je les utiliserai pour faire quelque chose de beau, de grand.

Pendant un instant, on lut sur son visage une expression émouvante, très amère. C'était la première fois qu'il parlait si longuement.

– Mais je ne vais pas suivre votre conseil. Je ne retournerai pas à la maison. Si je restais chez moi, je resterais éveillé toute la nuit, pour écouter si la police arrive. Elle vient presque toujours à l'aube, n'est-ce pas ? Votre père est dans la police, vous devriez le savoir. À l'aube, quand tout le monde, mais vraiment tout le monde, dort, eux, ils arrivent et vous tirent du lit. Vous êtes endormi, vous ne comprenez pas, vous êtes apeuré et vous répondez ce qu'ils veulent entendre. « Oui, c'est moi, c'est moi qui l'ai tué. »

Il lui sourit, en voyant son expression de désapprobation.

– Et vous me laissez dire ? De toute façon, c'est la même chose, non ? Moi, je ne raisonne pas, les autres si. Quelle importance peut avoir ce que dit un type qui ne raisonne pas ?

– Ça en a, l'interrompit-elle, décidée, parce que je ne veux pas que vous soyez aussi amer.

Depuis combien, combien de temps n'avait-elle pas été aussi décidée, aussi forte ? Toutefois, elle ne devait pas trop le regarder dans les yeux, sinon elle ne se sentirait plus aussi forte.

– Je ne suis pas amer, dit Roberto.

Ils ne s'apercevaient pas non plus de la chaleur que renvoyait le moteur en marche.

– J'ai changé d'idée, et un homme n'aime pas tellement changer d'idée. Peut-être qu'une femme ne peut pas le comprendre. Mais laissons tomber. Je vais vous raccompagner et vous redonnerez ce trésor familial à mon père. Et puis vous lui direz de ne pas s'énerver, que je ne pars pas mais que je ne rentre pas non plus à la maison. Je fais un compromis, ça vous va ? Le compromis, c'est raisonnable, n'est-ce pas ? Je ne serai pas loin, et si la police vient me chercher, dites que je suis sorti, pas que j'ai fui. Je vous téléphonerai de temps en temps ou je me manifesterai d'une façon ou d'une autre, et si j'apprends que la police me cherche, je verrai ce que je ferai.

Il haussa les épaules.

– Je ne sais vraiment pas ce que je ferai si vous m'apprenez que la police est venue me chercher.

Il démarra la grosse voiture, lentement.

– Je ne sais vraiment pas.

Les pneus, gonflés quasiment au point d'éclater à cause de la chaleur sur l'asphalte qui fondait presque, gémissaient. Dans les champs, sur les côtés de la route, le blé mûr semblait à la limite de s'embraser. Michela dit :

– Vous serez aussi raisonnable qu'en ce moment. J'en suis sûre.

– Qui sait ? lui répondit-il.

Latisana était déjà là. Il s'arrêta à une centaine de mètres de la station-service, pour qu'elle n'ait pas beaucoup à marcher. Mais près de chez lui, il paraissait devenu nerveux, inquiet, et semblait regarder devant lui avec cette angoisse infantile de voir des policiers en faction qui l'attendaient, et, elle, cette anxiété lui faisait de la peine.

– Au revoir, dit-il. Je vous téléphonerai.

Son regard était fuyant et son visage ne disait pas davantage ce qu'il pensait.

– Je suis contente, elle l'était vraiment, votre père aussi le sera.

– La mallette, dit-il, en la lui tendant.

En la lui donnant, il lui prit la main, près du poignet, et la regarda fixement un moment. Il semblait vouloir lui dire quelque chose, mais ne prononça qu'un nouvel : « Au revoir. »

– Téléphonez-moi vite, dit-elle, une fois descendue, une main appuyée sur la vitre.

Elle ajouta avec une tendresse qui la fit rougir :

– N'ayez pas peur, vous ne devez pas avoir peur.

– Je vais essayer, dit-il.

Il était devenu sombre et était sur le point de démarrer. Il lui fit un rapide geste de salut puis, dès qu'elle s'écarta de la vitre, embraya nerveusement et la voiture fonça.

Pendant quelques minutes, il conduisit à plus de cent, sur la grand-route déserte, puis il ralentit et alluma une cigarette. Il regardait souvent dans le rétroviseur, mais aucune voiture ne le suivait. À présent, il commençait de sentir la chaleur. Il se souvint qu'il y avait une espèce de café juste à côté de chez Irene, il y boirait quelque chose de fort et de glacé. Mais quand il passa devant, une minute plus tard, il avait oublié qu'il avait soif. Il prit à droite un chemin sur lequel la voiture passait à peine, en soulevant des nuages de poussière, puis à gauche un chemin encore plus étroit, guère marqué à l'intérieur d'un champ inculte. Derrière une ligne de maigres arbrisseaux qu'il contourna se trouvait la maison d'Irene, devant laquelle il s'arrêta brusquement.

Irene sortit par la porte sombre de ce qui avait été certainement un taudis et qui était, depuis peu, sommairement travesti en maison grâce à un blanchiment déjà crasseux et à une peinture verte passée sur les persiennes qui étaient déjà gris sale. Sur la petite porte, une enseigne peinte à la main sur une banale planche en bois avertissait celui qui arrivait jusque-là : « Menuisier. » Le mot était écrit correctement, mais Roberto chaque fois qu'il le regardait avait l'impression qu'il y avait une faute, comme : « menusier ou menuiser », sans doute parce qu'il connaissait celui qui l'avait écrit, le père d'Irene, et savait combien il était fruste.

Et sa fille n'était pas tellement différente, pensa-t-il en descendant de la voiture sans même la regarder et encore moins la saluer, mais elle avait un tel corps que, même si elle avait été analphabète, personne ne s'en serait plaint. Il ouvrit à nouveau le coffre, la tête baissée, tandis qu'Irene, dans son tailleur gris, déjà prête à partir, s'était approchée de lui. Il commença de sortir les valises, tout en lui disant :

– On ne part plus.

– Il s'est passé quelque chose ? demanda-t-elle.

Sa voix n'avait aucune intonation dialectale quand elle parlait avec Roberto, mais avec un corps pareil, personne ne faisait attention à sa voix, et encore moins à ce qu'elle pouvait dire, continuait-il de penser, en déchargeant les valises et l'imperméable. C'était une statue, à un point tel que l'habiller, c'était comme mettre un tailleur à Aphrodite. Et ses cheveux, d'un blond naturel, n'étaient qu'une masse énorme qui lui descendait bien au-dessous des épaules quand elle les détachait. Peut-être n'y a-t-il qu'en Vénétie, pensa-t-il, que l'on trouve encore des filles avec des cheveux aussi longs, qui, sur Irene, ramassés en chignon sur la nuque, évoquaient à ce point la silhouette hautaine et douce, et quelque peu inquiétante, d'une statue grecque. Dans cette tête, bien évidemment, il n'y avait pas grand-chose, il le savait, excepté beaucoup de ruse et un certain art – voire une science : une science certaine comme la géométrie – de traiter les hommes. Irene aurait su trouver le moyen de faire céder à sa volonté n'importe quel homme, dans n'importe quelle situation, et sans qu'il s'en rende compte. Roberto s'était souvent demandé comment il se faisait qu'une jeune femme d'une pareille beauté, avec cette ruse instinctive et pénétrante, se soit à ce point attachée à lui. Pourquoi n'allait-elle pas à Venise lors du Festival du cinéma, ou à n'importe quel autre moment ? Elle y trouverait un Anglais plein de sterling, ou un Allemand plein de marks, dès sa première sortie sur la place Saint-Marc.

– Non, il ne s'est rien passé, mais j'ai décidé de rester, lui dit-il, cependant qu'il prenait deux valises pour les porter à l'intérieur.

Il lui en montra deux autres plus légères.

– Toi, prends celles-ci.

Il lui tourna le dos en imaginant quel genre de réaction elle aurait, mais ça lui était égal.

À l'intérieur, dans l'étable, ainsi qu'ils disaient tous les deux, Irene et lui, Roberto fut comme aveugle, puis il distingua dans l'ombre la misérable cuisine et la porte qui donnait dans la prétendue chambre à coucher, ou niche, ou poulailler qu'elle était plutôt, d'après l'odeur. C'est précisément dans les maisons de campagne saines et rustiques, au milieu des prés, que l'on sent les plus forts remugles, pensa-t-il, en posant les valises près du lit sur lequel il s'allongea tout de suite, se souvenant tout à coup qu'il avait soif. Dans l'obscurité chaude et malodorante de la pièce, il vit entrer Irene avec les deux autres valises. Il distingua progressivement son visage clair, ses cheveux, les lignes sinueuses de son tailleur. Puis il entendit aussi des pas lourds et un gros homme, en marcel déchiré et mouillé de sueur, entra. L'auteur de l'enseigne « menuisier », pensa Roberto, et de ce chef-d'œuvre animal qu'est Irene.

– Vous ne partez pas ? s'enquit l'homme.

Personne ne lui répondit. Roberto avait déjà fermé les yeux et pensait qu'il serait bien chanceux s'il parvenait à s'endormir. La statue grecque avait enlevé la veste de son tailleur et défaisait sa jupe.

– Vous vous êtes engueulés ? ajouta l'homme.

Il était lourd jusque dans son dialecte vénitien, d'habitude si léger et poli.

– Non, dit la statue, en se couvrant sans empressement avec une robe de chambre en fibre artificielle si transparente qu'elle aurait été plus chaste si elle ne l'avait pas enfilée.

L'homme avait une barbe de trois ou quatre jours. Sans le regarder, les yeux fermés, Roberto voyait parfaitement son visage d'évadé de prison. Même si ce n'était pas un évadé, en prison il y était allé, et pendant plusieurs années. Pour une bêtise : une rixe dans une auberge entre ivrognes, l'un mort à cause d'un coup à la tête, et l'autre, le père d'Irene, mis au frais pour dix ans.

– Il ne peut pas rester ici, lui, tu le sais, dit l'homme à Irene.

Il portait toujours sur lui une vague odeur de copeaux, de bois, et de vin rouge.

– Je n'ai pas envie d'avoir affaire aux flics.

Il disait « flics » comme les anciens détenus qui ont eu affaire aux surveillants ou aux policiers.

– S'ils viennent ici, c'est moi qu'ils vont embarquer.

Étendu sur le lit, les yeux fermés, Roberto comprit comment Irene avait réagi au fait qu'ils ne partaient plus. Sans aucun doute, en portant les autres valises, elle s'était entendue un instant avec son père ; ils se comprenaient d'un simple regard. Et elle le lui envoyait, elle n'attaquait pas directement.

– C'est pas à cause de vous, dit l'homme en s'adressant à Roberto qui gardait les yeux fermés, comme s'il était mort, si ça ne tenait qu'à moi, vous pourriez rester ici pendant vingt ans, mais je ne veux plus rien avoir affaire avec ces types.

Alors, dans l'obscurité, la statue se mit à parler dans un dialecte aussi lourd que celui de son père, et en rien adouci par le fait que ce soit une femme.

– Dégage, sinon je ne sais pas ce que je vais faire, tu as compris ? Tu as le courage de lui dire de partir. Mais tu serais mort de faim s'il n'avait pas été là ces dernières années. Et aujourd'hui qu'il a besoin de ce taudis puant pour deux jours, tu lui dis de s'en aller !

Elle passa instantanément à l'italien en s'adressant à Roberto, d'une voix plus féminine mais toujours très excitée :

– Et toi, ne l'écoute pas. On restera là tant qu'il nous plaira. S'il y a quelqu'un qui doit partir, c'est lui.

Roberto ne bougea pas, n'ouvrit pas les yeux. Il essayait de ne pas exister. Il était plein d'une amère admiration pour Irene. Il sentait avec certitude que toute cette scène était préparée, qu'elle, comme un metteur en scène, avec quelques mots soufflés à son père avant d'entrer dans la pièce avec les valises, avait créé, à partir de rien, cette parodie qui inversait complètement la situation : elle était certainement fâchée de ne plus partir, mais elle avait donné ce rôle à son père, si bien qu'elle, désormais, pouvait jouer – comme elle allait le faire bientôt – le rôle de la consolatrice. En effet, après que les lourds pas de son père se furent éteints au-delà de la cuisine, au-delà de l'autre pièce, qui aurait dû être l'atelier de menuisier et qui n'était en réalité qu'un triste chaos de chaises cassées, de tables boiteuses, de caisses démontées, Irene s'assit sur le lit près de Roberto et posa sa main sur son front.

– Tu transpires, tu as trop chaud, pourquoi tu n'enlèves pas ta veste ?

Et une nouvelle fois, il comprit pourquoi depuis tant d'années il restait avec elle et pourquoi il n'avait jamais songé sérieusement à la quitter. Bien sûr, la première femme rencontrée dans la rue aurait été mieux qu'elle, aurait pu plaire davantage à son père, aurait été plus fine, plus intelligente, voire aussi belle, mais personne ne posséderait jamais le même art – la même science exacte – de savoir convaincre un homme, de lui faire croire qu'il est indispensable, de lui donner le sentiment d'être la douceur et la docilité personnifiées.

– Ce n'est pas nécessaire, dit-il.

Il sortit de son immobilité, mit les pieds par terre en s'adressant plus à lui-même qu'à elle :

– Parce qu'on s'en va.

– Tu n'es quand même pas fâché à cause de cet imbécile ? dit-elle, sans l'embrasser.

Elle savait à la seconde près quand c'était le moment, et ça ne l'était pas.

– Ne t'inquiète pas, je ne suis pas fâché contre toi, la rassura-t-il, en se levant. On sort parce que j'ai soif et qu'il faut qu'on mange.

Irene se leva, elle aussi, et lui mit une main sur l'épaule, avec délicatesse.

– Mais j'ai de la bière dans le frigo et je peux te préparer quelque chose ici, si tu es fatigué.

Elle, elle qui ne désirait rien d'autre, peut-être avant même qu'elle ne vienne au monde, que de s'en aller de ce qui n'était pas une maison mais une espèce de trou à rat, qui avait attendu ce jour, l'instant du départ, comme un aveugle attend le moment de revoir la lumière, semblait à présent vouloir le retenir, et rester là. Il devait l'admirer. Si elle avait fait un scandale parce qu'ils ne partaient plus, elle aurait été stupide. Mais elle était loin de l'être.

– Non, il vaut mieux sortir, dit-il en ajustant le col de sa chemise. Pour le moment, on ne va pas en Suisse, mais on peut aller à côté, à Venise, à Udine. Ça te va ?

Non, ça ne lui allait pas. Il savait très bien que se balader une journée, que voyager quelques jours dans les environs, ne pouvait lui aller : ce qu'elle voulait, elle, c'était sortir définitivement de cette maison. Or il la vit patiemment enlever sa robe de chambre pour remettre son tailleur et il entendit sa voix pleine de fausse gratitude :

– Oh, oui, c'est génial !

Ils sortirent aussitôt, avec une seule petite valise, comme les autres fois. Sur la porte, le père d'Irene les regarda partir sans les saluer, d'ailleurs personne ne se salua, non par hostilité ou mauvaise humeur, mais simplement parce que dans cette maison, entre ces gens, se saluer était considéré comme superflu et désuet, une sorte de rite inutile qui ne se pratiquait plus. L'homme resta à regarder le nuage de poussière derrière lequel la voiture s'éloignait, ses bras nus le long des hanches. Il avait un tatouage sur un bras, une tête de femme, qu'il s'était fait faire quand il était garçon menuisier, c'était il y a presque dix mille ans pour ainsi dire, si bien que depuis longtemps il avait renoncé à essayer de se souvenir à qui appartenait ce visage qu'il portait gravé sur le bras.

Une poule sortit d'on ne sait où, blanche de colère, comme si elle était poursuivie par quelqu'un. Il la regarda fixement, avec ses yeux enfoncés sous de proéminents os orbitaux.

Il avait l'habitude de penser à voix haute. « Il ne partira plus », se dit-il. Il ne pouvait pas penser à plusieurs choses en même temps, son esprit n'arrivait à suivre qu'une idée à la fois. « Il ne partira plus », continua-t-il à se dire, en regardant la poule qui s'était calmée et qui, maintenant, se promenait au soleil, un peu assommée elle aussi par la chaleur.

Puis une nouvelle pensée lui arriva. Il la murmura : « *Il faut* qu'il parte. » À présent, on ne voyait plus la poussière laissée par la voiture qui avait disparu. « *Il faut* qu'il parte », se répétait-t-il.

Il regagna son atelier. Au milieu du chaos se trouvait également un vélo, accroché à un mur, un gros engin rouillé et lourd qu'il détacha de son support comme si c'était un chapeau léger. Il l'enfourcha tandis qu'il était encore presque à l'intérieur. Il pédalait lentement, mais la poussée était tellement forte qu'il avançait rapidement, sûrement, sur le sentier caillouteux, comme s'il marchait.

Le café était tout proche, juste avant la grand-route, à une centaine de mètres en direction de Latisana. Il s'agissait d'une petite maison à deux étages, dont le premier était une auberge qui portait l'enseigne « Bar ». Depuis qu'elle avait été construite, il y avait passé toutes ses soirées après être sorti de prison. À cette heure-là, il ne restait que les patrons qui mangeaient au-dessus, au premier étage, et en l'entendant entrer, leur fils, un jeune garçon aux joues gonflées par une bouchée qu'il finissait de mâcher, descendit.

– Donne-moi un blanc, demanda-t-il.

Le jeune garçon lui servit un verre de vin blanc qu'il but d'un trait parce qu'il avait soif.

– Mets-m'en un autre, lui dit-il.

Il mit des pièces sur le comptoir.

– Et puis, donne-moi aussi un jeton pour téléphoner.

Le jeune garçon le connaissait, il n'avait pas reposé la bouteille de vin blanc, car il savait qu'il allait commander au moins un autre verre. Il ouvrit la caisse. Dans l'ombre enflammée de la pièce, on entendit le dling de la petite sonnerie de la caisse, comme quelque chose de frais, et il lui donna un jeton.

Le téléphone était au fond de la grande pièce, caché par un portemanteau placé devant. En été, personne n'avait rien à y pendre car les clients n'étaient vêtus que du minimum, et même si l'on voyait à travers les bras en métal brillant du portemanteau, l'angle restait assez isolé. L'homme fit le numéro en appuyant sur le cadran, parce que son gros doigt noir n'y entrait pas. Au bout d'un moment, il dit :

– Salut, Lison.

Il parlait doucement, tourné vers l'angle du mur.

– Pas trop mal, mon vieux.

Il ajouta dans son dialecte épouvantable :

– J'ai pas mal d'ennuis, je t'expliquerai plus tard, je passerai peut-être ce soir, mais il y a une chose que je ne digère pas.

Il se tourna un instant pour voir si le jeune garçon l'écoutait, mais le gamin était remonté manger.

– J'ai besoin de deux hommes, mais pas pour tabasser, ils ne doivent rien faire, seulement être assez bien habillés pour ressembler à des flics en civil. Il faudrait par contre que tu me les envoies vite, demain au plus tard.

Le jeune garçon était redescendu, encore avec la bouche pleine, parce que sa mère lui avait dit de rester en bas pour surveiller la caisse, car il fallait faire attention de ne pas laisser le magasin seul avec la clientèle qui traînait dans le coin, et puis Prasin, avec toutes ces années passées en prison, était loin d'être un type de confiance. L'enfant vit que Romeo Prasin téléphonait toujours ; il entendait seulement le murmure de sa voix, une espèce de bourdonnement qui, avec cette chaleur et le repas qu'il était sur le point de terminer, lui donnaient sommeil.

14

Alberto Missaglia ferma la valise qui était sur son lit et regarda encore une fois Tatiana, qui lui tournait le dos, assise sur l'autre lit. Je suis quand même un beau salaud, pensa-t-il en observant le misérable petit vêtement à fleurs, les épaules et les bras maigres de la jeune femme. La chambre d'hôtel était minable, si tant est que l'on puisse appeler hôtel ce petit immeuble en ruine. Avant la guerre, ce petit village était italien [1], et on lui avait dit que cet hôtel, à cette époque, était un bon hôtel, avec des garçons en veste blanche et une véranda qui donnait sur la mer, et dont les vases étaient toujours remplis de fleurs. Mais aujourd'hui, les baies colorées de la véranda avaient presque toutes été brisées ; il n'en restait que quelques morceaux çà et là. Les carrelages rouges du sol étaient tout ébréchés : les partisans y avaient traîné leurs mitrailleuses, les Allemands l'avaient bombardé et les miliciens

---

1. L'action du livre se déroule dans la province d'Udine, dans la région Frioul-Vénétie Julienne. Cette région a longtemps été source de querelle pour la délimitation des frontières entre l'Italie et la Yougoslavie. La petite ville de Piran est située sur la côte nord occidentale de la Slovénie à l'extrémité du golfe de Trieste, en face de la presqu'île où se trouve Lignano. Comme de nombreuses villes de cette zone, elle a été occupée, pendant la Seconde Guerre mondiale, par les Allemands et les Italiens et a subi la violence des partisans yougoslaves qui entendaient la libérer. *(N.d.T.)*

yougoslaves, pour passer le temps, de la pointe de leur baïonnette, avaient déchaussé le peu de carreaux qui restaient. Personne, jamais, n'avait tenté de réparer quoi que ce soit, si bien que le sol de la véranda, érodé par la pluie et par le soleil, s'écroulerait un jour ou l'autre. Au demeurant, tout le reste de l'hôtel semblait devoir s'écrouler, y compris cette chambre où ils étaient, si près de l'Italie, en Italie même, et si mal-en-point qu'elle semblait n'appartenir à aucun pays, avec ces meubles sans aucun style, ces murs sans aucune couleur, ces petits lits pareils à des lits de camp militaire abandonnés par une armée en déroute.

Il n'aimait pas venir en Yougoslavie. Il n'y venait que par obligation, pour son travail, mais aujourd'hui il regrettait de s'en aller comme ça, comme un salaud. Il fit le tour du misérable lit de camp transformé en lit et alla s'asseoir à côté de Tatiana. Il pensait que s'il l'emmenait en Italie, au lieu de la laisser, ici, en Yougoslavie, et que s'il lui faisait manger, pendant deux mois, des tagliatelles à la sauce bolognaise, du bœuf braisé, des pieds de cochon farcis de certaines auberges romagnoles de la côte adriatique, alors ses bras et son décolleté, qui malgré leur maigreur n'en demeuraient pas moins féminins, ne seraient plus aussi maigres. Ils se rempliraient, et elle, elle serait encore plus attirante, bien qu'elle le fût déjà beaucoup même comme ça, avec ses grands yeux foncés, profonds, et vifs aussi, d'une intelligence fine et lucide ; deux yeux qui comprenaient tout, tout de suite.

– Tatiana, tu as compris que je ne t'ai pas dit la vérité, lui annonça-t-il en lui prenant la main, qu'elle tenait tristement abandonnée sur ses genoux ; une main maigre aux longs doigts masculins et féminins à la fois, peu soignés.

Mais dans ce village tortueux, que l'histoire tortueuse de ces vingt dernières années avait changé de nationalité, comme si un lieu pouvait changer de patrie de la même façon que l'on change de vêtement, cela n'avait pas de sens que les femmes prennent soin de leurs mains : leur seul souci, c'était la survie.

Tatiana sourit et regarda sa main blanche dans celle, brune et poilue du poignet jusque sur le dos, d'Alberto. Elle fit signe que oui, qu'elle avait compris qu'il avait menti.

Vu que je suis un salaud, pensa-t-il, autant l'être jusqu'au bout et lui dire toute la vérité. Elle était trop intelligente, Tatiana, pour qu'il lui mente.

– Je ne voulais pas te faire souffrir, continua-t-il, en réfléchissant bien à chaque mot avant de parler. Mais l'autre fois, quand je t'ai dit que je reviendrais te chercher pour t'emmener quelques mois en Italie, je n'avais pas encore revu une femme, avec laquelle j'ai presque grandi, et dont je n'imaginais pas l'importance qu'elle a pour moi.

Bien que ce fût méchant de parler à Tatiana d'une autre femme, de Michela en l'occurrence, il lui en parla quand même. Il savait que Tatiana préférait la précision des opérations chirurgicales aux soins palliatifs.

– Tu sais, elle ne va vraiment pas bien, on a l'impression de voir ses nerfs bouger sous sa peau, elle a besoin de quelqu'un qui l'aide.

Il lui dit aussi qu'il ne s'était jamais vraiment attaché à une femme, sinon à Michela. Lorsqu'il l'avait revue, il avait ressenti le besoin d'être avec elle, le besoin de ne plus être seul, de rester avec elle.

Tatiana le regardait de temps en temps. Avec ses yeux, elle lui disait oui, qu'elle comprenait. Elle était plus contente, à présent, de savoir la vérité, que tout à l'heure, quand, pour ne pas la faire souffrir en lui parlant d'une autre femme, il lui avait dit qu'il ne pouvait pas l'emmener avec lui parce qu'on l'avait chargé d'une nouvelle mission, longue et compliquée.

– Dépêche-toi, fit-elle ensuite.

Elle se leva.

– Je ne t'accompagne pas.

Alberto restait assis. Il devait faire quelque chose pour elle, qui ne se limite pas à l'habituelle enveloppe avec à l'intérieur la somme habituelle : il lui devait bien ça pour le travail qu'elle avait effectué en Yougoslavie. Il n'aurait en effet pas pu entreprendre la moitié de ses missions si, depuis des années, il n'avait retrouvé, dans ce prétendu hôtel, fidèle et ponctuelle, cette jeune femme qui traversait la montagne, de nuit, sans papiers et sans protection, pour lui apporter toutes les nouvelles dont il avait besoin. Il devait faire quelque chose en plus.

– Écoute, lui dit-il, tu veux émigrer à Trieste, pour toujours ?

Elle était en train de lacer correctement une de ses chaussures de marche qui s'était défaite, le pied appuyé contre une chaise. Elle s'arrêta, en tournant son visage vers lui. De beau, dans toute cette pièce, il n'y avait que ses yeux, et la mer, l'Adriatique, que l'on voyait à travers la fenêtre ouverte aux vitres sales et aux rideaux encrassés. On comprenait que cette idée lui plaisait, mais qu'elle n'y croyait pas.

– Tout de suite ? insista-t-il. Je t'ai fait préparer un laissez-passer, parce que je pensais t'emmener avec moi.

Il se leva, alla prendre la carte qu'il avait dans sa mallette, et la lui donna.

– Et ma sœur ? demanda Tatiana, sans regarder le petit carton plié en deux.

– Je ne peux rien faire pour ta sœur, répondit-il, d'un ton peu convaincu. Ce n'est plus comme avant.

Elle hocha la tête et dit :

– On va la mettre en prison, puis, on lui confisquera ses papiers et son billet de logement. Elle ne saura plus où aller dormir, et on ne lui donnera plus de travail.

Alberto savait que ça pouvait se passer ainsi, ce n'était pas sûr, mais c'était probable. Ils devenaient méchants avec la famille de ceux qui fuyaient en Italie.

– Ta sœur a cinq ans de plus que toi, elle arrivera à s'en sortir.

Il voulait lui dire qu'à un moment donné, chacun devait se prendre en charge, qu'elle était la cadette et ne pouvait donc pas se sacrifier pour sa sœur.

Mais Tatiana posa la carte sur l'espèce de coffre, malodorant de vieux bois et de saleté, qui devait être une commode, et dit :

– Mais moi, je suis Yougoslave, qu'est-ce que je vais faire en Italie ? Vous devez d'abord donner du travail aux Italiens avant d'en donner à une étrangère, alors vous allez m'interner dans un camp.

Cela aussi était vrai. Le métier d'exilé n'est pas un beau métier.

– Je pourrai t'aider en Italie, lui dit-il toutefois. Je ne vais sûrement pas te faire interner. Je te confierai à un de mes amis de la police de Trieste et c'est lui qui te prendra en charge.

Il la connaissait bien désormais. Insister ne servirait à rien. À l'intérieur de ce bout de femme maigrelette, il y avait une âme de fer. C'est d'ailleurs ce qui l'avait gardée en vie, malgré la guerre qu'elle avait traversée étant petite fille, des parents fusillés par les Allemands, une belle villa patricienne avec de grands salons et de beaux meubles brûlée par les partisans, une adolescence passée dans la misère à fuir continûment, en étudiant pourtant jusqu'à l'obtention d'une maîtrise, qui, à présent, ne lui servait à rien. Non, personne ne la ferait jamais céder.

– Je suis désolé, lui dit alors Alberto.

Il la prit dans ses bras presque timidement, la serrant de plus en plus. Il la sentit céder un instant à son étreinte et ensuite se ressaisir : elle ne pleurerait jamais. Il lui murmura dans le cou :

– Quand tu le voudras, tu pourras toujours t'en aller d'ici. Il suffit que tu me le fasses savoir.

– Oui, Alberto.

Elle fut la première à se défaire de l'embrassade, comme si elle se défaisait d'une partie vivante d'elle-même. Elle resta là, dans la pièce. Elle ne descendit même pas dans la rue pour le voir partir.

De la rue, avant de monter dans sa voiture, Alberto leva son regard, mais derrière la fenêtre ouverte de leur chambre il ne vit rien.

À la frontière, ils l'arrêtèrent quelques minutes. C'était à dire vrai un poste-frontière sommaire : une masure militaire, avec à l'intérieur deux gardes qui préféraient cuire à l'ombre qu'au soleil, et l'habituelle barrière en fer qui divisait un pré en deux. Ici tout semblait un jeu : la haie de plantes sauvages, facile à franchir, qui courait le long du poste-frontière, la présentation des papiers et le fusil chargé des gardes. Il y avait une demi-douzaine de jeunes filles qui parlaient italien et qui étaient en file, leur carte à la main. Elles attendaient de passer. C'étaient des paysannes qu'un des militaires regardait et comptait, sérieusement, comme si c'était des chèvres, les suspectant de vouloir l'embrouiller du fait qu'elles étaient des femmes jeunes et savoureuses, bien que pas du tout distinguées.

Puis, il sortit enfin de ce poste-frontière approximatif et sinistre, appuya sur l'accélérateur avec un sentiment de remords, comme s'il fuyait un lieu où il venait de commettre un meurtre. S'il pensait à Tatiana derrière sa fenêtre, le dos face à la mer, il avait presque l'impression d'en avoir commis un, de crime. Mais d'avoir vu Michela avait été une révélation. Il ne croyait pas, avant de la revoir, qu'elle comptait autant pour lui. Elle l'avait hanté, durant tout ce temps où il en avait été séparé, souvenir ému de sa première jeunesse. Mais de l'avoir revue, et sa façon de verser subitement sur son épaule des larmes de souffrance, lui avait révélé une vérité qu'il ne suspectait pas : que s'il y avait une femme avec laquelle on pouvait vivre toute une vie, cette femme, pour lui, c'était Michela.

Il ne s'arrêta à Trieste que pour faire, en une demi-heure, un rapport au commissariat et pour manger un sandwich dans un bar, puis il reprit aussitôt la route. Il arriva à Latisana à l'heure où la chaleur était la plus intense, au cœur de l'après-midi, lorsque les insectes même restent silencieux, ivres de chaleur, lorsque les feuilles des arbres sont immobiles, vitrifiées par la canicule, lorsque le soleil se reflète sur l'asphalte comme sur un magma bouillant.

La villa où se trouvait Michela, bien qu'à l'ombre, était, elle aussi, comme étourdie par cette chaleur. Après avoir sonné plusieurs fois, Alberto n'entendit que le grognement lointain et paresseux du chien, mais rien d'autre ne bougeait, sauf le jet de la fontaine qu'il voyait à travers les barreaux du portail.

Puis il vit sortir Michela de la villa. Elle était vêtue d'une robe bain de soleil rouge courte comme c'était la mode. Elle était très différente de ce qu'elle était quand il l'avait laissée quelques jours auparavant. Elle était beaucoup plus bronzée ; ses cheveux noirs, attachés en arrière, avaient dans l'ombre enflammée des reflets violacés et sa démarche, sur ses talons hauts, avait une souplesse féminine qui le troubla pour la première fois. Jamais elle ne l'avait ému d'une façon si instinctive.

– Al ! cria-t-elle en le voyant, et elle courut alors plus vite.

Mais lorsqu'elle fut devant le portail, elle se mit à rire.

– Je n'ai pas les clefs, je suis venue en courant parce qu'on n'arrêtait pas de sonner, la domestique a dû s'endormir...

Elle tendit les bras à travers les barreaux, mit ses mains sur ses épaules, sur le maillot noir à manches courtes qu'il portait habituellement, et elle le secoua, rayonnante de bonheur.

– Comme je suis contente, Al !

Lui aussi était heureux, surtout en voyant le visage détendu de Michela, bien différent de la mine contractée par la tension qu'il lui avait trouvée la dernière fois. Et lui aussi, à travers les barreaux du portail, lui serra la taille et la souleva de quelques centimètres.

– Salut, K2 [1], tu as bonne mine.

– Non, Al, non, Al...

---

1. Exagération ironique dont use souvent l'auteur dans ses descriptions. K2 est l'un des plus hauts sommets de l'Himalaya, 8 620 mètres, situé dans la région centrale du Karakorum. Le 31 juillet 1954, il a été vaincu par les Italiens A. Compagnoni et L. Lacedelli. *(N.d.T.)*

Elle riait, feignant d'avoir peur de tomber, bien que de la soulever ainsi était sa façon à lui de la saluer comme il l'avait fait un millier de fois dans le passé. C'était leur jeu.

– Ma belle petite Mimi, j'ai l'impression de soulever un obélisque.

– Oh ! arrête…

Elle lui mit une main sur la tête et tira ses cheveux courts et épais, jusqu'à ce qu'il la dépose par terre, enlevant avec regret ses mains enlaçant cette taille si fine et si souple qu'il pouvait presque l'encercler avec ses mains.

– Continue de sonner, Al, parce que c'est la domestique qui a la clef du portail.

Il arrangea ses cheveux courts, puis appuya sur la sonnette, tandis qu'il regardait Michela. Il se demandait comment il avait fait pour rester tant de temps sans la voir ; il comprit que durant toutes ces années où il avait été loin d'elle, il avait souffert, même s'il n'en avait pas eu conscience, même s'il croyait qu'il souffrait pour d'autres raisons. La seule raison de son secret mécontentement, durant tout ce temps passé sans elle, c'était elle, justement.

15

La villa était assez grande et Alberto n'avait pas pu trop insister pour aller dormir dans un hôtel voisin. Sebastiano Arrighi avait voulu le garder chez lui à tout prix. S'il avait d'abord trouvé cela agréable, car ça lui avait permis de rester toute la journée et jusqu'à tard le soir auprès de Michela, à présent, ça ne l'était plus.

Alberto se connaissait. Il n'aimait pas rester chez les autres. Il préférait les hôtels, les casernes de police, des lieux plus agréables que n'importe quelle habitation privée, même somptueuse, pour la simple raison que l'on peut y entrer et en sortir quand on veut, sans avoir de compte à rendre à personne.

Il était presque minuit désormais. Il s'était aperçu qu'il n'avait plus une seule cigarette. Tout le monde était déjà allé se coucher. Sa voiture était dans le garage, il ne connaissait pas bien la maison, le portail était fermé, et l'idée de ne pas pouvoir fumer jusqu'au matin allait le tenir éveillé toute la nuit.

Pendant quelques minutes, il déambula en essayant d'oublier qu'il était sans cigarette, mais la journée passée en permanence au côté de Michela et de son père avait été très dense. Riche du souvenir des jours passés à Rome ou à Riccione avec elle. Puis la chambre lui parut vraiment trop petite, pire qu'une cellule, malgré son élégance, sa clarté et son style, et l'envie de fumer devenait trop intense pour résister. Il sortit.

Naturellement, il ne savait pas où se trouvaient les

interrupteurs, mais c'était une nuit de pleine lune et il y avait partout de grandes fenêtres par lesquelles la lune entrait délicatement, éclairant discrètement toutes choses. Comme il l'avait prévu, en bas, il put ouvrir la porte qui donnait sur le jardin parce que la clef était dans la serrure, à l'intérieur ; mais le rideau du garage et le portail étaient fermés et Dieu sait où étaient les clefs.

Il savait néanmoins comment résoudre ce problème : sans hésitation il grimpa sur le portail et sauta. Quelqu'un qui l'aurait vu, avec son maillot et son pantalon noirs, en tenue de voleur comme lui avait fait remarquer le père de Michela, n'aurait jamais cru que c'était un policier qui franchissait ainsi le portail pour aller acheter des cigarettes.

Il fallait qu'il se dépêche maintenant, parce qu'il était minuit et que le bar-tabac d'à côté pouvait fermer. Mais au bout du chemin privé qui menait à la grand-route, il entendit de loin que le juke-box marchait à pleins tubes, ce qui le tranquillisa. Il allait continuer lorsqu'il se retourna subitement. Quelque chose venait de frapper son regard, mais sur l'instant il ne réussit pas à comprendre ce que c'était : sous la vive lumière de la lune, il n'y avait rien d'anormal. La grand-route était déserte, la station-service de l'autre côté dormait paisiblement, tout éteinte, dans l'ombre. Nulle voiture ne passait. Il n'y avait d'animés que les quelques lumières de Latisana, plus loin, et le son du juke-box qui répétait ici aussi, pour la milliardième fois dans le monde, les notes de *Scandalo al sole* [1]. Puis il comprit ce qui l'avait saisi. En dehors de la route, dans l'espace

---

1. Titre de la musique du film *Scandalo al sole (Ils n'ont que vingt ans)* de Delmer Daves. *(N.d.T.)*

herbeux derrière un banc, une voiture était arrêtée tous feux éteints.

Un policier est un policier parce qu'il a de la mémoire et des yeux qui voient tout. Alberto ne pouvait pas oublier une voiture même de série, pareille à cent mille autres du même type. Celle-ci, en outre, était une voiture américaine, déglinguée, certes, mais toujours imposante, et parfaitement reconnaissable. Il s'agissait de la même voiture que celle du jeune homme qu'il avait dû remettre à sa place lorsqu'il avait rencontré Michela, la semaine dernière. Et après avoir parlé toute la journée avec elle, il savait désormais qui était ce jeune homme : le fils du maître de maison.

Du reste, même si on ne lui avait rien dit, il aurait quand même reconnu le jeune homme, simplement en le voyant de dos, à sa nuque, à ses cheveux si clairs, à la forme de sa tête et à la façon nerveuse qu'il avait de la bouger. Parfois, il lui était arrivé de reconnaître des personnes pour moins que cela, et sans se tromper, comme ce fut le cas pour Michela, assise à côté de cet homme, qu'il reconnut de dos, à ses cheveux à peine arrêtés dans leur descente par un petit peigne.

Il était dans l'ombre, pas du tout éclairé par la lumière de la lune, et oublia pendant un moment ses cigarettes. Il n'entendit pas non plus qu'après *Scandalo al sole*, le juke-box avait attaqué une chanson hurlante de Celentano [1]. Il regardait fixement dans l'ombre Michela et l'homme, assis côte à côte. Une fois, le jeune homme leva un bras en parlant avec Michela, et Alberto vit briller entre ses doigts la braise rouge d'une cigarette.

---

1. Célèbre chanteur italien. *(N.d.T.)*

Alors il se souvint de son envie de fumer et, après un dernier coup d'œil, se dirigea à vive allure vers le bar. Le patron allait fermer, mais ne se faisait pas violence. En outre, une bande de jeunes gamins n'avait aucune envie de se décoller du juke-box, et quatre ou cinq adultes, assis dehors, à une table, sous la lune vive, voulaient finir de s'imbiber complètement de vin et de *grappa*. Le rideau de fer n'était baissé qu'à moitié, histoire de montrer aux carabiniers sa volonté de fermer, s'ils passaient dans le coin. Dans ce lieu, presque en pleine campagne, il n'y avait aucun danger de déranger quelqu'un et le juke-box marchait à plein volume avec la marmaille qui se démenait autour, tandis que Celentano hurlait déchaîné : *« Mai, mai, mai più, ti amerò come prima. »* Et le patron du bar, les yeux aqueux, buvait son énième blanc mélangé à du *bitter*, avec les gestes lents de celui qui est ivre.

– Deux paquets « d'exportation [1] », s'il vous plaît, lui demanda Alberto.

Une jeune fille, qui faisait partie de la canaille du juke-box, cessa de se démener, s'approcha de lui et le regarda effrontément. Sans doute avait-elle déjà seize, dix-sept ans, mais elle faisait moins que son âge, même si elle s'était maquillée les yeux au point qu'Alberto avait envie de lui donner une gifle. La lolita se mit à le regarder et à le regarder encore, en marchant autour de lui, comme s'il était un monument qu'il fallait observer de tous côtés. Avec ce maillot noir, il plaisait aux femmes, Michela l'avait d'ailleurs pas mal raillé à ce propos pendant la journée.

---

1. Il existait deux formes de cigarettes nationales en Italie, les « Nazionali » et les « Nazionali Esportazione », d'un coût plus élevé. *(N.d.T.)*

Michela. Il se tourna une nouvelle fois vers le comptoir et tandis qu'il ouvrait son paquet de cigarettes, il demanda au patron qui finissait de boire :

– Donnez-moi aussi un quinquina.

Il essayait d'écouter la chanson que la marmaille avait choisie. Un autre rock de Celentano, mis si fort que les notes de la guitare lui vibraient dans l'estomac et augmentaient l'irritation qu'il avait déjà.

Il essayait aussi de ne pas regarder la nymphette parce que autrement il lui aurait donné une fessée, à cause de sa façon de le scruter. Celle-ci s'était en effet appuyée contre le comptoir, comme pour être plus confortable et mieux le regarder, et faisait balancer une de ses jambes pour suivre le tempo de la chanson.

C'en était trop, et à présent, c'était lui qui était nerveux, un peu comme Michela, tout à l'heure. Il secoua la tête parce qu'il ne voulait pas penser à elle. Il but une autre gorgée de quinquina, puis, vu que cette maudite gamine ne cessait pas, prit son verre et alla s'asseoir à une table au fond de la salle. Un cordon noir pendait le long du mur près de la table. Il s'aperçut que c'était celui du téléphone.

Toutes les trois minutes, le bar cessait de vibrer comme un tambour : c'était le juke-box qui s'arrêtait. Mais l'air se remettait à trembler aussitôt après, comme si le courant électrique y passait : une nouvelle chanson commençait. Le patron tournait alors en vain autour de la marmaille en disant qu'il devait fermer ; mais il n'en avait aucune envie lui non plus. Dehors, la lune éclairait trop, l'air était d'une douceur épuisante et heureuse ; sur la grand-route passait, de temps en temps, une mobylette sur laquelle une centauresse s'agrippait à son centaure : ça n'avait vraiment pas de sens d'aller dormir.

– Vous ressemblez à Eddie Constantine, lui dit une voix tandis qu'il pensait à Michela.

C'était la lolita qui était arrivée jusqu'à lui. Elle avait un peu rougi en lui parlant parce que, tout compte fait, ce n'était pas une demeurée, mais une petite idiote, une fille du village qui se donnait les airs de star que prennent les étrangères.

– Retourne vers tes copains, lui dit-il seulement, s'efforçant de ne pas être trop acerbe et de ne pas effrayer cette jeune sotte.

Mais il ne le fut pas assez et la nymphette, qui devait avoir un peu bu, continua :

– Mais vous êtes beaucoup plus jeune qu'Eddie Constantine, et plus sympathique.

Elle lui sourit, absurdement heureuse de son courage de gamine émancipée.

Il n'y avait rien à faire.

– Et alors, qu'est-ce que tu me veux ? grogna-t-il à voix basse.

La manière forte eut son succès : la lolita pencha un peu la tête en arrière comme si elle voulait éviter une gifle, cessa de sourire et retourna, hésitante, rejoindre les jeunes crétins.

L'annuaire téléphonique se trouvait sur la table voisine. Alberto le prit et, pendant un moment, vu qu'il n'était pas épais, s'éventa. Il finit ensuite de boire son quinquina et commença de feuilleter le fascicule. Puis il cessa. Ses yeux fixaient la porte et la grand-route blanchie par la lune, mais il ne voyait rien. Il revivait les heures de cette journée passée avec Michela, l'histoire de Roberto Arrighi qu'elle et son père lui avaient racontée. Il entendait la voix de Michela, il y avait un petit peu plus d'une heure, lorsqu'ils s'étaient souhaités bonne nuit et qu'elle l'avait conduit dans une chambre aménagée pour une femme, avec des rideaux à fleurs et une coiffeuse avec un pouf pour la toilette. Elle l'avait raillé en lui disant qu'il ressemblait à « une jeune pensionnaire » pour dormir dans une chambre pareille. Elle n'était plus neurasthénique. Elle avait guéri subitement, en moins d'une semaine, et à présent, il en connaissait la raison.

Il alluma une nouvelle cigarette et alla se faire servir un autre quinquina ; de toute façon, le patron n'arriverait sans doute pas à fermer et lui, qui sait s'il pourrait dormir cette nuit-là. Il se remit ensuite à feuilleter l'annuaire et trouva tout de suite le numéro qu'il cherchait. Désormais, tout comme le patron, il n'entendait plus le juke-box, comme s'il ne jouait pas. Il s'aperçut qu'il était en train de se mordre un ongle et il arrêta aussitôt. Il vit que la lolita, tout en restant près du juke-box, se retournait de temps en temps pour le regarder ; une fois elle le montra à un des autres vauriens, mais Alberto l'ignora. Au bout d'un moment, il se leva et alla vers le patron qui n'essayait même plus de mettre ses clients dehors, et lui demanda un jeton.

– Bravo ! s'exclama le patron, comme ça je vais pouvoir leur dire d'arrêter leur musique, parce qu'il faut que vous téléphoniez, et puis je ferme.

– Non, laissez faire, rétorqua Alberto, la musique ne me dérange pas, ne dites rien.

Il alla d'un pas décidé vers le téléphone. À présent, il avait suffisamment réfléchi. Il composa le numéro qu'il venait de lire sur l'annuaire. Les hurlements de cette musique lui allaient très bien pour le coup de fil qu'il devait passer. Il dut attendre longtemps, puis une voix d'homme jeune lui répondit : « Gendarmerie de Latisana, j'écoute. »

Alberto jeta un coup d'œil aux gamins qui lui tournaient tous le dos, y compris la nymphette ; le patron était allé dehors, à la table des adultes, sous la lune. Il dit doucement, mais très près du micro.

– Si vous voulez savoir quelque chose sur l'assassinat de Giovanni Masetta, interrogez Roberto Arrighi, de Latisana.

Il ajouta, d'un ton brusque et en articulant bien :

– Écris bien ce nom, planton : Roberto Arrighi, de Latisana.

Un instant après, il raccrocha. Il voyait ce qui se passait à l'autre bout du fil : le carabinier allait jurer à part soi – les coups de téléphone anonymes énervent toujours les forces de l'ordre, même s'ils peuvent être utiles, car seul un sur mille n'est pas une plaisanterie, ou une lâcheté d'un petit malin qui veut mettre dans le pétrin quelqu'un qu'il ne supporte pas – et tout en jurant, il finirait par prendre un bout de papier et par écrire ce nom qu'on lui avait dit deux fois : « Roberto Arrighi, de Latisana. » Le bout de papier finirait le matin sur le bureau du brigadier commandant la gendarmerie. Le brigadier le lirait, jurerait lui aussi contre les délinquants qui passent des coups de téléphone anonymes, mais enverrait deux hommes chez Roberto Arrighi pour l'inviter à passer à son bureau. De toute façon, ses hommes sont en vadrouille, il faut bien qu'ils fassent quelque chose !

Alberto sortit du bar, s'efforçant de ne pas sourire quand la lolita lui tourna nerveusement le dos, à la façon d'une comédienne dilettante de campagne qui veut faire la dédaigneuse. Dehors, les adultes devaient être bourrés, parce qu'ils étaient silencieux, comme des statues, devant leurs verres vides, et ne bougeaient même plus la tête.

Il partit lentement, en marchant sur le bord de la route, à l'ombre, comme si la lune lui donnait chaud. En fait, c'était parce que là-bas, près du chemin privé qui menait à la villa, il trouverait encore la voiture américaine, avec à l'intérieur Roberto et Michela, et il ne voulait pas être vu.

La voiture était bien là, avec les deux autres à l'intérieur. Il s'arrêta pour les regarder encore, vêtu de noir dans l'obscurité de l'ombre, mais une voiture arrivait vers lui, les phares allumés. Elle perça l'ombre tel un projecteur de scène, et bien qu'il ait sauté dans le noir, il s'en fallut de peu qu'elle ne l'éclairât complètement.

Ils auraient pu le voir, et ça ne lui aurait pas plu. Il courut sur le chemin, arriva devant le portail, l'escalada une nouvelle fois selon les règles apprises à l'école de police, traversa le jardin, entra dans la villa par la porte qu'il avait laissée ouverte et lorsqu'il fut dans sa chambre, toujours haletant, il alluma une cigarette. À présent, il savait qu'il ne dormirait pas jusqu'à ce qu'il ait entendu Michela rentrer.

16

– Il y avait quelqu'un derrière nous, dit Roberto. Je l'ai vu dans le rétroviseur.

Michela se retourna, mais la route derrière, sous la lune, était déserte et argentée.

– Il était sous les arbres, ajouta Roberto.

Il descendit brusquement de la voiture.

– Je l'ai vu quand la voiture est passée avec les phares allumés.

Michela descendit elle aussi. Mais aux alentours il n'y avait personne, et sous la lumière de la lune, la solitude semblait encore plus forte.

– Ce devait être quelqu'un qui rentrait chez lui, dit-elle

Quel dommage. C'est vraiment dommage, pensa-t-elle. Elle avait presque réussi à le convaincre. Il venait de lui dire qu'il rentrerait dormir chez lui, à la villa, ce soir ou demain soir. Elle avait réussi à le calmer, à le raisonner, à lui faire comprendre que cela n'avait pas de sens de se cacher comme ça inutilement, que si on le cherchait vraiment, on l'arrêterait très vite, où qu'il aille. Et à présent, tout était à refaire ; il était de nouveau ombrageux et angoissé. À la lumière de la lune, ses yeux violets semblaient noirs, alors que ses cheveux intensément blonds devenaient presque blancs.

– Ah, oui ? Quelqu'un qui rentrait chez lui ? dit-il avec dérision, en regardant dans l'ombre de la grand-route, et flairant presque cette ombre, comme un animal sauvage flairant la piste de son ennemi.

– Et maintenant où s'est-il envolé ? continua-t-il. Il n'y a que deux maisons dans les environs : la mienne et le bar là-bas.

Michela ne voulait pas se résigner à perdre, après avoir été si près du but. Elle lui cria presque :

– Mais essayez de raisonner au moins une fois. Pourquoi vous surveillerait-on si on avait des doutes sur vous ? On vous emmènerait tout de suite chez les carabiniers sans perdre de temps à vous suivre.

Il cessa de fouiller l'ombre avec son regard inquiet et sauvage.

– Je ne sais pas, dit-il avec honnêteté, comprenant la logique du raisonnement de Michela. Mais on me surveille. Je vous l'ai dit, c'est la deuxième fois que je vois deux hommes postés devant la maison d'Irene. Eux, je les ai bien vus, et c'était en plein jour.

Ce nom de femme, Irene, l'avait blessée à plusieurs reprises pendant l'heure qu'elle avait passé dans la voiture tandis que Roberto lui parlait. Plus qu'une blessure, c'était une ombre qui était descendue sur son bonheur. Mais obscurément elle sentait pouvoir encore être heureuse, parce que son instinct lui donnait la certitude que cette femme n'était pas grand-chose pour Roberto. Mais tout cela n'était encore que des sentiments vagues et informes.

– Mais pourquoi faut-il toujours que vous pensiez qu'on vous espionne ? lui dit-elle, avec patience, en essayant de vaincre par son calme l'agitation de Roberto. C'était peut-être deux personnes qui attendaient quelque chose, ou qui s'étaient arrêtées un moment.

– Bon, écoutez, fit-il en remontant dans la voiture,

d'un ton brusque, ce n'est pas un endroit où l'on s'arrête pendant des heures, ce n'est pas la place Saint-Marc, ici ! Je vous assure qu'ils sont là, nuit et jour. J'aimerais bien que vous veniez avec moi, maintenant, vers la maison d'Irene.

Elle accepta le défi, essayant une nouvelle fois d'oublier tout de suite ce prénom, Irene. Elle avait trop souvent suivi le travail de son père pour ignorer qu'il était plutôt improbable que les carabiniers recourent, dans un tel cas, à une procédure de ce genre : il n'y avait aucune raison pour qu'ils le surveillent sans l'arrêter. Elle remonta elle aussi dans la voiture.

– D'accord, allons-y, dit-elle avec sérieux, mais plus par jeu que si c'était vraiment important. S'il n'y a personne, vous venez dormir à la maison, et vous y restez. D'accord ?

Elle lui tendit la main, guidée par son instinct féminin.

Et lui, tout aussi instinctivement, la lui serra immédiatement.

– C'est vrai, dit-il, avant hier, Irene a vu deux policiers rester là toute la nuit et deux autres les remplacer à l'aube.

– Bon, fit-elle, un peu moins sûre d'elle, mais sans le faire sentir.

S'il y avait vraiment deux policiers postés jour et nuit devant la maison de cette fille pour le surveiller, Roberto serait en droit de se comporter encore plus déraisonnablement qu'il ne le faisait, ce qui serait fâcheux. Mais elle n'y croyait guère.

– Allons voir de plus près !

Il était tard. Elle était seule avec un homme. Personne ne savait qu'elle était sortie, ni son père ni Al. À l'improviste, la pensée d'Al lui donna un sentiment de peine et de tristesse. Il était arrivé si heureux de la revoir, il l'avait prise par la taille, la soulevant à travers les barreaux du portail. Aucune femme n'aurait pu ignorer qu'il l'aimait.

Mais Roberto avait mis en marche tout à coup et, à présent, ils filaient à plus de cent dans le cadre argenté de la lumière de la lune, ce qui, ajouté à la proximité de Roberto, effaça sa tristesse d'un souffle.

– Encore une minute et on arrive, l'avertit Roberto.

Peu de temps après, il ralentit avant le virage et prit la route non goudronnée, réduisant davantage son allure, puis tourna à nouveau sur le chemin qui courait au milieu des champs incultes, vers la maigre rangée d'arbres au-delà de laquelle se trouvait la maison d'Irene. Un instant après, il s'arrêta.

– Ils étaient là, dit-il, près de la haie, à côté des arbres.

Il n'y avait personne, et la lumière de la lune était si vive qu'elle permettait d'en être certain, comme s'il faisait jour. Mais Michela dit :

– Allumez vos phares.

Les phares argentèrent subitement un grand cercle, dans lequel se trouvaient la rangée d'arbres, la haie, la maison et toute la plate campagne avoisinante. Personne ne pouvait se cacher dans cet endroit, sous cette lumière violente.

– Ils nous ont entendu venir et ils se sont cachés derrière la maison, dit Roberto.

Il avait une voix étrange, froide et méchante.

– Bon, eh bien, faisons le tour de la maison, comme ça vous serez certain qu'il n'y a personne, fit Michela.

Elle pensait avoir gagné et elle était heureuse. Il rentrerait chez lui, ce soir, et y resterait : il en avait pris l'engagement, il lui avait serré la main. C'était un jeu, un jeu sérieux.

Roberto hésita. Irene dormait dans cette maison, et sans doute le bruit du moteur et la lumière des phares l'avaient-ils réveillée. Il aurait été curieux qu'elle sortît et le vît avec une autre femme. Mais au fond il s'en moquait et il démarra rapidement. Autour de la maison avec l'enseigne « menuisier », il n'y avait ni route ni chemin. L'herbe y poussait et il y avait des trous et des immondices éparpillées. La voiture cahota pas mal sur un pareil terrain ; les phares allumés qui fouillaient entre les brins d'herbe réveillaient les insectes dans leur refuge, éclairaient des boîtes de conserves vides de sardines et de viande, ou des fleurs verdâtres dont la longue tige était figée dans l'air immobile. Michela craignait également que cette femme, Irene, ne se réveille et ne sorte en croyant que Roberto était venu la voir. Mais la pensée, comme cela semblait évident désormais, que personne ne surveillait la maison et qu'elle avait réussi à convaincre Roberto, lui ôta la gêne qu'elle éprouvait.

Ils ne restèrent là qu'une minute. Après avoir fait le tour de la maison, Roberto revint sur le chemin et ils se retrouvèrent rapidement sur la grand-route. Il garda le silence jusqu'à leur arrivée devant le chemin privé qui menait à la villa. Il s'arrêta un instant, hésitant, puis il engagea la voiture au pas.

– D'accord, vous avez gagné, dit-il.

Il s'arrêta devant le portail.

– Vous avez la clef ? lui demanda-t-il, même si c'était inutile, parce que pour sortir le voir, Michela devait nécessairement l'avoir. J'ai perdu la mienne, à force de changer d'hôtel.

La lune réussissait à pénétrer sous les grands arbres

du chemin privé, comme des flocons argentés. En silence, elle lui donna la clef qu'elle prit dans son sac. C'était un moment important qu'elle ne voulait pas gâcher avec des mots inappropriés. Elle comprenait qu'il souffrait, qu'il rentrait chez lui uniquement pour tenir sa parole et pour respecter leur poignée de main, leur jeu.

Roberto ouvrit le portail, conduisit la voiture jusqu'au milieu du jardin et la laissa là.

– Il faut qu'on passe par la cuisine, dit-elle, en rougissant presque. Je suis sortie en cachette tout à l'heure…

Il ne parut pas entendre. Il avait allumé une cigarette, et restait silencieux. Il émanait de lui de la nervosité et de la peur. Ils entrèrent par le jardin, derrière la villa. Le vieux chien sortit en silence, remuant la queue et flairant les jambes de Roberto qui s'accroupit pour le caresser. L'animal lui lava consciencieusement les oreilles, avec de grands coups de langue.

– Espèce de gros machin baveux, lui dit-il d'une voix inhabituellement tendre.

Ils restèrent dans la cuisine un court moment à se regarder sous la lumière nette de la lampe. Cela faisait plus d'une heure qu'ils ne se voyaient que dans la pénombre de la voiture. Il la regarda fixement. Il paraissait fatigué, mais n'avait plus peur désormais. Il changeait d'expression sans cesse. Mais il y avait de l'admiration pour elle dans son regard. Il dit finalement, sans méchanceté, mais sans joie :

– Mon père va être content, demain matin, de voir que je suis rentré à la maison.

Ils arrivèrent au pied de l'escalier qui conduisait aux chambres de l'étage.

– Vous aussi vous êtes contente ? murmura-t-il.

Seule la lumière de la lune entrait par la porte vitrée du hall d'entrée, l'éclairant complètement.

– Oui, répondit-elle, rayonnante.

Il allait allumer la lumière, mais elle l'arrêta.

– Non, il vaut mieux que nous montions dans le noir, sinon on va réveiller tout le monde.

Elle se sentit encore rougir, à cause de ces rencontres secrètes, même si elles étaient innocentes et bien peu sentimentales. Ils ne parlaient d'ailleurs que de policiers. Puis la pensée d'Al lui revint, et lorsqu'ils furent en haut et qu'elle vit un filet de lumière sous la porte de la chambre de ce dernier, elle se sentit bouleversée.

Le palier donnait sur deux couloirs, l'un à droite et l'autre à gauche, sur lesquels s'ouvraient les chambres. C'est à droite, dans le plus petit couloir, où se situait la chambre d'Al, qu'une fine lame de lumière, un fil à peine perceptible, coupait l'obscurité. Al était réveillé et elle savait qu'il avait l'ouïe fine. Elle imagina que, malgré leurs efforts pour ne pas faire de bruit, il les avait déjà probablement entendus. Sans doute allait-il sortir dans le couloir pour voir ce qui se passait. Elle eut peur et fut saisie d'effroi.

– Bonne nuit, murmura-t-elle à Roberto.

Elle voulait fuir immédiatement dans sa chambre.

Lui aussi était ému, et il sentit son agitation. Il avait également vu le filet de lumière.

– Votre ami est là, dit-il, intimidé, peut-être effrayé. Je suis désolé, Michela.

La chambre de Roberto était vraiment toute proche de celle d'où provenait le rai de lumière.

– Bonne nuit, lui dit-il.

Alberto les avait entendus depuis qu'ils avaient commencé de monter l'escalier. Il aurait pu éteindre la lumière pour que Michela ne s'aperçoive pas qu'il était réveillé et au courant de son escapade. Mais il pensa qu'il ne valait mieux pas ; il était préférable qu'elle sache qu'il avait compris qu'elle était sortie en cachette, cela simplifierait les choses : elle n'aurait pas à lui donner trop d'explications.

Puis il avait entendu, avec le pas de Michela, celui aussi d'un homme. Ce ne pouvait être que Roberto. Assis tout habillé sur son lit, il avait fermé le gros livre d'astronomie qu'il essayait de lire, au chapitre sur les astéroïdes. Quel monde étrange devait être celui des astéroïdes, ces petites planètes, le plus souvent grandes comme une petite île, espèces de gros cailloux qui depuis des millénaires et des millénaires tournaient dans le ciel. Mais notre monde aussi était étrange. Cette curieuse histoire de Roberto. Et de Michela. Pourquoi, désormais, Roberto était-il rentré chez lui après une quinzaine de jours passés à multiplier les caprices et à traîner stupidement autour de la maison du fait qu'il avait peur de la police ? Il n'avait plus peur, désormais ? Pourquoi donc ? Sans doute était-il rentré seulement pour une nuit, pour quelques heures. Puis il pensa : pour rester avec Michela ?

Ce n'était pas possible. Il connaissait Michela, elle ne pouvait pas s'abandonner ainsi. Mais qui peut connaître vraiment une femme ? Et un homme ?

Puis le sentiment d'oppression qui l'avait fait penser à cela disparut quand il entendit la porte de la chambre à côté de la sienne et les pas discrets d'un homme : quelqu'un qui essayait de ne pas faire de bruit. Non, ce qu'il craignait ne s'était pas encore passé. Roberto était seul dans sa chambre et il était revenu parce que Michela avait réussi à le raisonner. C'était clair, très clair, pensa-t-il en allumant une nouvelle cigarette.

Personne n'était parvenu à convaincre ce jeune

neurasthénique, sinon Michela. Bien qu'il fît doucement, Alberto entendit Roberto ouvrir la fenêtre de sa chambre. Il y avait trop de silence dans ce lieu, un silence total. Il entendait même le grésillement des cendres de sa cigarette quand il aspirait une bouffée un peu fort. Un silence hallucinant : il comprenait pourquoi le jeune homme devenait neurasthénique à attendre dans cette maison que la police vienne l'arrêter.

À présent, il n'aurait plus longtemps à attendre.

17

Le carabinier regarda le brigadier qui était derrière son bureau, lequel regardait le carabinier et la feuille qu'il avait dans les mains. Les matinées étaient fraîches. Des fenêtres ouvertes entraient un vent doux ainsi que le caquètement des poules du jardin. Quelques feuilles bougeaient, animées par le vent, ce qui donnait un peu d'air.

– Il devait téléphoner d'un bar, dit le carabinier, on entendait la musique des machines.

– Du juke-box, précisa le brigadier Varnicaro.

Il était maigre, petit, et quand il était en service, en cette saison, il l'était vingt-quatre heures sur vingt-quatre. Il avait un regard méchant. Il ajouta, narquois :

– Maintenant, on est sûr de pouvoir le retrouver très vite : il n'y a que quelques milliers de bars et de juke-box dans le coin !

Il lut encore la feuille :

– Roberto Arrighi, de Latisana.

Tout en lisant, il se demandait pour la millième fois pourquoi un vaurien, dont il ne connaissait pas encore l'identité, était venu poignarder le pauvre Giannuzzo juste dans son secteur, lui créant tous ces problèmes. Mais c'était une réflexion hypocrite, parce que s'il réussissait à l'arrêter, ce serait une énorme satisfaction pour lui. Il suivait la bonne piste et espérait bien arriver au bout. Toutefois, cette feuille changeait son point de vue sur cette affaire ; et il n'aimait pas le changement.

Il connaissait presque tous les habitants de son secteur, surtout ceux qui étaient les plus en vue. Les Arrighi en faisaient partie et pas seulement parce qu'il avait dans son bureau leurs demandes de permis de port d'armes pour deux fusils de chasse et deux pistolets qu'ils détenaient dans leur villa, mais aussi parce qu'il avait parlé une fois avec le professeur Arrighi, ce devait être un 2 juin, chez le maire de Latisana. Son fils, lui, il le connaissait à cause de la voiture américaine, mais aussi au sujet d'une autre histoire, qui lui revenait subitement à l'esprit, à savoir que depuis plusieurs années, il sortait avec la fille de Romeo Prasin. Il jetait un œil de temps en temps sur Prasin, qui venait de faire dix ans pour homicide, parce que en prison on prend de mauvaises habitudes. Mais Romeo Prasin jusqu'à présent avait filé droit.

Ce n'était pas très convenable qu'un jeune homme de bonne famille comme Roberto Arrighi fréquente la fille d'un homme comme Romeo Prasin, mais en pensant à sa fille, Irene, il pouvait comprendre qu'un garçon de moins de trente ans puisse s'amouracher d'une femme comme elle. Au village, il avait même entendu dire que Roberto s'était fiancé avec elle et qu'il allait l'épouser. Mais les commères qu'il administrait avaient une imagination débordante, comme le montrait ce papier qu'il continuait d'examiner avec perplexité, tel un archéologue devant un débris de vase dont il ne sait pas encore s'il est ancien ou sans valeur.

– Qu'est-ce qu'il t'a dit précisément ce crétin au téléphone ? demanda-t-il, contrarié, à l'agent.

– Il a dit, répondit celui-ci, en plissant les paupières à cause de la voix irritée du brigadier, comme font les chats quand ils ont peur de recevoir une tape, il a dit que si on voulait en savoir plus sur l'assassinat de Giovanni Masetta, il fallait qu'on le demande à ce type-là.

Qu'avait-il donc à voir avec cette histoire ? pensa le brigadier. Depuis un quart d'heure, il réfléchissait au lien qui pouvait exister entre le fils du professeur Arrighi et ce jeune homme venu de Sicile se faire tuer dans le Nord.

– Il parlait en italien ou en dialecte ?

– En italien.

Il ne s'attendait pas à ça. Il s'était mis dans la tête que celui qui avait passé ce coup de fil anonyme devait parler en dialecte et était donc quelqu'un du coin qui enviait « monsieur », le riche privilégié avec une voiture américaine.

– Tu en es sûr, en italien ? Il n'avait aucun accent ?

Ce devait être alors quelqu'un de la même classe sociale que les Arrighi, du même milieu. Le brigadier attrapa une feuille qu'un coup de vent plus fort avait fait s'envoler, puis, du petit classeur qui était devant lui, il sortit un imprimé et commença de le remplir : Roberto Arrighi, de Latisana – l'agent savait très bien où se trouvait la maison des Arrighi – vous êtes prié de vous présenter à la gendarmerie pour affaire vous concernant. Il y apposa un tampon et sa signature, et donna l'imprimé à son subordonné.

– Porte cette convocation, mais avec beaucoup de tact. Tu remets la convocation et c'est tout.

– Bien, monsieur, répondit l'agent.

Il mit la petite feuille dans sa poche.

– Je dois y aller tout de suite ?

– Non, l'année prochaine ! bondit le brigadier, trouvant là prétexte à se défouler un peu. Et fais entrer cette malheureuse gamine au lieu de dormir debout !

Un instant plus tard, l'agent entrait de nouveau dans

le bureau précédé de Maruzza Masetta, la sœur de la victime, saluait le brigadier et, en soupirant, disparaissait loin de sa vue.

Le brigadier ne la regarda même pas ni ne lui dit de s'asseoir. Il avait pris du tiroir de la table – après trente ans de carrière, il n'avait pas encore de bureau, on le lui donnerait après sa mort, pensait-il au moins une fois par semaine – le dossier « Masetta Giovanni », qui était déjà plutôt épais. Il feuilleta une nouvelle fois l'interrogatoire de « Masetta Maria », bien qu'il le connût presque par cœur. Il était mal à l'aise à cause du vêtement vert de la jeune femme, le vert était une couleur qui lui était antipathique, mais aussi parce qu'elle était sicilienne, comme lui, et qu'elle lui faisait de la peine. Or il ne voulait éprouver de peine pour personne ; avec son métier, ce serait la fin s'il commençait à s'apitoyer.

– Assieds-toi, lui dit-il au bout d'un moment, plus brusquement qu'il n'était nécessaire à cause de la peine qu'il éprouvait.

Maruzza s'assit. Son visage était fermé, de marbre, et le brigadier, né sur la même terre qu'elle, savait ce que signifiait cette expression : la haine. Une haine sombre, absolue.

– Tu as pensé à ce que je t'ai dit jeudi ? lui demanda-t-il.

Il se souvint quand elle était venue dans son bureau la première fois, la semaine dernière, hurlant le nom de l'assassin de son frère, se penchant sur sa table puis se redressant sans cesse, les poings fermés levés au ciel, agités par un tremblement épileptique, tandis qu'elle répétait ce nom.

Elle lui répondit dans son dialecte, sachant qu'elle serait comprise :

– Je n'ai pas besoin d'y penser. Ce que j'ai dit est dit.

– J'ai dit, j'ai dit, rien du tout ! hurla le brigadier et il frappa de son poing sur la table, mais il savait que personne n'effraierait cette fille au visage haineux.

La haine n'a peur de rien.

– Il faut que tu y penses, en revanche.

Il lui parlait presque en italien, pour marquer la distance.

– On n'est pas là pour faire les guignols.

Il hurlait toujours.

– Moi, je vous connais, vous autres. Au début vous parlez, et puis quand le procès approche, la peur vous vient, alors vous retirez tout et commencez à nous prendre pour des idiots : « Je ne sais rien, je n'ai rien dit. »

Il prit les différentes feuilles de l'interrogatoire « Masetta Maria » et les jeta sur la table avec rage.

– Tu as dit ce qui est écrit là-dessus et tu as signé, mais méfie-toi, si au procès tu dis que rien n'est vrai et que tu nous fais passer pour des clowns, je ne te laisserai plus en paix de toute ta vie. Je te ferai regretter le jour où ta mère t'a mise au monde.

Maruzza resta de marbre, elle n'avait pas peur. Elle ne sourit pas non plus. Seuls ses yeux s'assombrirent, sous l'effet d'un sourire gouailleur mais sinistre.

– Ce que j'ai dit est dit, répéta-t-elle, et je le dirais même en enfer, devant le diable.

C'était ce que le brigadier voulait, une détermination mortelle. Mais parce qu'il voulait en être vraiment certain, il tenta autre chose. Il changea le ton de sa voix, se calma, devint paternel et dit :

– Tu le sais ce qui va t'arriver dès que j'aurai arrêté cette crapule ? Qu'est-ce qui va t'arriver, hein ?

Maruzza haussa les épaules.

– Non, ma chère, tu ne le sais pas.

Le brigadier parlait désormais très doucement, mais il savait qu'elle entendait.

– D'abord, ils vont t'envoyer quelqu'un pour te dire que tu dois retirer tout de suite ce qui est écrit ici, que tu dois dire que tu as porté plainte sous le coup de l'émotion, mais que rien n'est vrai, et que si tu la retires, ils te donneront pas mal de fric.

Les yeux de Maruzza riaient avec dédain et c'était exactement ce qu'il voulait.

– Toi, évidemment, tu dis non, parce que tu ne te laisses pas acheter par celui qui a tué ton frère. Alors, quelque temps après, ils vont t'envoyer quelqu'un d'autre, et ce quelqu'un d'autre te dira que si tu ne retires pas ta plainte, il pourrait arriver un malheur, à ta mère par exemple, ou à ta petite sœur. Tu le sais qu'ils te tiendront ce genre de discours ?

Le visage de marbre de la fille se relâcha un moment en une grimace de mépris. Oui, elle le savait qu'ils agiraient de cette façon.

– Et qu'est-ce que tu feras toi, s'ils te disent tout ça ?

Comme celles d'un animal sauvage, les narines de Maruzza palpitèrent un instant, sous l'effet de la colère.

– Je leur dirai qu'ils n'ont qu'à nous tuer, moi, ma mère, ma sœur et mes deux tantes, mais que ce type doit finir en prison et y pourrir, vivant, pour le reste de ses jours.

C'est ça, c'est exactement cela que voulait le brigadier : une haine brûlante. Et même davantage, car c'est seulement ainsi qu'on pouvait rendre justice.

– D'accord, tu leur dis ça, reprit-il, mais parfois ça ne suffit pas de dire certaines choses. Si par exemple ta sœur disparaît et qu'ils t'envoient dire que si tu veux la revoir vivante tu dois retirer ta plainte, qu'est-ce que tu fais ?

– Rien. Je *ne* retire *pas* ma plainte.

Elle n'avait pas hésité une seconde à répondre. Désormais, le brigadier fut certain qu'elle ne reculerait pas, qu'elle irait jusqu'au tribunal et répéterait tout devant les juges. À présent, il fallait la réconforter un peu, cette fille.

– On te protégera, Maruzza, lui dit-il. Les carabiniers de ton village ont déjà été avertis de garder les yeux ouverts. Il n'arrivera rien de mal à ta famille. Tu ne dois pas avoir peur s'ils te menacent. Tu viens tout de suite m'avertir et on les coffrera toutes, ces crapules.

Les yeux de Maruzza lui dirent, lui hurlèrent presque, qu'elle l'aiderait.

– Et maintenant, reprit le brigadier, on va relire ensemble ta plainte, parce qu'il ne doit pas y avoir la moindre erreur : il ne doit y avoir que la vérité, si tu y as mis quelque chose en plus, par haine, par vengeance, ils en profiteront pour dire que tout est faux. Ce qui est écrit ici doit être vrai mot pour mot. Ne me cache rien, Maruzza, sinon tu n'arriveras pas à venger ton frère. Souviens-t'en.

– Je vous le jure, fit-elle, les lèvres entrouvertes, submergée par la haine.

Elle voulait dire qu'elle jurait que tout ce qui était écrit et que tout ce qu'elle avait dit, quand elle était venue dans ce bureau pour la première fois, était vrai.

– Alors, écoute bien, dit le brigadier, en parcourant les feuilles qu'il avait devant lui : il y a deux ans, tu fais la connaissance d'un certain Salvatore Stavardone, vous devenez amis et pendant quelque temps tout va bien.

– C'est exact.

– Puis, le Salvatore en question, poursuivit le brigadier résumant le texte de l'interrogatoire, te tient d'étranges discours. Il te dit que tu es une fille très belle, que de rester en Italie, c'est du gâchis, et que, si tu le veux, il t'envoie aux États-Unis où il a des connaissances qui peuvent éventuellement t'aider à devenir mannequin, à faire de la publicité. À New York, et aussi à Hollywood.

– C'est me vendre, qu'il voulait, lança-t-elle.

– Voilà, tu as compris que tout ça était louche, et tu lui as dit non.

– C'est exact, fit-elle comme si elle avait dit « Je vous le jure ».

– Mais, entre-temps, Salvatore est devenu ami avec ton frère, et lui a prêté pas mal d'argent.

– Offert ! bondit-elle avec haine. Giannuzzo ne savait rien, il n'aurait jamais pris une lire de ce voyou. C'était lui qui lui donnait l'argent et lui disait : « Tiens, Giannuzzo, tu sais, moi, je suis riche », et il riait. Mon frère était un pauvre naïf et il l'a pris. Mais il le lui donnait, cet argent, il ne le lui prêtait pas. Mon frère ne pouvait pas l'emprunter parce qu'il n'aurait jamais pu le rendre.

– D'accord, dit le brigadier qui tantôt lisait les feuilles, tantôt regardait Maruzza.

Il sentait presque la haine de la jeune femme arriver jusqu'à lui, comme une grosse vague visqueuse.

– Mais un beau jour, ce Salvatore – le brigadier avait la manie de toujours dire « mais », ce dont il ne s'était jamais aperçu et personne n'avait osé le lui dire – est venu te trouver, t'a dit qu'il avait donné à ton frère un demi-million de lires et qu'il voulait les récupérer parce qu'il en avait besoin. Mais, si tu allais aux États-Unis, comme il te le demandait, il renoncerait au remboursement.

– C'est exact.

– En revanche, si ton frère ne lui rendait pas son argent, continua le brigadier, et si tu n'allais pas aux États-Unis, il lui ferait casser la figure.

– C'est exact.

– Alors tu as dit à Giannuzzo de s'enfuir dans le Nord et de s'y cacher : là, Salvatore ne pourrait rien lui faire. Mais lorsque Salvatore a su que ton frère avait fui, il est venu te voir et t'a dit que si jusque-là il voulait seulement lui casser la figure, maintenant qu'il était parti et qu'il l'avait fait passer pour un imbécile, alors il irait le chercher, le trouverait et lui ferait goûter comme il faut à la lame de son couteau.

– C'est exact.

– Alors, toi, tu as pris peur et tu lui as dit que s'il attendait, tu lui rendrais son argent petit à petit. Mais il t'a répondu que désormais ce n'était plus une question d'argent, mais qu'il avait perdu la face. La seule façon de rattraper le coup était que tu partes pour les États-Unis et que tu fasses ce qu'il voulait, parce que sinon ses camarades qui étaient là-bas lui diraient qu'il n'avait plus aucune crédibilité à leurs yeux et le jetteraient comme une vieille chaussette.

– C'est exact, répéta Maruzza, mais je lui ai répondu non.

– Donc, tu lui as dit non, que tu n'irais pas aux États-Unis, que tu n'avais pas perdu ton honneur à ce point. Et alors, il t'a dit : « Ou tu vas en Amérique, ou bien tu peux t'acheter tout de suite un habit noir parce que tu en auras bientôt besoin pour les funérailles de ton frère. »

– Oui, c'est ce qu'il m'a dit. Et c'est ce qu'il a fait. Il l'a dit et il l'a tué. Et maintenant, il doit aller en prison pour le restant de ses jours.

Le brigadier pensa que, à présent, il pouvait fumer

une cigarette. Il la prit dans le tiroir de la table et l'alluma.

– Il va y aller, dit-il lentement, si tu ne retires pas ta plainte.

– Jamais.

– Il va y aller, répéta le brigadier, parce que ce Salvatore Stavardone, exactement comme tu l'imaginais, est venu dans le Nord. Il y a trois semaines, il était dans un hôtel à Venise. Venise est à deux pas d'ici, à côté de l'endroit où ton frère a été tué. Il y était encore il y a trois jours, et même si aujourd'hui nous ne savons pas où il est, nous l'arrêterons bientôt. Mais tu ne dois jamais retirer ta plainte, quoi qu'il arrive. Si ce que tu as raconté est la vérité, alors il ne faudra jamais abandonner.

– Jamais !

C'était comme si ce « jamais » était gravé dans du marbre, dans du bronze, pour l'éternité.

Le brigadier se leva, fit le tour de la table, puis de la jeune femme, les mains derrière le dos, la cigarette allumée. Il était petit mais fier et débordant d'énergie dans son uniforme toujours bien mis. La matinée était resplendissante. Il aurait aimé faire un saut jusqu'à la mer, rester dans la pinède et ne penser à rien. Mais avec son métier, il n'arrivait jamais à le faire. Il retourna s'asseoir derrière la table, fit tomber la cendre de sa cigarette dans la soucoupe en faïence ébréchée qui lui servait de cendrier et dit d'une voix paternelle :

– Maintenant parlons d'autre chose, Maruzza.

Il la regarda répondre oui avec les yeux, sans bouger, toujours de marbre.

– Tu peux me dire de quoi tu vis, actuellement ?

Comme ses yeux ne lui répondaient pas, il posa une question plus explicite, quoique inutile :

– Tu travailles ?

Les yeux de la jeune femme lui dirent plusieurs choses : qu'elle ne travaillait pas, comment aurait-elle pu travailler, et qui donc lui aurait donné du travail ?

– Maruzza, dit le brigadier, en regardant désormais vers la fenêtre, parce qu'il connaissait la fierté morbide de ce genre de femme, il faut faire attention avec ça. Ces types diront que ta plainte ne vaut rien, parce que tu serais, selon eux, une femme légère. Ils essaieront de te faire perdre ton honneur afin de pouvoir dire que ta plainte est celle d'une femme sans honneur et ne peut donc pas être vraie. Laissons tomber ce que tu faisais en Sicile…

– Je ne faisais rien, dit la jeune femme, d'un ton enflammé.

– Oui, Maruzza, rien, mais eux ils attaqueront quand même.

Le brigadier avait déjà reçu le rapport des carabiniers du village de la jeune femme. Elle n'avait rien fait de mal, c'était plus la réputation qu'autre chose. Mais il fallait bien qu'elle entretienne sa mère, sa petite sœur et ses deux tantes et elle ne devait donc pas être complètement nette.

– Mais, ici, il faut que tu évites tout ce qui peut te compromettre. Essaie de comprendre, Maruzza. S'ils arrivent à prouver que tu ne te conduis pas correctement, alors ils diront que tu es mal placée pour faire la morale et que ta plainte ne vaut rien. Tu sais, personne n'accorde de crédit à certaines femmes, même si elles disent la vérité.

Il la regarda à nouveau fixement et lui posa une question plus précise :

– Tu dors où ?

Ce fut la seule fois où elle hésita à répondre. Puis elle dit clairement :

– J'ai un copain.

Le brigadier fit la grimace. C'était juste ce qu'il ne voulait pas entendre.

– Écoute, Maruzza, tu n'as pas d'adresse ici, essaya-t-il de lui expliquer. Pour rester, tu dois montrer que tu peux t'en sortir toute seule, avec tes propres moyens, si tu en as, ou avec un travail, de façon honnête, sinon je serai obligé de te renvoyer dans ton village.

– J'ai un copain, dit-elle, quelqu'un d'honnête.

– Maruzza !

Le brigadier n'en pouvait plus d'être paternel et devint furieux.

– Une jeune femme n'a pas de copain, comment faut-il que je te l'explique, en te jouant de la guitare ? Une femme, ou elle a un mari, ou elle vit chez ses parents, ou elle travaille, or, toi, tu ne rentres dans aucune de ces catégories.

Ses yeux, deux pierres dures noires de haine, s'adoucirent, s'arrondirent, et se transformèrent sur son visage en deux océans de lumière.

– On va se marier, dit-elle.

Le brigadier commença d'ouvrir la bouche dans l'intention de crier, mais il n'en fit rien. Il resta, la bouche entrouverte, à la regarder, partagé entre l'envie de donner un coup de poing sur la table et de jurer grossièrement, et celle de s'appuyer contre la chaise et de secouer la tête sans rien dire, résigné à l'absurde. Puis, il se reprit, compatissant.

– Maruzza, tu les connais bien les hommes. Qui est-ce qui t'a fait croire qu'il allait t'épouser ?

– Quelqu'un.

Elle haussa les épaules.

– D'accord, quelqu'un. Et tu y crois ?

– Oui

– Et pourquoi ?

– Parce que.

Le porte-timbres sauta par terre tel un projectile à cause du coup de poing violent que le brigadier avait donné sur la table.

– Ne me réponds pas « parce que », Maruzza ! J'ai déjà suffisamment de prostituées dans mon secteur sans avoir besoin de les importer des autres provinces, et cette histoire que quelqu'un va t'épouser, raconte-la donc à ta grand-mère, pas à moi !

Il se frotta l'index sur le front.

– Il n'y a rien d'écrit ici, comme toi et les autres semblez le croire.

Maruzza regarda avec dédain les tampons et le porte-timbres qui avaient atterri par terre.

– Ne m'insultez pas, monsieur le brigadier.

Il avait un peu forcé sur la scène de colère, pour qu'elle réagisse et qu'il puisse comprendre si elle disait la vérité. À présent, il fit une pause, sonna et, lorsque le planton entra, il lui demanda de ramasser les tampons et de les remettre sur la table. Quand le planton fut parti, il reprit, comme s'il était encore en colère :

– Alors, continue, il y a quelqu'un qui va t'épouser, ce qui veut dire que tu as un fiancé. Très bien. Et quand l'as-tu connu ?

– Quand je suis arrivée à Latisana, le jour même.

Moins d'une semaine, pensa le brigadier. Il serra les dents, il n'aimait pas qu'on se moque de lui.

– Oh ! vous vous connaissez depuis longtemps ! Et lui, qu'est-ce qu'il sait sur toi ?

Maruzza soutint son regard.

– Tout.

Puis elle baissa les yeux.

– Même ce que ni vous, ni ma mère ne connaissez.

Le brigadier commença alors à comprendre qu'il était possible qu'elle ne veuille pas se moquer de lui.

– Et il va t'épouser quand même ?

Ses grands yeux humides répondirent oui, fièrement.

– Et tu y crois ?

Ses yeux le raillèrent, presque avec mépris, sans peur, et lui dirent oui, qu'elle y croyait. Elle avait de la compassion pour lui, parce qu'il n'arrivait pas à la croire.

Le brigadier comprenait ce langage.

– Et quand devrait-il t'épouser ?

– Une fois terminé le deuil de mon frère.

– Dans un an, dit-il, et il secoua la tête. Écoute, Maruzza, je ne suis pas un ange de patience. Ce type, dans quinze jours, et peut-être moins, il te plaquera, alors toi, tu t'en trouveras un autre, et ainsi de suite, et chaque fois tu diras que c'est ton fiancé et qu'il va t'épouser. Mais si tu fais ça, ta plainte vaudra moins que ce mégot qui est dans la soucoupe et, moi, je te renverrai dans ton village par le premier train.

– Il ne me quittera pas, dit Maruzza.

Elle prit de son sac un petit carton.

– Je ne suis plus à l'hôtel, parce que je n'avais plus d'argent et que je n'avais rien à manger. Il m'a logée chez lui et c'est là que j'habite, maintenant.

Elle lui donna le carton. Il y avait seulement écrit : Lignano, via Tolmezzo.

– Tu as changé d'adresse, tu devais me prévenir, dit le brigadier en manipulant nerveusement le carton.

– C'est ce que je suis en train de faire : je vous préviens. C'est lui qui m'a dit de vous dire que j'habitais à cette adresse.

Depuis quelques instants, le brigadier ne pensait plus que la jeune femme voulait lui faire croire qu'elle avait un fiancé, d'ailleurs quel genre de fiancé pouvait-elle se trouver, avec la plage pleine de soldats américains qui disjonctaient dès qu'ils voyaient une brune de son espèce. Depuis quelques instants, il pensait à deux nouvelles hypothèses : ou bien Maruzza était tombée amoureuse comme une idiote et buvait toutes les promesses que le type lui faisait – parfois les plus dégourdies sont aussi les plus naïves – ou alors elle avait vraiment trouvé quelqu'un avec la tête sur les épaules qui allait vraiment l'épouser, même en sachant tout d'elle. Néanmoins, sa confession devait renfermer peu de choses, parce que Maruzza n'était pas si sotte, encore que ! Il aurait bien aimé le voir en face, celui qui allait l'épouser. Ce ne pouvait être qu'un Américain, pensa-t-il, ou un Allemand : c'étaient les seuls à savoir leur faire avaler des histoires aussi grosses.

– Et c'est qui celui qui va t'épouser ? Comment s'appelle-t-il ?

Ses yeux s'adoucirent à nouveau.

– Il s'appelle Giovanni [1], comme mon frère.

Non, ce n'était pas un Américain.

– C'est un de tes compatriotes que tu as rencontrés ici ? lui demanda-t-il.

Il y avait plusieurs Méridionaux dans le secteur, mais il était improbable que l'un d'entre eux se marie avec une femme comme Maruzza.

– Non, répondit-elle.

Sa voix était douce, à présent.

– C'est quelqu'un de Venise, qui travaille ici.

---

1. Cf. note p. 76. *(N.d.T.)*

Ah ? Un type de la région, pensa le brigadier.

– Et il fait quoi comme métier ?

– Chauffeur de car.

Elle tourna le regard, rempli d'une douceur presque langoureuse, vers la porte fermée et dit :

– Il m'attend dehors.

Le brigadier regarda lui aussi en direction de la porte. Il réfléchit un instant.

– Maruzza, il faut que je lui parle, à ce type. Je dois être sûr que tu te tiendras bien tout le temps que tu resteras ici.

– Allez-y, parlez-lui, dit-elle fièrement. Lui aussi, il voulait vous parler. Il a dit qu'il voulait se porter garant pour moi.

Il y a des trucs incroyables, pensa le brigadier. Il arrive des saloperies qui donnent envie de vomir rien qu'à y penser, et puis, il arrive des choses belles comme celles de ce matin clair et frais, qu'on a peine à imaginer qu'elles existent. Pendant un instant, le brigadier avait même pensé à un vieux, qui, ivre de Maruzza, lui avait promis de l'épouser. Mais si c'était un type qui conduisait un car, ça ne pouvait pas être un vieux.

Il appela aussitôt le planton.

– Va dehors avec mademoiselle, elle te montrera quelqu'un que tu feras monter dans mon bureau.

Ils entrèrent tous les trois presque tout de suite après, Maruzza, un jeune homme en chemise couleur carotte et en short qui ressemblait à un enfant d'école primaire ayant trop grandi, et le planton.

– Sors, dit le brigadier au planton, puis il s'adressa avec gentillesse à Maruzza, toi aussi, laisse-nous un moment.

Le jeune homme prit la main de Maruzza.

– Ne t'inquiète pas, Marieta, tout ira bien.

L'agitation le faisait parler en vénitien, mais elle comprenait quand même.

Le brigadier commença de comprendre la situation simplement en regardant leur geste : le jeune homme avait la tête à l'envers. Cela arrive, pensa-t-il avec amertume, car lui était vieux garçon, sinon les hommes ne se marieraient jamais.

– Comment vous appelez-vous ? lui demanda-t-il, en le faisant rester debout, tandis que lui s'asseyait.

– Pierandola Giovanni, répondit-il.

Il était agité et tranquille en même temps. Tranquille à cause de cette espèce de force et de chaleur qu'il avait en lui en pensant à Maruzza, ou Marieta, comme il l'appelait. Agité parce qu'il était jeune et qu'il avait peur des carabiniers et de tout ce qui avait un rapport avec la loi.

– Je me porte garant pour cette jeune femme, dit-il avec une solennité infantile.

D'accord, pensa le brigadier, ce n'était pas étonnant qu'il se porte garant, en ayant à l'esprit une belle brune comme Maruzza.

– Vous avez une pièce d'identité ?

– Oui, monsieur.

Le jeune homme devait s'être parfaitement préparé. Il sortit de la poche de son short deux documents.

– J'ai mon passeport, lui dit-il en le lui donnant, et mon permis E. Je conduis des cars depuis trois ans.

Il dit également le nom de la société qui l'employait.

Le brigadier étudia attentivement les documents, puis les lui restitua.

– Depuis combien de temps connaissez-vous Mlle Masetta ? demanda-t-il d'un ton agressif.

Le jeune homme rougit. Il eut du mal à répondre tout de suite.

– Depuis la semaine dernière, dit-il enfin.

Avec encore plus de méchanceté et de froideur, le brigadier demanda :

– La demoiselle dit que vous lui avez promis de l'épouser.

– Oui, monsieur, dit le jeune homme avec la fougue douce des Vénitiens, une fougue délicate mais profonde et enthousiaste.

Il ne s'apercevait pas du petit rire acide qui se cachait dans les yeux du brigadier, provoqué par la pensée que ce jeune homme voulait épouser cette fille alors qu'il ne la connaissait que depuis une semaine.

– Et quand allez-vous l'épouser ?

– Monsieur le brigadier, si ça ne tenait qu'à moi, tout de suite, mais elle doit porter le deuil de son frère, répondit-il toujours avec la même fougue chaleureuse et tendre. Je lui ai dit qu'on pouvait demander une dispense, pour nous marier aussitôt après, mais elle ne veut pas. Elle dit qu'elle doit s'habiller en noir pendant au moins un an. Ce matin, on va même chez la couturière, parce que son habit est déjà prêt. Vous savez, c'est une fille qui n'a pas de chance et qui souffre beaucoup à cause de son frère, mais c'est une gentille fille, je vous l'assure.

C'est ça, porte-toi donc garant ! Le brigadier resta toutefois impassible à écouter ce torrent impétueux de mots.

– … Mais pour moi, c'est comme si on était déjà mariés. Je l'ai prise chez moi parce qu'elle n'avait plus rien, et qu'elle aurait dû retourner dans son village, et je ne le voulais pas. Je lui ai donc demandé si elle voulait venir chez moi. J'habite seul avec mon oncle qui est invalide, mais qui a une pension, et on a besoin d'une femme à la maison. Peut-être que maintenant, petit à petit, je réussirai à la convaincre de m'épouser avant que ne finisse son deuil. Je ne vois pas pourquoi il faudrait attendre un an…

Le brigadier leva une main parce qu'il avait compris à présent, et le jeune homme, de plus en plus agité, se tut immédiatement.

– Tout cela ne m'intéresse pas, dit-il avec moins de froideur qu'auparavant. Le problème pour moi, c'est que cette jeune femme n'a pas d'adresse ici, n'a pas de travail et qu'elle doit prouver qu'elle arrive à vivre de façon honnête. Je ne veux rien savoir de toutes ces histoires, mais si j'apprends qu'elle n'est plus avec vous, soit parce qu'elle est partie, soit parce que vous l'avez mise à la porte, et qu'elle se comporte mal, je la renvoie aussitôt dans son village.

Il marqua une nouvelle pause, puis ajouta :

– Souvenez-vous bien de ce que je vous ai dit : l'expulsion au moindre problème.

Le jeune homme secoua fortement la tête.

– Non, monsieur le brigadier, il n'y aura aucun problème.

– Il vaut mieux. Vous pouvez partir. Dites à la demoiselle de revenir me voir dans trois jours, j'aurai des nouvelles à lui communiquer.

– Oui, monsieur.

Le jeune homme aurait voulu le saluer avant de sortir, mais il était trop agité. Il sourit seulement. Avec son short, ses genoux à l'air et ses jambes maigres, on aurait vraiment dit un écolier.

À l'extérieur, Maruzza l'attendait au soleil. Elle gardait sa mobylette. Giovanni lui prit une nouvelle fois la main, comme il l'avait fait auparavant devant le brigadier et lui dit :

– Tout s'est bien passé, Marieta.

À son tour, elle lui serra la main, parce que de le sentir près d'elle, de sentir sa main, sa présence, était la seule chose qui pouvait transcender la haine dont elle était remplie.

– Merci, Giovanni.

Elle l'appelait Giovanni, et non pas Giannuzzo comme son frère, mais elle mettait tellement de tendresse dans ce prénom, qu'elle prononçait encore avec un peu de difficulté, que c'était comme si elle le caressait. Quand elle fut à califourchon sur la mobylette, derrière lui, elle lui demanda :

– Tu m'emmènes chez la couturière ?

– Oui, Marieta.

C'était vraiment une matinée splendide qui pénétrait jusqu'à l'intérieur de la masure de la couturière, une espèce de taudis préfabriqué en une demi-heure, dans une petite rue derrière le bord de mer, plein d'habits suspendus à un fil de fer : des bains de soleil criards, des petites jupes de vingt centimètres, des tailleurs aux couleurs aveuglantes, violet glacé, orange électrique, vert éclatant. Le vêtement noir que la couturière sortit d'une armoire où elle l'avait caché, parce que si les autres clientes le voyaient, elles auraient peur du mauvais sort, effaça aussitôt toute la splendeur de cette journée.

Maruzza l'observa centimètre par centimètre, couture après couture. Ensuite, pétrie de haine, durcie par la haine, elle dit à la couturière qu'elle voulait le porter tout de suite.

– Venez par là, mademoiselle, l'invita la couturière.

Elle savait, elle aussi, comme tout le monde dans le village, que Maruzza était la sœur de celui qui avait été tué. D'un côté, elle était fière de lui avoir fait cet habit, mais de l'autre elle ne savait pas si c'était une bonne publicité, et elle avait hâte de s'en défaire. Elle avait beaucoup de compassion pour la jeune femme qu'elle accompagna derrière un rideau qui voulait ressembler à du velours et où les clientes essayaient leurs vêtements.

Maruzza la remercia du regard, et lorsqu'elle fut seule, elle se déshabilla. Elle prit ensuite dans son sac un collant noir et l'enfila. Elle n'avait pas de porte-jarretelles dans sa valise, mais seulement de vieilles jarretières vertes qu'elle avait apportées parce qu'elles s'accordaient bien avec l'habit vert qu'elle venait juste de quitter. À présent, elles n'étaient assorties à rien, mais de toute façon elles allaient dessous, pensa-t-elle. Et, en effet, dès qu'elle eut enfilé son vêtement funèbre, il lui couvrit les jarretières en même temps que toute sa beauté, toute sa joie de vivre, comme si cela l'éteignait. Son teint mat, avec tout ce noir sombre et opaque, parut devenir gris, sans lumière. Il ne restait que le rouge sur ses lèvres qu'elle avait oublié. Elle l'enleva rapidement avec son mouchoir, avec des gestes secs, poussés par la haine dont elle était chargée et se regarda enfin dans la glace. Même la splendeur de ses yeux avait disparu. La haine les lui obscurcissait et les lui transformait en deux pierres dures et opaques au point d'effrayer Salvatore Stavardone s'il l'avait vue. C'est d'ailleurs avec lui qu'elle parlait en pensée devant le miroir ; plus que des pensées, c'était une vague de haine qui devait l'atteindre n'importe où, même dans cette Amérique où il voulait l'emmener faire ces saloperies dont vivent des hommes comme lui. Salvatore Stavardone, lui dit-elle en pensée, tu vois, je porte l'habit noir. C'est le deuil de mon frère, comme tu me l'avais dit. Mais souviens-toi que tu passeras le reste de ta vie en prison, comme une charogne. Elle ne dit pas charogne, mais un terme plus méprisant en dialecte sicilien, qui blessait, à lui seul, sa mère et la mère de sa mère et toute sa famille jusqu'aux plus lointaines générations.

Puis elle sortit et se montra à Giovanni. Il finissait de payer la couturière. Il lui sourit, continuant de compter ses sous, mais elle était suffisamment femme pour sentir qu'il ne la reconnaissait presque plus, sans son rouge à lèvres, entièrement enveloppée dans du noir, jusqu'au cou, cachant ses bras et ses jambes. Elle s'était fait tailler l'habit de sorte qu'il lui arrive aux chevilles. Elle eut du mal à monter sur la mobylette avec cet obstacle funèbre autour des jambes et ne sauta pas sur la selle avec l'ardeur vitale et printanière des fois précédentes. Avant qu'il ne démarre, elle lui serra le bras et l'obligea à se retourner.

– Je suis affreuse, hein ? lui demanda-t-elle.

– Mais non, Marieta.

Des étrangères, dont le deux-pièces était caché par un peignoir de plage, s'arrêtèrent un moment pour regarder cette fille ainsi fringuée de noir assise en amazone sur la mobylette à l'arrêt. Un jeune homme aussi la regarda et cessa de siffloter *Marina* [1].

– Si, je suis affreuse, dit-elle avec douceur mais fermement, et si je ne te plais plus, quitte-moi quand tu veux, tout de suite même. Ne t'en fais pas pour moi.

Giovanni démarra d'un geste furieux.

– Ne m'énerve pas, idiote ! dit-il en dialecte, avec une colère coupée par l'émotion.

Elle se tint solidement à sa taille et, tandis qu'ils roulaient, elle pensait : « Tu vois, je ne suis pas belle, tu peux me quitter quand tu veux. Je ne suis même pas une fille comme il faut, mais cet habit je le porterai non

---

1. Chanson des années soixante interprétée par Rocco Granata. *(N.d.T.)*

seulement pendant tout le temps de mon deuil, mais jusqu'à ce que celui qui a tué mon frère soit en prison pour toujours, même si c'est dans dix ans. »

Toutes ces choses, elle les dirait à Giovanni, plus tard, et elle serait toujours prête, désormais, dès qu'elle comprendrait qu'il en aurait assez, à s'en aller de chez lui et à sortir de sa vie, avec sa valise en aluminium et toute sa haine.

18

Alberto alla se mettre un moment à la fenêtre qui donnait sur le jardin. Il vit le jeune carabinier arriver et s'arrêter derrière le portail. Il resta à observer. Michela et son père étaient dans la véranda avec Roberto et Sebastiano Arrighi. Il les avait laissés, quelques minutes plus tôt, parce qu'ils devaient sortir tous ensemble se balader et qu'il devait mettre des chaussures plus adaptées. Ce matin, ça avait été un peu difficile avec Michela, mais seulement les cinq premières minutes. Alberto avait feint de ne pas savoir qu'elle était sortie la nuit précédente avec Roberto, et elle, de son côté, faisait semblant de le croire. Et puis il y avait Roberto qui avait monopolisé l'attention, non pas parce qu'il parlait beaucoup, mais parce que son retour avait rendu heureux Sebastiano Arrighi et ce mâtin grognon de Silvestro Loré, lequel avait démontré au jeune fils prodigue que son retour était vraiment la chose la plus raisonnable, « judicieuse », lui répétait-il, qu'il ait faite. Roberto semblait assez le croire. Toutefois, aux yeux d'Alberto, il ne paraissait pas tout à fait tranquille ; mais les neurasthéniques ne le sont jamais. À présent, après le repas et la sieste, ils s'étaient tous retrouvés dans la véranda et avaient projeté de faire un petit tour le long du fleuve. Une promenade familiale et sereine.

Qui n'allait peut-être pas se faire, pensa Alberto en observant le carabinier qui sonnait. La sonnerie arrivait certainement jusqu'à la véranda, mais de là, ils ne pouvaient pas voir qui sonnait. Ainsi, pendant quelques instants encore, tout resterait calme et familial, un peu ennuyeux même. Et puis la domestique traversa le jardin, suivie du vieux chien qui avait tenté un jappement au premier *dring* mais qui s'était tout de suite tu, convaincu de la vanité de son aboiement et se limitant, poussé par un dernier scrupule, à venir derrière le portail voir qui c'était. Qui que ce fût, de toute façon, il l'aurait observé avec indifférence, sans hostilité et sans joie. Et c'est de cette façon qu'il regarda le carabinier, se couchant aussitôt après, immobile et comme mort, tandis que la domestique parlait au visiteur.

Alberto, même sans entendre, aurait parfaitement pu répéter les mots qu'ils s'échangeaient, chacun d'un côté du portail.

– M. Arrighi Roberto habite bien ici ?

Il avait bien dit Arrighi Roberto et non pas Roberto Arrighi.

– Oui, répondit la domestique qui, bien qu'hésitante, ouvrit le portail.

– Il est chez lui ? demanda le carabinier.

– Oui.

– Je dois lui remettre une convocation de la gendarmerie.

Par la fenêtre, Alberto vit la femme faire entrer l'agent, refermer le portail et regagner avec lui l'intérieur de la villa. Le chien resta assis à les regarder, la langue légèrement pendante, avec l'air triste de celui qui sent l'inutilité des choses ; il décida de se coucher sur le gravier dur, mais frais.

Alberto le regarda un moment, puis s'éloigna de la fenêtre et s'assit sur son lit.

À présent, il savait ce qui allait se passer. Il attendit

en allumant une cigarette. Il avait gardé ses mocassins légers au lieu de mettre de grosses chaussures de marche. Il avait presque fini sa cigarette, lorsqu'il entendit dans le couloir le pas de Michela. Il le reconnaissait entre mille, qu'elle porte des chaussures plates ou à talons hauts : c'était un pas souple et long, qui n'avait pourtant rien à voir avec celui des mannequins, ou des petites stars des podiums, ou des stupides coquettes de la rue. Elle marchait de cette façon depuis qu'elle était toute petite, quand elle était encore inconsciente de sa féminité. Il s'en souvenait, parce que quand il était jeune, ce pas si féminin et si aristocratique provoquait en lui des troubles obscurs dont il semblait encore conserver les traces vivantes dans sa mémoire.

Puis il l'entendit frapper à sa porte et, tout en restant assis sur son lit, il lui dit d'entrer

Avant même qu'elle ouvre, il imagina quelle tête elle ferait, et lorsqu'elle entra, elle avait effectivement la tête qu'il avait imaginée, les yeux un peu plus grands, dilatés par l'angoisse. Elle avait dans la main un petit carton imprimé : la convocation que le carabinier avait remise personnellement à Arrighi Roberto – et non pas Roberto Arrighi, et encore moins Roberto tout court comme il l'était pour elle.

– Un carabinier est venu remettre cette convocation, dit-elle en lui tendant le petit carton souple, d'un blanc sale, sur lequel étaient imprimées quelques lignes, complétées de quelques mots écrits au stylo, d'une signature, et d'un tampon violacé.

Alberto se leva, éteignit sa cigarette dans le cendrier, prit le petit carton et le lut. Il lui sembla presque entendre battre le cœur de Michela. Il en voyait d'ailleurs les battements à une veine de la gorge, gonflée par l'angoisse.

– Ton père, qu'est-ce qu'il a dit ?

– Il a parlé au carabinier, il s'est présenté.

Michela essaya de dominer l'anxiété qui était dans sa voix.

– Il lui a précisé que Roberto irait bientôt à la gendarmerie.

– Et Roberto, qu'est-ce qu'il a dit ? questionna-t-il, sur un ton monocorde.

Il ne la regardait pas. Cela lui faisait mal. Il chercha une autre cigarette et l'alluma.

– Roberto ? qu'il voulait partir, répondit-elle.

Elle se mordit les lèvres ; elle devenait pâle de temps en temps.

– Mon père dit qu'il faudrait que tu l'accompagnes toi, puis qu'éventuellement, il interviendrait personnellement.

Alberto alla à la fenêtre. Il vit une fois encore ce qu'il s'attendait à voir. Roberto était en train de lever le rideau du garage. Il y avait aussi son père et Silvestro Loré qui lui parlaient. On n'entendait pas distinctement ce qu'ils se disaient, mais on percevait bien leurs voix, hautes, très excitées.

– Je vais l'arrêter, sinon il va vraiment partir, dit-il à Michela.

Il lui mit sa lourde main sur l'épaule et resta ainsi un moment.

– Calme-toi, c'est juste une convocation des carabiniers. S'ils avaient voulu l'arrêter, ils seraient venus le chercher, au lieu de lui remettre un bout de papier.

Elle opina du chef. L'énergie d'Alberto lui donnait du courage, mais elle était désespérée.

En bas, Roberto était déjà au volant de sa voiture et avait démarré, tandis que Silvestro Loré lui parlait, une main sur le bras, et que Sebastiano Arrighi était face à la voiture, silencieux, immobile, comme pour empêcher que son fils puisse sortir la voiture du garage.

Alberto alla droit vers l'auto américaine et y monta, sans dire un mot. Ce fut Roberto qui, en le voyant à côté de lui, éclata. Michela, qui venait d'arriver, elle aussi, vit son visage se couvrir subitement de grosses veines bleues, gonflées de sang et de colère presque au point d'éclater.

– Descendez. Je le savais que ça finirait comme ça, et je n'ai pas besoin d'une nourrice, lui dit-il.

Il ne criait pas, mais encore un instant et il se mettrait à hurler.

– Ne faites pas de scènes ridicules devant votre père. Partons de là et puis nous parlerons.

– Non, vous descendez ! s'écria Roberto.

Une veine sur son front se tordit comme un serpent fouetté.

– Sinon c'est moi qui vous fais sortir.

Alberto murmura d'une voix à peine perceptible, mais sans réplique :

– On part, sinon je vous assomme.

Le visage de Roberto, qui tirait sur le bleu, s'éclaira lentement.

– Vous avez raison, allons-nous-en, murmura-t-il lui aussi d'un ton à peine perceptible que Silvestro Loré et Michela ne pouvaient sans doute pas entendre.

– Comme ça, c'est moi qui vous laisserai au milieu de la route.

Alberto dit à Sebastiano, qui était devant la voiture, le visage pâle et défait :

– Laissez-nous partir, s'il vous plaît, nous allons faire un petit tour pour parler.

Alors le vieux Sebastiano s'écarta et Roberto fit bondir la voiture en freinant d'un coup devant le portail fermé. Michela courait derrière eux.

– Ouvre le portail, Michela, lui demanda Alberto, en lui souriant.

Le visage de la jeune femme était toujours décomposé.

– Ne faites pas l'imbécile Roberto, dit Silvestro Loré en arrivant, lui aussi, à la hauteur de la voiture, essoufflé par sa course, suivez les conseils d'Alberto.

Roberto restait silencieux. Il regardait Michela qui ouvrait le portail. Dès qu'il y eut assez d'espace pour que la voiture puisse passer, il fonça, furibond. Il parcourut le chemin privé à quatre-vingts à l'heure et, une fois loin de son père, de Michela et de Silvestro, il se déchaîna. Il stoppa la voiture, descendit dans un lourd silence, alla ouvrir la portière d'Alberto, le prit par le bras et, d'un geste névrotique, le tira à l'extérieur.

– Dehors, cracha-t-il au lieu de parler. C'est ce que vous vouliez, qu'ils viennent m'arrêter. Eh bien voilà, ils sont venus !

Il le poussa à plus d'un mètre, tandis qu'Alberto se laissait faire, sans réagir. Toutefois, d'un coup, il lui prit la main et la lui tordit au point que son bras dut se plier et s'immobiliser. Il s'était entraîné pendant des années au judo et à la lutte libre, et pesait quelques kilos de plus que Roberto qui ne pouvait plus bouger. Il resta immobile, mais il tremblait et suait, à cause de son bras tordu à la limite de la fracture.

– Si je vous voulais du mal, je vous laisserais fuir, lui dit Alberto. On vous arrêterait dans deux jours et alors là, oui, vous auriez du mal à prouver votre innocence.

Il lui lâcha soudainement le bras.

– Allez, on va se rendre tous les deux chez les gendarmes. Je parlerai d'abord au brigadier, il vous interrogera, vous signerez votre déposition et dans deux heures on sera rentrés, et tout sera terminé. Mais comment faites-vous pour ne pas voir que vous avez construit une stupide tragédie autour d'un fait sans importance ?

Les yeux de Roberto le fixaient avec un regard torve dans lequel il n'y avait plus de colère, ni de peur, mais peut-être seulement un peu de honte de devoir céder, non pas tant à la force qu'à la logique des choses. Il reprit le volant. Il savait où se situait la petite maison de la gendarmerie, car il y était allé plusieurs fois à propos de son permis pour port d'arme. Il s'approcha doucement. Alberto le surveillait, mais il savait qu'il n'aurait plus de coups de tête. Sa colère était retombée. Maintenant, il devait être fatigué et déprimé.

– Calmez-vous, lui dit-il. Je suis là, et puis surtout il y a le père de Michela. Je comprends, c'est pénible, mais après vous serez complètement libre.

Il lui offrit une cigarette, que Roberto refusa. Il s'arrêta, peu de temps après, devant la gendarmerie qui se trouvait sur un petit chemin tranquille et ombragé, à l'entrée du village.

Alberto ouvrit sa porte, et dit avant de descendre :

– Je vous fais confiance, restez ici pendant que je parle avec le brigadier.

Roberto acquiesça sans le regarder. Alberto descendit et entra dans la petite maison sans se retourner. S'il veut fuir, qu'il fuie donc, tant pis pour lui. Mais il pensa qu'il ne le ferait pas.

Au fond d'un couloir sombre et frais, il y avait un planton qui, en entendant ses pas, vint à sa rencontre.

Alberto lui dit qu'il était du ministère de l'Intérieur et qu'il désirait parler au brigadier. Une minute plus tard, le planton le fit entrer dans le bureau du brigadier qui était en train de remettre la veste qu'il venait de quitter à cause de la chaleur, en colère qu'il était contre les idioties que faisaient les touristes en vacances. Il toisa Alberto avec suspicion, car il trouvait étrange qu'un fonctionnaire du ministère de l'Intérieur se présente devant lui en maillot noir. Il le regarda avec animosité car du ministère ne pouvaient arriver que des ennuis.

– Asseyez-vous, lui dit-il, courtois mais froid.

L'après-midi, le soleil frappait sur les fenêtres du bureau et des persiennes fermées entrait un air vert et chaud qui faisait transpirer, qui étourdissait.

Alberto s'assit et expliqua plus en détail qui il était, un agent de la police scientifique du ministère, section relations avec Interpol, mais il précisa aussitôt qu'il était là à titre privé, simplement parce que l'ami d'un de ses très bons amis – dont il dit le nom, Silvestro Loré – avait été convoqué à la gendarmerie.

– Je n'ai convoqué personne, lui dit le brigadier, énervé par le nom du *commendator* Silvestro Loré, dont il connaissait la réputation de rigueur pour en avoir entendu parler et toujours sans bienveillance.

– Il s'agit de Roberto Arrighi, de Latisana, dit Alberto, calmement, gentiment même pour ne pas heurter la susceptibilité du brigadier.

– Ah, oui ! je l'avais oublié, s'exclama-t-il, de plus en plus gêné de devoir reconnaître son trou de mémoire.

Alberto offrit une cigarette au brigadier qui la refusa, s'en alluma une et lui parla rapidement de Roberto. Le brigadier écoutait avec impatience ; il regardait, de temps à autre, le plafond, tandis qu'Alberto parlait, ou bien, ajustait un bouton de sa veste, et il avait fini par allumer lui aussi une cigarette. À un certain moment, il haussa les épaules, comme pour montrer quel genre de bêtises il devait écouter. Dans son secteur, il était le roi et le maître absolu. Personne ne pouvait ou ne devait interférer avec son travail, excepté ses supérieurs directs d'Udine. S'ils pensaient que les civils du ministère de l'Intérieur lui faisaient peur, ils se trompaient. Mais lorsque Alberto eut terminé, le sens du devoir vainquit sa susceptibilité et il sortit du tiroir le dossier « Masetta Giovanni ». Avant de répondre, il le feuilleta une énième fois. Puis il dit :

– J'ai fait convoquer M. Arrighi Roberto parce qu'un coup de fil anonyme m'a indiqué son nom. Vous qui êtes du métier, vous devez savoir que l'on doit tout prendre en compte.

Alberto acquiesça. Il sentait que le brigadier le regardait avec moins d'antipathie.

– Dans l'enquête que je dirige, personne n'a fait allusion à ce Roberto. Si on ne m'avait pas téléphoné, son nom ne me serait jamais venu à l'esprit.

– De toute façon, dit Alberto, maintenant il est là-dehors et vous pourrez l'interroger quand vous voudrez. Le *commendator* Loré vous prie seulement, si vous n'y voyez pas d'inconvénients, de le tenir informé du dossier de son ami.

Le nom du *commendator* Loré, prononcé pour la deuxième fois, projeta dans le petit bureau l'ombre d'un supérieur du ministère, et le brigadier fut de nouveau énervé. S'ils croyaient se mêler de ses enquêtes…

– Faites-le entrer, je vais l'interroger tout de suite, dit-il sèchement.

Alberto avait tendu l'oreille, mais n'avait entendu

aucun bruit de moteur. Le neurasthénique n'avait pas encore fui ; il valait mieux ne pas trop le faire attendre.

– Je crains que ce garçon ne soit un peu malade des nerfs, dit-il en se levant. Tous les bourgeois, du reste, dès qu'ils ont affaire aux carabiniers ou à la police, s'agitent dans tous les sens.

– Et aucun d'entre eux ne collabore avec la justice, compléta le brigadier.

Tout compte fait, ce jeune en maillot noir ne lui était pas si antipathique. Ce devait être quelqu'un qui connaissait bien son métier. S'il avait eu un élément de ce type à sa disposition, il aurait réglé plus rapidement l'affaire Giovanni Masetta. Le désir de parler avec une personne qui pouvait vraiment le comprendre fut plus fort que sa méfiance à l'égard des « civils ».

– On vous a parlé de ce crime ? lui demanda-t-il, en se levant à son tour.

– Hier, j'ai lu toute la presse depuis que c'est arrivé, répondit Alberto, puis pour le flatter, il ajouta :

– Mais vous devez certainement en savoir beaucoup plus que ce que vous avez dit aux journaux. Vous avez bien fait de ne pas tout leur raconter, ils ne font que compliquer les choses.

– J'informerai la presse une fois que j'aurai arrêté l'assassin et qu'il aura avoué, dit le brigadier, ce qui devrait être une question d'heures. J'attends un télégramme de Venise.

Il aurait voulu s'arrêter, mais il n'y parvint pas. Du reste, il devait démontrer à ce « scientifique » du ministère que, même sans toute cette science et ces microscopes, il y arriverait.

– La victime a été poignardée, comme vous le savez, et quand un méridional est assassiné ainsi, neuf fois sur dix, c'est un autre méridional qui l'a fait. La sœur de la victime est venue ici, elle a parlé. Ce sont des gens qui ne parlent que pour se venger, comme vous savez. Dessous, il y a une histoire louche, un trafic de femmes, mais j'ai déjà le nom du type qui l'a tué ou l'a fait tuer.

Alberto opinait du chef. Il tendait toujours l'oreille, mais n'entendait aucune voiture démarrer. Puis il dit, presque avec indifférence, la chose la plus importante, celle pour laquelle il était venu :

– Le *commendator* Loré est en vacances ici, dans la villa du père de ce jeune homme, et si vous avez envie de bavarder avec lui au sujet de cette affaire, il m'a dit qu'il viendrait volontiers.

La visite d'une personnalité est toujours gênante, mais a aussi beaucoup d'avantages. Le brigadier, sensible aux inconvénients, n'en oubliait pas pour autant les avantages et acquiesça tout de suite :

– J'en serais très honoré.

Il le reconduisit dehors où se trouvait toujours le neurasthénique. Il était assis au volant de sa voiture et se tourna pour les regarder, d'un mouvement sec de la tête, comme si on lui avait tiré sur le visage.

– Voilà Roberto Arrighi, je vous le confie, dit Alberto sur le ton de la plaisanterie.

Le brigadier s'était calmé, et sourit. Alberto s'approcha de la voiture.

– Venez, n'ayez pas peur, c'est seulement une formalité.

Puis il lui dit à voix basse :

– Il semblerait qu'il ait déjà trouvé l'assassin, mais faites comme si vous ne saviez rien.

Roberto, rigide, sans dire un mot, le regard encore torve qui donnait l'impression d'être celui d'un animal pris au piège, le suivit jusqu'au brigadier qui les attendait sur le pas de la porte.

– Je vous laisse avec lui, dit Alberto au brigadier. Le *commendatore* vous téléphonera bientôt.

Il se tourna vers Roberto :

– Cela ne vous fait rien si je vais faire un petit tour avec votre voiture ? Je repasse vous prendre un peu plus tard.

19

Le soleil ne tapait plus contre les fenêtres du bureau et le brigadier alla ouvrir les persiennes. Mais il faisait toujours aussi chaud et l'air restait toujours aussi visqueux et aussi dense ; mais au moins, maintenant il y avait un peu de lumière. Un agent, assis devant une machine à écrire, tapait lentement sur les touches.

Le brigadier regarda un moment dehors, à travers les fenêtres, essuyant son cou en sueur, regarda Roberto assis à côté de l'agent dactylographe, puis alla s'installer derrière la table.

– Il y a deux choses à éclaircir, commença-t-il.

Cela faisait plus d'une heure qu'il éclaircissait un tas de choses qui lui semblaient même un peu trop claires ; mais dans son métier il fallait être pointilleux.

– Et même trois ! Lorsque vous avez connu cette fille, en Sicile, vous aviez bien compris que ce n'était pas une fille de bonne famille. Vous le saviez, n'est-ce pas ? Ou vous avez vraiment pensé que vous pouviez l'épouser ?

– Pas du tout, répondit Roberto fermement.

Il ne suait plus. La chaleur et l'angoisse l'avaient fait transpirer durant la première demi-heure. À présent, il n'avait plus chaud et n'était plus angoissé, peut-être seulement résigné.

– Je ne pouvais rien penser sur son compte, parce que je la connaissais trop peu, mais j'avais compris que…

– Qu'est-ce que vous aviez compris ?

Le dactylographe avait cessé d'écrire et attendait. Roberto fit un effort et murmura :

– Qu'elle avait l'habitude des hommes.

Le brigadier insista :

– Qu'est-ce qui vous l'a fait comprendre ?

Roberto regarda vers la fenêtre.

– Je l'ai rencontrée un matin et le soir même j'étais avec elle.

Le brigadier approuva : c'était logique.

– Et alors, comment se fait-il que, lorsque son frère est venu ici en prétendant que vous deviez épouser sa sœur, vous ne lui avez pas dit ses quatre vérités et que vous vous soyez laissé impressionner par ses exigences ?

– J'ai essayé de le lui faire comprendre, expliqua Roberto.

Ses mains avaient tremblé et il avait dû les serrer contre ses genoux, mais depuis quelques minutes, il ne tremblait plus.

– Vous ne pouvez pas dire à un homme que sa sœur est une fille pas très sérieuse. Il hurlait que je l'avais déshonorée et, moi, je ne savais pas quoi lui répondre.

– Écris, dit le brigadier à l'agent dactylographe. Il lui dicta : « Tout en sachant que la susnommée Masetta Maria était une femme aux mœurs douteuses, je n'ai pas eu le courage de repousser les requêtes du frère de celle-ci, Masetta Giovanni. Je lui ai donc donné de l'argent et ai toléré de sa part des agressions verbales, n'osant pas lui dire franchement que ce n'était pas moi qui avais déshonoré sa sœur. » Et ça, c'est le premier point, dit le brigadier en élevant la voix pour dépasser le bruit de la vieille machine à écrire. Le deuxième concerne l'argent. Combien d'argent avez-vous donné à ce Giovanni Masetta le dernier jour où vous l'avez vu, c'est-à-dire le soir du meurtre ?

Roberto se passa la langue sur les lèvres et dit :

– Un peu plus de cent mille lires peut-être, je ne me souviens pas très bien. J'ai pris tout l'argent que je possédais, plus celui que mon père gardait dans son coffre-fort pour payer ses factures.

Le brigadier se pencha vers lui, sur la table, incrédule :

– Plus de cent mille lires ?

Il hocha la tête.

– Vous en êtes sûr ?

– Certain. C'était même peut-être plus.

Il passa une main sur son front sec et brûlant, comme s'il avait la fièvre.

– J'étais paniqué, dit-il doucement. On s'était battu jusqu'à ce moment, j'avais peur que mon père ne se réveille et qu'il ne se sente mal. Cet homme m'obsédait depuis des semaines, je lui aurais donné n'importe quoi pour qu'il me laisse tranquille.

– Bon, fit le brigadier en agitant sa grosse main velue, vous prétendez que cet homme, lorsque vous l'avez accompagné chez lui le soir du crime, avait plus de cent mille lires dans les poches ?

– Bien sûr, je les lui avais données à peine une demi-heure avant.

Le brigadier feuilleta en toute hâte le dossier Masetta Giovanni qui était devant ses yeux. Il y avait une feuille avec la liste de ce qui avait été trouvé dans les poches de la victime, une liste très brève : un paquet de « Nazionali [1] » avec quatre cigarettes ; un mouchoir

1. Cf. note p. 135. *(N.d.T.)*

sale ; sa carte d'identité délivrée par la mairie de son village ; deux cent trente lires en pièces de monnaie (une de cent, deux de cinquante, une de vingt et une de dix) ; un jeton de téléphone ; un poinçon de cordonnier.

Rien d'autre. Si la victime avait eu sur elle cent mille lires, ce serait écrit. Le brigadier alluma une cigarette, qu'il donnait l'impression de mâcher, et non pas de fumer, tellement il la tournait entre ses lèvres. Cela pouvait vouloir dire deux choses : ou bien celui qui avait tué Giannuzzo lui avait pris les cent mille lires, soit parce qu'il en avait besoin, soit pour faire croire à un crime crapuleux, alors que ce n'en était pas un ; ou, étant donné que le cadavre était resté sur la plage toute la nuit, quelqu'un, en le voyant, l'avait fouillé et avait trouvé l'argent. Il secoua la tête et écrivit sur la feuille sur laquelle était listé le contenu des poches de Giannuzzo : « Important : voir interrogatoire d'Arrighi Roberto, de Latisana. » Puis il s'adressa au dactylographe :

– Écris : « Le soir du crime, afin de me libérer des pressions et des menaces du susnommé Masetta Giovanni, je lui ai remis tout l'argent que j'ai réussi à trouver dans la maison. Je déclare qu'il s'agissait de plus de cent mille lires. » C'est exact ? demanda-t-il à Roberto, qui confirma.

Il n'avait pas envie d'une cigarette, même en voyant le brigadier fumer.

– Et maintenant le troisième point. Le couteau, prononça-t-il lentement. Vous avez dit que Giannuzzo s'était lancé sur vous avec un couteau, mais que vous lui avez tordu le bras et le lui avez fait tomber par terre. Vous étiez dans le jardin de votre villa, donc le couteau aurait dû rester là et tôt ou tard quelqu'un de chez vous aurait dû le retrouver.

Le brigadier le regarda fixement.

– Quelqu'un l'a peut-être trouvé ?

Roberto se leva. Il était assis immobile depuis plus d'une heure.

– Non, fit-il, et il ajouta avec humilité, je suis désolé, monsieur le brigadier, mais je n'en peux plus de rester assis.

Le brigadier se leva lui aussi.

– On a bientôt fini.

Il alla se mettre à la fenêtre, à la recherche d'une fraîcheur illusoire.

– Et vous n'avez pas vu si Giannuzzo l'a ramassé ?

– … Non, hésita Roberto. Le jardin était dans le noir.

– Mais, le brigadier avait finalement réussi à placer son « mais », vous avez certainement fait attention à ce qu'il ne le reprenne pas et qu'il ne revienne pas à la charge.

– … Non, répéta Roberto, parce que dès que je lui ai fait tomber le couteau des mains, il s'est mis à pleurer et n'avait plus aucune envie de m'agresser à nouveau.

Bien entendu, pensa le brigadier. Il retourna s'asseoir. Roberto s'assit aussi, tandis que l'agent dactylographe avait les mains immobiles au-dessus du clavier, prêt à taper. Ce point sur le couteau était intéressant. Giannuzzo ne pouvait pas l'avoir ramassé pour deux raisons : la première parce qu'on ne l'avait pas retrouvé dans ses poches ; la seconde, parce qu'il l'aurait utilisé pour se défendre contre celui qui l'avait tué. Mais les choses pouvaient s'être passées différemment. Il se pouvait que Giannuzzo ait repris son couteau, qu'il se soit défendu contre son adversaire, et que ce dernier l'ait tué emportant avec lui l'argent et le couteau.

– Écris, dit-il à l'agent. « Après avoir remis l'argent à Masetta Giovanni, celui-ci, qui se sentait mal à cause du corps à corps qu'il avait eu avec moi, m'a demandé de le raccompagner chez lui en voiture. » C'est ce qui s'est passé ? demanda-t-il à Roberto, qui acquiesça.

– … « Il me demanda de le raccompagner chez lui en voiture », point. « Je l'ai raccompagné jusqu'à la fin de la grand-route pour Lignano, près de la plage », point. Il s'adressa à Roberto : Il vous a dit quelque chose en particulier, lorsque vous l'avez laissé ?

– … Non, répondit-il.

Il était assis sur la chaise, tranquillement, mais il était complètement vidé.

– Je ne me souviens pas très bien. Il me répétait toujours les mêmes choses, qu'il allait faire venir ici sa mère, ses sœurs et ses tantes…

– Il était content, alors ?

– Oh, oui ! très.

– Vous avez vu quelqu'un aux alentours, sur la grand-route ou près de la pinède, lorsqu'il est descendu ?

Roberto secoua la tête, complètement abandonné sur sa chaise, les mains sur les cuisses, sans aucune énergie.

– Je ne saurais vous le dire, je n'ai pas regardé, mais je ne crois pas avoir vu quelqu'un.

– Vous vous souvenez de l'heure ?

– Pas avec précision. Il était tard, plus de onze heures peut-être.

Le brigadier s'adressa à l'agent :

– Écris : « C'est ici que je l'ai laissé », point-virgule : « le susnommé Masetta Giovanni était calme et s'est dirigé vers sa demeure tandis que moi je suis rentré chez moi », point.

Suivirent le discours habituel et la signature.

Puis il dit à Roberto :

– Vous allez signer et on en reste là pour le moment. Enfin vous devrez comparaître au procès, mais ce n'est pas pour tout de suite.

Vaguement abruti par la fatigue et par la tension nerveuse, Roberto ne parut pas relever le léger ton d'encouragement qu'il y avait dans les paroles du brigadier. Il signa sans relire sa déposition et le brigadier l'accompagna jusqu'à la porte où il s'arrêta. Il lui dit brusquement :

– Vous savez que la sœur de Giannuzzo est à Latisana ?

Le visage surpris de Roberto lui donna la réponse avant même qu'il parle.

– Elle est peut-être venue chez vous, vous demander de l'argent ?

Roberto battit des paupières, il n'en pouvait vraiment plus.

– Non, dit-il. Je ne le savais pas, et elle n'est pas venue chez moi.

– N'ayez pas peur, je ne pense pas qu'elle ira. Elle a autre chose en tête pour le moment.

À présent, la situation était plus claire dans son esprit. Ce Giannuzzo Masetta ne devait pas être la perle des garçons. Il était arrivé dans le Nord et s'était caché chez son ami Pappalettera, pour fuir Salvatore Stavardone qui voulait lui faire la peau. Du même coup, puisque tout près de là habitait également cet ingénu de Roberto Arrighi qui était sorti une fois avec sa sœur, il s'était mis à lui soutirer de l'argent sous le prétexte qu'il avait déshonoré celle-ci. Mais la pauvre Maruzza savait bien que personne ne lui avait enlevé ce qu'elle n'avait plus depuis longtemps, et la preuve en était que, tout en sachant que Roberto Arrighi habitait dans les environs, il ne lui était même pas venu à l'esprit d'aller le voir. Elle savait que ce jeune homme ne lui avait fait aucun mal et qu'elle ne pouvait prétendre à rien. Et elle avait encore moins songé à se rendre chez lui après avoir appris que son frère était mort.

Habituellement, il ne serrait pas la main des personnes qu'il interrogeait et puis, avec l'uniforme, il n'était guère habitué à cette façon de saluer, mais le jeune homme, gauchement, la lui avait tendue – pauvre imbécile qui ne savait pas vivre, bien qu'étant le fils d'un des notables du village – alors il la lui serra.

Roberto sortit avec la sensation de cette main dure, sèche et énergique dans la sienne. Une main rude, pensa-t-il, d'un homme rude et plein de force.

Dehors, Alberto attendait, debout, près de la voiture. Il regarda le visage gris de Roberto : les interrogatoires d'une heure ne sont pas très plaisants.

– Allons boire quelque chose, lui dit-il.

Roberto monta en voiture, non pas à la place du conducteur mais à celle du passager.

– Conduisez, s'il vous plaît.

Alberto n'en avait pas envie. Il n'avait pas démarré que Roberto éclata en sanglots, la tête penchée et le visage crispé.

Alberto lui donna une tape sur le genou. La tension nerveuse, pensa-t-il. La tension était descendue et désormais il pleurait.

– Allez-y, ça fait du bien, mais vous devriez être content maintenant.

Au milieu des larmes, Roberto glissa :

– Merci, mais vous ne pouvez pas imaginer ce qu'ont été ces jours pour moi.

– Un peu, si. Lorsque les nerfs sont malades, il suffit de très peu de chose pour être mal.

– J'ai fait l'imbécile et l'illuminé avec tout le monde, dit Roberto en s'essuyant les larmes avec la main. Mais j'étais pris par la terreur, je devenais fou.

– Maintenant vous êtes convaincu qu'on ne vous mettra pas en prison, dit Alberto avec affection, c'était seulement un interrogatoire, ils ne vous ont pas maltraité ?

– Oh, non !

Il haussa les épaules et le regarda un instant, comme honteux.

– Peut-être que si vous n'aviez pas été là, ils auraient été moins gentils. Mais c'est seulement quand je suis resté seul, devant le brigadier, que j'ai compris que j'avais fait l'enfant.

– C'est une réaction plutôt commune, dit Alberto en ralentissant devant le bar sur la grand-route. Chez nous, les gens ont peur de la police et de la loi. C'est dommage, mais c'est comme ça. Allez, venez boire un coup.

Avant de descendre, il lui mit une main sur le bras.

– Il faut que je vous dise une chose qui ne va pas vous faire plaisir. J'avais compris que tant que vous n'auriez pas clarifié votre situation avec les carabiniers, vous ne seriez pas tranquille.

Il lui sourit.

– Alors, j'ai essayé d'accélérer les choses. Bref, c'est moi qui ai prévenu les carabiniers avec un coup de téléphone anonyme. Comme ça, l'histoire est terminée. Si on avait attendu que les carabiniers remontent jusqu'à vous, vous auriez fini dans un asile de fous.

Il vit que Roberto s'était remis à transpirer et qu'il le fixait des yeux sans parler : il ne devait rien avoir à dire. La sensibilité de ce garçon devait toujours être à fleur de peau. C'est sans doute pour cela qu'il avait plu tout de suite à Michela. Alors que lui, il ne plaisait qu'à ces imbéciles de lolitas qui lui disaient qu'il ressemblait à Eddie Constantine.

– Merci, dit Roberto, sèchement, tandis qu'il ouvrait sa portière. Vous avez bien fait.

Tandis qu'il buvait au bar en sa compagnie, Alberto se demanda pendant un instant s'il avait oui ou non vraiment agi pour le bien de Roberto en téléphonant aux carabiniers ? Il était probable qu'au fond de cette saloperie que nous avons à l'intérieur de nous et qu'en psychanalyse on appelle le Moi, il y avait le désir secret que les carabiniers pensent que Roberto était le coupable et qu'ainsi ils le mettent au frais au moins jusqu'au procès, pendant que lui resterait seul à tenir fortement Michela dans ses bras. Il n'approfondit pas davantage, parce qu'il n'aimait pas fouiller dans la saloperie.

Au revoir, Michela, pensa-t-il, en finissant son verre.

20

À plusieurs reprises, durant les trois jours qui suivirent, il pensa « au revoir, Michela ». Une première fois, quand, le soir de l'interrogatoire, ils mangèrent tous ensemble dans un restaurant sur la plage, à Lignano, Michela, son père, Roberto et Sebastiano Arrighi, et lui. Tout le monde était heureux, et même lui, parce que les ennuis de Roberto étaient finis et que l'atmosphère était désormais plus détendue. Cette pensée revint ensuite, le lendemain ainsi que le surlendemain, chaque fois qu'il la voyait en compagnie de Roberto, ce qui arrivait assez fréquemment, même si cela semblait être de façon tout à fait fortuite, simplement parce qu'ils habitaient la même maison. Il aurait d'ailleurs été étrange qu'ils ne se rencontrent pas. Il lui dit au revoir, en pensée, plusieurs fois, en les écoutant parler : Michela et Roberto se vouvoyaient encore mais, comme quand la glace est sur le point de fondre à cause d'une augmentation de la température, le fin diaphragme de Michela – on le sentait – allait bientôt se casser, fondre sous la chaleur d'un tutoiement. Il lui disait au revoir, mentalement, surtout quand il se rendait compte de l'amélioration de son état de santé, qu'elle allait mieux d'heure en heure. Un après-midi, ils étaient même allés faire une partie de tennis avec un quatrième joueur trouvé sur le court. Techniquement elle avait mal joué, parce qu'elle ne s'entraînait plus, mais elle était pleine d'enthousiasme, de joie de vivre. Elle jouait en double avec Roberto, bien entendu. Enfin, il lui avait dit au revoir, plus seulement en pensée mais de vive voix, cet après-midi, parce que désormais elle allait bien, elle était guérie, ce qui était une bonne chose même si cela signifiait que sa présence était devenue superflue. Il aurait pu commencer son discours en lui disant : « Je vois que tu n'as plus besoin de moi maintenant... », mais il y aurait eu un peu d'acidité dans la phrase, même s'il l'avait dite de la façon la plus badine. Par ailleurs, il ne pouvait plaisanter qu'avec une Michela qui n'était pas amoureuse, car avec une Michela amoureuse, il était intimidé : si vous êtes un homme et qu'une femme que vous connaissez depuis vingt ans tombe amoureuse d'un autre, vous la sentirez soudainement plus loin qu'une nébuleuse. Elle, elle est là, toute à cet homme, et même si elle continue à vous traiter comme elle l'a toujours fait, vous sentez que plus rien d'elle ne vous appartient, même lorsqu'elle vous dit simplement bonjour, mentalement, elle en a demandé la permission à l'homme qu'elle aime : « Mon amour, je peux dire bonjour à cet inconnu ? »

Il lui avait donc seulement dit qu'il s'en allait, sans pour autant lui fournir un prétexte quelconque. De toute façon, il sentait que cela ne l'intéressait pas de savoir pourquoi il partait, ni qu'il partait. Il avait eu la même impression lorsqu'elle était tombée amoureuse de l'autre, l'homme marié, et il avait préféré disparaître. Michela, naturellement, avait compris et avait rougi. Il était revenu pour elle. Ils auraient dû prendre de longues vacances ensemble, mais après Roberto – la rougeur n'était due qu'à ce nom et à la personne qui le portait – ils n'avaient plus parlé de rien. Elle comprenait bien cela, comme elle comprenait aussi qu'il devait souffrir et être déçu, mais elle ne pouvait pas changer les choses. Et elle était trop intelligente pour lui jouer la comédie, en le priant de rester.

– Je suis désolée, Al ! lui avait-elle dit avec sincérité.

– Ici, dans cette villa, à part ta charmante compagnie, plaisanta-t-il, je m'ennuie un peu trop.

Ils ne s'étaient pas dit grand-chose d'autre, notamment parce que Sebastiano Arrighi était arrivé pour dire que son fils – à savoir Roberto, l'homme du destin – voulait savoir si Michela désirait aller se baigner à Lignano. Cet étonnant professeur de langues étranges agaçait un peu Alberto, parce qu'il était trop heureux de voir Roberto avec Michela. En connaissant son histoire avec Irene, que Silvestro Loré lui avait racontée, Alberto comprenait qu'il préférait voir son fils avec Michela, plutôt qu'avec Irene. Ce qui ne l'empêchait pas d'être énervé par l'euphorie infantile de cet étonnant professeur.

Il était donc sorti. Il était allé au bar et avait écrit une lettre à Tatiana. Une lettre est un bien grand mot. Alberto détestait écrire, il aurait fait n'importe quoi plutôt que d'écrire. Les deux lignes adressées à Tatiana étaient les suivantes : « Chère Tatiana, je passerai chez toi dans quelques jours, essaie d'être là. Alberto. »

Il était convaincu que, pour la seconde fois, il allait passer pour un vaurien aux yeux de Tatiana. Ma chère, comme la femme qui m'attirait s'est mise avec un autre, je suis resté seul, et ne sachant où aller, je reviens vers toi. Voilà la substance du discours qu'il devrait lui faire, et c'était tout sauf agréable.

De toute façon, il avait posté la lettre et le soir, après avoir regardé la télévision avec Michela, qui était en compagnie de Roberto, de Silvestro Loré et du père de Roberto, il était monté dans sa chambre et en cinq minutes, il avait fait sa valise. Il descendrait plus tard annoncer son départ.

Il s'apprêtait à le faire, quand on frappa à sa porte. Avant même qu'il ne dise « entrez », Silvestro Loré pénétra dans la chambre et vit tout de suite la valise et l'armoire ouverte.

– Michela m'a dit que tu t'en allais.

– Oui.

Du bas, on entendait la télévision qui était encore allumée : on donnait un feuilleton et seule la domestique devait être restée pour le regarder.

– Tu ne m'avais rien dit.

Silvestro Loré, sans être sérieux, n'était pas de bonne humeur, ce qui signifiait qu'il avait un air morose. Lorsqu'il était sérieux, en revanche, il avait une tête qui faisait peur.

– J'allais justement le faire.

Silvestro Loré prit le mégot de cigarette allumé qu'Alberto avait laissé dans le cendrier et en aspira une bouffée. Quelle saloperie, ce vice de fumer.

– Écoute, Alberto, je préférerais que tu restes.

Alberto le regarda avec ironie.

– Le ministère peut m'envoyer du travail d'un moment à l'autre, et j'aimerais bien avoir sous la main quelqu'un comme toi, au lieu d'aller le chercher par téléphone à Rome.

Silvestro Loré écrasa le mégot. Alberto, tout en l'observant, eut la sensation qu'il lui mentait.

– Si je refuse, tu seras fâché ? lui demanda-t-il.

Il était peut-être le seul dans toute l'Italie qui, bien qu'étant un subordonné du redoutable Loré, pouvait le traiter de façon aussi cavalière. Il profitait – il s'en rendait compte – du fait d'être le fils de la femme que Silvestro Loré avait en tête depuis des années, même si, désormais, lui comme elle étaient trop vieux pour pouvoir bâtir quelque chose ensemble.

– Oui, je serai fâché, répondit Loré, tout aussi direct.

Alberto tenta une manœuvre encore plus lâche : il lui offrit une cigarette.

– Ça fait bientôt trois ans que je ne prends pas une semaine de vacances, dit-il.

Il observa Loré qui regardait fixement la cigarette, avec colère, et qui rageusement la prit du paquet.

– Tu es en vacances, ici ! lui lança Silvestro Loré après qu'Alberto lui eut allumé sa cigarette.

– Ça ne me plaît pas et puis j'ai déjà pris un engagement ailleurs.

Il n'avait aucun espoir de le convaincre. Il voulait simplement découvrir la raison pour laquelle Loré voulait qu'il reste. Mais ce serait difficile car son supérieur n'était pas de ceux qui révèlent ce qu'ils cachent.

– Tu annules, lui dit-il alors simplement.

– Mais chef, répondit Alberto en faisant le clown, c'est un ordre ça !

– Arrête !

Loré fumait avidement. Il changea de discours.

– J'ai parlé avec le brigadier, je crois que ça ne lui déplairait pas que tu ailles lui donner un coup de main.

– Un coup de main pour quoi ?

– Au sujet de ce Sicilien qui a été tué.

Cela ne pouvait pas constituer la raison pour laquelle Loré voulait le faire rester. À présent que le fils de son ami avait été interrogé, cet assassinat ne devait plus avoir aucune importance pour lui.

– Tu ne vas tout de même pas me donner des devoirs de vacances ? J'ai la possibilité de passer une quinzaine de jours aux côtés d'une belle fille, et toi tu veux me retenir ici pour faire le boulot du brigadier.

– Assieds-toi, il faut qu'on parle, dit Silvestro Loré qui avait de moins en moins envie de plaisanter.

Ils s'assirent dans les deux fauteuils proches des fenêtres.

– J'ai vu tout le dossier et il y a plusieurs directions, trop même. Le brigadier n'en suit qu'une, certainement la meilleure, mais il ne faut pas négliger les autres.

À présent, on aurait dit qu'il parlait de son fauteuil derrière son bureau du ministère, mais Alberto était persuadé que le meurtre n'était pas la véritable raison pour laquelle Loré voulait qu'il reste.

– Qu'est-ce qu'il faut que je fasse ? demanda-t-il.

– Je te le dirai, rétorqua Silvestro Loré, les coudes appuyés sur ses genoux, dans un effort de concentration. La direction que suit le brigadier est la plus convaincante, notamment parce qu'il y a l'accusation de la sœur de Giannuzzo. Salvatore Stavardone a menacé Giannuzzo de le tuer. Ce dernier fuit vers le Nord, et, peu de temps après, Stavardone arrive à Venise. Quelques jours plus tard, Giannuzzo est tué sur la plage de Lignano. Il s'agit maintenant de choper Stavardone, ce qui est une question de jours. Mais en attendant, il faut prendre en considération les autres directions.

– Et quelles sont-elles ?

– Il y en a une qui ne vaudra peut-être pas grand-chose, mais qu'il faut quand même suivre de très près. Lorsqu'une personne est tuée, on essaie de savoir qui pouvait avoir des raisons, de la rancœur ou un intérêt quelconque, de le faire. Giannuzzo, excepté Stavardone, n'avait pas d'ennemis. Toutefois, dans le dossier, j'ai lu qu'il connaissait une touriste allemande.

De sa poche, il prit un agenda et le feuilleta.

– L'ingénieur Gertrude Leuter. D'après le témoignage du gardien de camping de Lignano, un certain

Mattia – il lut le nom sur l'agenda – les derniers temps, Giannuzzo s'était mis à maltraiter cette Allemande. Lui-même l'a vu lui donner des coups de pied et a entendu dire que c'était parce qu'il voulait qu'elle lui donne de l'argent.

Alberto acquiesça. Il comprenait.

– Tu penses que cette fille, exaspérée, aurait pu le tuer ?

Il se souvint des paroles du brigadier : « La victime a été poignardée, et quand un méridional a été tué ainsi, c'est un autre méridional qui l'a fait. » Il murmura :

– Ce n'est pas commun qu'une jeune femme poignarde un homme.

– Mais ce n'est pas une femme quelconque. Cette Gertrude, un soir où elle avait été assaillie par un des matamores habituels, l'a mis par terre et l'a envoyé à l'hôpital pour quatre jours, toujours d'après le témoignage de ce Mattia. Mais cela ne serait rien si, le matin du meurtre, à l'aube, l'ingénieur Gertrude Leuter n'avait quitté le camping précipitamment. Enfin presque, car le soir du crime, avant que Giannuzzo soit sorti, elle a payé sa note et, à l'aube, après avoir été absente du camping toute la nuit, elle est partie par le premier car.

Lorsque Silvestro parlait de choses qui concernaient le « boulot », il donnait l'impression d'être une machine silencieuse et parfaite, que rien ne pouvait arrêter, d'une absolue précision. Jusque-là, Alberto l'avait suivi sans beaucoup d'intérêt. Il pensait à Michela, à Tatiana, et à d'autres sujets déprimants, comme la fluctuation des sentiments dans le cœur humain : aujourd'hui, on aime une personne et le lendemain, on ne l'aime plus. Il pensait même être proche de ce qu'on appelait l'hydrophobie. Comme le chien qui fuit l'eau, bien que mourant de soif, lui voulait fuir Michela, alors qu'il ne désirait qu'elle. Il pensait aussi que tout cela n'était que des sottises, des inepties, comme il préférait les appeler. Désormais, il s'était lui aussi fait reprendre par le « boulot ».

– Étant donné que j'ai des relations à Interpol, je pourrais me renseigner sur cette fille. C'est à ça que tu pensais ? lui dit Alberto.

– Oui.

Mais cela non plus ne devait pas être la véritable raison pour laquelle Loré voulait qu'il reste.

– Et il y a d'autres pistes ? demanda-t-il.

Silvestro Loré se leva.

– Donne-moi une cigarette.

Il aspira quelques bouffées avant de parler, en regardant par la fenêtre le jardin silencieux, plongé dans le noir ; la lune descendante s'était levée depuis peu mais ne l'éclairait pas encore.

– Giannuzzo avait sur lui plus de cent mille lires, avant d'être tué et on n'a retrouvé que quelques pièces dans ses poches, dit-il en regardant fixement Alberto et en tenant sa cigarette droite, le bout incandescent vers le haut, entre son pouce et son index. Réfléchis bien à ce détail, il y a quelque chose qui cloche. Admettons qu'il ait été tué par vengeance, cela voudrait dire que le meurtrier, dès qu'il l'a assassiné, est parti sans lui fouiller les poches. D'ailleurs personne ne pouvait imaginer que Giannuzzo avait autant d'argent parce que c'était un sans-le-sou. Mais si ça ne s'était pas passé ainsi, si l'assassin le lui avait pris, cet argent ? Donc il n'y a que deux possibilités : ou bien le meurtrier savait qu'il avait cet argent, ou alors quelqu'un, en passant sur la plage, l'a trouvé mort et l'a fouillé.

La machine investigatrice située derrière le front

de Silvestro Loré travaillait intensément et silencieusement.

– Mais qui donc va aller fouiller un mort qu'il trouve sur la plage en se promenant ? Une personne normale, dès qu'elle voit quelqu'un étendu par terre, en sang, et qu'elle comprend qu'il est mort, court appeler de l'aide. Or Giannuzzo est resté sur la plage jusqu'à l'aube et ce sont les carabiniers qui l'ont trouvé pendant leur patrouille.

– Il se peut qu'un pauvre diable ou un ivrogne l'ait vu, ait cru qu'il était seulement évanoui, et, voulant l'aider, ait trouvé l'argent. Naturellement, il l'a gardé et n'a pas averti la police.

– Bien entendu, c'est possible. Mais tout serait encore plus compréhensible si cet homme était un repris de justice, un habitué des prisons. Oui, un type comme ça peut avoir assez de cran pour retourner un mort et le dépouiller. Mais une personne normale, avec un casier judiciaire vierge, d'ordinaire n'a pas un tel courage. Et puis, pense à ceux qui sont sur la plage à cette heure-là : il n'y a que des couples, peut-être illégaux, sûrement tous illégaux même, mais que des couples, c'est-à-dire des gens qui n'ont pas à l'esprit de voler les morts et qui, s'ils avaient vu le corps de Giannuzzo, se seraient tenus à l'écart pour ne pas avoir d'ennuis avec la police et être obligés de témoigner.

Silvestro Loré fit voler son mégot dans le jardin.

– C'est là pour moi le point clé de toute l'histoire : si nous réussissons à découvrir pourquoi et comment ces cent mille lires ont disparu, nous connaîtrons la vérité.

Alberto, toujours assis, écoutait de temps en temps la musique de la télévision qui arrivait d'en bas ; la musique d'un feuilleton qui faisait pleurer des millions de femmes, d'après ce qu'on disait.

– Tu ne penses pas que ce Salvatore Stavardone puisse être quelqu'un qui, après l'avoir tué, ait pu lui faire tranquillement les poches et qui, trouvant l'argent, le lui ait pris ?

– Bien sûr que j'y ai pensé. Et c'est sans doute ce qui s'est passé. Mais avant que Stavardone avoue, il faut suivre les autres pistes.

Alberto se leva.

– Pourquoi tu t'intéresses tant à ce meurtre ? lui demanda-t-il d'un ton décidé.

Silvestro Loré le regarda fixement, avec irritation.

– Occupe-toi de faire ce que je te dis, dit-il sèchement. Va voir le brigadier, et travaille avec lui, surtout autour de l'histoire de la disparition des cent mille lires. Le nœud de l'affaire est là : quand tu l'auras trouvé, tu n'auras plus qu'à tirer dessus et tout se défera.

Ils descendirent après s'être regardés un court moment en silence. Dans le séjour, il n'y avait que deux lumières. L'une provenait d'un abat-jour jaune pâle dans un angle au-dessus duquel se trouvait un tableau représentant Roberto bébé dans les bras de sa mère, une peinture médiocre mais soignée qui jouait sur les couleurs pour donner un sentiment de tendresse maternelle à la femme et d'innocence à l'enfant ; il avait été peint par un artisan honnête et consciencieux qui ne devait pas être un génie, mais qui était certainement une personne sensible. L'autre lumière venait de la télévision, devant laquelle Alberto remarqua la vieille domestique avec le chien qui dormait, blotti à ses pieds. Il s'attendait à ce spectacle. Ce qu'il n'avait pas imaginé, en revanche, c'était d'y trouver aussi Michela.

– Je vais dans la bibliothèque tenir compagnie à Sebastiano, lui dit Silvestro Loré.

– Bien, fit Alberto.

Michela s'était tournée.

– Tu viens regarder, toi aussi ?

Au lieu de répondre, Alberto écouta le vrombissement d'une voiture, au-dehors, dans le jardin. Le bruit s'éloigna et s'éteignit rapidement ; c'était celui de la voiture américaine. Roberto était sorti. Il venait juste de partir car la chaise à côté de Michela était vide.

– Évidemment ! Je suis un passionné, dit Alberto en s'asseyant auprès d'elle.

Sur l'écran, un homme et une femme, en costume du XIXe siècle, se faisaient dignement la cour, assis sur un banc. Pour faire comprendre que c'était en automne, le metteur en scène faisait tomber de temps en temps quelques feuilles.

– C'est vraiment très intéressant, dit Michela, prenant, elle aussi, un ton un peu narquois.

Alberto regarda par terre, à côté de sa chaise. Le cendrier était plein de mégots : Roberto devait avoir beaucoup fumé avant de s'en aller.

– Je préfère t'avertir, Michela, il n'arrivait plus à l'appeler Mimi, ou ma petite Mimi, avec autant de facilité qu'auparavant, je ne résisterai pas plus de trois minutes, après je m'endors. Mais je ne ronfle pas.

Elle rit un peu trop fort et avec une pointe de nervosité qu'il perçut tout de suite.

– Alors, allons faire un petit tour, avant que tu ne t'endormes.

– Je préfère ça, dit Alberto.

Dehors, la lune se levait, mais il faisait quand même sombre, parce que de longs nuages noirs striaient le ciel et couvraient les étoiles. Sur la grand-route, la lumière des lampadaires fluorescents était froide et hostile. Un vent chaud soufflait légèrement.

– Je regrette que tu t'en ailles, dit-elle.

Ils s'étaient arrêtés, incertains sur ce qu'ils voulaient faire.

– Eh bien, tu vas être heureuse maintenant, parce que je ne pars plus, dit-il ironique.

– Vraiment ? Que je suis contente !

Elle le prit sous le bras. Elle était sincère.

– Ton père m'a donné un travail à faire ici, lui expliqua-t-il avec morosité.

Car c'est un plaisir amer que lui procurait le bras de Michela sous le sien. On aurait dit qu'elle souffrait et qu'elle cherchait une protection. En fait, Alberto savait pourquoi elle souffrait : parce que Roberto était sorti et que, tout comme lui, elle savait où il était allé. Il y avait une femme qui ne pouvait pas disparaître comme ça, en un instant, une femme dont le seul prénom, Irene, faisait venir toutes les rides possibles sur le front de Sebastiano Arrighi. Les femmes ne s'oublient pas sur le siège d'un train, comme l'on fait avec les journaux que l'on a lus. Il faudrait un peu de temps à Roberto avant de se libérer d'Irene. Mais ce sont des choses normales, qui arrivent tous les jours.

C'était uniquement pour cette raison que le bras de Michela, à présent, pesait sur le sien avec un peu de l'abandon du bon vieux temps : Roberto n'était pas là, il devait probablement être allé là où Michela ne pouvait être contente qu'il aille, mais où, pour rompre, il devait nécessairement aller.

Il se dirigea vers le bar voisin, en traînant Michela avec lui, sous la lumière violacée des lampadaires, sous un ciel menaçant qui promettait l'orage.

– Allons écouter un peu de musique au juke-box, lui dit-il.

– D'accord, Al, murmura-t-elle sans s'apercevoir du ton malheureux contenu dans sa voix.

C'est juste, pensa-t-il. C'est cent fois juste, se dit-il encore. Il n'avait que ce qu'il méritait. Auprès de Tatiana, il songeait à Michela, laquelle à ses côtés pensait à un autre. Œil pour œil, dent pour dent. Et maintenant, il lui faudrait écrire de nouveau à Tatiana pour lui dire qu'il ne venait plus.

C'était un soir de semaine, et le bar était vide ; il n'y avait qu'un couple d'étrangers, assis à l'extérieur, devant une bière.

– Tiens.

Alberto donna à Michela cent lires pour le juke-box, puis alla demander une feuille de papier et une enveloppe. Debout, sur le comptoir, il écrivit rapidement l'adresse de Tatiana et deux lignes : « Je dois retarder mon départ de quelques jours. Excuse-moi. Je t'écrirai. » Tandis qu'il fermait l'enveloppe, le juke-box se mit en marche. Il attaqua *morgen*. La première fois, il ne pensa à rien et commanda à boire. Il porta le verre à Michela, devant la machine, splendide et malheureuse dans son habit rouge, simple et léger. La deuxième fois que le juke-box commença *morgen*, il lui passa par la tête de plaisanter et de lui dire : « Tu as beaucoup d'imagination pour choisir les disques », mais il n'en eut pas l'envie : il était impossible de plaisanter avec une Michela si lointaine et si absente. La troisième fois que *morgen* passa, il regarda Michela qui riait avec nervosité, comme tout à l'heure devant la télévision, comme pour lui faire croire que c'était par amusement qu'elle avait mis trois fois la même chanson. En la regardant, il eut de la peine pour lui-même, mais il refoula tout de suite son sentiment parce qu'il n'était pas habitué à se plaindre.

– Tu as beaucoup d'imagination pour choisir les

disques, finit-il tout de même par dire, parce qu'il fallait bien qu'il dise quelque chose.

On ne peut pas rester avec une personne qui a été votre confidente de toujours et ne plus rien lui dire. Que pouvait-il lui dire d'autre ? Lui demander ce que lui rappelait cette chanson ? Naturellement, certaines questions ne se posent pas, tant c'est inutile.

Il lui tendit cent autres lires et alla poser le verre vide sur le comptoir.

– Mina [1], tu aimes ? lui demanda-t-elle.

Sans se retourner, il répondit :

– Oui, et lui tournant toujours le dos, appuyé sur le comptoir, il écouta les premières notes de *Tintarella di luna*.

---

1. Célèbre chanteuse populaire italienne. *(N.d.T.)*

21

La lune était haute dans le ciel lorsque Irene et Roberto sortirent et s'arrêtèrent sur le pas de la porte, sous l'enseigne « menuisier », pour regarder la campagne environnante, les rares arbres aux petites feuilles sombres qui vibraient argentées dans le vent chaud. La lune était haute mais n'offrait qu'une faible lumière, un peu jaune, atténuée par la couronne de nuages noirs qui l'entourait.

– Salut, dit-elle, la voix douce et profonde.

Salut, pensa-t-il. Non pas adieu : salut. Et pire encore, comme autrefois : il suffit que tu viennes me voir de temps en temps, quand tu veux, je t'attendrai. Et cela, après deux heures de discussion. Mais même s'il avait parlé pendant deux mois, cela aurait été pareil : salut. Pas adieu. Il regardait ses cheveux qu'elle n'avait pas ramassés sur sa nuque et qui descendaient en dessous de ses reins, dorés par la lumière de la lune, et si lourds, à cause de leur longueur, que le vent parvenait à peine à les bouger un peu, en bas, là où les pointes se tordaient légèrement comme des serpents paresseux.

– Salut, lui dit-il, en lui posant une main sur l'épaule.

Il regagna sa voiture garée devant la maison et y monta. De toute manière, la façon de se saluer n'avait pas d'importance. Les mots n'avaient jamais aucune importance, pensa-t-il, ce sont les faits qui comptent.

C'était la dernière fois qu'il venait la voir : voilà, ça c'était un fait.

Irene le rejoignit paresseusement, et dans cette lumière de décor théâtral, dans cette plaine à qui les ombres vespérales ôtaient toute limite, avec ses longs cheveux qui réfléchissaient la lumière pâle de la lune, elle semblait ne pas exister vraiment, mais être une apparition imaginée par un metteur en scène. Elle portait un long pantalon noir, et un chemisier bleu, que l'on aurait dit pour homme, avec de grandes manches. Elle mit les mains dans ses poches.

– Salut, répéta-t-elle de sa voix douce et profonde. Bonne nuit.

Non, il ne reviendrait plus, pensa Roberto. Il n'y avait plus rien qui le tenait attaché à elle. Il connaissait trop bien sa beauté langoureuse, il y était habitué depuis trop longtemps, comme à un plaisir dont on arrive à se passer quand on le souhaite. Et désormais, il n'avait plus besoin ni de protection ni de compagnie. Il était libre. Il regrettait de la quitter ainsi, mais y a-t-il un moyen meilleur qu'un autre de se quitter ? Non, ils sont aussi mauvais les uns que les autres. Peut-être regrettait-il seulement, à cause de la douceur d'Irene, de sa langueur vénitienne, qu'elle se laisse faire du mal sans réagir, bien qu'il sût que cette douceur n'était qu'une finauderie féminine et féline, une ruse instinctive qu'elle avait dans le sang, la sagesse aveugle et millénaire de ces femmes qui savent qu'elles ne pourront vaincre que de cette façon. Mais à présent, tout cela était terminé. Il n'avait plus besoin d'elle et il le lui avait dit. Elle l'avait écouté et lui avait dit « Salut », ce qui signifiait adieu. Il leva le bras pour la saluer avant de démarrer, puis il partit. Irene ne bougea pas. Le vent l'enveloppa dans la poussière sèche et terreuse que la voiture souleva en tournant brusquement pour prendre le sentier. Elle resta là, les mains dans les poches de son pantalon, jusqu'à ce que le dernier grain de poussière soit retombé à terre. La voiture avait disparu depuis longtemps, vers la grand-route, comme absorbée par l'horizon menaçant, gonflé de nuages noirs où scintillaient quelques éclairs. La lune était encore là, douce et langoureuse. Puis elle prononça, presque à voix haute, toujours immobile, les mains dans les poches, les cheveux longs ondoyant sur les reins, une longue phrase horriblement vulgaire. Une imprécation que même celui qui l'aurait entendue, ou vue sortir de sa bouche, de ses lèvres si douces et presque infantiles, n'aurait pu la croire prononcée par cette Vénus dont la molle féminité évoquait à la fois les sculptures antiques et la tendresse maternelle.

Puis elle rentra chez elle et resta à fixer la lampe jaune qui pendait dans la cuisine. Elle regarda ensuite la feuille qui était sur la table et se mit à rire. Tout en riant fort, elle tourna autour de la table, prit par terre, près de la fenêtre ouverte qui donnait sur l'arrière nauséabond de la maison, une fiasque de vin et attrapa un verre d'une espèce de buffet. Elle se versa du vin rouge sombre, à ras bord, toujours en riant, à gorge déployée, avec vulgarité, et porta le verre à ses lèvres, sans en faire tomber une goutte, d'une main ferme. Elle ne cessa de rire que pour boire, une longue gorgée après l'autre jusqu'à ce qu'elle eût fini son verre, puis, d'un geste brusque, elle le posa sur la feuille.

– Tu es bourrée ? cria une voix.

Tout de suite après, Romeo Prasin arriva dans la cuisine, dans son marcel sale et troué, avec son aspect pouilleux d'orang-outan. Ses bras nus et bronzés tombaient le long de ses flancs ; sur l'un des deux était tatoué un visage de femme qui, selon le jeu des muscles, se tordait et semblait faire des grimaces.

Elle recommença à rire, mais plus doucement. Il y avait toutefois dans cette douceur plus de vulgarité encore que précédemment, quand elle riait fortement. Elle prit le bout de papier qui était sur la table, l'arrachant de sous le verre, qui faillit se renverser, et le mit à deux centimètres des yeux de son père.

– Tu le vois ? Tu sais lire ? Non ? Alors, c'est moi qui vais te le lire : « Deux cent mille lires italiennes. » C'est mon licenciement.

Elle cessa de rire et posa rageusement le papier, un chèque, sur la table. Elle dit d'un ton aigre, dans un dialecte vénitien vulgaire et acerbe que ni Roberto ni aucun autre jeune homme qu'elle avait fréquenté n'avait jamais entendu dans sa bouche :

– Il ne reviendra plus. Il est venú solder son compte. Il dit que de toute façon, je ne serais pas bien avec lui, et qu'il ne voudra jamais se mettre son père à dos.

Romeo Prasin lorgnait le papier qui bougeait à cause du vent sentant la pluie qui entrait par la fenêtre, on aurait dit qu'il allait s'envoler.

– Range-le, dit-il à sa fille, c'est deux cent mille lires quand même !

Elle lui lança aussitôt une phrase vulgaire et sale, puis ajouta :

– Je veux autre chose que ça, je ne suis pas un gibier de potence comme toi, moi, mais elle prit le chèque et le mit dans la petite poche de son chemisier.

– Eh ! ricana son père.

Il chercha avec son œil la fiasque de vin. Il la vit et alla la prendre.

– Eh ! mais toi, tu es la fille du gibier de potence !

Il riait d'un rire envieux, tout en se versant du vin.

– Peut-être, mais moi je vais devenir Mme Irene Arrighi.

Elle prononça « Mme Irene Arrighi » en italien. Puis elle s'emporta, et remit les mains dans ses poches.

– Je ne lui ai pas couru après toutes ces années comme un caniche remuant la queue pour rester dans ce taudis. Je l'ai suivi comme une pauvre idiote pendant tout ce temps pour l'épouser. Et j'y arriverai !

Elle hurlait, mais ce n'était pas là les paroles qu'elle avait employées, ce n'en était que le sens ; ses mots étaient bien différents et empruntés au dialecte populaire, gonflé d'agressives obscénités.

– Mais il ne t'épousera jamais, dit Romeo Prasin, avec mépris, en s'asseyant sur la table, entre la fiasque de vin et le verre à moitié vide.

C'était son cadre le plus adapté, son milieu naturel, né comme il l'était pour les auberges. Ses yeux enfoncés se levèrent sur ceux de sa fille.

– Surtout maintenant qu'il a été interrogé.

– Comment ça, interrogé ?

Elle bondit et ses longs cheveux défaits oscillèrent comme un nid de vipères touché par une pierre.

– Bien sûr, il ne te l'a pas dit, rétorqua Romeo Prasin.

Il finit son deuxième verre de vin et écouta un moment la pluie qui tombait avec violence et de façon incessante sur le plafond à peine protégé par une fine couche de ciment.

– Le brigadier l'a interrogé. Il y est allé avec des amis bien placés, des gros bonnets du ministère de l'Intérieur. Le brigadier l'a interrogé et l'a laissé partir. Il n'a donc plus peur.

– Qui est-ce qui t'a dit tout ça ? demanda Irene.

Sa colère s'était transformée en une attention

glaciale, comme le tigre qui après s'être fouetté les flancs avec sa queue, frémissant, s'immobilise et fixe la proie sur laquelle il s'apprête à s'élancer.

– Mes amis. Tu sais qu'ils se tiennent informés.

Il gratta son bras tatoué.

– Et maintenant qu'il n'a plus peur, tu ne peux plus rien lui faire.

Irene s'assit sur la table.

– C'est pour ça alors qu'il est venu me donner mon congé.

– Bien sûr !

Romeo Prasin haussa les épaules.

– Avant il suffisait de lui parler de la police pour le faire marcher à la baguette. Mais, maintenant qu'il a vu que toute cette peur était inutile, c'est terminé.

– Non ! hurla-t-elle soudainement et elle agita une main devant le visage de son père, faisant un signe de refus grossier. Rien n'est fini, et tu le sais.

Romeo Prasin, la tête baissée, ne répondit pas tout de suite. Puis il posa sa grosse main sur le verre vide et fit la grimace.

– Ne tire pas trop sur la corde, dit-il.

Il décida de boire un autre verre de vin. L'air, avec la pluie, s'était rafraîchi et il voulait se réchauffer.

– Toi, tu feras ce que moi je te dirai de faire, dit Irene, en descendant de la table, tandis que son père buvait, et tu commenceras dès demain.

Le ton de sa voix, même s'il devait être habitué à être traité ainsi par sa fille, dut irriter sa sensibilité troublée.

– Et si ça tourne mal, je refais dix ans de taule ! hurla-t-il avec rage. Je m'en fous que tu te maries ou pas. D'accord, j'ai fait des conneries, mais maintenant c'est fini.

Alors elle parla doucement. Avec la pluie qui tombait à verse, il l'entendit à peine.

– Mais si tu ne le fais pas, c'est tout de suite que tu vas y retourner en taule, dit-elle simplement.

La tête baissée, il resta à fixer le cercle humide que le verre avait laissé sur la table. Il ne réagit pas. Il n'éprouvait aucune stupeur, comme s'il avait toujours su que sa fille était capable de l'envoyer en prison. C'est d'ailleurs ce qui s'était passé.

– Quand tu m'as envoyé en taule, quelles vacances ! dit-il sans rancune.

– Réfléchis maintenant, parce que après ce sera trop tard, dit-elle.

Elle alla dans la pièce voisine prendre ses cigarettes et s'aperçut que, sur la commode, le tourne-disque était resté allumé. L'engin chauffait et elle l'éteignit. Dessus, il y avait le disque *morgen* que Roberto avait voulu écouter, comme cela lui arrivait de temps en temps. Elle alluma une cigarette et retourna dans la cuisine. Son père s'était versé un quatrième verre de vin, mais ne l'avait pas encore bu. Elle ferma la fenêtre à cause de la pluie et du vent qui entraient. Elle prit une chaise et fuma en silence. Elle ne regardait pas son père, elle savait très bien ce qu'il pensait, mais elle savait aussi qu'il était lent dans la réflexion et qu'il fallait l'aider.

– C'était ce qu'on était convenu de faire dès le départ, tu t'en souviens ? lui dit-elle calme, apaisée, pour le convaincre. Mais, comme il était déjà mort de trouille, on a laissé tomber, parce que ça ne servait à rien. Mais vu que maintenant il se sent en sécurité, parce qu'il a été interrogé et qu'il a des amis puissants, alors il faut le faire.

Romeo Prasin secoua la tête.

– Mais il est probable qu'il n'aura plus peur maintenant. Pourquoi devrait-il avoir peur ?

Ils parlaient encore en un patois vulgaire où l'on reconnaissait difficilement du vénitien et encore plus difficilement de l'italien. Irene ajouta, toujours calmement :

– Parce que je le connais, parce qu'il est aussi mou qu'une nouille, c'est une femmelette, tu lui fais *ouh* et il a peur. Il a grandi dans du coton, il a toujours obtenu tout ce qu'il voulait et il tremble comme une feuille dès que tu le regardes un peu méchamment.

Là encore, elle n'utilisa pas ces expressions, ces mots, mais d'autres termes bien plus vulgaires dans son dialecte.

Son père sirota un peu de vin.

– Il faut que j'implique Lison et les autres pour faire ça, parce qu'il reconnaîtrait ma voix au téléphone. Or ce ne sont pas des gens sur qui on peut compter. Ils pensent qu'on peut gagner des millions avec ce genre d'histoires, et un beau jour ils viendront nous demander leur part.

– Dis-lui que, dès que je me serai mariée, je lui offrirai un beau cadeau. Dis-le-lui à Lison, je lui en ferai vraiment un.

Elle but un peu de vin dans le verre de son père.

– Il doit juste passer quelques coups de fil, deux ou trois suffiront, et alors tu verras si M. Arrighi ne va pas revenir.

Romeo Prasin regarda fixement sa fille, avec ses petits yeux enfoncés qui ressemblaient plus à des fentes d'animal inférieur. C'était peut-être à cause du vin, mais on aurait dit qu'il la regardait avec admiration, comme s'il reconnaissait qu'elle était supérieure à lui et qu'elle savait y faire. Il suffisait de quelques coups de téléphone et le jeune homme serait de nouveau envahi par la peur.

– Demain matin, lui dit Irene.

Elle le laissa seul et alla se coucher. C'était un véritable commandant, et Prasin obéirait.

Il resta assis, entre la fiasque et le verre, se servant de temps en temps à boire, jusqu'à ce qu'il se lève, sans s'en apercevoir, pour aller sur le lit de camp qui se trouvait dans son atelier, son taudis, là où il travaillait rarement. Et inconsciemment, il s'y allongea et s'endormit, s'effondra même, la tête bourdonnant d'alcool. Par la fenêtre ouverte entraient de grosses bouffées d'air qu'il ne sentait pas. Il n'entendit plus rien, pas même Irene qui, vers dix heures du matin, avant de sortir, vint jeter un coup d'œil. C'est seulement vers midi, encore plongé dans le sommeil, qu'une voix sèche lui fit ouvrir les yeux. Au début, il ne comprit pas ce qu'on lui disait et referma les paupières pour dormir encore et se protéger les yeux de la lumière violente du soleil qui pénétrait par la fenêtre. Mais la voix répéta les mêmes mots. Il se réveilla alors brusquement et se leva du lit de camp, lentement parce que l'alcool lui tournait encore dans le sang.

– Police, allez, réveille-toi.

Il regarda le jeune homme, grand, sec, avec une veste gris clair sur un maillot noir. Il connaissait bien les policiers, si bien qu'il n'eut pas besoin de beaucoup le regarder pour comprendre que c'en était un.

– Qu'est ce qu'il y a ? demanda-t-il, se mettant debout avec maladresse.

Et au milieu de ses pensées troubles, il comprit rapidement le rôle qu'il devait jouer et qu'il avait toujours joué avec les policiers qu'il sentait venir de loin et qu'il distinguait entre mille.

Alberto chercha une chaise du regard, prit un escabeau et s'y assit.

– Rien, il faut juste qu'on parle, dit le jeune policier avec la même voix sèche qu'il avait prise pour réveiller Romeo Prasin.

22

– Je… dit Romeo Prasin, mais il ne continua pas.

Ses années de prison et d'assignation à résidence lui avaient appris à ne pas parler en premier avec les flics.

Alberto l'avait un peu étudié, tout à l'heure, pendant qu'il dormait. À l'école de police, il avait déjà vu des types comme lui, dans les livres ou dans les prisons. Ils ont tendance à disparaître, expliquait son professeur d'anthropologie criminelle. Autrefois, les délinquants, les assassins avaient un physique de délinquant ou d'assassin : exactement comme Romeo Prasin. Mais, aujourd'hui, les délinquants, même les plus désespérés, peuvent avoir n'importe quel physique et appartenir à n'importe quelle catégorie sociale. Romeo Prasin, lui, était de l'ancienne école : son visage et l'ensemble de sa silhouette pouvaient illustrer un livre de Lombroso, comme une rose pour un livre de floriculture.

– Assieds-toi, lui dit Alberto.

Par une matinée aussi fraîche et splendide que celle-là, après l'orage de la nuit, c'était un supplice de passer son temps à discuter avec cet homme. Mais il fallait qu'il fasse quelque chose, Loré lui avait donné des ordres. Michela était partie se balader avec Roberto – elle devait être allée sur la plage de Lignano – et lui s'était donc rendu à la gendarmerie. Le brigadier Varnicaro n'était pas une compagnie agréable, comme l'aurait été celle de Michela, mais il devait s'en contenter. Il avait feuilleté le dossier « Masetta

Giovanni », et le brigadier lui avait très peu parlé de Romeo Prasin, le plus en vue des repris de justice du secteur. Qu'on vole une poule ou qu'on tue quelqu'un, Romeo Prasin était tout de suite soupçonné ; mais, naturellement, il ne pouvait pas être coupable de tout.

Alberto avait quand même focalisé sur le père d'Irene, sorte d'intuition irrationnelle. Il avait demandé l'adresse de ce noble personnage et était venu le voir. Il avait trouvé la maison grande ouverte ; elle l'était souvent, car, pour le peu de choses qu'il y avait à l'intérieur, il ne semblait pas utile de la fermer. Il avait trouvé Romeo Prasin endormi habillé sur le lit de camp, puant le vin, au milieu du chaos de son taudis. Un beau spectacle !

Il n'était pas nécessaire de lui demander qui il était, ce ne pouvait être que Romeo Prasin, mais les formalités devaient être respectées.

– Comment tu t'appelles ?

– Romeo Prasin.

Le gorille, à travers la fente de ses yeux, étudiait son ennemi, qu'il ne fallait pas irriter. Ne jamais énerver un flic.

– Tu as purgé une peine de dix ans pour homicide ?

– Oui, monsieur.

– Tu travailles dans quoi ?

– La menuiserie.

– Combien gagnes-tu ?

Toutes ces questions servaient à alimenter la conversation et à tranquilliser l'interrogé : une tranquillité mélangée à de l'angoisse. Il avait étudié la technique de l'interrogatoire au Centre de psychologie. L'interrogé devait être affaibli au point de ne plus savoir si on allait lui décerner une médaille ou le condamner à la prison.

– Ça dépend, fit Romeo Prasin.

Lui aussi avait étudié, pendant ses dix années de prison, en vivant aux côtés de ravisseurs, d'assassins, de sadiques.

– « Ça dépend » ne veut rien dire, dit Alberto d'une voix nette et froide. À l'auberge, on ne te donne pas des fiasques de vin avec des « ça dépend », mais avec de l'argent.

Romeo Prasin rentra sa tête dans les épaules, parce qu'il connaissait ces voix ; c'était celles, effrayantes, des juges d'instruction, des procureurs, qui n'avaient rien à voir avec les cris des surveillants de prison et des officiers de police.

– Je gagne juste assez pour vivre. Ici, c'est la misère.

Avec une ruse aussi trouble que toute sa personne, il essaya de l'émouvoir :

– On ne donne pas beaucoup de travail à quelqu'un qui sort de prison. Juste assez pour manger.

– Et le whisky ? demanda Alberto.

– Le whisky ?

– Oui, le whisky. Il y a dans l'autre pièce trois ou quatre bouteilles vides et une autre presque pleine.

– C'est ma fille qui en boit, dit Romeo Prasin.

Les chiens, ils avaient même trouvé les bouteilles vides.

– Et elle le prend où, ta fille, le fric pour acheter du whisky ?

Romeo Prasin allait répondre « je ne sais pas ». Dans le doute, avec ces chiens, il fallait toujours répondre ainsi. Mais dans son cas, il comprit que ça ne marcherait pas. Il ne savait pas pourquoi ils étaient venus l'interroger, bien qu'il soit habitué à ce qu'ils s'intéressent à lui.

– C'est son fiancé qui le lui apporte.

– Ta fille a un fiancé ?

Alberto ne cessait de le fixer du regard.

– Oui, répondit-il.

Il n'était pas certain de pouvoir l'affirmer avec autant de certitude.

– C'est qui ?

– Un gars de Latisana.

– Comment s'appelle-t-il ?

Romeo Prasin fit grincer le lit sur lequel il était assis.

– Roberto Arrighi.

– Et qu'est-ce qu'il fait, ce Roberto Arrighi ?

– C'est le fils d'un professeur. Il étudie à l'université.

Alberto alluma une cigarette.

– Écoute, sois plus précis et n'essaie pas de m'embrouiller : c'est vraiment le fiancé de ta fille ou bien c'est juste quelqu'un qui vient lui rendre visite ?

– Ils se connaissent depuis trois ans, se défendit Romeo Prasin. Il lui a promis de l'épouser.

Alberto baissa d'un ton.

– Et il te donne de l'argent à toi aussi ?

Romeo Prasin se frotta les mains sur les genoux, hésitant.

– Juste pour quelques verres de vin.

– Dis la vérité, lança Alberto en lui jetant son mégot allumé entre les pieds, le touchant presque, pour qu'il se souvienne qu'il pouvait lui faire ce qu'il voulait, même le rouer de coups. Il vous entretient ta fille et toi ?

– Il fait quelques cadeaux à ma fille, rectifia Romeo Prasin en regardant le mégot.

Il n'osa pas l'éteindre. Le souvenir de dix longues années en pénitentiaire était gravé en lui, comme le tatouage qu'il avait sur le bras.

– Bref, toi, tu ne fais rien pour ta fille.

– Je gagne tellement peu.

– Et ça ne t'intéresse pas ce qu'elle fait ? Combien d'autres fiancés viennent ici voir ta fille ?

– Non, il secoua violemment la tête. Non, ce n'est pas ce que vous croyez. C'est une brave fille. Moi, j'ai fait de la prison, mais elle, c'est une brave fille.

– De toute façon, nous le saurons et alors tu sais ce qui t'arrivera.

Alberto se leva pour rendre sa menace visuelle. Il continua :

– Proxénétisme sur un proche, sur sa propre fille. Cinq ans minimum.

C'était une menace en l'air, car il savait bien qu'Irene Prasin, tant qu'elle conserverait l'espoir d'être la fiancée de Roberto Arrighi, « monsieur » Roberto Arrighi, aurait un comportement exemplaire de novice qui rougit au simple fait de penser aux hommes. Mais la menace servait à rendre le personnage plus malléable. Romeo Prasin devait savoir que la police le tenait bien en main, qu'elle avait un prétexte pour le mettre derrière les barreaux quand elle le voudrait.

– Je suis là pour ça, et tu ne peux même pas m'expliquer comment vous faites pour vivre, toi et ta fille.

Ce n'était pas du tout pour cela qu'il était venu, mais il devait le lui faire croire.

– On n'a pas besoin de beaucoup, répondit l'autre habilement. Il suffit de voir la maison.

– D'accord, mais dans la chambre de ta fille il y a trois valises en cuir, de luxe, un tourne-disque qui doit coûter cinquante mille lires, et des habits d'une grande élégance.

– Ce sont des cadeaux que lui offre son fiancé. Ce n'est pas moi qui pourrais les lui payer.

Malgré sa peur, Romeo Prasin sourit misérablement en pensant : moi, faire des cadeaux à ma fille !

Alors, Alberto lui dit d'un ton sec et impérieux, sans hausser la voix :

– Lève-toi.

Il se leva aussitôt, tel un mécanisme que l'on vient d'actionner. Alberto fouilla les poches de son pantalon : une saleté de paquet de cigarettes tout écrasé et un mouchoir sale dans l'une ; un briquet en argent, des billets de mille lires et un de dix mille, tous très froissés dans l'autre. Dans ses poches postérieures, il ne trouva qu'un vieux papier aplati, si abîmé qu'en le dépliant, il faillit le déchirer. Dans une écriture presque d'analphabète, il y était inscrit : « Reçu dix-huit mille cinq cents lires », accompagné d'une signature où on ne lisait plus que « Renato S... ». On ne comprenait pas ce qu'il y avait après le S. En revanche, la date se lisait parfaitement : « 23 juin 1960. » Les dates, toutes les dates, n'importe quelle date, sont aussi des informations dont un policier doit se souvenir. Alberto en avait des milliers dans la tête, des années antérieures, comme un collégien qui va passer un examen d'histoire. Sauf qu'il ne s'agissait pas de la date de naissance de Charlemagne ou de la fin de la guerre des Deux-Roses, mais de dates de crimes, de la disparition de documents, d'attentats perpétrés à l'encontre de certains politiciens. Et cette date, 23 juin 1960, l'intrigua. D'abord parce qu'elle était récente, un peu moins de quinze jours, bien que le billet soit aplati et usé : il en déduisit que l'orang-outan devait toujours tomber ivre mort sur son lit de camp le soir et dormir avec son pantalon ; ainsi, en une quinzaine de jours, le papier, si l'on pouvait appeler papier cette espèce de chiffon, sous le poids du corps lourd et chaud et avec le frottement dû à ses mouvements, s'était élimé et tombait en lambeaux au point de ressembler à un papyrus de la bibliothèque d'Alexandrie conservé à travers les siècles, par miracle, après l'attaque de la ville par César en 48 avant J.-C. Alors qu'il ne datait que du 23 juin 1960. Une date qui, au milieu des nombreuses autres qu'il avait en tête, lui disait quelque chose : très vite, il comprit que c'était le jour qui suivait le meurtre de Giannuzzo Masetta, survenu le soir du 22 juin.

Sans doute, cela ne voulait-il rien dire, mais un policier, avant d'arriver à la vérité, travaille presque toujours sur du vide, jusqu'à ce que, une fois écarté un tas de riens, il trouve la bonne piste.

– Qui c'est, ce Renato S... quelque chose ? demanda-t-il à Romeo Prasin.

Il était venu ici dans un but précis, après avoir parlé plus d'une heure avec le brigadier Varnicaro, et, tout en ayant ce rien en main, il sentait au fond de lui qu'il suivait un fil de vérité.

– J'en sais rien, moi.

Ses yeux, sous les épaisses gouttières de ses orbites, eurent un mouvement de surprise, de surprise animale.

– Écoute-moi bien, vaurien, menaça Alberto, en le poussant et le faisant rasseoir sur le lit, il y a quelqu'un qui a signé Renato et qui t'a donné cette facture de dix-huit mille cinq cents lires. Tu n'es quand même pas comme Marzotto [1] qui ne peut pas se rappeler tous les paiements qu'il fait.

Les dix ans d'école effectués en prison lui avaient appris que la seule façon de se débarrasser des flics était de dire la vérité. Mais il avait peur, parce que c'était une vérité dangereuse et que si ce chien s'en apercevait, c'en serait fait pour lui.

– Ah ! oui, fit-il.

---

1. Puissant industriel italien implanté dans la province de Vicence, en Vénétie. *(N.d.T.)*

Il ramassa le fouillis qu'Alberto avait enlevé de son pantalon et jeté sur le lit ; il le remit dans ses poches, avec des gestes lents, pour se donner le temps de la réflexion. Mais Alberto s'énerva. Alors, il dit :

– C'est une note que j'ai payée.

– À qui ?

– À une auberge.

Dix-huit mille cinq cents lires de vin. Eh bien ! pensa Alberto. Mais cet homme était capable d'en boire le triple.

– Quelle auberge ? insista-t-il nerveux.

Il n'aimait pas les réponses imprécises comme « une auberge », qui cachaient toujours quelque chose d'autre.

– Une qui est sur le fleuve, répondit l'orang-outan, restant encore dans le vague tout en sachant qu'avec ce policier, c'était une ruse inutile.

– Tu veux prendre une chaise dans la figure ? dit Alberto tranquillement.

Et il allongea lentement la main vers une des chaises dépareillées, bancales et sans fond, qui se trouvaient à côté de lui.

– Le Tagliamento fait cent soixante kilomètres, et il doit y avoir une auberge par kilomètre de part et d'autre de la rive. Tu veux que j'aille la chercher à pied, ton auberge, ou tu me dis laquelle c'est ?

Romeo Prasin ne saisissait pas l'ironie, mais au ton de la voix d'Alberto, il comprit qu'il ne devait pas trop insister. Toutefois il était lent pour changer de comportement, comme un bison qui court et qui ne peut prendre de virages brusques. Il insista encore :

– Elle est vers la mer.

Alberto balança la chaise par terre, assez violemment, à un centimètre des pieds nus de Romeo Prasin.

Un morceau du dossier lui resta entre les doigts. Le reste vola vers le gorille, sans le toucher, mais le faisant sursauter.

– Explique-toi mieux, Prasin, sinon tu vas toutes les ramasser.

Ce n'était certes pas un interrogatoire très délicat, mais lorsque quelqu'un s'est tapé dix ans de prison, c'est comme ça qu'il faut l'interroger, sinon il ne parle pas.

Romeo Prasin jura intérieurement. Il comprit qu'il ne s'en sortirait pas avec ce flic.

– Elle se trouve à Lignano Pineta, à côté du camping. Ce n'est pas vraiment une auberge, mais une espèce de cabane sur le fleuve.

– Et ce Renato, qui est-ce ?

– Le patron.

– Comment s'appelle-t-il exactement ?

– Renato Soldin.

Le S du papier correspondait bien à ce nom, Soldin, qui était facile à retenir parce qu'il faisait penser à « sous ».

– Et pourquoi il t'a donné cette facture ?

Romeo Prasin aurait voulu l'étrangler. C'était un désir qu'il éprouvait toujours en présence des policiers, tout en sachant qu'il était irréalisable. Et, plus il l'était, plus il souffrait, comme certaines jeunes femmes qui marchent avec des chaussures trouées et qui rêvent d'épouser Onassis : plus le rêve est inaccessible, plus elles y songent et en souffrent.

– Il m'a fait crédit pas mal de temps, dit-il en pensant à la satisfaction qu'il éprouverait s'il pouvait vraiment étrangler ce chien.

– Crédit pour quoi ? Pour du vin ? Tu t'en faisais des

bains ? dit Alberto, en jouant avec le morceau du dossier de la chaise.

– Un peu de vin et un peu de *grappa*. Et puis, je n'étais pas tout seul, j'invitais aussi des amis.

– Et comment ça se fait qu'on t'ait fait un crédit aussi important ?

– Je…

Romeo Prasin essaya de chasser de son esprit l'image de lui-même en train d'étrangler ce ver ennuyeux qui creuserait en lui jusqu'à ce qu'il parvienne à la vérité.

– Je bois toujours un peu, finit-il par dire.

Alberto secoua la tête. Les délinquants frustes et obtus comme lui croient tous être rusés. Ils ne comprennent pas que l'intelligence vaut mille fois la fourberie.

– Explique-moi pourquoi, en habitant à Latisana, où il y a pas mal d'auberges, tu es allé en chercher une à une vingtaine de kilomètres.

Romeo Prasin rentra sa tête dans les épaules. Le moment était venu de tout raconter, mais peut-être avait-il encore une chance de s'en sortir.

– J'avais un travail à faire là-bas, à Lignano Pineta.

– Quel travail ?

– Un Allemand s'est fait construire une petite villa et un de mes amis m'a appelé parce qu'il avait besoin d'un menuisier, et j'y suis allé.

– Combien de temps ça a duré ?

Alberto avait vu juste. Il sentait qu'il était sur la bonne piste.

– Quatre, cinq jours.

Il n'avait pas fini de parler qu'il sentit deux gifles lui déboîter la tête. Il vit au-dessus de lui, hurlant, ce ver qui avait creusé en lui jusqu'à ce détail qu'il pensait avoir si bien dissimulé.

– Je t'ai déjà dit que je voulais des réponses précises ! hurla le clébard déchaîné au-dessus de lui, en le secouant comme s'il voulait lui taper la tête contre le mur. Tu dois me dire le jour et l'heure précis où tu as commencé et fini de travailler et où c'était. Et ne me dis pas que tu ne t'en souviens pas, parce que c'est vieux de deux semaines et qu'il ne t'arrive de travailler que deux ou trois fois dans l'année.

Puis Alberto le lâcha et attendit.

Romeo Prasin respira fortement, pour se remettre la tête en place, et dit :

– J'ai commencé le 16 juin.

Il s'en souvenait parfaitement parce que, le lendemain du début de son travail, c'était vendredi 17. Il était superstitieux et avait pensé que ce travail lui porterait malheur.

– Tu as fini quand ?

– Le 21 juin.

Le visage de Romeo Prasin le brûlait encore un peu.

– Donc, tu étais à Lignano Pineta du 16 au 21 juin ?

– Oui.

– Et après le 21 juin, tu es rentré chez toi ? demanda Alberto, doucement.

C'était un leurre, c'est pourquoi il parlait avec autant de douceur. Si les choses se passaient comme il le prévoyait, et si l'orang-outan tombait dans le piège, l'histoire serait réglée.

Mais le singe sembla flairer la question, l'avaler même, comme un chien auquel on jette une boulette et qui ne se méfie pas. En prison, il avait appris à vivre. Et finalement, lentement, il recracha la boulette, sentant qu'elle était empoisonnée, malgré son parfum.

– Non, je ne suis pas rentré chez moi.

C'était dangereux, mais moins que de mentir.

– Et pourquoi ?

– Je suis resté chez un ami, et puis je pensais que je trouverais d'autres chantiers. On construit beaucoup à Lignano Pineta et il y a toujours de quoi faire pour un menuisier.

Il parla avec naturel, parce que c'était presque la vérité : le meilleur moyen de conduire les flics sur la mauvaise piste.

– J'y suis resté jusqu'au 23, ensuite je suis rentré.

Alberto se reposa un moment et alluma une cigarette. Il était arrivé là où il voulait. Le 23 juin 1960 était la date marquée sur le papier, et le 22 juin celle du meurtre de Giannuzzo Masetta. Or, ce même jour, Romeo Prasin se trouvait à Lignano Pineta, c'est-à-dire dans la zone où Giannuzzo avait été tué. Il n'y avait qu'un détail qui n'était pas clair : pourquoi l'orang-outan n'était-il pas tombé dans le piège ? Pourquoi n'avait-il pas avalé la boulette empoisonnée qu'il lui avait lancée ? Bref, comment se faisait-il qu'il lui ait dit tout de suite que jusqu'au 23 juin, un jour après le meurtre, il était encore à Lignano Pineta ? Selon les règles, il aurait dû lui mentir. Et au lieu de cela, il avait dit la vérité. Avant de creuser dans cette zone obscure, il essaya de distraire le singe, pour qu'il ne comprenne pas où il voulait en venir.

– Tu as dit que jusqu'au 21, tu as travaillé dans la villa d'un Allemand, poursuivit-il débonnaire. Donc le 21, il t'a payé. Combien t'a-t-il donné pour ce que tu lui as fait ?

Cette fois Romeo Prasin n'eut pas besoin de gifles pour comprendre qu'il devait donner un chiffre précis. Ce chien avait la manie de l'exactitude. Toutefois, avant de répondre, il chercha quand même désespérément à mentir. Il essaya de faire des calculs, mais son esprit fonctionnait trop lentement et il ne pouvait pas attendre trop longtemps pour répondre. Il dit donc la vérité une nouvelle fois, en sentant au fond de lui qu'il était en train de se mettre dans un sale pétrin.

– Vingt-deux mille lires. Je lui en ai demandé vingt-cinq, mais il n'a pas voulu me les donner.

Alberto fit un pas vers lui. Il l'avait eu, il le sentait. Il lui mit devant les yeux la facture qu'il avait trouvée dans ses poches.

– Il est écrit ici que le 23 juin tu as payé une note de dix-huit mille cinq cents lires à l'auberge de Renato Soldin. Le 21, tu as encaissé vingt-deux mille lires. Tu peux m'expliquer pourquoi tu n'as pas payé ton compte le 21, après avoir encaissé l'argent ?

Il lui était difficile de lui donner une réponse précise. Mais cette réponse existait et il se résolut à la lui donner.

– Parce que j'avais gagné moins que ce que je pensais. Les Allemands sont radins et je n'avais pas envie de rester sans une lire après avoir payé.

Ce devait être la vérité, pensa Alberto. Mais il doutait qu'un type de son espèce continue à dire la vérité.

– Et comment se fait-il alors que tu te sois décidé à payer le 23 ?

Romeo Prasin s'attendait un peu à cette question, il avait donc eu le temps de préparer sa réponse. Sur ce point, il pouvait mentir ; c'est ce qu'il fit :

– Le patron de l'auberge était au courant que j'avais eu ma paie.

Il sentait que cette fois-ci, il allait vraiment pouvoir l'embrouiller, ce chien, sur le point le plus délicat. Il ajouta :

– Il avait peur que je retourne à Latisana sans avoir payé ma note et il m'a tellement fait d'histoires que je me suis énervé et l'ai payé. Et pour l'embêter, je lui ai demandé un reçu.

Si seulement il avait pu ne jamais se la faire faire cette facture, ou s'il l'avait déchirée ou perdue au lieu de la garder dans ses poches, comme un crétin.

Cela pouvait être vrai, pensa Alberto. Avant de rembourser une note comme celle-là, Prasin devait avoir réfléchi, mais vu que l'aubergiste ne le lâchait pas, il avait dû payer en une seule fois. Bon, d'accord, mais à présent le moment de la scène finale était arrivé. Il choisit une chaise en assez bon état et s'assit devant le repris de justice.

– J'apprécie que tu n'aies pas voulu m'embrouiller, dit-il calmement.

Cette phrase allait bien dans tous les cas, parce qu'elle flattait la fourberie de cette brute qui, probablement, lui avait un peu menti.

– Maintenant, réponds à cette dernière question et puis je te laisse tranquille. Mais réponds-moi sans me dire que tu ne t'en souviens plus, sinon je me fâche. Je voudrais savoir ce que tu as fait le soir du 22 juin, à partir de dix heures.

Romeo Prasin s'attendait aussi à cette question, depuis toujours, bien avant que ce ver ne s'installe en lui : à n'importe quel moment où on le lui aurait demandé, il aurait su répondre et personne n'aurait pu mettre en doute sa réponse. Mais il ne pouvait pas non plus faire comprendre qu'il était prêt à répondre aussi vite. Il fit donc l'ahuri, secoua la tête en regardant fixement le ver :

– Le 22 juin ?

– Oui, le 22 juin, confirma Alberto patient.

Il ajouta tranquillement :

– Le jour où le Sicilien a été tué sur la plage, près de l'auberge dans laquelle tu étais.

Pendant un moment, Romeo Prasin resta immobile à fixer du regard ce fils de chien, le cou légèrement tordu. Dans son esprit trouble, imbibé d'alcool, il se convainquit que le moment était venu de jouer la scène qu'il avait préparée en lui, instinctivement, et il se mit debout :

– Ah, non ! fit-il, presque au garde-à-vous, vulgaire et malheureuse statue de l'innocence calomniée et respectueuse de la loi. J'ai fait dix ans de prison, *dottore*, j'ai tué un type dans une bagarre parce qu'il était saoul, mais j'ai purgé ma peine et maintenant je ne m'occupe que de mes affaires et personne ne peut rien me reprocher. Et pourtant, à chaque fois que quelque chose se passe, c'est moi qu'on arrête. On cambriole une villa et M. le brigadier me fait arrêter et m'accuse. On vole une valise dans la voiture d'un étranger en vacances, et les carabiniers arrivent pour m'inculper. Et maintenant qu'on a tué ce pauvre Sicilien… En ne voyant plus personne, je pensais qu'ils comprendraient, qu'ils me laisseraient en paix, parce que, après dix ans de prison, je ne ramasse même plus un caillou par terre de peur qu'on m'accuse de l'avoir volé…

– Assieds-toi, lui dit Alberto après l'avoir laissé se défouler un peu.

Il attendit que l'orang-outan fût de nouveau assis sur son lit de camp et il précisa avec calme et nonchalance :

– Personne ne dit que c'est toi qui l'as tué, bien que tu en aies le motif.

– Mais je ne l'ai jamais vu, ce Giannuzzo Masetta ! cria Romeo Prasin vraiment furieux cette fois-ci.

– Pourtant tu savais qui c'était, rétorqua Alberto sans hésiter. On est bien renseignés sur ton compte, nous.

Ta fille veut épouser Roberto Arrighi, mais celui-ci ne pouvait pas l'épouser parce qu'il y avait un type qui le menaçait pour qu'il se marie avec sa sœur. Alors il se pourrait très bien que tu aies éliminé Giannuzzo Masetta, pour que ta fille puisse épouser un garçon comme Arrighi et ainsi être casée définitivement.

– Non ! non ! non ! s'exclama Romeo Prasin en tapant trois fois son pied nu sur le sol en ciment sale et terreux de son taudis. Ma fille peut bien se jeter par la fenêtre, je m'en fous. Alors qu'elle se marie ou pas, pour moi c'est pareil. Je ne vais pas faire de la prison pour qu'elle épouse ce gars, je ne suis quand même pas idiot.

– Calme-toi, sinon je me mets en colère. Explique-moi simplement où tu étais le 22 juin, de dix heures du soir au petit matin. Et ne me raconte pas de salades, parce que sinon, tu auras de gros problèmes.

Romeo Prasin baissa les yeux, regarda son pied aussi nu et terreux que le sol, le frappa une nouvelle fois par terre et se plaignit :

– Des problèmes, j'en ai toujours eus, depuis que j'ai commis cette bêtise. J'ai écopé de dix ans et maintenant je me tiens à carreau.

– Alors, dis-moi où tu étais le soir du 22 juin et on ne t'embêtera plus.

Alberto se mit à se ronger l'ongle du petit doigt, ce qui n'était pas dans ses habitudes, mais il était très perplexe. Et puis il commençait à faire chaud. Dehors, le soleil finissait de griller les mauvaises herbes autour de la maison et exhalait à l'intérieur son haleine brûlante.

– Je m'en souviens très bien, où j'étais ce soir-là, parce que je travaillais.

Il se souvenait de quand il travaillait, comme on se souvient de toutes les choses désagréables, pensa Alberto.

– Et où étais-tu ?

– À Lignano Pineta.

– Tu travaillais où ?

– Dans un magasin de la place principale. À chaque saison, il y a de nouveaux magasins qui ouvrent et dont il faut faire les rayonnages, le comptoir, et tout le reste.

– C'était quoi comme magasin ?

– C'est un magasin de photos où l'on vend des pellicules, des appareils photo et d'autres choses. Il doit être ouvert maintenant.

Il respira fort par le nez, comme un bœuf quand il sent qu'il va bientôt arrêter de tirer la charrue.

– Les patrons sont des gens de Latisana, le couple Morassini. Ils me connaissent.

– Morassini, très bien.

Alberto se souviendrait de ce nom pendant quelques années.

– À quelle heure tu as commencé à travailler dans ce magasin ?

– Un peu avant neuf heures, c'était un travail long qu'il fallait finir.

– Et quand a-t-il été terminé ?

– Vers deux heures.

– Tu as travaillé jusqu'à deux heures du matin ? demanda Alberto.

Selon l'expertise médico-légale, la mort de Giannuzzo était survenue entre onze heures du soir et une heure du matin.

– Et tu n'as pas bougé de Latisana ?

Il cessa de se ronger l'ongle et regarda vers la porte. Au loin, sur le petit chemin qui rejoignait la grand-route, une silhouette de femme vêtue de bleu s'approchait sous le soleil. Il tourna à nouveau son regard vers l'orang-outan.

– Non. On a fait une pause à onze heures et demie

pour manger un peu de saucisson et Mme Morassini nous a apporté une fiasque de vin…

Romeo Prasin feignit de fouiller dans sa mémoire.

– Après minuit, on est allés deux fois au bar du cinéma, qui est juste en face du magasin, pour boire une *grappa*.

– Et combien de temps il t'a fallu pour aller au bar et revenir ?

– Quelques minutes, c'est juste en face.

– Donc, de neuf heures à deux heures, tu travaillais dans ce magasin et tu ne t'es pas éloigné ?

La haute saison commençait et, dans un lieu de vacances comme Lignano Pineta, les gens travaillaient même la nuit pour préparer leur magasin et tout ce qui pouvait servir aux touristes. L'alibi était assez plausible et parfaitement contrôlable.

– Je n'ai pas bougé, insista Romeo Prasin. Tout le monde m'a vu, même le veilleur de nuit qui fait son tour vers deux heures. Je n'avais plus de cigarettes, alors je lui en ai demandé une. Le tabac était fermé.

Alberto regarda fixement Romeo Prasin. La précision de ce détail éveilla ses soupçons. Il aimait les choses précises, mais pas à l'excès.

– Qui c'est ce « tout le monde » qui t'a vu ?

Romeo Prasin mit sa main en forme de poing pour compter. Il leva le pouce et l'index et dit :

– M. Morassini et sa femme qui tenait un enfant dans ses bras, mais lui je ne le compte pas.

Il leva le majeur :

– L'électricien qui travaillait avec moi.

Il tendit l'annulaire :

– Celui qui conduisait le fourgon de l'électricien. Il avait des lampes à réparer et aidait son collègue.

Il leva l'auriculaire :

– Et le vernisseur qui me donnait un coup de main.

Il cessa de compter.

– Et puis, il y a le veilleur de nuit, qui est passé au moins trois fois, et le propriétaire du bar du cinéma, où on est allé boire une *grappa*…

– Ça suffit.

Alberto se leva. La femme en bleu était quasiment arrivée jusqu'à eux. Elle traversait maintenant le terre-plein, recouvert de grandes herbes, entre les arbres et la bâtisse délabrée. Il ne l'avait jamais vue. Mais il n'avait pas besoin qu'on la lui présente pour comprendre qui elle était : ce chef-d'œuvre plastique, qui n'était cependant pas un chef-d'œuvre de finesse, ne pouvait être que la fille de Romeo Prasin, Irene.

– Et d'après toi combien de temps il faut, à pied, du magasin à la plage ?

La plage signifiait pour Alberto le lieu où Giannuzzo Masetta avait été retrouvé mort.

L'orang-outan réfléchit parce qu'il n'avait pas bien compris la question et, pour lui, lorsqu'il ne comprenait pas, c'est qu'on voulait l'embrouiller.

– L'endroit de la plage le plus près doit être à cinq minutes du magasin, peut-être plus.

– Je parle de l'endroit de la plage où le Sicilien a été tué.

La phrase d'Alberto fut entendue aussi par la jeune femme en bleu, qui était arrivée à présent sur le pas de la porte du taudis. Physiquement, dans son vêtement, on aurait dit un bijou dans une poubelle. Sa robe bain de soleil bleue laissait entrevoir sa poitrine et ses épaules bronzées, dont on avait l'impression de sentir la chaleur brûlante et la douceur langoureuse, sans même la toucher.

Romeo Prasin regarda sa fille puis ce chien de flic, et fit la grimace :

– J'ai lu dans le journal qu'il a été retrouvé vers le Tagliamento, là où le fleuve se jette dans la mer.

Il fit cette longue description parce qu'il ne connaissait pas le mot embouchure.

– C'est cela, dit Alberto, en regardant Irene Prasin silencieuse.

Irene l'observait avec douceur, comme si sa chaleur et sa lenteur naturelles l'empêchaient d'être curieuse et de vouloir savoir qui il était et pourquoi il parlait avec son père, bien que, dès qu'elle l'eut vu, elle eût tout compris.

– Voilà, je veux savoir combien de temps il faut, à pied, pour aller du magasin à l'endroit dont tu viens justement de parler.

– Si c'est à côté du Tagliamento, où le fleuve se jette dans la mer – il ne connaissait vraiment pas le mot embouchure – il en faut du temps, plus d'une demi-heure.

– D'accord. On verra si tu as dit la vérité. En attendant, ne t'éloigne pas trop et si l'envie te prenait de fuir, oublie-la.

– Et pourquoi je devrais fuir ? Je n'ai rien fait.

Alberto ne lui répondit pas. Il alla vers la porte pour sortir et Irene se poussa pour le laisser passer.

– Vous non plus, ne vous éloignez pas trop, lui dit-il.

Il était inutile de lui expliquer que c'était un policier. Elle aussi, apparemment, l'avait compris. Elle ne lui répondit rien et il regagna sa petite voiture garée à l'ombre, à côté de la masure. Il monta et démarra. Il se moquait éperdument de Romeo Prasin, et de Giannuzzo. Son esprit focalisait à nouveau sur Michela. Il aurait aimé savoir où elle se trouvait en ce moment, dût-il en souffrir. Du reste, il savait où elle était, et avec qui. Il l'avait entendue s'accorder avec Roberto pour aller aujourd'hui à Lignano Pineta. Il connaissait ce lieu, cette plage, pour s'être rendu là où Giannuzzo avait été tué. À cette occasion, il avait vu combien d'endroits il y avait pour deux personnes qui voulaient rester seules. C'était le lieu le plus vaste qu'il ait jamais vu : la plage sans fin de toutes parts, derrière la pinède, les champs, le fleuve, la lagune de Marano ; tout le monde y avait une petite amie qu'il traînait de la mer à la pinède, des bars aux magasins pour acheter des chaussures à talons hauts, ou sur les pontons pour faire du ski nautique, ou dans les *pizzerie*. Il n'y avait que lui, pauvre crétin, pour être allé à la plage de Lignano pour des raisons scientifiques, pour travailler et retrouver sur le sable, à l'aide d'une carte que le brigadier Varnicaro lui avait prêtée, l'endroit exact où le Sicilien avait été retrouvé mort. Il y avait mis un coquillage, avait regardé autour de lui, scientifiquement, et de là, il était ensuite allé au camping près du Tagliamento. Et puis du camping à la grand-route, en comptant les pas et le temps pour faire ce trajet. Il avait noté toutes ces informations sur son calepin. Bref, il avait travaillé comme un véritable crétin, alors qu'au même moment, quelqu'un de plus rusé que lui était avec Michela. Et ce quelqu'un, il n'arrivait pas à le détester, parce que si Michela avait guéri, soudainement, miraculeusement, c'était bien grâce à ce quelqu'un. Il s'arrêta brusquement sur la grand-route car il s'aperçut que sa veste lui tenait trop chaud. Mais, même après l'avoir ôtée, en restant en maillot noir, il avait aussi chaud qu'avant. Il s'apprêtait à repartir lorsqu'il vit un jeune homme. Ce n'était pas un modèle d'élégance : il endossait une veste épaisse sur un débardeur qui lui découvrait entièrement le haut du torse, velu et bronzé. Le jeune homme marchait d'un pas rapide dans sa direction et lui faisait signe d'attendre. Alberto attendit.

23

– Vous pouvez m'avancer ? demanda le jeune homme, en arrivant à sa hauteur.

Alberto resta silencieux et lui ouvrit la portière. Le jeune homme monta aussitôt. Son visage était sec, sans aucune goutte de sueur et son profil dur et noble, malgré la pauvreté de son vêtement. Ses yeux s'entrevoyaient à peine parce qu'il gardait les paupières baissées, mais le peu que l'on pouvait apercevoir avait quelque chose de cruel, une sorte de volonté implacable et sauvage.

– Où vas-tu ? lui demanda-t-il.

Dans le secteur, il y avait de nombreux Méridionaux qui travaillaient dur et qui exerçaient tout type de métiers. Il était l'un de ceux-ci.

– À Lignano Sabbiadoro

– Parfait, c'est justement là où je vais.

Ce n'était pas vrai, mais pour le moment il n'avait nulle part où aller et cela lui faisait plaisir d'épargner une nouvelle trotte au jeune homme. En voyant ses chaussures usées et boueuses, il pensait qu'il avait dû marcher pendant des heures. Au bout d'un moment, il lui demanda :

– Tu cherches du travail ?

Le jeune homme se tourna pour le regarder, soulevant un peu ses paupières. Peut-être était-il fatigué.

– Non, j'en ai un.

De la manière dont il répondit, gentiment mais trop sereinement, Alberto comprit qu'il était sauvage et qu'il ne voulait pas qu'on lui pose de questions. Mais lui aussi, comme Loré, devait être intoxiqué par son métier de policier.

– Et tu fais quoi ?

Le jeune fixait la route du regard. Il pensait : laissez-moi tranquille, m'sieur, avant qu'je m'énerve. Puis il murmura :

– Cordonnier.

Il pensa : enfin, je l'étais. Giuliano Pappalettera, cordonnier. Mais maintenant, je ne suis plus rien.

Ils étaient déjà sur la rue du bord de mer de Lignano Sabbiadoro. La plage se vidait, tout le monde allait manger. Les gens traversaient la route devant la voiture, en peignoir, en maillot de bain une pièce ou deux pièces avec une serviette-éponge de couleur dans les mains, et entraient dans les hôtels, ou dans les restaurants qui se trouvaient juste devant la plage.

– Tu me diras où je dois te laisser.

Giuliano Pappalettera pensa : chez Maruzza ; mais il dit :

– Vers la fontaine, sur la place.

Arrivée à l'endroit indiqué, la voiture s'arrêta, Giuliano ouvrit la portière et descendit. Avant de la refermer, il regarda Alberto droit dans les yeux. Il lui dit avec noblesse et fierté, presque solennellement :

– Merci. Excusez-moi de vous avoir dérangé.

Il s'éloigna aussitôt, avec le pas rapide de celui qui sait où il doit aller. Il le savait en effet : il avait eu du mal à retrouver Maruzza, mais grâce à son opiniâtreté, il avait fini par savoir où elle habitait, de la même façon qu'il avait su où logeait Salvatore Stavardone.

À Venise, on lui avait dit : « Il est à l'hôtel Un Tel. » Il s'agissait d'un hôtel si luxueux qu'il n'avait même pas imaginé y entrer ; du reste ce n'était pas nécessaire.

Il était donc resté à l'extérieur, sur la petite place, à attendre, debout, dans le renfoncement d'un mur ; on aurait dit qu'il n'y était pas. Les gens lui passaient à quelques centimètres et ne le voyaient pas. Mais lui voyait tout le monde.

Salvatore Stavardone n'était sorti de l'hôtel qu'au coucher du soleil. Il portait un costume de flanelle blanc cassé, un maillot bleu en dessous et des chaussures jaunes à vingt mille lires. Il était suivi de son ruffian, un tueur à gages, qu'au village on appelait le Galeux à cause de son visage toujours constellé de boutons.

Giuliano avait donc fini par tout savoir, et notamment où se trouvait Maruzza, et avec qui. C'était une femme sans honneur qui allait avec le premier venu qui lui plaisait ou qui pouvait lui servir ; et pourtant, elle ne s'était jamais intéressée à lui, Dieu sait pourquoi. Parfois, l'envie soudaine de répondre à cette offense par quelques coups de tranchet bouillait en lui ; mais c'était la sœur de son ami, du pauvre Giannuzzo. Il était donc venu dans le Nord par peur de perdre la tête un jour ou l'autre en la voyant aller avec n'importe qui, et avait essayé de ne plus y penser. Mais c'était difficile, parce qu'elle avait, elle aussi, quitté la Sicile pour venir ici, et parce que le pauvre Giannuzzo avait été tué.

Devant une maison de la rue Tolmezzo, Giuliano Pappalettera monta quelques marches et lut les plaques sur les portes. Quand il vit sur l'une d'elles « Pierandola », il chercha la sonnette et sonna. Il n'avait aucune crainte de se tromper parce qu'il savait que derrière cette porte il y avait Maruzza et que Pierandola était le nom de l'homme – le premier qu'elle avait rencontré à sa descente du train – avec lequel elle s'était mise, le chauffeur de car. Qui sait avec combien d'autres hommes elle irait avant que le temps ne la fane et que plus personne ne la veuille. Mais bien qu'il pensât cela depuis longtemps, le souvenir, l'image qu'il avait d'elle dans sa mémoire, le troublaient toujours autant. Et au fond de lui plus il l'insultait, avec froideur et lucidité, plus il se sentait séduit et devenait furieux de ne pas réussir à l'oublier.

La porte s'ouvrit et un homme chauve, maigre, en débardeur, le regarda en silence.

– Je voudrais parler avec Mlle Masetta, dit Giuliano Pappalettera.

L'homme continua de le regarder, gardant le silence. Il était pâle et avait un gros nez, encore plus pâle. Puis, sans le faire entrer, il appela à l'intérieur :

– Marieta, et ajouta en vénitien, doucement, avec une certaine mollesse, il y a quelqu'un qui veut te parler.

Giuliano entendit un froissement de pas – des pantoufles, pensa-t-il – puis, alors que l'homme s'en allait, il la vit apparaître dans l'encadrement de la porte, dans son habit noir échancré, à manches longues, sans rouge à lèvres, les cheveux, non pas dépeignés, mais à peine attachés à l'arrière avec un petit peigne, un peu à la garçonne.

– Maruzza, il faut que je te parle.

La dernière fois, Maruzza l'avait vu vers le fleuve, tenant une chaussure dorée à talon haut dans la main, tandis qu'il lui apprenait que Giannuzzo avait été tué. Elle lui avait alors dit qu'il savait qui c'était et qu'il n'avait rien fait sinon de tourner la tête de l'autre côté et de laisser partir l'assassin de son meilleur ami sans même le dénoncer. C'était une punaise, et elle le regarda comme telle.

– Mais moi, non. Je n'ai rien à te dire.

Malgré la pauvreté de ses vêtements usés et déchirés,

de son débardeur sous la veste et de ses chaussures qui avaient trop marché, Giuliano Pappalettera était solennel et hiératique comme le jour où il tenait dans la main la chaussure dorée. Il était noble à la façon d'un seigneur du XVIIIe siècle portant perruque et collant en soie ; une noblesse sauvage et cruelle que traduisaient ses gestes lents et solennels ou son immobilité. C'est d'ailleurs avec lenteur et solennité qu'il lança :

– Tais-toi. Il faut que je te parle.

Avec son regard, il la somma de sortir de la maison et de l'écouter. Mais elle ne bougea pas.

– Eh bien parle, dit-elle comme à une punaise.

Il éprouva alors, une fois encore, une forte envie de la tuer et en même temps de l'embrasser et de lui pleurer dessus. Mais il réprima ses impulsions. Il mit une main dans la poche interne de sa veste, tel un comptable qui cherche un crayon, et prit son tranchet.

– C'est avec ça que Salvatore Stavardone est mort. Garde-le en souvenir, Maruzza.

Il revit Salvatore Stavardone, lorsqu'il avait sifflé dans son dos, sur la petite place de Venise, devant l'hôtel. Il faisait nuit, seules les lumières de l'hôtel, où il rentrait avec son ruffian, offraient un peu d'éclairage. Il n'y avait personne. Salvatore, qui connaissait ce sifflement, s'était retourné et un instant après, avant même que son ruffian puisse comprendre ce qui se passait, gisait, la gorge tranchée sur toute la largeur. Il avait ensuite dit au Galeux : « Je m'appelle Giuliano Pappalettera, et si tu bouges, tu es mort toi aussi. » Il n'avait pas bougé. Giuliano n'aimait pas tuer par-derrière, il avait donc sifflé Salvatore pour qu'il se retourne. Il ne voulait pas non plus qu'on ne sache pas qui l'avait tué, alors il avait dit au Galeux comment il s'appelait.

– Et je te dis au revoir, parce que je vais me rendre.

Étant donné qu'elle ne prenait pas le tranchet, épouvantée qu'elle était, il écarta les doigts et le laissa tomber à ses pieds. Puis, lentement, solennellement, il descendit les marches. Il ne regarderait jamais plus en face une femme comme elle : c'était la pire de toutes les femmes qui pouvaient exister. Mais de penser que jamais plus il ne la verrait le brûlait à l'intérieur, comme un poison. Il aurait aimé se retourner pour la voir encore une fois, cette misérable maladie qui était le tourment de sa vie et qui s'appelait Maruzza.

Elle ramassa le tranchet et l'observa comme s'il avait gardé quelques traces de ce qui s'était passé, du coup mortel porté à l'homme qui avait tué son frère. Elle n'avait pas besoin d'autres explications : Giulianuzzo ne serait pas venu jusqu'à elle pour lui dire tout cela, si Salvatore Stavardone n'était pas mort et enterré.

– Marieta, appela une voix d'homme à l'intérieur de la maison ; c'était l'oncle de Giovanni.

Le tranchet dans la main, à moitié caché dans la manche de son long vêtement noir, elle descendit en courant l'escalier pour rejoindre Giulianuzzo. Elle le vit marcher sur la route, au milieu des étalages de galoches et autres chaussures, de chapeaux de paille et de paniers à fruits, au milieu des présentoirs rotatifs avec des cartes postales en couleurs et d'une armada d'habits colorés dont les prix se balançaient au vent.

– Giulianuzzo.

Il devait l'avoir entendue mais ne se retourna pas. On ne se retourne pas pour regarder une femme comme elle. Elle arriva à sa hauteur.

– Giulianuzzo.

Le ton de voix avec lequel elle prononçait son nom était plus qu'une caresse, mais il ne la regarda pas. Il continua à marcher d'un pas solennel et faussement lent, obligeant presque Maruzza à courir.

Ils ne sentaient pas le soleil écrasant de l'heure où tout le monde va déjeuner.

– Giulianuzzo, excuse-moi, dit-elle.

Elle aurait voulu lui prendre la main qui avait vengé son frère et tué Salvatore Stavardone, la lui baiser et s'agripper à son bras en l'implorant de lui pardonner si elle l'avait cru lâche, or, elle savait qu'elle ne devait pas le faire parce qu'il se serait débarrassé d'elle comme on se débarrasse d'une chose répugnante. Elle lui dit donc simplement « excuse-moi » en courant à côté de lui, sans faire attention aux personnes qui passaient sur la route et les regardaient avec curiosité.

Il ne répondait toujours pas. La voix de Maruzza changea alors d'intonation : elle n'était plus implorante mais vaguement menaçante.

– Giulianuzzo, ne va pas te rendre. Je ne veux pas.

Il continua d'avancer. Il marchait comme quelqu'un qui est suivi par un chien errant qui jappe et qui remue la queue parce qu'il veut que l'homme devienne son maître, tandis que ce dernier ne regarde pas l'animal pour le décourager et pour qu'il se lasse.

– Giulianuzzo, tu ne dois pas te rendre.

Maruzza, elle, ne se fatiguait pas. Il y avait toujours dans sa voix une sourde menace.

– Tu dois fuir.

Giuliano Pappalettera prit une rue plus étroite qui conduisait à la grand-route pour Lignano Pineta. Il semblait absolument seul, comme si Maruzza n'existait pas, comme s'il n'entendait pas sa voix ni le frottement de ses pantoufles sur l'asphalte brûlant.

Alors elle dit avec encore plus de douceur et de menaces dans la voix :

– Giulianuzzo, si tu te rends, je me plante ça dans le ventre.

Elle allongea le bras pour mieux lui faire comprendre, et le tranchet, à moitié caché dans sa manche, brilla au soleil.

Il vit l'arme et s'arrêta, parce qu'il comprit qu'elle ferait ce qu'elle disait. Parce qu'elle ne lui aurait rien dit, si elle n'avait pas l'intention de le faire et si elle n'en était pas capable. Parce que c'était une maudite bonne femme que ni lui ni personne ne réussirait à arrêter. Bien qu'il fût de la même taille qu'elle, il la regarda de haut, comme l'on regarde une chose misérable et gênante.

– Va rejoindre ton fiancé, lui lança-t-il.

Il dit *fiancé* sur un ton injurieux et narquois.

Il fit mine de lui prendre le bras pour saisir le tranchet, mais elle avait prévu son geste et recula, en éloignant son bras. Ils se regardèrent. Bien que fier et méprisant, il lut dans les yeux de cette maudite créature qu'elle était plus forte que lui.

– Je n'en ai pas, Giulianuzzo.

Le ton de sa voix s'était fait de nouveau implorant : elle avait senti, elle aussi, qu'elle était la plus forte.

– Tu dois fuir et je veux venir avec toi. Tu ne dois pas aller en prison.

Je viens avec toi. À ces mots, Giuliano tressaillit. Sa fierté s'éteignit en lui, s'envola, s'évapora. Il resta comme vide devant elle, devant cet espoir invraisemblable qu'elle puisse rester avec lui. Elle ne lui avait jamais dit une chose pareille avec une voix aussi implorante et une expression aussi profonde, aussi chaleureuse, l'expression d'une femme qui pense ce qu'elle dit.

– Et c'est maintenant que tu me le demandes ?

murmura-t-il amer. Tu n'as jamais cru que j'étais un homme. Je n'ai toujours été qu'un guignol pour toi. Tu es venue me dire qu'on avait tué Giannuzzo et que j'avais tourné la tête de l'autre côté pour ne pas voir qui c'était, alors qu'est-ce que tu veux faire avec un pitre et un lâche ?

– Excuse-moi Giulianuzzo, je n'ai plus rien compris quand tu m'as dit qu'on avait tué mon frère.

À présent, Maruzza osa lui effleurer le bras, lui effleurer la manche de sa veste, retirant aussitôt sa main pour qu'il comprenne combien elle s'en voulait.

Deux gamins étaient sortis d'une petite villa qui donnait sur la route et s'étaient arrêtés, curieux, pour écouter, et pour regarder cette femme habillée en noir. Dans ce secteur et en cette saison, seules quelques vieilles portaient ce genre de vêtement. Maruzza et Giuliano les avaient vus, mais n'y prêtaient pas attention parce qu'ils parlaient dans un sicilien si serré que les fades gens du Nord ne pouvaient saisir leurs propos.

– Tu ne comprendras jamais rien, lui dit-il, malheureux mais décidé. Premièrement, je n'ai pas besoin qu'une femme me dise ce que j'ai à faire, s'il faut que je me rende ou pas. Deuxièmement, même si j'avais envie de fuir, avec une femme à mes côtés, on m'arrêtera plus facilement. Et troisièmement, si tu viens en prison avec moi, les compères de Salvatore Stavardone éclateront de rire parce que, d'un seul coup, ils auront réussi à tuer Giannuzzo et à mettre sa sœur derrière les barreaux.

Il eut un sourire âpre et triste.

– Personne ne nous arrêtera, Giulianuzzo.

Maruzza s'approcha de lui, si près qu'il put sentir la chaleur de son haleine.

– Je vais trouver de l'argent pour partir loin, dans

d'autres pays s'il le faut, mais ne te rends pas, sinon je meurs.

Elle ne parlait pas avec une intonation particulière. Pour les deux gamins fades qui écoutaient, les oreilles pâles sous des cheveux blonds trop longs, elle pouvait très bien parler de la chaleur qu'il faisait tant sa voix était normale. Mais Giuliano Pappalettera sentit qu'elle avait mis dans ses mots tout son sang et toute son âme, et que l'indifférence qu'elle avait eue à son égard s'était transformée en dévouement total.

Il tenta de résister parce qu'il avait été trop blessé par cette femme. Il n'osait plus penser qu'elle était maudite de peur qu'elle s'imagine qu'avec quelques mots, il pouvait oublier tout le mal qu'elle lui avait fait et tous les hommes avec lesquels elle était allée, alors que lui, elle n'avait jamais daigné le regarder.

– Et tu vas le prendre où cet argent ? dit-il en voulant être insultant, sans trop y parvenir toutefois.

– C'est le mien.

Elle commença de mentir. Elle aurait fait n'importe quoi pour qu'il n'aille pas se rendre, pour qu'il accepte son aide et qu'il fuie avec elle. Elle ne résisterait jamais à la peine de le savoir en prison. Au demeurant, mentir ne lui était pas difficile.

– J'avais mis de côté un peu d'argent pour le donner à Salvatore Stavardone pour qu'il laisse mon frère en paix. Mais désormais, il n'a plus besoin de rien.

Elle avait trouvé le mensonge approprié. Il la regarda fixement, convaincu, mais peut-être ne cherchait-il qu'à se laisser convaincre. Toutefois il fut pris par une nouvelle angoisse, plus forte, en se demandant si elle pouvait gâcher sa vie en restant avec lui pour l'aider à fuir, en quittant ce brave garçon qui était avec elle actuellement et qui voulait vraiment l'épouser, pour mener une vie de fuyards poursuivis par la police.

– Maruzza, reste ici, lui dit-il d'un ton péremptoire, comme un ordre, pense à ta mère et à tes sœurs. Si tu viens avec moi, tu ne les verras plus.

Il lui indiqua du regard un kiosque à journaux de l'autre côté du trottoir.

– Lis la presse, et tu verras.

– Il y a ton nom ? La police te cherche ?

Il lui répondit non des yeux.

– Pas encore.

Le ruffian de Stavardone n'avait pas parlé. Il n'avait pas raconté à la police que son patron avait été tué par Giuliano Pappalettera. Ça ne se fait pas. On n'implique pas la justice dans certaines histoires privées. Ce sont les amis de Stavardone qui allaient penser à régler leurs comptes avec Giuliano, et ils le feraient comme il se doit. À la justice, le Galeux avait dit qu'un inconnu avait agressé et tué son ami et qu'il avait pris la fuite, mais la police n'aurait pas beaucoup de mal à découvrir le véritable meurtrier.

Maruzza haussa les épaules.

– Ils ne t'arrêteront jamais. On va s'en sortir.

Ce n'était peut-être pas comme cela que ça allait se passer, mais Giuliano Pappalettera ne pouvait vivre sans espoir. Ses yeux la fixaient, en silence, et lui disaient qu'il lui pardonnait et qu'il lui permettait de venir avec lui.

Le regard de Maruzza se durcit de bonheur. Une joie amère et désespérée.

– Attends-moi ici, Giulianuzzo, dit-elle, haletant tout à coup, je reviens tout de suite.

Elle sembla hésiter mais ajouta d'un ton âpre :

– Et ne pars pas, sinon tu sais ce que je fais.

Il baissa le regard sur le tranchet qu'elle tenait toujours dans son poing fermé et en partie caché dans sa manche.

– Si j'avais eu envie de partir, je serais déjà parti. Si je te dis que je reste, je reste.

Maruzza ne l'écouta plus. Du plus grand pas que sa robe noire lui permettait, elle refit le chemin inverse, sous le soleil, au milieu des piles de galoches, de chaussures, des paniers à fruits, des présentoirs rotatifs remplis de cartes postales en couleurs, de la file interminable de vêtements colorés pendus devant les magasins avec leurs prix et rentra chez elle. Le vieux en débardeur, maigre et chauve, lui dit dans son doux vénitien :

– Le petit Giovanni n'est pas encore revenu.

Avant de rentrer dans la chambre à coucher, elle lui répondit :

– Il revient tard aujourd'hui. Je sors un moment, une de mes amies est arrivée de Sicile, elle dit que ma mère ne va pas bien.

Elle s'enferma dans la chambre avant que l'autre ait eu le temps de lui répondre, se déshabilla, parce qu'il aurait été dangereux de s'enfuir avec cet habit noir aux côtés de Giulianuzzo recherché par la police. Elle se mit un vêtement vert, le seul qu'elle avait, enleva son collant et enfila ses pieds nus dans des chaussures à talons hauts. Elle chercha ensuite au fond de l'armoire la boîte en métal que Giovanni, tout heureux, lui avait montrée dès leur première nuit d'amour :

– Tu sais Marieta, je ne suis pas pauvre. Je gagne bien ma vie. Je n'ai aucun vice et je mets de l'argent de côté. On peut se marier tout de suite, mon oncle ne voulant pas rester seul, on peut habiter chez lui et là-dedans, il y a un peu de sous… lui avait-il dit.

La boîte était fermée à clef, une serrure ridicule qu'elle fit sauter sans effort avec des ciseaux. Elle ramassa en un instant les billets de dix et de cinq mille lires, le gros tas de pièces de cinq cents lires en s'efforçant de ne pas penser à Giovanni, à lorsqu'il rentrerait, d'ici peu, et comprendrait que tout son amour pour elle avait été inutile, qu'elle n'était qu'une traînée qui s'en allait avec un autre et avec tout son argent. Si elle avait pensé à cela, elle se serait mise à hurler, mais elle réussit à se contrôler. Elle ne songea qu'à Giulianuzzo qui était allé tout droit, comme le glaive de la vengeance, à Venise, jusqu'à la gorge de Salvatore Stavardone et se dit que Giannuzzo pouvait maintenant reposer en paix parce qu'il était vengé. Et elle, désormais, elle devait aider Giulianuzzo pour le reste de sa vie. Ce n'est qu'en pensant à cela qu'elle put accomplir l'acte répugnant qu'elle était en train de commettre : voler, et fendre le cœur du seul homme qui avait cru en elle.

Lorsqu'elle sortit de la chambre, le vieillard chauve la regarda sans dire un mot, il parlait toujours très peu, et sans doute comprenait-il peu également, parce qu'il ne s'aperçut de rien, bien qu'elle eût endossé son habit vert, et il lui sourit avec sérénité.

– Je reviens tout de suite, lui dit-elle avant de sortir, le repas est prêt, à tout à l'heure.

Elle descendit l'escalier en courant, mais ralentit un peu quand elle fut dans la rue. Elle serrait fortement son sac pour éviter que les pièces ne tintent. Lorsqu'elle tourna au fond de la rue, elle vit que Giulianuzzo n'avait pas bougé d'un centimètre de l'endroit où elle l'avait quitté, bien qu'il fût en plein soleil. Il s'était allumé une cigarette qu'il n'avait pas eu le temps de terminer, parce que l'absence de Maruzza n'avait pas duré le temps de la consumer entièrement.

Sans parler, ils se mirent en marche. Au lieu de prendre la grand-route qui menait à Lignano Pineta, ils s'engagèrent sur un chemin en direction de la campagne. Une fois qu'ils furent assez loin, cachés au milieu des arbres, elle ouvrit son sac.

– Tiens, Giulianuzzo, c'est toi qui dois les garder.

Il regarda dans le sac, puis lentement se remplit les poches en lui disant :

– Tu es en train de faire une erreur, Maruzza. Tu peux faire marche arrière quand tu veux, je ne te dirai rien.

Elle avait donné sa parole et ce n'était pas le genre de femme à reculer.

Elle ne lui répondit même pas. Ils se remirent à marcher. Sous les arbres minces, géométriquement plantés, qui offraient une ombre claire, et au milieu de toute cette verdure, ils disparurent ; elle d'abord, parce qu'elle était habillée en vert, lui tout de suite après. Arrivés au fond du chemin, ils avaient disparu tous les deux.

24

Le soleil, éclatant, d'un jaune or flamboyant, se leva, sans aucun rougeoiement, dans un ciel pur d'un bleu clair, sur une mer d'un bleu intense. L'atmosphère était limpide ; tout était comme dans le dessin en couleurs d'un enfant.

Assise sur le sable, Michela regardait la mer qui avait perdu sa teinte gris-bleu pour ressembler à une splendide étendue de couleur azur.

– Je n'ai jamais vu un tel lever de soleil, murmura-t-elle.

En même temps que l'air aigrelet et frais qui arrivait de la mer, elle sentait aussi la forte odeur de tabac de la cigarette que Roberto fumait.

Il embrassa son épaule et devina sa peau douce et froide. Il lui proposa le haut de sa robe bain de soleil.

– Tu ne veux pas enfiler ça ?

Elle se retourna et le regarda. C'était étrange qu'elle eût un peu froid juste maintenant que le soleil se levait. Elle fit signe que oui. Elle sentit la tendresse des mains chaudes de Roberto – il avait quelques grains de sable sur les doigts – lui couvrir les épaules.

La nuit avait passé rapidement, comme si elle n'avait pas existé. Elle avait l'impression que le soleil venait à peine de se coucher alors qu'ils se baignaient encore, et que la plage était pleine de gens comme sur le pont d'un navire, quelques minutes avant le départ. Mais désormais elle était absolument déserte. Et puis il y avait eu le dîner dans un petit bar sur la plage, une succession de toasts, et de jetons de juke-box pour faire jouer *morgen*. Ils avaient écouté cette chanson tant de fois qu'ils avaient fini par ne plus l'entendre ; alors seulement, ils avaient arrêté de la mettre.

Ensuite, ils étaient allés dans un dancing situé au milieu de la pinède ; Roberto y avait fait jouer deux fois *morgen* à l'orchestre. Quand ils le dansaient, le motif était encore plus doux et plus mélancolique. Lorsque Michela avait regardé sa montre, il était presque une heure et elle avait pensé à son père.

– Désormais, lui avait dit Roberto sur un ton espiègle, tu peux lui dire que tu vas regarder le soleil se lever.

Son père était encore éveillé quand elle lui téléphona. Il l'attendait.

– D'accord, lui avait-il dit avec une voix très tendre, parce qu'il se souvenait trop bien des longues années durant lesquelles elle n'avait rien désiré, ni rien vécu et ne se détachait jamais de lui, pareille à une vieille femme qui a peur de tout.

Après le coup de téléphone à son père, les heures s'étaient égrenées à une telle vitesse que c'était comme si elles n'avaient pas existé. C'était là l'effet du bonheur. Ils s'étaient promenés dans la pinède. Il n'y avait pas de lune, mais on y voyait quand même un peu parce que le ciel avait la clarté du début de l'été. Ensuite ils étaient venus là, sur la plage. Et voilà, maintenant le soleil s'était levé.

– Il est précisément quatre heures quarante, dit Roberto, en pointant la montre à son poignet. Exactement comme c'est écrit dans mon agenda.

Il hocha la tête, en gardant son bras sur l'épaule de Michela.

– Ce doivent être d'étranges personnages ceux qui s'intéressent à l'astronomie. Ils arrivent à savoir jusqu'à mille ans d'avance à quelle heure le soleil se lèvera un matin mille ans plus tard, et c'est écrit dans tous les agendas.

Michela continuait de regarder la mer, mais ces mots, pendant un instant, troublèrent son bonheur. Alberto s'intéressait à l'astronomie et il n'était pas étrange. À ce moment précis, elle fut prise par le remords, mais Roberto lui passa tendrement une main sur le visage – il avait des grains de sable sur les doigts – et son esprit revint sur la plage.

– À cette heure-ci, ce sera difficile de trouver un bon café chaud. On va chercher un bar ouvert ?

Il l'aida à se lever. Ils observèrent encore une fois la mer et le soleil qui était au-dessus de la ligne d'horizon. L'endroit était désertique et silencieux. Ce n'est qu'en marchant pour regagner la voiture rangée sur le chemin où finit la pinède qu'ils virent arriver, de l'embouchure du Tagliamento, un jeune homme qui longeait de très près la rive à vélo ; un petit chien exalté le suivait en aboyant.

– J'ai bien peur qu'on ne nous dispute en rentrant, dit-il dans la voiture.

Il parlait avec douceur ; il n'avait pas le ton nerveux qu'il avait habituellement. Du reste, il s'était montré calme, presque timide, depuis la veille au soir. Lorsqu'ils étaient sortis du dancing, sans la musique de l'orchestre, sans les lumières, sans la foule, dans le silence et l'obscurité de la pinède, Michela avait ressenti une étrange angoisse, une douce incertitude sur ce qui allait se passer : elle ne savait pas si elle était prête ou non, si elle le voulait vraiment ou pas.

Le premier baiser, à côté de la bouche, et non dessus,

avait été fugace. Roberto avait été incertain et gauche, ce qui avait ému Michela. Les autres baisers, timides et maladroits, sur la plage, alors qu'ils attendaient que le soleil se lève, l'avaient rendue beaucoup plus heureuse que tout l'amour tourmenté qu'elle avait vécu avec le cruel et bien moins timide Aligi. À présent, Roberto pensait qu'on allait les disputer. Elle aussi songeait que ce serait difficile pour son père, pour Alberto, pour le père de Roberto, de croire qu'il ne s'était rien passé pendant la nuit. Mais elle savait que son père la croirait, simplement en la regardant dans les yeux ; cela la rassura.

– C'est pas sûr, dit-elle, et elle sourit.

Tandis que la voiture glissait lentement sur le chemin dans la pinède au milieu des longues ombres du matin, Michela prit dans son sac une glace et son rouge à lèvres.

Roberto freina soudainement. Avec une tendre brutalité, il lui arracha la glace et le rouge à lèvres et les lui remit dans son sac ouvert, puis l'embrassa. Michela, sous l'effet d'une réaction purement nerveuse et instantanée, se raidit, mais tout de suite après s'abandonna, effrayée par cette douce furie.

Il la lâcha presque immédiatement.

– Excuse-moi, lui dit-il, le visage caché dans ses cheveux.

D'une main, elle le serra plus fort et, de l'autre, elle lui caressa la tête, en respirant fortement.

Roberto se détacha d'elle lentement et redémarra. Il murmura à mi-voix, comme s'il parlait à lui-même :

– C'est la première fois que je tombe amoureux, et j'ai peur.

C'était sans doute la première fois également qu'un homme disait cela à une femme, pensa-t-elle, prise dans une espèce de joie angélique. Pour les hommes, c'était si facile de tomber amoureux, sans avoir peur de ce qui pouvait arriver, parce que pour eux, les hommes, tout allait toujours bien. Mais Roberto n'était pas les hommes, c'était lui.

– Tu ne voulais pas chercher un café ouvert ? lui demanda-t-elle lorsqu'elle vit qu'il prenait la grand-route pour Latisana, au lieu d'aller vers Lignano Pineta ou Lignano Sabbiadoro.

– C'est trop tôt, on n'en trouvera pas, lui répondit-il, en conduisant de plus en plus vite.

Il semblait malheureux ; elle aussi l'était à cet instant, parce qu'elle voyait que cette merveilleuse nuit était finie, et elle ne voulait pas qu'elle se termine si vite. Mais elle se rasséréna presque aussitôt en pensant qu'ils vivraient d'autres moments encore plus intenses et plus beaux.

Elle mit sa tête sur son épaule.

– Ce n'est pas la peine d'aller si vite, on nous disputera de la même façon, dit-elle heureuse.

– Tu as sommeil ?

– Un peu.

Mais une fois qu'elle fut dans sa chambre, le sommeil lui passa complètement. Le soleil entrait par la fenêtre. Assise sur son lit, elle ôta ses chaussures et vida le peu de sable qu'elles contenaient. Tout le monde dormait et personne ne les avait entendus rentrer. Le sommeil avait abandonné Michela à cause de tout le bonheur qu'elle éprouvait. Elle resta à écouter les oiseaux qui chantaient avec ivresse dans les arbres autour de la villa, puis elle ne les entendit plus ; en elle résonnaient à nouveau les notes de *morgen*, comme avec le juke-box, ainsi que la voix de Roberto lui expliquant qu'il faisait toujours comme ça avec les chansons : quand il y en avait une qui lui plaisait, il l'écoutait pendant des heures entières, en boucle, des jours durant, des semaines, des mois, jusqu'à saturation. Il lui avait dit que pour lui certaines chansons étaient une sorte de maladie.

Elle s'endormit sans s'en apercevoir, d'un coup, allongée sur son lit tout habillée, coupée en deux par le soleil, épuisée par le bonheur de vivre.

25

Ce matin-là, à Hambourg, le soleil se leva quelques minutes après quatre heures quarante, mais resta caché derrière les nuages suffocants de cette grise journée de juillet. L'ingénieur Gertrude Leuter, de sa fenêtre, ne pouvait voir que l'aube grise s'éclaircir, jusqu'à devenir opalescente ; c'est à cela qu'elle comprit que le soleil s'était levé.

Dans la rue en dessous, il y avait eu déjà de nombreux signes de réveil : le premier trolley, celui qui allait à la gare, était passé avec le sifflement étouffé des pneus sur l'asphalte. Une passagère était rentrée chez elle – elle habitait dans la maison juste en face et Gertrude l'avait vue d'autres fois – et le claquement de ses chaussures à talons très hauts avait clairement résonné dans toute la rue, dans le silence de l'aube. Deux hommes en bleu de travail qui portaient une longue échelle étaient passés et le veilleur de nuit avait fait son dernier tour d'inspection.

N'ayant pas dormi de la nuit, Gertrude était restée à la fenêtre se levant seulement pour prendre ses cigarettes ou pour boire de l'eau. Ludwig était parti vers deux heures, en bâillant et en lui disant : « Reste calme. » Après l'amour, Ludwig bâillait trop souvent, et elle avait pensé, cette nuit-là, demander à un psychanalyste, elle en connaissait quelques-uns, si ce bâillement était simplement le fait du sommeil ou si cela avait une autre signification. Avant de s'unir pour la vie, deux individus doivent bien se connaître et chercher à découvrir si entre eux il y a quelque chose qui ne va pas. Gertrude avait longuement songé à ce problème : si Ludwig ne bâillait pas avec une autre femme, cela pouvait être un signe négatif.

Mais cette nuit, cela n'avait pas été sa préoccupation principale. Le plus important avait été Janùs, c'est ainsi qu'elle prononçait Giannuzzo, et l'invitation qu'elle avait reçue de se présenter à la police ce matin à neuf heures. Ludwig avait pu savoir, par un de ses amis policiers, qu'on la convoquait pour l'interroger – pour le compte des autorités italiennes – au sujet de la mort de Janùs. Elle savait que ce prénom ne se prononçait pas ainsi, mais elle devait faire un effort pour dire Giannuzzo.

C'était cela qui l'avait tenue éveillée, elle ne pouvait pas le nier, même si ça l'humiliait un peu. Jamais rien ne l'avait empêchée de dormir ses sept heures de suite, se réveillant dans la même position que lorsqu'elle s'endormait : sur le ventre, les jambes serrées, les bras écartés. Cette nuit, en revanche, jusque vers une heure, elle avait étudié la situation avec Ludwig, qui, en tant qu'avocat, lui avait expliqué méticuleusement comment elle devait répondre, ce qu'elle devait révéler et ce qu'elle devait taire. Dans tous les cas, lui avait-il dit, pour qu'ils puissent l'arrêter, il fallait d'abord qu'il y ait officiellement un chef d'accusation des autorités italiennes, ensuite il fallait voir si les autorités allemandes voudraient l'extrader. Et cela demanderait beaucoup de temps, plusieurs mois, une année même, peut-être plus. Seulement si les autorités allemandes l'extradaient, elle devrait prendre des décisions radicales. Aller en Italie pour affronter un procès avec l'accusation d'homicide n'était pas recommandé, alors il lui avait conseillé, si ça devait arriver, de s'envoler pour le Mexique : les lois de ce pays lui permettraient d'être tranquille plusieurs années, peut-être même définitivement. Puis vers une heure, Ludwig avait commencé de l'embrasser dans le cou, et à deux heures il était parti en bâillant désagréablement.

À présent, il manquait quatre heures jusqu'au moment de se présenter à la police. Habituée à ne pas perdre une minute de son temps, pour la première fois, Gertrude Leuter se trouva face à l'infini désert de deux cent quarante minutes à traverser, seule avec ses pensées. Elle décida donc de s'étendre sur son lit et, sans avoir sommeil, alors que les bruits de la rue se faisaient de plus en plus intenses, elle revit Janùs depuis leur première rencontre jusqu'au dernier instant. Elle se souvenait, sans faire d'effort, de chaque détail, de tous les gestes et de toutes les paroles de Giannuzzo, de chaque lieu où ils étaient allés, et de la lame du couteau qu'il lui passait sur le visage, avec sa façon de rire, de jouir de sa peur, comme un rictus. Elle avait senti qu'il aurait vraiment pu lui enfoncer la lame dans la joue, lui laissant une balafre pour le restant de ses jours. Elle avait connu d'autres Italiens lors de ses précédents voyages en Italie, gentils et brutaux à la fois – ce qui l'avait toujours fascinée – mais pas méchants. Janùs, lui, paraissait méchant, ou, pire, fou. Un fou plein de charme toutefois – même si elle n'avait pas pu lui caresser les cheveux à cause du gras de la brillantine – et qui avait su la dominer.

À huit heures, la longue attente l'avait épuisée et énervée. Elle se leva soudainement, furieuse contre elle-même et contre le monde entier, alla dans la salle de bains et resta dix minutes sous le jet froid de la douche. Puis, dans sa petite cuisine, elle mangea un gros morceau de fromage avec de la confiture dessus et but un verre de lait. À huit heures et demie, elle était prête. Elle alla au garage et en sortit avec sa voiture. Elle était vêtue d'un tailleur vert foncé, tirant presque sur le noir, qui lui allait très bien. La circulation était intense et elle mit une vingtaine de minutes pour arriver jusqu'au commissariat central, qui était tout proche.

À neuf heures moins une, elle remettait à un policier en uniforme la convocation qu'elle avait reçue, et à neuf heures pile elle entrait dans le bureau du *dottor* Hermann Klugen, chef du département d'Interpol de la police de Hambourg.

Il était debout derrière son bureau ; à ses côtés, il y avait un jeune homme. D'emblée par la coupe de son habit très élégant, puis par les traits de son visage, Gertrude Leuter comprit que ce dernier était Italien, bien qu'il fût blond et eût les yeux bleus. Klugen le lui présenta :

– *Dottor* Silvano Colli du département d'Interpol du ministère de l'Intérieur italien.

Il la présenta à son tour :

– L'ingénieur Gertrude Leuter.

Le *dottor* Klugen, avant de lui proposer de s'asseoir, dit d'un ton bureaucratique et en articulant :

– Nous vous avons convoquée, très chère madame Leuter, sur la demande de l'Interpol italien, afin que le *dottor* Silvano Colli puisse vous poser quelques questions au sujet d'un homicide survenu en Italie – il lut la feuille qui était sur son bureau – dans les environs de Lignano – il prononça Liguenano – la nuit du 22 juin dernier. En tant que libre citoyenne allemande, et sans chef d'accusation précis à votre égard, je tiens à vous préciser que vous êtes libre d'accepter ou non cet interrogatoire, et au cas où vous accepteriez, vous pourriez ne pas répondre à certaines questions, sans même devoir vous justifier, et que, si vous le souhaitez, vous pouvez vous faire assister d'un avocat.

Ludwig lui avait dit presque la même chose. Il lui avait conseillé d'accepter l'interrogatoire, de répondre à toutes les questions qu'on lui ferait et de renoncer à l'assistance d'un avocat. « Ça fera bonne impression, et montrera que tu n'as pas peur. » C'est ce qu'elle montrerait aux autres parce que, au fond d'elle-même, la peur était là, et cela se perçut un peu dans sa réponse :

– Je suis effectivement allée à Lignano, mais je ne suis au courant d'aucun crime. Toutefois, je répondrai sans problème à vos questions.

Elle fit une pause.

– Je n'ai pas besoin d'avocat, ajouta-t-elle pour conclure.

Le *dottor* Klugen lui indiqua alors la chaise devant son bureau et tous les trois s'assirent. Puis il lui précisa :

– Je vous avertis, également, madame Gertrude Leuter, que deux magnétophones enregistreront votre déposition. Un des deux enregistrements sera envoyé en Italie par les soins du *dottor* Silvano Colli, l'autre restera dans nos archives.

Il fit une pause lui aussi, durant laquelle Gertrude Leuter s'aperçut qu'au-dessus du bureau pendait un puissant micro attaché à un fil noir.

– Le *dottor* Silvano Colli parle très bien notre langue et ce sera lui qui posera les questions. J'assisterai à l'interrogatoire pour que les modalités légales soient respectées.

Le blond, qui jusqu'à présent semblait n'être qu'un mannequin fixant de son regard bleu un point indéfini de la pièce, se réveilla, telle une statue magique, et son regard bleu se posa sur elle ; tout ce que le bleu de ses yeux pouvait avoir d'angélique et de naïf se transforma subitement en un bleu d'acier glacial qui la pénétra et accrut son appréhension.

– Très chère madame Leuter, dit l'ange d'acier, en utilisant non seulement les mots justes, prononcés en très bon allemand, mais aussi la syntaxe bureaucratique contournée des conversations de bureau, est-il exact que vous êtes arrivée à Lignano, province d'Udine, en Italie, le 2 juin ?

– Oui, répondit-elle.

– Est-il exact que vous êtes repartie de Lignano Pineta le 23 juin à l'aube ? poursuivit l'ange d'acier.

Silvano Colli était un des meilleurs éléments d'Interpol, et Alberto, en lui téléphonant à Bonn, l'avait chargé de cet interrogatoire en sachant que c'était comme demander à un pointer de débusquer un faisan. Si Gertrude Leuter cachait quelque chose, il le découvrirait.

Le mot « aube », que l'ange d'acier avait lancé avec préméditation, fit réfléchir Gertrude. C'était évident que la police italienne avait déjà fait son enquête et savait qu'elle avait quitté le camping le 23 juin à l'aube. Mentir serait une erreur.

– C'est exact.

Silvano Colli prit dans sa poche une fiche cartonnée sur laquelle il avait écrit les notes qu'Alberto lui avait téléphonées.

– Est-il exact que là-bas, à Lignano Pineta, vous avez lié amitié avec un jeune homme du nom de Masetta ?

Dans le bureau exigu, au milieu du vieux mobilier bien ciré, d'un lourd style bureaucratique allemand, presque gothique, ce nom italien était particulièrement exotique. Même pour Gertrude, il fut comme nouveau, même si elle savait à qui il appartenait. Elle sourit :

– J'ai connu un garçon qui s'appelait Giannuzzo, elle prononça « sgiannusso », mais je ne crois pas qu'il m'ait dit son nom de famille. Je ne me souviens pas.

Silvano Colli hésita, mais finit par prendre une feuille cartonnée de son sac en cuir posé sur la chaise voisine ; il la garda un moment cachée dans ses mains, et dit :

– Je vais vous montrer un bélinogramme de ce Giovanni Masetta. Veuillez le regarder attentivement et me dire si vous reconnaissez sur cette photo la personne que vous appelez Giannuzzo.

Il tourna subitement la feuille et la lui tendit, tout en l'observant fixement de son regard bleu acier qui pénétrait tout ce qu'il regardait.

La photo avait été prise par la police scientifique et montrait Giannuzzo mort, étendu sur le sable. Il lui aurait suffi de moins que cela pour le reconnaître, de ses cheveux frisés noirs et gras sur son petit cou herculéen ; de sa main aussi, qui au fond était petite pour un homme, toujours sale et abîmée, mais d'une beauté animale qui l'avait adoucie tant de fois dès qu'il la caressait ou simplement l'effleurait ; de sa chemise, dont elle parut reconnaître la texture comme quand elle appuyait sa tête sur sa poitrine. Et en même temps qu'elle pensait à cela en observant la photo, elle sentait le regard pénétrant de l'ange d'acier sur elle ; elle sentait que cet homme la scrutait comme un papillon sous une loupe et suivait chacune de ses réactions. Elle leva la tête, décidée, et le regarda dans les yeux :

– C'est bien le jeune homme que j'ai connu. Mais pourquoi cette photo ? Il a été tué ?

– Absolument, dit Silvano Colli.

Il ne connaissait Gertrude que depuis quelques minutes, mais il n'aurait pas trouvé surprenant que ce soit elle qui l'ait tué. Non pas parce qu'elle était athlétique, sa silhouette longiligne était même plutôt délicate, mais à cause de ses grosses mains d'homme, de ses longues jambes qui, bien que, encore belles, découvraient des mollets de sportive, et de son long cou féminin, dont la musculature atténuait quelque peu la douceur.

– Ce jeune homme, Giovanni Masetta, a été tué le 22 juin au soir. Vous ne le saviez pas ?

Avant que ses yeux ne la brûlent, Gertrude répondit simplement, sur le ton de quelqu'un qui veut dominer son émotion :

– Non.

Silvano Colli était hésitant, mais il ne le montra pas. Il prit la fiche cartonnée où étaient écrites ses notes, et dit rapidement :

– Je suis désolé, madame Leuter, mais pour notre enquête, j'aurais besoin de savoir quel genre de rapports il y avait entre vous et ce garçon.

Le fauteuil en bois pivotant du *dottor* Klugen grinça. Il leva l'index de sa main droite et s'adressa à Gertrude :

– Je vous rappelle que vous êtes en droit de refuser de répondre à certaines questions.

Silvano Colli resta impassible. Cela faisait plusieurs années qu'il vivait en Allemagne et il savait comment se comporter, mais ses yeux, en fixant Gertrude, eurent une expression ironique. Gertrude remarqua cette expression et la lui rendit avec un sourire gentil et indulgent. Puis elle s'adressa au *dottor* Klugen.

– Je vous remercie, monsieur, mais je n'ai rien à cacher et je répondrai volontiers à la question.

Elle appuya son remerciement d'un signe de tête et

d'un sourire, puis elle se tourna vers l'ange d'acier qui attendait :

– J'entretenais avec ce jeune homme une amitié sentimentale, dit-elle d'un ton presque bureaucratique.

Elle avait utilisé une expression allemande, beaucoup plus concrète, qui signifie amitié amoureuse, en entendant amour au sens le plus significatif du terme. D'ailleurs, une jeune femme hambourgeoise, indépendante, majeure, diplômée et libre de ses mouvements, peut parler tranquillement de ses « amitiés sentimentales » sans que personne ne la critique.

Et en effet, cet Italien, qui était venu jusqu'à Hambourg l'ennuyer avec cet interrogatoire, ne la critiqua pas ; il devint simplement un peu plus agressif et énerva Gertrude.

– Ce garçon était un pauvre chômeur méridional inculte, qui vivotait en faisant ici et là quelques petits boulots, dit Silvano Colli. Alors que vous, vous exercez une profession libérale, vous êtes cultivée et venez d'une famille aisée.

Sa froideur avait comme but précis et prémédité d'irriter la Hambourgeoise. Silvano Colli avait étudié, comme Alberto, la technique scientifique des interrogatoires à l'école de police de Rome, et il savait ce qu'il faisait.

Gertrude rougit légèrement sous l'effet de la colère, sans s'apercevoir qu'elle était tombée dans le piège. Si Silvano Colli avait été froid, elle fut glaciale :

– Je ne vois pas l'utilité d'une telle comparaison socio-psychologique. Chacun choisit ses amis comme il l'entend, et non pas en fonction des règlements de police.

Le fauteuil du *dottor* Klugen grinça plus fortement.

– Je vous demanderai, monsieur Colli, de ne pas

poser de questions ou de ne pas faire de commentaires qui ne soient pas en rapport direct avec l'affaire.

L'ange d'acier, habitué à vivre en Allemagne, inclina légèrement la tête vers Gertrude puis vers le commissaire, comme s'il voulait s'excuser, mais la dureté de sa voix annonçait le contraire.

– Ce que je viens de dire a un rapport direct avec l'interrogatoire, affirma-t-il. J'ai parlé de différences psychologiques et sociales entre la victime et Mme Gertrude Leuter, parce qu'il y a des faits qui montrent les conséquences de ces différences et qui peuvent avoir de l'importance pour notre enquête.

Il inclina la tête une nouvelle fois, rapidement, vers les deux Allemands, puis dit, d'une voix encore plus dure :

– Premièrement : le 14 juin, alors que l'ingénieur Leuter était dans un bar en compagnie d'une de ses amies du camping, Mme Herika Mastaart, de nationalité hollandaise, Giovanni Masetta s'est approché d'elle et, après une courte discussion, a donné une gifle en public à madame Leuter en l'insultant grossièrement dans son dialecte.

Silvano Colli fit une pause, puis reprit :

– Deuxièmement…

Avec un geste énergique de la main, le *dottor* Klugen, homme raffiné, tout policier qu'il était, et qui ne pouvait supporter de voir une de ses concitoyennes avilie, lui coupa la parole :

– Je suis désolé de vous interrompre monsieur Colli, dit-il presque troublé, mais je tiens à rappeler à madame Gertrude Leuter qu'elle peut, à tout moment, refuser de continuer l'interrogatoire.

Gertrude sourit au vieux gentilhomme inconnu, dans ce commissariat perdu et dit :

– Merci, monsieur le commissaire, mais je vous répète que je n'ai rien contre le fait de répondre à toutes les questions que ce monsieur de la police italienne me posera.

– Je vous en suis très reconnaissant, rétorqua Silvano Colli en faisant un autre signe de la tête et il reprit aussitôt après :

– Deuxièmement : selon le témoignage du gardien du camping Tagliamento, un certain Mattia, qui a vu la scène de ses propres yeux, un soir, Giovanni Masetta a menacé madame Leuter avec un couteau, en le lui passant près du visage comme s'il voulait la balafrer. Et madame Gertrude Leuter, effrayée, a crié. Le gardien du camping est alors intervenu et le jeune homme lui a dit qu'il plaisantait.

– Troisièmement : le soir du 20 juin, à Laguna di Marano, près de Lignano Sabbiadoro et à quelques kilomètres seulement du camping, dans un bar qui s'appelle *In der Marco*, à cause des nombreux Allemands qui le fréquentent habituellement pour contempler la lagune, Giovanni Masetta, suite, semble-t-il, au fait que madame Leuter aurait accepté de danser avec un autre homme, lui a donné un violent coup de pied dans la jambe, au point qu'elle s'est presque évanouie et a dû se rendre le soir même chez le médecin du village, le docteur Rodolfo Enzieri. Celui-ci lui a fait une radioscopie et lui a certifié que, par chance, il n'y avait aucune fracture.

L'ange d'acier se tut et remit la fiche cartonnée dans sa poche. Le *dottor* Klugen, embarrassé, avait légèrement rougi et regardait fixement un crayon jaune posé horizontalement devant lui sur la table. Il n'ignorait pas les mésaventures que pouvait subir une touriste allemande débonnaire et ingénue à l'étranger, en Italie surtout ; certaines d'entre elles rentraient dans leur pays enceintes, mais ce qui était arrivé à l'ingénieur Gertrude Leuter pouvait être considéré comme encore plus pénible ; et il en était fort marri.

Gertrude Leuter, elle, était restée calme durant l'exposé des faits. Elle avait même, à un certain moment, croisé les jambes. À présent, dans le bureau brillant de propreté, avec ses deux grandes fenêtres desquelles entrait la grisaille de ce matin de juillet hambourgeois, il y eut un instant de silence.

Puis Silvano Colli reprit à l'improviste :

– Madame Leuter reconnaît-elle l'exactitude des faits que je viens d'énoncer ?

– Ils sont exacts, dit-elle.

Elle était sérieuse, mais ses yeux souriaient. Elle indiqua avec son doigt une tache sombre qu'elle avait sur la jambe.

– C'est la marque du coup de pied qu'il m'a donné, il y a presque un mois.

Les deux hommes, l'Italien et le Hambourgeois, admirèrent son calme et sa façon de répondre. Elle n'était pas de celles qui ont peur des préjugés.

L'ange d'acier montra qu'il appréciait en parlant sur un ton plus aimable ; mais c'était prémédité et cachait le coup qu'il allait lui asséner.

– Je vous remercie d'avoir répondu aussi rapidement à mes questions les plus désobligeantes, mais mon devoir m'oblige à vous en poser une autre, encore plus déplaisante. Je dois vous exposer un autre fait, le quatrième, et c'est moi, cette fois-ci, qui vous dis que si vous ne voulez pas répondre, j'en comprendrais très bien les raisons.

Gertrude Leuter masqua son appréhension. Ce blond

aux yeux bleus, si Italien, si tenace et si déterminé, devait être très habile.

– Je répondrai volontiers comme je l'ai fait jusqu'à présent, dit-elle, calme et impassible en apparence.

– Merci, fit-il sèchement, parce que le moment était venu de porter le coup.

Il prit à nouveau la fiche cartonnée contenant ses notes et dit :

– Un ami de la victime, Giuliano Pappalettera, artisan cordonnier, a témoigné, après la mort de Giovanni Masetta, que son ami, les dernières semaines qui ont précédé le meurtre, n'avait pas besoin de travailler et possédait toujours beaucoup d'argent. D'après lui, ce serait une jeune femme, dont il prétend ne connaître que le prénom, Gertrude, qui lui aurait donné tout cet argent. J'aimerais vous demander, et vous êtes libre de ne pas répondre, si vous vous identifiez avec cette Gertrude dont nous a parlé Giuliano Pappalettera et, si oui, s'il est exact que vous avez donné de l'argent à Giovanni Masetta.

Le *dottor* Klugen, à présent, était très embarrassé et s'abîmait dans la contemplation du crayon jaune sur son bureau. Cette histoire d'argent, si elle s'avérait, le blessait trop. Qu'une fille de bonne famille de Hambourg fasse une virée amoureuse en Italie, qu'elle perde la tête pour un type qui lui donnait des coups de pied et menaçait de la balafrer, passe encore, mais en plus qu'elle paie ce type, c'était très, très difficile à admettre.

Elle fixa un court instant la pointe des chaussures noires et cirées de son persécuteur. Bien que ce souvenir fût déplaisant, ce n'était pas ce qui allait lui faire peur. S'il croyait l'intimider avec ces histoires, il se trompait.

– Je crois que c'est moi, elle regarda fixement en souriant Silvano Colli, bien que je ne puisse exclure qu'un beau garçon italien comme lui puisse trouver sur la même plage une autre Allemande qui s'appelle Gertrude, voire plusieurs autres. Mais l'une d'entre elles, c'est bien moi.

Le *dottor* Klugen fut conforté dans son embarras par les paroles de l'ingénieur. Voilà une fille qui, malgré ses nombreux défauts, n'avait peur de rien. Et l'allusion au « beau garçon italien », capable de conquérir plusieurs Gertrude à la fois, sur la même plage, était amusante.

– En outre, continua-t-elle calmement, je donnais effectivement un peu d'argent à ce jeune homme, parce qu'en allant avec lui au bar, ou au restaurant, ou au dancing, et vu qu'il était très pauvre, c'est moi qui m'occupais de ces petites dépenses.

Le blond s'énervait du calme de Gertrude Leuter. Son regard était encore plus pénétrant et n'avait plus rien d'angélique, malgré son bleu intense. Il dit d'un ton mordant :

– Il ressort de la déposition de Giuliano Pappalettera que vous avez donné une fois trente mille lires à Giovanni Masetta. Si c'est exact, on ne peut pas considérer trente mille lires comme étant de *petites dépenses*.

– Je crois que c'est exact, dit Gertrude, toujours calme, mais un peu moins qu'auparavant. Je ne m'en souviens pas précisément, mais il est tout à fait probable qu'une fois, je lui ai donné trente mille lires.

Silvano Colli demanda, encore plus mordant :

– Et vous pouvez vous souvenir combien vous avez donné à ce garçon au total ?

– Je peux seulement faire un calcul approximatif. Je

ne pense pas lui avoir donné plus de soixante, soixante-dix mille lires.

– Je vous rappelle, madame Leuter, qu'en tant qu'étrangère en Italie, vous n'avez pas pu emporter à Lignano Pineta plus d'une certaine somme. Vous étant arrêtée vingt jours en Italie, je pense que vous n'avez pas dû dépenser plus de trois mille lires par jour pour votre usage personnel. Ce qui nous fait soixante mille lires. Plus les soixante mille que vous avez données à Giovanni Masetta, on arrive à cent vingt mille lires. Plus trente mille au moins pour des dépenses variées, et on a cent cinquante mille lires. Plus le voyage et quelques imprévus et on atteint cent quatre-vingt mille lires. Je peux vous demander, madame Leuter, de me montrer votre passeport pour voir quelle somme vous avez emportée en Italie ?

Après avoir mitraillé nerveusement tous ces chiffres, Silvano Colli se tut et remit dans sa poche sa fiche cartonnée. À présent, l'ingénieur Gertrude Leuter était le dos au mur. Dans son passeport, il devait y avoir les petits reçus avec la déclaration des marks qu'elle possédait lors de son entrée en Italie. S'il y avait quelque chose de louche, il le verrait tout de suite.

Gertrude ne montra pas sa peur. Elle avait une vague idée de là où son persécuteur voulait en venir, mais elle se souvint des paroles de Ludwig : « Ne montre jamais que tu veux cacher quelque chose, sinon tu es piégée. » Elle avait emporté son passeport et le sortit rapidement de son sac pour le donner au policier italien.

Silvano Colli feuilleta attentivement le document, trouva le reçu qu'il cherchait : il y était écrit une somme en marks équivalente à un peu plus de cent mille lires italiennes. Il montra donc le passeport et le reçu au *dottor* Klugen.

– D'après ce reçu, il ressort que Mme Leuter est entrée en Italie le 2 juin, avec un peu plus de cent mille lires en marks. Or, si l'on considère les comptes que l'on vient de faire, on s'aperçoit qu'elle en a dépensé presque le double. Je voudrais savoir comment vous justifiez ces cent mille lires de différence.

Le visage du *dottor* Klugen devint comme du bois, parce que la question était, c'est peu dire, agaçante. L'ingénieur Leuter pouvait avoir déclaré moins d'argent qu'elle n'en possédait, et c'était une fraude fiscale où il n'aimait pas trop qu'un étranger mette son nez. D'autre part, c'était une femme jeune et très plaisante, qui pouvait trouver divers moyens de se procurer de l'argent, et c'était là une fraude morale qu'il était gêné de voir reconnaître devant un étranger.

– Pardonnez ma franchise, monsieur Colli, dit-il après avoir observé attentivement le passeport, mais je ne vois pas en quoi cette façon de calculer ce qu'avait en poche Mme Gertrude Leuter intéresse l'enquête.

C'était le moment que Silvano Colli attendait.

– Ces calculs sont l'axe central de notre enquête, répondit-il en se levant lentement pour donner plus de poids à la menace contenue dans ses mots. Il a été certifié que Giovanni Masetta possédait, au moment de sa mort, plus de cent mille lires, qu'il avait dans les poches et qu'on venait de lui donner.

Le *dottor* Klugen regarda Gertrude. Elle restait impassible, sous le regard des deux hommes, sous la menace de ces mots à peine prononcés.

– Est-ce à dire que vous accusez Mme Leuter d'avoir tué cet homme et de lui avoir volé son argent ? demanda Klugen avec dureté.

– Je n'accuse personne. Si j'avais voulu l'accuser, j'aurais déposé une plainte en bonne et due forme auprès des autorités allemandes, répondit Silvano Colli, un peu âpre, pour qu'ils ne pensent pas pouvoir l'intimider. Je demande simplement à l'ingénieur Leuter de m'expliquer comment il se fait qu'elle ait dépensé en Italie deux cent mille lires quand elle n'en possédait que cent mille ?

Il s'assit et ajouta avec une certaine ironie :

– Naturellement, madame Leuter n'est pas obligée de répondre.

Le fait que même le *dottor* Klugen avait dit seulement « madame Leuter » au lieu de « madame Gertrude Leuter » fit comprendre à Gertrude que c'était plus grave que ce qu'elle pensait. Les policiers cessent de traiter avec courtoisie les gens qu'ils commencent à suspecter.

– En réalité, je préférerais ne pas répondre, dit-elle en affrontant courageusement ce moment pénible, avec une voix douce mais sans peur, il s'agit d'une histoire assez déplaisante, néanmoins je veux vous aider dans votre enquête. Un peu moins d'une semaine avant de partir de Lignano, après avoir donné tout mon argent à ce jeune homme, je n'avais plus rien pour finir mes vacances. Ne sachant que faire, je me suis adressée à un de mes concitoyens hambourgeois, avec lequel j'avais échangé quelques mots ; il résidait au Grand Hôtel Palace Pineta. Je lui ai expliqué la situation et il m'a prêté cent mille lires.

C'était une explication claire et convaincante. L'ange d'acier lui-même ne pouvait trouver à y redire.

– Vous pourriez me dire le nom de cet homme, lui demanda Silvano Colli.

– Bien sûr.

Gertrude sourit doucement, presque timidement, ce qui était rare chez elle.

– Toutefois, s'agissant d'un homme marié qui ne se trouvait là-bas que parce que sa femme était malade, il serait convenable de votre part de contrôler ma déclaration avec discrétion.

Elle observa l'ange d'acier qui inclina légèrement la tête en signe d'assentiment et continua :

– Il s'appelle Johannes Neumann ; il habite à Hambourg, 27 Albenstrasse. Je l'ai vu il y a quelques jours et lui ai restitué la somme qu'il m'avait prêtée.

Silvano Colli écrivit le nom et l'adresse sur sa fiche cartonnée et resta silencieux un instant, tandis que le *dottor* Klugen, comme pour montrer que l'interrogatoire durait un peu trop, commençait à tambouriner avec ses doigts sur le bureau.

– Nous avons presque fini, madame Leuter, dit Silvano Colli.

Seuls les mots étaient aimables ; le ton de sa voix était, lui, froid, vaguement hostile.

– Le renseignement que vous venez de me donner m'oblige à vous poser encore quelques questions. Du fait que vous soyez restée sans argent à la moitié du séjour à Lignano Pineta, je suis contraint de penser que vous n'avez pas toujours donné d'argent à ce Giovanni Masetta de votre propre volonté. En d'autres termes, est-il arrivé que, parfois, il vous ait demandé de l'argent en usant de violence et en vous menaçant ?

Gertrude baissa la tête.

– Hélas ! je suis obligée de l'admettre, murmura-t-elle, non pour moi, mais parce que ce jeune homme est mort si tragiquement ; c'est arrivé en effet deux fois.

– Qu'est-il arrivé précisément ?

Dans sa mémoire, Gertrude revit les scènes et les décrivit avec la minutie qu'ont les Allemands.

– La première fois, nous devions aller déjeuner

ensemble dans un petit restaurant. Je n'avais sur moi que cinq mille lires parce que je pensais que c'était largement suffisant et je les lui ai données. Alors, aussitôt, il a commencé à me dire que ce n'était pas assez, qu'un homme ne pouvait pas sortir avec si peu d'argent. Ces discours m'irritaient parce que c'était déjà assez déplaisant que ce soit moi qui lui donne de l'argent sans qu'il y ait besoin de rendre les choses plus difficiles encore avec ce genre de discussion. Je lui ai alors répondu, agacée, que je voulais qu'il me rende mon argent, puisque ça ne lui suffisait pas et que j'irais manger au camping avec mon amie hollandaise. Il m'a giflée et m'a bousculée. Je suis tombée et il m'a dit que je devais retourner immédiatement au camping pour y prendre de l'argent, sinon il me frapperait encore plus brutalement.

Gertrude fit une pause.

– Je ne craignais pas d'être frappée, j'aurais même pu me défendre si je l'avais voulu, mais je l'aimais bien et je souffrais de le voir si pauvre et si énervé. Je pensais que si un peu d'argent pouvait le rasséréner, cela ne valait pas la peine de le lui refuser. Je suis donc retournée au camping et ai pris cinq mille autres lires.

– Et la deuxième fois ?

– La seconde fois, nous étions allés danser. Il m'a accompagnée au camping parce qu'il habitait à côté, et lorsque nous nous sommes retrouvés seuls dans la pinède, il m'a dit qu'il devait rendre de l'argent à un ami et qu'il avait besoin de vingt mille lires. Je lui ai répondu que j'avais apporté peu d'argent d'Allemagne, que je lui avais donné tout ce que je pouvais et que je devais garder au moins l'argent de mon voyage de retour. Il s'est énervé et m'a dit que si le lendemain matin je ne lui donnais pas la somme qu'il demandait, il me balafrerait. C'était une de ses menaces récurrentes.

– Et qu'avez-vous fait le lendemain matin ?

– Je lui ai apporté l'argent.

Sa voix devint presque mélancolique.

– Quand il n'était pas en colère et violent, il était adorable ; j'aurais fait n'importe quoi pour le voir serein.

C'est à ce moment seulement que Silvano Colli posa la question la plus importante :

– Vous pouvez me dire ce que vous avez fait du 22 juin à neuf heures du soir jusqu'à l'aube du jour suivant ? Quand vous êtes partie de Lignano Pineta et êtes rentrée en Allemagne ?

– Bien sûr, je m'en souviens parfaitement.

À présent, elle devait faire attention à tout, pensa-t-elle, même aux virgules, ou elle aurait des ennuis.

– Les derniers jours, il était très nerveux. Il m'avait giflée et m'avait donné ce coup de pied, elle indiqua du regard la marque bleue qui apparaissait à travers ses collants. Il continuait à me demander de l'argent. Moi, je comprenais que j'avais commis une très grosse erreur en ayant sympathisé avec lui et qu'il valait mieux que je m'en aille. Aussi, le matin, lorsque nous nous sommes rencontrés, je lui ai dit que je partirai le lendemain. Mais il m'interdit catégoriquement de partir, il n'était pas en colère mais plutôt implorant. Il m'a dit que je lui avais fait perdre la tête, qu'il avait besoin de me voir encore quelques jours. Il m'a suppliée de rester et moi, naïvement, je l'avoue, je me suis sentie flattée et j'ai accepté de le voir ce soir-là, à neuf heures, en lui disant que je ne partirais peut-être pas. Je l'ai attendu jusqu'à dix heures. Nous avions rendez-vous comme d'habitude, sur la plage près du camping. En ne le voyant pas arriver, je me suis fâchée. Je suis un peu fantasque : je pouvais lui pardonner sa violence, mais pas qu'il manque un rendez-vous. Je suis donc allée dans un dancing, en espérant y trouver mon amie hollandaise qui est une habituée des lieux. Mais elle n'était pas là. J'ai dansé jusque vers une heure, et, quand je suis sortie, j'ai rencontré le concitoyen dont je vous ai parlé tout à l'heure.

– Johannes Neumann, précisa l'ange d'acier qui l'écoutait sans cesser de la fixer des yeux.

– Oui, répondit-elle en soutenant son regard – tout dépendait peut-être de sa capacité à soutenir son regard – il faisait très chaud ce soir-là, et il faisait un tour dans sa voiture décapotable à la recherche d'un peu de fraîcheur. Je suis montée et nous avons continué le tour ensemble.

– Longtemps ? demanda Silvano Colli.

Lui non plus, comme Alberto, comme tous les policiers, n'aimait pas les réponses vagues.

Mais l'ingénieur Gertrude Leuter, passionnée de précision, n'avait pas été imprécise par distraction ; c'était voulu. Elle regarda un moment vers les fenêtres ouvertes : le ciel était toujours aussi gris. Puis elle dit :

– Jusqu'à l'aube.

Telles furent ses seules paroles ; mais son ton de voix et son expression en dirent beaucoup plus, notamment qu'elle était très contrariée que Giannuzzo l'ait fait attendre inutilement et que par une réaction toute féminine, elle s'était vengée en sortant avec un autre homme.

Il était probable que, avec toutes ces histoires d'hommes, les deux policiers ne la considéreraient pas comme une sainte, mais ce n'était pas leur jugement qui l'inquiétait.

Silvano Colli se leva.

– J'ai terminé. Je vous remercie, dit-il à Gertrude. J'espère que votre déposition suffira et que je n'aurai plus à vous importuner.

Il s'adressa au *dottor* Klugen :

– Je vous suis reconnaissant, *dottor* Klugen, de votre collaboration.

Le *dottor* Klugen remercia à son tour Gertrude, lui serra la main et l'accompagna à la porte. Même si c'était une femme de petite vertu, c'était une belle fille. Il inclina une dernière fois la tête, non pas devant son peu de vertu, mais devant sa beauté.

Dix minutes plus tard, Silvano Colli sortait du bureau avec la bobine contenant la bande magnétique sur laquelle était enregistré l'interrogatoire.

Le matin suivant, la bobine, accompagnée d'une lettre, partait par avion et arrivait à Rome, au ministère de l'Intérieur, dans le bureau de Silvestro Loré. Là, son secrétaire en faisait une copie à l'aide d'un magnétophone, et remettait la copie et la lettre à un policier qui partit immédiatement à moto pour Latisana, où il arriva à cinq heures et demie de l'après-midi, dans la villa où se trouvait Alberto. C'était un après-midi très chaud, brûlant même. Alberto à moitié endormi défit le paquet contenant la bobine et lut la lettre de Silvano Colli.

26

Michela le surprit dans sa chambre en train d'écouter, pour la troisième fois, l'enregistrement de la déposition de Gertrude Leuter.

– Qu'est-ce que c'est que ça ? demanda-t-elle.

Elle ne comprenait pas l'allemand.

– Une histoire ennuyeuse, répondit Alberto en se levant.

Il était en débardeur, et en nage. Il s'aperçut tout de suite que Michela était malheureuse. Il arrêta le magnétophone et ajouta :

– Roberto n'est pas là ?

Michela sourit, un léger sourire de remords. Il ne le lui avait pas demandé avec cette intention, mais la vérité était qu'elle ne venait le voir qu'en l'absence de Roberto.

– Il est allé accompagner son père à Udine.

Elle eut de nouveau un sourire de remords qui lui demandait pardon.

– Avec cette chaleur, mon père dort encore, et moi je suis là à ne rien faire.

– Je vais m'occuper de toi, dit Alberto doucement.

Il ramassa sa chemise qui était sur le lit et l'enfila comme une veste.

– Je passe d'abord un coup de téléphone à l'étranger et puis après on court se baigner à Lignano. Ça te va ?

– Oh, oui ! merci.

Dans la petite voiture d'Alberto, Michela, avec son

sac de paille, contenant son maillot de bain et ses galoches, sur les genoux, restait silencieuse, l'expression un peu trop sereine.

– Il y a quelque chose qui ne va pas ? demanda Alberto, en se dirigeant vers Latisana.

Même sans la regarder, il la « sentait ». Il sentait l'aura de mélancolie, d'angoisse qui l'entourait.

Michela hésita un peu. Elle ne recourait à lui que lorsqu'elle en avait besoin. Durant les derniers jours, tout en habitant dans la même villa, elle ne lui avait adressé la parole qu'au cours des repas, lorsqu'ils étaient obligés de se rencontrer. Le reste du temps, elle était toujours en compagnie de Roberto. Mais elle avait trop confiance en lui et lui avait fait trop de confidences, et finit par lui dire :

– Oui.

Elle enleva ses lunettes de soleil et le regarda dans les yeux.

– Roberto continue à recevoir des coups de fil anonymes.

Il allait entrer à Latisana, mais subitement, il tourna à droite, prit une route ombragée et stoppa la voiture.

– Raconte, lui dit-il.

– Non, rien, mais tous les jours, à des heures toujours différentes, un homme lui téléphone, expliqua Michela.

Elle se mordait un peu les lèvres et, dès qu'elle s'en aperçut, elle cessa de le faire.

– Et il lui dit presque toujours la même chose.

– Quoi ?

– Qu'il vaut mieux qu'il parte, murmura-t-elle, de ne pas croire s'en être sorti aussi facilement, que la police continue à le surveiller, et que s'il ne s'enfuit pas, on l'arrêtera un jour ou l'autre.

Michela regarda de nouveau Alberto.

– Et tu sais comment fonctionne Roberto. Il s'était un peu calmé après l'interrogatoire, mais depuis ces coups de fil, il est de nouveau mal. Il est inquiet, même s'il veut me faire croire que ce n'est pas le cas, et je sais que si cet homme continue à lui téléphoner, il finira par ne plus pouvoir se contrôler.

Elle essayait de dissimuler son anxiété – et son amour – pour Roberto, en parlant avec calme, comme si elle ne craignait rien, alors qu'elle était pleine d'appréhension et de crainte pour l'avenir.

Alberto lui tendit la cigarette qu'il venait d'allumer pour qu'elle en tire une bouffée, mais elle fit signe que non avec un sourire. Alors, il se mit à la fumer, et dit :

– C'est curieux.

Il hocha la tête.

– C'est vraiment curieux. Je peux demander au brigadier Varnicaro de mettre son téléphone sur écoute, j'allais justement le trouver.

Il réfléchissait intensément en regardant la braise de sa cigarette, puis il leva la tête et lui sourit :

– Mais je crois savoir qui passe ces appels.

Il continuait à réfléchir, à suivre le fil logique de son raisonnement, avec la minutie de l'horloger qui fouine à l'intérieur du mécanisme d'une petite montre et qui sent où est le problème qui l'a arrêtée.

– Oui, je crois vraiment savoir qui c'est, répéta-t-il.

– Comment ça ?

Il lui adressa un sourire fraternel et amusé, comme par obligation.

– Écoute-moi ma petite Mimi, lui dit-il avec décontraction, en lui mettant le bras autour des épaules.

– Cette histoire de coups de fil anonymes vient de me faire tout comprendre. Je t'explique : que faisait Roberto quand il avait peur d'être inculpé du meurtre de Giannuzzo ? Il courait rejoindre Irene Prasin, l'allumeuse.

En la voyant rougir, moqueur, il insista sur sa description :

– La fée aux cheveux très, très longs, tu ne l'as jamais vue, toi ?

En souriant, quoique embarrassée, elle fit signe que non ; alors il continua :

– Une fille très belle, même s'il lui manque la finesse, et rusée. Irene utilisait en fait la peur qu'éprouvait Roberto, la ravivait, et le poussait à s'enfuir. Bien entendu, le but était qu'elle fuie avec lui et qu'elle l'épouse. Mais Roberto a été convoqué et interrogé par le brigadier Varnicaro, et il a compris qu'il n'avait plus rien à craindre et qu'il n'avait donc plus besoin d'aller chez l'allumeuse. Irene Prasin, furieuse, apprend en outre qu'il fréquente une autre femme, toi, et alors que fait-elle ? Elle lui fait passer des appels anonymes pour qu'il ait de nouveau peur et revienne ainsi vers elle, pour qu'il ait de nouveau envie de s'enfuir avec elle. Personne d'autre n'a d'intérêt à passer ces coups de téléphone pour faire peur à Roberto.

Malgré l'ombre des arbres, la chaleur était brûlante et la campagne devant eux, embrasée par le soleil, irradiait du feu.

– Quand il se passe quelque chose, tu dois te demander : à qui cela peut-il profiter ? Effrayer Roberto pour le faire fuir ne peut servir qu'à Irene Prasin. Maintenant, calme-toi et dis à Roberto de lui rire au nez quand le type l'appellera.

C'était un raisonnement si clair et si direct qu'il semblait presque banal, mais c'est justement pour cela que Michela sentit qu'il était fin et convaincant ; elle fut pleine de gratitude pour Alberto.

– Nous avons autre chose en tête, le brigadier et moi, dit-il en redémarrant et en la raillant tendrement du regard. Cette histoire est une véritable mélasse et le brigadier pâlit à chaque fois qu'il prend le dossier de cette affaire. Si tu veux, je te la raconterai.

Il la lui narra plus tard, après être passé voir le brigadier et, de son bureau, avoir téléphoné à Silvano Colli, à Hambourg. Il la lui raconta sur la plage, à Lignano Pineta, après un bain, elle dans un maillot une pièce bleu, très strict, avec une esquisse de manche qui lui donnait l'apparence d'une grande enfant vêtue pour la plage par une mère trop sévère ; lui avec un caleçon noir, vieux de plusieurs années, ce devait être le même qu'il portait lorsqu'ils se baignaient à Riccione et qu'ils étaient alors plus que des copains. Il la lui raconta sous le soleil qui déclinait dans leur dos, derrière la pinède. Ils étaient à l'endroit exact où Giannuzzo Masetta avait été tué ; Alberto y avait posé un autre coquillage et lui avait dit que c'était là qu'avait été retrouvé le corps du jeune Sicilien, le 23 juin à l'aube.

– Voilà ce qu'il en est, lui dit-il en dessinant avec son doigt de curieux gribouillis sur le sable. Là autour, dans un rayon de deux kilomètres, il y avait beaucoup de gens qui avaient chacun un motif de vouloir tuer Giannuzzo. D'abord deux Siciliens : un petit gangster format de poche qui s'appelait Salvatore Stavardone, et son digne compère dont le surnom veut tout dire : le Galeux. Stavardone avait prêté de l'argent à Giannuzzo, un bon paquet, non par générosité, mais parce qu'il voulait compromettre sa sœur, Maruzza, et l'expédier à des amis aux États-Unis. Giannuzzo a pris l'argent et, ne pouvant le rendre, s'est enfui dans le Nord. Maruzza, elle, n'avait aucune envie d'aller en Amérique. Un tel affront n'était pas admissible pour quelqu'un comme Stavardone, et il est venu ici, lui aussi, dans l'intention précise d'éliminer Giannuzzo. Nous savons que Stavardone est descendu dans un hôtel de Venise le 18 juin, et que la nuit du 22 au 23, il n'y a pas dormi : il était très probablement sur cette plage avec son complice pour tuer Giannuzzo.

À cette heure-là, la plage commençait de se vider ; les Allemands se dirigeaient avec leurs fagots vers le camping et les Italiens regagnaient leur voiture garée sur la route pour se rendre rapidement dans les bars de Lignano Pineta ou pour se mettre sur leur trente et un pour le dîner.

Alberto passa une cigarette allumée à Michela qui en aspira une bouffée puis la lui rendit. Cette fois-ci, elle ne l'avait pas tachée de rouge.

– Hélas ! on ne peut plus interroger Stavardone, ni l'arrêter. Il a sans doute été tué par un ami de Giannuzzo, qui a voulu le venger. Un certain Giuliano Pappalettera, qui a pris la fuite avec la sœur de Giannuzzo. Ce sera difficile de les retrouver, parce qu'ils sont habitués à fuir et à se cacher, et qu'ils connaissent bien la police. Ils passeront la frontière clandestinement et iront se perdre en France ou en Belgique, voire en Allemagne. Pour les retrouver, il faudrait toute une équipe d'enquêteurs : impossible.

Alberto effaça avec la paume de la main les gribouillis qu'il avait dessinés et jeta un coup d'œil vers la mer qui devenait de plus en plus céruléenne, puis vers la pinède, encore enveloppée par les flammes du soleil couchant, mais sans regarder Michela dans son maillot de bain bleu, qui lui rappelait terriblement lorsqu'ils étaient sur la plage de Riccione et quand vers le crépuscule, comme à cet instant, ils parlaient et jouaient et, parfois, si Silvestro Loré était loin, s'embrassaient.

– Ensuite, continua-t-il, durant la nuit où Giannuzzo a été tué, il y avait aux alentours une Allemande qui avait, elle aussi, de la rancœur à son égard. Une ingénieur, Gertrude Leuter, qui était venue ici pour passer ses vacances et y trouver le grand amour. Mais Giannuzzo, même si pour cette jeune Allemande il était charmant, voire irrésistible, était violent et voulait beaucoup d'argent. Il la frappait, la rouait de coups de pied et la menaçait de la balafrer si elle ne lui en donnait pas. Il se peut que la nuit du 22 juin, Giannuzzo et l'Allemande se soient retrouvés sur la plage, qu'il ait été violent, qu'il l'ait menacée une nouvelle fois avec son couteau et qu'elle, épouvantée, lui ait arraché son arme des mains et l'ait tué en légitime défense. C'est d'ailleurs très suspect que cette femme soit rentrée dans son pays juste quelques heures après la mort de Giannuzzo. Je l'ai fait interroger à Hambourg par un de mes collègues d'Interpol, mais elle a évidemment dit qu'elle ignorait qu'il était mort lorsqu'elle est partie, et que durant l'heure où il a été assassiné, elle se trouvait en compagnie d'un homme marié ; et voilà comment tout se complique ! Je viens de téléphoner à Hambourg et j'ai mis sur pied un plan pour voir un peu plus clair dans ce que nous a raconté cette femme... Tu veux savoir ?

Il s'interrompit en voyant que Michela regardait fixement la mer, comme si elle ne l'écoutait pas.

Elle se tourna en souriant.

– Écoute Al, j'ai commencé à entendre ce genre d'histoires avant même d'aller à l'école. C'est familier pour moi, tout cela.

Ils sourirent tous les deux. Michela sentait qu'il lui expliquait ces histoires pour la tranquilliser à l'égard de Roberto. Sa générosité envers elle avait toujours été délicate : nul cadeau, aucun geste banal et futile, mais toujours des attentions subtiles et profondes à son endroit. Cette nuance montrait à Michela comme il était attaché et attentionné chaque fois qu'elle avait besoin de soutien.

À présent encore, il essayait de l'aider.

– Écoute mon plan, comme il est beau. J'ai demandé à mon collègue de Hambourg de dire à cette Allemande que j'aurais besoin qu'elle vienne en Italie pour l'interroger personnellement ; si elle refuse, pour l'obliger à venir, il faudra lui faire comprendre que nous pouvons l'inculper officiellement pour homicide. Maintenant, essaie de comprendre ce qui peut se passer : si elle a tué Giannuzzo, elle se gardera bien de venir en Italie parce que tôt ou tard on lui fera admettre la vérité. En revanche, si elle est innocente, plutôt que d'être accusée d'homicide, elle viendra en Italie pour prouver son innocence.

– Elle pourrait être coupable et venir quand même, pour faire croire qu'elle est innocente, dit Michela.

– Ce serait un jeu trop dangereux. Si elle est coupable, tant qu'elle reste en Allemagne, elle est protégée. Pour obtenir son extradition, il nous faudrait avoir les preuves de sa culpabilité ; or nous n'avons aucune preuve, seulement des doutes qui ne suffiront pas à la traîner devant un tribunal italien.

À présent, la lumière du ciel, sans soleil mais très clair, était douce et mélancolique. Sur la plage étaient restés quelques jeunes qui en jouant criaient comme des hirondelles. Sur la mer, un dernier pédalo, immobile sur l'eau calme, tardait à regagner la rive.

– Et il y a aussi Roberto, il lui fit un grand sourire pour qu'elle ne s'angoisse pas. Lui aussi était dans les parages, ce soir-là, mais si ç'avait été lui, Dieu sait où il aurait fui, quand tu penses qu'il voulait prendre la fuite pour la simple raison qu'il avait peur qu'on l'accuse ; et il serait bien capable de s'enfuir encore maintenant, simplement parce qu'une jeune imbécile lui fait passer des appels anonymes pour l'effrayer. Il y en a beaucoup, des types comme Roberto. Nous autres policiers, nous les connaissons ; même le plus fruste de nos agents les laisse tomber tout de suite parce que leur angoisse ne fait que brouiller les pistes.

Alberto se fit plus sérieux et ajouta sans la regarder :

– Je voudrais que tu lui dises tout cela, à Roberto, pour qu'il garde son calme. Son bonheur ne me préoccupe guère, je te le dis sincèrement, il la railla de nouveau du regard, mais s'il n'est pas bien, tu n'es pas bien toi non plus.

Il s'allongea sur le sable, regarda le ciel d'une couleur neutre, comme de verre, qui s'obscurcissait très lentement.

– Vous êtes bien ensemble, vous vous aimez, alors ne perdez pas votre temps en tracas inutiles.

Il prit un ton plus jovial :

– Tu sais, la vie est courte... et justement parce qu'elle est courte, abrégeons cette histoire : je t'emmène manger sur le ponton, dans la lagune de Marano.

Il se leva d'un coup.

– Le dernier qui était ici, cette nuit-là, c'est le père de l'allumeuse, Romeo Prasin.

Il plaisantait, parce qu'il voyait que Michela était encore émue par ce qu'il venait de lui dire, et il lui caressa le visage, comme pour la faire rire ; ce qu'elle fit.

– Notre Romeo a déjà fait dix ans de prison, il sait donc comment s'y prendre pour tuer quelqu'un. Ce soir-là, il travaillait dans les environs. Mais le pire, c'est qu'il a un alibi précis, bien qu'élastique : il travaillait dans un magasin, mais sortait de temps en temps pour boire ou pour d'autres raisons. Il est possible que, durant une de ses sorties, il soit venu jusque sur la plage, là où l'on a retrouvé Giannuzzo, et l'ait tué. Ce n'est pas impossible, mais c'est difficile à prouver. Il avait, lui aussi, une bonne raison de vouloir se défaire du Sicilien : une fois celui-ci liquidé, sa fille aurait été libre de manœuvrer avec Roberto. Tant que Giannuzzo menaçait Roberto pour qu'il épouse Maruzza, Irene avait la route barrée. Néanmoins il y a un point qui ne me plaît pas : Romeo Prasin est un criminel banal, un type qui tue sans plan précis et qui se cache après. Or, s'il a tué Giannuzzo, et qu'ensuite, avec l'aide de sa fille, il fait peur à Roberto en lui faisant croire que la police le suspecte, c'est un plan trop intelligent pour un assassin aussi rustre que lui. Notre Romeo est malin, mais pas intelligent… Oh ! ma pauvre chérie, tu as la chair de poule, lui dit-il en lui passant une main sur le bras, mes paroles ne te réchauffent pas assez.

– Imbécile, fit-elle, pleine de bonheur.

– Allons nous habiller, dit-il en se levant.

Lorsqu'il fut debout, il regarda à ses pieds le coquillage qui marquait l'endroit où Giannuzzo avait été retrouvé.

– Si j'étais un grain de sable, un de ceux-ci, il se pencha et prit une poignée de sable qu'il lui montra, je saurais qui a tué Giannuzzo.

Il pensait intensément. Il était certes devenu policier pour faire plaisir à sa mère et parce qu'il faut bien faire quelque chose dans la vie, mais c'est un métier qu'il aimait. Il avait compris que l'arme la plus puissante d'un policier était de penser que les mystères les plus enchevêtrés pouvaient se résoudre simplement en réfléchissant. Et à présent, il suivait intensément une pensée qui l'avait saisi :

– Le sable sait qui est l'assassin…

– Essaie de l'interroger, le railla-t-elle, rieuse, à genoux devant lui.

D'un geste rapide, mais délicat, il lui renversa sur les cheveux le sable qu'il tenait dans le creux de la main.

– Imbécile, imbécile, imbécile, cria-t-elle en se levant et en feignant d'être furieuse tandis qu'elle se secouait la tête avec les mains pour chasser le sable de ses cheveux, puis après un court instant, elle se pencha, ramassa à son tour une poignée de sable et la lança sur Alberto.

– La guerre est déclarée, riposta-t-il, comme à Riccione quand ils jouaient au même jeu.

Il se mit à genoux et commença de lui jeter du sable. Michela l'avait prévu et, s'écartant, avait évité le jet et avait, elle aussi ramassé du sable. Le jeu était qu'Alberto reste immobile au même endroit pendant qu'elle lui tournait autour. À présent, ils étaient presque seuls sur la plage, à part deux ou trois gamins qui chahutaient plus loin. Si elle parvenait à le toucher dans les yeux, elle gagnait. Mais cette fois le jeu ne dura pas longtemps : Alberto sentait en lui le poids des souvenirs de Riccione. Comme il avait été stupide, pensa-t-il, durant toutes ces années, quand Michela lui était acquise et qu'il hésitait, croyant être trop jeune et étant davantage préoccupé par sa carrière et par sa mère qu'il ne pouvait pas quitter ; et voilà, maintenant, il avait perdu Michela, même si elle jouait comme autrefois. Il ne résista plus et, tout en feignant de se protéger, il se laissa toucher aux yeux.

– C'est toi qui as gagné, petite girafe, lui dit-il tandis qu'il enlevait le sable de ses yeux.

Il était content de rester quelques instants les yeux fermés : ainsi il ne la verrait pas dans son maillot bleu, lui tourner autour, proche mais inaccessible ; inaccessible parce qu'à un autre.

– Je t'ai fait mal ? l'entendit-il dire avec sollicitude. J'ai lancé un peu fort.

Elle était à genoux devant lui, également à genoux, et elle lui posa une main sur l'épaule pour le regarder de plus près.

Quand il ouvrit les yeux, il la vit, légèrement rouge. Elle était vraiment trop près, si près que le souffle de sa respiration lui passait sur le visage comme une caresse, si près dans son maillot bleu que pendant un instant il eut peur de ne pouvoir se contrôler, de l'embrasser tout d'un coup, et cela aurait été triste parce qu'elle n'avait pas la tête à ça. Il se leva rapidement et sourit, faisant un grand effort sur lui-même.

– Allons dîner, Mimi, lui proposa-t-il.

Toute la soirée avec elle, ça allait être long. C'est long de rester de nombreuses heures avec une femme amoureuse d'un autre. Mais il devait lui tenir compagnie jusqu'à ce que Roberto rentre, et lui parler et la distraire, tout en sachant qu'elle, en l'écoutant, en lui parlant, en lui souriant, penserait à Roberto. Cette soirée allait être longue, très longue.

27

Un matin pluvieux, Gertrude Leuter arriva avec ponctualité à Latisana. Alberto, qui l'attendait, reconnut tout de suite la jeune femme en tailleur gris, en jupe courte, sans chapeau, sans gants et avec un gros sac de cuir jaune.

Le fait que Gertrude accepte de revenir en Italie pour y être interrogée l'avait déjà un peu étonné. Mais sa surprise avait été plus grande encore quand elle avait fait savoir qu'elle partait sur-le-champ. Et voilà, maintenant, elle était là.

Elle n'était pas seule. Derrière elle, il y avait un homme avec une petite valise qu'il posa vite à terre, dès qu'il fut descendu du train, et qui resta à côté d'elle, droit comme un I. Ils jetaient un regard froid autour d'eux, avec une vague arrogance. Alberto s'approcha des deux étrangers. Il leur parla en allemand. Il ne prit pas la peine de lui demander si elle était bien Gertrude Leuter, parce que c'était comme si elle avait une pancarte sur la poitrine avec son nom écrit dessus. Ce ne pouvait être qu'une Allemande, au milieu de la foule des voyageurs italiens distraits et bruyants.

– Je vous remercie d'être venue. Je suis Alberto Missaglia, d'Interpol.

Ils le regardèrent fixement tous les deux sans aucune expression et sans un sourire. Gertrude présenta son compagnon :

– Ludwig Raunge, avocat.

Puis elle précisa :

– Il n'est pas là comme avocat, mais en tant qu'ami.

Alberto serra aussi la main de l'avocat. Il savait qu'avec ces gens, on ne sourit pas pendant les présentations, mais on se regarde droit dans les yeux, comme pour se photographier. Puis, un porteur arriva et il fit porter leur valise à la voiture qu'il avait rangée devant la gare.

– Avant de vous accompagner chez le brigadier Varnicaro qui est en charge de l'enquête, dit-il à Gertrude Leuter en la guidant vers la sortie, j'aimerais vous parler. Je crois que ça pourrait vous être utile.

Gertrude s'arrêta sous la marquise pour regarder le crachin. Puis elle observa un moment Ludwig, qui avait entendu, lui aussi, les paroles d'Alberto et qui lui fit un signe d'approbation.

– Comme vous voudrez, monsieur Missaglia.

Même son visage était sans expression, ce qu'on aurait pu prendre pour du mépris. Mais ce n'était pas ça. Alberto avait travaillé en Allemagne et savait que c'était seulement leur air sérieux. Un Allemand sérieux est rigide, dur et inexpressif comme un tank à l'arrêt.

– Je peux vous conduire à un hôtel, dit-il en indiquant son auto, puis nous pourrons nous donner un rendez-vous pour parler.

Le compagnon de l'Allemande intervint à cet instant ; ses yeux gris sous ses cils blonds étaient immobiles comme dans un portrait.

– Merci beaucoup, monsieur Missaglia, mais nous n'avons pas l'intention de séjourner longtemps. Nous sommes ici uniquement pour cet entretien, ou cet interrogatoire si vous préférez, ensuite nous rentrons directement en Allemagne.

– Bien, fit Alberto.

Il repensa à ce que lui avait dit Michela : l'Allemande pouvait avoir accepté d'être interrogée en Italie tout en étant coupable. Si c'était ainsi, c'était une joueuse, car elle risquait de finir en prison. Le brigadier Varnicaro s'énervait avec l'histoire de ce Giannuzzo et cherchait à arrêter quelqu'un. Il le lui avait avoué la veille : « Il faut revenir à l'ancien système : il faut les mettre en taule et les interroger après une nuit passée au poste. Vous verrez s'ils ne parleront pas. » Il n'avait pas spécifié qui devait être arrêté, mais l'interrogatoire de Gertrude Leuter, enregistré sur bande magnétique, qu'Alberto lui avait traduit, l'avait beaucoup frappé.

Il conduisit donc Gertrude Leuter et son ami dans un café situé sur la grande allée qui donne sur la plage. Après toutes ces journées de soleil et de chaleur, cette nuit-là, il s'était mis à pleuvoir, doucement, mais avec obstination. Le ciel, d'un gris foncé, donnait l'impression qu'il ne cesserait jamais de pleuvoir, qu'il pleuvrait Dieu sait jusqu'à quand, que l'été était peut-être déjà terminé alors qu'il venait tout juste de commencer. Désorientés par cette pluie imprévue et par l'air frais, les vacanciers étaient restés dans leur hôtel ; la plage était complètement déserte, sans parasols, sans couleurs, sans pédalos blancs sur la mer.

Le café aussi était vide. C'était une espèce de grande cahute ouverte de toutes parts et abritée seulement par des baies en verre, que les fines gouttes de pluie opacifiaient. La lumière y était allumée, tellement il faisait sombre, et les jeunes serveuses chuchotaient entre elles, derrière le comptoir, pour passer le temps.

Comme dans une comédie, Gertrude et son ami s'assirent à une table d'angle loin du comptoir, rigides et protocolaires, puis attendirent. Nul ne dit mot jusqu'à l'arrivée des consommations : deux *cappuccini* pour eux et un *bitter* pour Alberto.

– Je ne vais pas vous faire perdre votre temps, madame Gertrude Leuter.

Il leur offrit une cigarette, mais naturellement ils la refusèrent. Ces gens-là, ça ne fume pas !

– Cet entretien n'a rien d'officiel, le véritable interrogatoire sera effectué par le brigadier Varnicaro. Mais, comme je vous l'ai déjà dit, je pense que cette conversation vous sera utile.

Gertrude le regarda avec courtoisie, une courtoisie froide.

– Je ne comprends pas pourquoi je devrais subir deux interrogatoires au lieu d'un. Si vous n'êtes pas autorisé officiellement à m'interroger, je ne vois pas pourquoi nous devrions rester ici à parler avec vous. Emmenez-moi vers la personne qui est en droit de me poser des questions.

Sous sa voix courtoise, ses propos avaient été plutôt cassants. C'était justement ce qu'avait voulu Alberto : après ces paroles, il avait le droit de réagir. Et il réagit dans le même style que l'Allemande, avec un ton courtois mais avec fermeté :

– Il vaut mieux que vous parliez d'abord avec moi et ensuite seulement avec le brigadier, pour la simple raison que, lors de l'interrogatoire qu'un de mes collègues vous a fait subir à Hambourg, vous avez menti, ou du moins vous avez caché des faits importants. Je voulais m'entretenir d'abord avec vous pour vous conseiller de dire toute la vérité, parce que si vous continuez à mentir au brigadier Varnicaro, vous risquez d'être arrêtée et personne ne sera en mesure de dire quand vous serez remise en liberté.

Alberto savait que le mot « mentir » était lourd de

sens pour une Allemande. Au demeurant, il n'était pas certain que Gertrude Leuter n'ait pas dit la vérité : c'était plus une sensation qu'il avait éprouvée en écoutant et réécoutant l'enregistrement de l'interrogatoire. En revanche, si elle avait menti, le lui dire en ces termes – aggravés par le verbe « arrêter » – devrait la faire réfléchir.

Les deux Allemands, toutefois, demeurèrent de marbre, pareils à des figures peintes sur une toile, expressives peut-être, mais immobiles. Gertrude finit par dire :

– Je n'ai pas parlé de certains détails peut-être importants, mais je n'ai pas menti. Et je suis justement venue en Italie pour compléter ma déposition.

Alberto la remercia d'un signe de tête, et cacha sa satisfaction : il avait gagné la première manche. Il commençait d'admirer Gertrude Leuter : ce devait être une femme rigoureuse et rationnelle comme un manuel de mathématiques. Elle savait prendre des risques, et avec le plus grand sang-froid.

– Alors, il n'est pas nécessaire que je vous pose certaines questions, lui dit-il, avec une courtoisie cette fois-ci sincère.

L'ami de Gertrude alluma une cigarette. Il semblait absent et détaché de tout cela, mais il n'avait plus l'air froid de tout à l'heure. Gertrude aussi l'avait perdu.

– En effet, acquiesça-t-elle, je crois que nous irons plus vite si je vous raconte tout sans que vous me posiez toutes vos questions.

Elle était immobile, une main à plat sur la petite table, l'autre abandonnée sur son ventre ; elle parla sans jamais faire le moindre mouvement.

– J'ai dit que le soir de la mort de Giannuzzo, j'avais rendez-vous avec lui à neuf heures, sur la plage. Et ça, c'est vrai. J'ai précisé que je l'ai attendu inutilement jusqu'à dix heures, et ça aussi, c'est exact ; qu'ensuite, en colère, j'ai cherché de quelle façon je pouvais passer la soirée, que j'ai rencontré un de mes concitoyens et que je suis restée avec lui jusqu'à l'aube.

Elle ne se retourna même pas pour regarder Ludwig, lequel ne cilla pas devant cette nouvelle de nature à lui déplaire.

– Tout cela est vrai.

Tranquillement, son regard fixa les yeux d'Alberto.

– Et puis il y a un détail que je n'ai pas dit parce que j'ai été prise par la peur.

Elle bougea enfin sa main qui était sur la petite table, pour déplacer un peu la tasse de *cappuccino*.

– Après avoir laissé mon ami, vers l'aube, je suis allée sur la plage. J'avais décidé de partir et je voulais revoir la mer.

Tandis qu'elle racontait, elle pensa comme si elle parlait à Ludwig : « Je ne suis pas amoureuse des hommes de ce pays, mais de leur terre, de leur mer. Quand je suis avec eux, c'est comme si j'étais un peu avec leur mer, mais ça, je ne pourrai jamais le dire à personne, parce que personne ne me croirait. Les gens ne croient pas ces choses-là, et toi non plus, Ludwig. Les gens pensent seulement que nous sommes des filles qui cherchons des mâles, c'est donc inutile d'essayer de le leur expliquer. » Puis elle répéta, en regardant Alberto droit dans les yeux :

– Je voulais revoir la mer, mais quand je suis arrivée sur la plage, j'ai vu de loin un homme étendu sur le sable. J'ai pensé qu'il dormait et je ne me suis pas approchée tout de suite, puis j'ai cru reconnaître Giannuzzo.

Elle prononçait Janùs, parce qu'elle parlait en

allemand, et que c'était plus facile pour elle de prononcer ainsi ce nom qui lui était si étranger.

– Je voyais ses cheveux noirs, luisants de brillantine, la forme de sa tête, et je me suis approchée. J'ai pensé qu'il était peut-être arrivé en retard au rendez-vous et que, ne m'ayant pas trouvée, il m'avait rageusement attendue et puis s'était endormi. Mais une fois arrivée à sa hauteur, j'ai compris ce qui s'était passé. Je me suis agenouillée à côté de lui, mais sans espoir, parce que ça se voyait qu'il était mort depuis plusieurs heures.

Entra, à cet instant, une petite troupe de touristes indigènes qui venaient de descendre d'une Fiat 1800, dont le toit était chargé de bagages et que l'on voyait dehors, sur la grand-route. Ils avaient de gros pull-overs gris fumé, très élégants sur des pantalons bleus si étroits aux jambes que l'on devinait presque la forme de leurs mollets. Une jeune femme était, elle, encore en tenue de soirée, avec une énorme échancrure bronzée ; on aurait dit une Noire. Ils parlaient un italien parfait, mais Alberto comprit immédiatement que c'était des Milanais, d'une part au ton et au débit de leur voix ; d'autre part par la façon dont ils racontaient comment ils étaient partis à l'aube de Milan après une « soirée de merde » – comme ils disaient – chez l'un d'entre eux. Ils commandèrent des *bitter* et firent presque un scandale parce qu'il n'y avait pas d'eau de Seltz ; les Milanais souffrent sans eau de Seltz dans leur *bitter !*

Gertrude baissa la voix :

– Je me suis agenouillée sur le sable, pour mieux le voir et j'ai pris peur. Une peur terrible et irraisonnée.

Normal, pensa Alberto, que voir un homme poignardé l'ait effrayée. Gertrude Leuter comprit sa pensée.

– Ce n'est pas de lui que j'ai eu peur, il était mort, précisa-t-elle.

À présent, ses yeux immobiles de portrait s'étaient figés sur un point très loin de là, sur ce souvenir qui la brûlait encore.

– J'ai commencé à voir des morts, beaucoup de morts, quand j'étais petite, pendant la guerre. Notre quartier a été entièrement bombardé, maison après maison, y compris celle de ma famille, et lorsque nous sortions du refuge, il y avait des morts partout. J'ai vu des gens tuer aussi : quand les prisonniers employés à l'évacuation des gravats tentaient de s'enfuir pendant les alertes, les gendarmes les mitraillaient et je les ai vus sauter en l'air sous les balles. Ce n'est donc pas d'avoir vu Giannuzzo mort qui m'a effrayée. Cela m'a fait mal, profondément mal.

Elle parlait sans se préoccuper de ce que Ludwig l'écoutait.

– Je le connaissais, je savais qu'il avait des défauts terribles, mais que ce n'était au fond qu'un enfant sans éducation, qui avait grandi tel un sauvageon, et c'est très douloureux de voir mort un enfant. Mais ce n'est pas ça qui m'a fait peur ; non, ce n'est pas ça.

Elle avait scandé, en allemand : « non, ce n'est pas ça », comme si elle voulait faire comprendre qu'à ce moment-là, elle aimait Giannuzzo même s'il était mort, et peut-être faisait-elle plus que l'aimer, et l'on n'a pas peur d'une personne qu'on aime.

Les Milanais étaient en train de sortir bruyamment et dès que leurs voix se furent éteintes, Alberto demanda :

– Qu'est-ce qui vous a fait peur ?

– Il y avait un mot écrit sur le sable, répondit Gertrude Leuter.

Puis elle fit une chose étrange : elle mouilla son doigt

dans la tasse du *cappuccino* et commença d'écrire quelque chose sur la table.

– Un mot dans ma langue, en allemand, et écrit en gothique : comme cela.

Alberto avait déjà vu ce mot écrit dans la graphie gothique pointue et flamboyante. Il resta immobile, ainsi qu'il l'avait été jusqu'à présent, comme s'il n'éprouvait aucune impression.

– Je ne sais pas pourquoi, ce sont des choses qui ne peuvent s'expliquer, Gertrude Leuter serra sa main en forme de poing sur la table, mais ce mot m'a terrorisée. S'il avait été écrit en italien, je n'y aurais peut-être même pas fait attention, beaucoup de gens écrivent un tas de choses sur le sable, dessinent un cœur transpercé par une flèche ou un visage humain. Mais ce mot était écrit dans ma langue et en gothique ; seul un Allemand avait pu l'écrire et je suis allemande. Je me suis mise alors à penser à quelque chose de mystérieux et ma terreur grandissait parce que je pensais qu'on m'accuserait de ce meurtre. La police lirait ce mot à côté du corps de Giannuzzo et se dirait : « C'est un Allemand qui l'a tué. » Elle découvrirait ensuite que j'étais une de ses amies, qu'il m'avait frappée, extorquée de l'argent, menacée de me balafrer et conclurait : « C'est elle qui l'a tué pour se venger ou parce qu'il voulait encore la frapper… »

Elle ne ressemblait plus à un portrait maintenant, même si elle restait droite comme une statue et qu'elle parlait à voix basse. Elle devait trembler intérieurement ; sa main, fermée en forme de poing sur la table, près du mot qu'elle avait écrit, qui, en séchant, s'effaçait lentement, semblait de temps en temps vouloir se lever puis se baisser, pour taper sur la table et décharger ainsi la tension nerveuse que ce souvenir avait fait naître. Même Ludwig s'en aperçut et il posa sa grande main sur son bras.

– Non, ma chérie, non, je t'en prie, lui murmura-t-il dans un allemand tendre et doux.

Alberto ne se laissa pas impressionner. Il dit avec courtoisie, mais avec fermeté :

– Peut-être n'avez-vous pas confiance en la police italienne, mais votre peur, franchement, est déraisonnable. Même si nous avions trouvé ce mot écrit sur le sable, il aurait été puéril de notre part de penser que l'assassin de Giannuzzo était allemand et qu'après l'avoir tué, il aurait écrit ce mot pour se faire reconnaître. Je ne comprends pas qu'une personne aussi objective et aussi rationnelle que vous ait pu être impressionnée à ce point par un mot écrit sur le sable.

En fait, il le comprenait parfaitement. Il voulait simplement que Gertrude, exaspérée, réagisse, pour être sûr que sa déposition était vraiment sincère et qu'elle ne cachait rien d'autre. Mais le souvenir devait être très douloureux, car elle ne réagit pas.

– Peut-être ne le comprenez-vous pas, dit-elle comme un peu fatiguée, mais je vous ai dit la vérité. J'étais tellement effrayée que sans m'en apercevoir j'avais effacé le mot avec ma main, et quand le sable a été de nouveau lisse, je me suis sentie un peu mieux. Ensuite, j'ai vu qu'à quelques pas, il y avait un couteau qui devait être celui avec lequel Giannuzzo avait été tué. J'étais toujours envahie par l'idée qu'on m'accuserait de ce crime, je l'ai donc pris, suis entrée dans l'eau et l'ai jeté dans la mer, le plus loin possible.

Alberto regarda sur la petite table. Le mot que Gertrude Leuter avait écrit avait complètement séché ; mais les marques créaient une trace opaque sur la table brillante et en regardant à contre-jour, on arrivait encore à le lire.

– Excusez ce détail peu plaisant, madame Leuter, mais essayez de vous souvenir et de me répondre clairement : le couteau que vous avez jeté dans l'eau était-il taché de sang ?

Une ride se dessina sur le front de Gertrude Leuter comme elle essayait de se souvenir. Elle dit nettement :

– Non. Il était propre. Je le revois distinctement, comme s'il était devant moi maintenant : oui, il était parfaitement propre.

Alberto acquiesça. C'était tout à fait logique : le couteau *devait être propre*. Il fit la grimace, son visage s'était durci, devenant méchant ; maintenant c'est sûr que la nymphette du juke-box trouverait qu'il ressemblait à Eddie Constantine. Il se pencha légèrement vers Gertrude :

– Une dernière question, par principe, et ce sera tout : Giannuzzo, au moment où il a été tué, avait en poche plus de cent mille lires qui n'ont pas été retrouvées. Naturellement, ce n'est pas vous qui les lui avez prises, inutile de me le préciser, mais au cas où, pour une raison quelconque, vous les lui auriez prises, vous pouvez me l'avouer sincèrement, je ne dirai rien ni au brigadier Varnicaro, ni à personne d'autre. Vous pouvez me faire confiance, je vous donne ma parole. Je veux seulement savoir qui a pris cet argent, mais pas pour le poursuivre.

Gertrude Leuter lui sourit, un sourire sincère, comme à un enfant qui lui aurait posé une question impertinente.

– Vous savez très bien que je n'aurais pas pu prendre de l'argent à un mort.

C'était évident, et Alberto se sentit ridicule d'avoir

posé cette question, mais son métier était impitoyable, et il devait se méfier des évidences, car il y a toujours quelque chose caché derrière.

– Excusez-moi, lui dit-il avec sincérité. Et qu'avez-vous fait après avoir jeté le couteau ?

– Rien. Ce que j'ai dit quand on m'a interrogée à Hambourg. J'avais peur, même si, cela, je ne l'ai pas spécifié, et je suis rentrée tout de suite au camping. J'avais déjà payé ma note la veille au soir et j'ai compris que ce détail augmenterait la suspicion à mon égard : ça pouvait laisser supposer que j'avais prémédité d'assassiner Giannuzzo et que j'avais payé ma note pour pouvoir m'enfuir tout de suite après l'avoir tué. J'ai pris le peu d'affaires que j'avais et je suis allée attendre l'autocar pour Latisana. Quand j'ai vu deux carabiniers qui en descendaient, je me suis sentie mal et la peur m'a poursuivie jusqu'à la frontière, jusque chez moi et jusqu'à l'interrogatoire à Hambourg ; cette peur qui m'a fait mentir, je l'ai même transmise à mon ami Ludwig.

Elle se retourna vers lui avec un sourire étrangement maternel.

– Nous pensions même fuir au Mexique. Et puis votre requête de m'interroger une nouvelle fois, en Italie, est arrivée et je me suis mise en colère, surtout contre moi-même. Je suis innocente, je n'ai rien fait, et ce n'est pas juste que j'aie peur. Voilà, maintenant j'ai tout dit, je n'ai plus peur, même si vous m'arrêtez.

Alberto se passa une main sur le visage, avec un geste de grande fatigue, insolite chez lui.

– Madame Leuter, il oublia qu'en allemand il devait l'appeler « madame Gertrude Leuter », personne ne vous arrêtera. Et même, pour vous éviter des histoires, je ne vous conduirai pas à la gendarmerie. Il n'est plus nécessaire que vous soyez encore entendue. J'aurais seulement un service à vous demander.

Bien qu'il ne fît pas chaud du tout, son visage transpirait, comme s'il était dans un bain de vapeur, et il s'essuya avec son mouchoir.

– Qu'est-ce que vous voulez ?

Ce n'est pas elle qui parlait mais Ludwig. Il était resté silencieux jusqu'à présent ; il lui posa la question en le regardant fixement, et sans aucune sympathie.

– Nous avons été appelés pour un interrogatoire officiel, et sommes venus uniquement pour cette raison. Cette discussion dans ce café n'a rien d'un interrogatoire légal. Pourquoi ne nous conduisez-vous pas au brigadier ? Nous voulons un véritable interrogatoire, nous voulons nous libérer une fois pour toutes de cette histoire. Et quel genre de service voulez-vous qu'on vous rende ?

On aurait dit qu'il expectorait, qu'il évacuait, qu'il expulsait tout son silence d'auparavant.

Alberto se passa une deuxième fois le mouchoir sur son cou trempé de sueur.

– Ne vous fâchez pas, je parle dans votre intérêt. Je voudrais vous demander d'aller dans un hôtel et d'y rester deux jours, de façon que je puisse vous retrouver. J'ai besoin de deux jours, peut-être moins, pour éclaircir cette affaire. Si je vous conduis au brigadier, il vous arrêtera tout de suite parce que la déposition de Mme Leuter est trop grave. Restez ici deux jours et promettez-moi que vous ne partirez pas avant quarante-huit heures, je ne vous demande rien d'autre. C'est dans votre intérêt.

Les deux Allemands le regardèrent en silence, avec curiosité. Pour eux, son agitation, son visage en sueur dans cet air frais et sa voix basse, dolente, comme s'il souffrait, étaient étonnants. Gertrude Leuter posa ses deux mains sur la table.

– Nous serons au Palace Pineta, dit-elle. Si d'ici à deux jours nous n'avons pas de nouvelles, nous partirons.

Alberto passa son mouchoir sur la petite table ; la dernière trace du mot écrit par Gertrude fut ainsi complètement effacée.

– Merci, murmura-t-il.

28

Après avoir accompagné Gertrude Leuter et son ami à l'hôtel Palace Pineta, Alberto entra dans un bar. Il but d'abord un pernod pour étancher une soif ardente, puis un cognac. Il savait tout ce qu'il avait à faire, mais c'était difficile, alors il buvait. Il tenait très bien l'alcool, même s'il en buvait rarement, non seulement à cause de son métier, mais aussi parce qu'il n'aimait pas l'énergie illusoire que ça provoquait. Mais maintenant, il en avait vraiment besoin, de cette énergie momentanée.

Il n'avait qu'un seul doute, pensa-t-il en terminant son cognac dans ce petit bar plein de touristes qui prenaient l'apéritif avant d'aller manger, renfrognés à cause du crachin et de la couleur grise du temps, comme s'ils avaient été frustrés de quelque chose. Un seul doute, et il voulait le lever tout de suite, autrement il se mettrait à hurler comme un loup.

Il sauta rapidement dans sa voiture et fonça à Latisana. Vingt kilomètres sur la grand-route, brillante de pluie, plutôt glissante et presque déserte, parce qu'à cette heure-là tout le monde mangeait, mais il ne levait pas le pied. Il devait lever ce doute, il ne pouvait plus le supporter. Avant de rentrer à Latisana, il vira à gauche vers les champs, puis encore à gauche, jusqu'à ce que la voiture arrive sur le sentier boueux qui menait à la masure où habitaient Romeo Prasin et sa fille.

Avant même de s'arrêter, il vit la statue blonde sortir

de la maison en pantalon et en chemise à col ouvert en toile de couleur orange. Sa chevelure blonde, enroulée au niveau de la nuque, était si lumineuse qu'on aurait dit une lampe allumée en ce jour si gris. Il arrêta sa voiture presque devant elle, qui n'avait même pas bougé en la voyant arriver sur elle, et il descendit.

– Ton père n'est pas là ? lui demanda-t-il.

– Non, fit-elle simplement.

Elle avait dans la main un morceau de pain et elle le mordit de ses grandes dents blanches et parfaites.

– Ça ne fait rien, je parlerai avec toi, c'est pareil.

Il la prit par le bras et la traîna à l'intérieur, dans ce qui était la cuisine, la salle à manger et le séjour, et qui n'était en réalité qu'une cage à poules. Il la poussa vers une chaise.

– Assieds-toi là.

Irene Prasin, sans doute, sûrement même, aurait aimé le tuer, et si elle avait pu, elle l'aurait fait, mais elle se contenta de lui dire, avec douceur et dans un italien très pur, bien différent du dialecte vulgaire qu'elle parlait avec son père :

– Ne me faites pas de mal, je ne crois pas le mériter.

Et sans doute qu'Alberto, dans un autre moment, aurait été désarmé par cette prière toute féminine, mais il l'interrompit plus brusquement encore :

– Essaie de répondre du mieux que tu peux à mes questions, sinon je te traiterai encore plus mal.

Il devait lever ce doute. Il était épuisé par l'anxiété et, pour la première fois de sa vie, il perdait le contrôle de lui-même :

– Où sont passées les cent mille lires que ton père a volées à Giannuzzo ?

Debout, une main sur la chaise où elle était assise, l'autre sur la table voisine, il était penché sur elle et la regardait droit dans les yeux ; elle aurait pu être mille fois plus belle qu'elle ne l'était déjà, ça ne l'impressionnait pas du tout.

Elle resta avec son bout de pain dans une main, l'autre main sur les genoux et, dans son regard, elle tenta un instant de manifester de la surprise, en le fixant dans les yeux comme s'il lui avait parlé une langue inconnue.

Il se pencha encore plus sur elle et d'une voix basse, mais d'un ton rageur, il lui souffla au visage :

– Ne fais pas la mariolle et ne me dis pas que tu n'en sais rien, sinon je te gifle à te dévisser la tête.

Ce ne fut pas tant la menace des gifles qui l'impressionna que la détermination qu'elle lisait sur le visage d'Alberto. C'était une femme, dans un certain sens bien supérieure à tant d'autres, parce qu'elle ne s'obstinait pas à mentir lorsque c'était totalement inutile. Elle était supérieure parce qu'elle comprenait presque toujours quand elle avait perdu et elle était bonne perdante.

– Nous les avons dépensées, dit-elle en le regardant fixement.

Elle continua sur un ton plus ferme, mais toujours doux :

– Mais mon père n'a rien à voir avec la mort de Giannuzzo. Il lui a pris son argent, mais il ne l'a pas tué.

Le doute désormais était presque une certitude. Il se remit à transpirer. Il se redressa et s'essuya le visage avec son mouchoir.

– Explique-toi mieux. Quand le lui a-t-il pris ?

– L'autre nuit, répondit-elle, avec résignation. Ç'a été un hasard. Il avait fini de travailler tard dans ce magasin de photos. Entre le vin qu'on lui avait offert pendant qu'il travaillait et les *grappe* qu'il s'était payées, il était ivre, comme tous les soirs d'ailleurs. Il avait trop chaud et n'avait pas envie de dormir dans la petite chambre avec son ami qui l'héberge quand il travaille à Latisana, il est donc allé sur la plage pour dormir à la belle étoile ; ce n'était pas la première fois qu'il le faisait.

Irene posa le morceau de pain sur la table et se leva. Désormais, après cette confession, tout était fini pour elle, sa longue bataille pour arriver jusqu'à Roberto était perdue ; ainsi que ses longues années de manœuvres subtiles et tenaces, et d'attentes patientes qui lui avaient usé en vain les nerfs. Elle poursuivit :

– Et sur la plage, il a trouvé Giannuzzo. Il était déjà mort depuis plusieurs heures. Mon père l'a observé et a remarqué que, d'une des poches de son pantalon, sortaient des liasses de billets de dix mille lires, et il les a prises. Bien sûr, il n'aurait jamais dû le faire car il va retourner en prison, mais ce n'est pas lui qui a tué Giannuzzo. Quand il a été tué, mon père travaillait dans le magasin du photographe. Il y a des témoins, vous ne pouvez pas l'accuser.

Elle se plaça juste devant lui, fière en un certain sens :

– Je vous ai dit la vérité : ne me faites pas regretter de l'avoir fait.

Alberto remit son mouchoir dans sa poche et regarda dehors à travers la porte la pluie fine et tenace qui après tant d'heures avait fini par tout tremper. Désormais il n'avait plus aucun doute. Il savait. Irene Prasin lui avait dit la vérité.

– Je sais que ton père ne l'a pas tué.

Il était défait.

– Quand il reviendra, dis-lui de se présenter au brigadier Varnicaro et de tout lui avouer. Je vais voir ce que je peux faire pour qu'il s'en tire avec le minimum.

Sur le pas de la porte, il ajouta :

– Et toi, reste chez toi, et ne bouge pas pendant deux jours. C'est un ordre, tu as compris ?

Elle s'appuya au montant de la porte, abattue, mais conservant une certaine fierté. Elle opina de la tête : oui, elle avait compris.

Il remonta dans sa voiture, mais il ne savait où aller. Oui, bien sûr, il aurait dû aller manger chez les Arrighi, avec Michela, Silvestro Loré, Roberto et son père, mais il n'avait pas envie de les voir, ni de manger. Il retourna à Lignano en conduisant lentement, désespéré. Il roula dans les rues désertes de Lignano Pineta ; les touristes étaient enfermés dans leurs hôtels et dans les cafés, à attendre le soleil. Il alla dans un bar sur la plage ; il était vide, il n'y avait personne, même derrière le comptoir. Au bout d'un moment, une jeune femme en tablier vint lui demander ce qu'il voulait. Il commanda un café. Pour voir la mer, il dut essuyer la baie vitrée embuée par la pluie.

La mer avait la même couleur grise que le ciel ; elle était d'huile, sans vagues car il n'y avait pas de vent. Il pleuvait. À Riccione, combien d'heures mélancoliques et belles avait-il passées en compagnie de Michela, quand il pleuvait, dans les petits bars devant la mer. Parfois, quand le mauvais temps durait deux ou trois jours, Michela, désespérée, descendait au bistro avec un tricot à finir, pour rendre son père heureux de ce qu'elle sache faire ce genre de travail féminin. Mais c'était un supplice pour elle, car elle n'était pas une femme d'intérieur, et la mère d'Alberto devait reprendre et refaire du début ses tentatives de pull-overs. Mais comme ils en riaient tous les deux, de son tricotage, et de la pluie, et de tout le reste ! Et puis, parfois, au contraire, surtout s'ils étaient seuls, ils devenaient mélancoliques, restaient silencieux, se regardaient à peine ; lui prenait une revue de jeux et se mettait à résoudre les mots fléchés, mais sans plaisir, et quand elle ne s'en apercevait pas, il la regardait : le doux profil de son visage, la ligne élégante de son cou, ses mains aux longs doigts qui traficotaient, inexpertes, avec les aiguilles et les fils de laine, et sa façon de compter les points, en murmurant les nombres de manière qu'on l'entende :

– … vingt-sept, vingt-huit, vingt-neuf…

Et lui pour l'induire en erreur, il disait à haute voix :

– … quarante-deux, quarante-trois, soixante et un…

– Arrête ! criait-elle, heureuse et furieuse, il faut que je recommence tout du début maintenant !

Et il continuait de se moquer d'elle en comptant en allemand :

– … ein, zwei, drei, vier, fünf…

Puis en anglais :

– … one, two, three, four…

Et en français :

– … un, deux, trois, quatre, cinq…

– Arrête ou je te crève l'œil avec l'aiguille ! Laisse-moi compter mes points.

– Zwanzig, dreissig, vierzig, fünfzig…

Le souvenir de ces chiffres qu'il disait à Michela lui rappela le mot allemand que Gertrude Leuter avait écrit avec son doigt mouillé sur la petite table du café, ce matin même, et cet instant de douceur anxieuse qu'il avait vécu avec Michela s'évanouit d'un coup. Il sortit, mais il ne savait pas bien où aller. Il ne voulait aller nulle part.

Il resta dans sa voiture à l'arrêt, pendant presque une heure. Puis il alla dans un autre bar, et s'enferma ensuite à nouveau dans son auto. Il pleuvait encore et encore, de façon continue. C'était inutile, pensa-t-il, inutile de remettre à plus tard. Il pouvait retarder d'un ou deux jours, pas plus, mais cela n'en valait pas la peine. Alors, il démarra et se dirigea vers la villa.

Il pensait y trouver tout le monde, avec cette pluie, or il n'y avait que Sebastiano Arrighi, le père de Roberto. Silvestro Loré, Michela et Roberto avaient profité de la pluie pour aller à Venise ; ils seraient de retour tard le soir.

Le vieux Sebastiano travaillait dans la bibliothèque, avec la lumière allumée, même s'il faisait jour, parce que des étroites fenêtres du salon n'arrivait que du gris. Il fut content de voir Alberto, il était vieux et ne savait plus rester tout seul et même une simple connaissance comme Alberto lui donnait du courage et était une occasion de parler : quand il était seul, des pensées maussades l'assaillaient.

Sur le grand bureau, il y avait plusieurs livres, dont certains très gros. Sebastiano les lui montra. Sous l'effet du plaisir, son front ressemblait à un formidable labyrinthe de rides.

– J'essaie de garder un certain entraînement, sinon à mon âge, on a vite fait d'oublier. Vous voyez, ces signes sont la langue de Byblos, une écriture que nous ne sommes pas encore parvenus à déchiffrer…

Cela aurait été cruel de le laisser seul, il était évident que le pauvre professeur cherchait désespérément quelqu'un avec qui parler de son travail. Alberto aurait voulu regagner sa chambre, prendre un somnifère et dormir jusqu'au matin, mais il y renonça. Il regarda la page que Sebastiano Arrighi lui montrait, pleine de signes étranges, quasi géométriques et quelque peu fantaisistes.

– Mais ce ne sont pas… des hiéroglyphes ? demanda-t-il avec courtoisie.

C'était comme inviter un enfant à jouer. Sebastiano secoua la tête fortement.

– Oh, non ! L'écriture de Byblos, c'est autre chose, même si l'on ne peut nier l'influence de l'Égypte. Byblos…

Alberto essayait d'écouter, mais son esprit avait tendance à s'éloigner, toujours dans la même direction, bien que l'expression de son visage restât attentive et pleine d'intérêt pour les paroles de l'érudit professeur. En l'écoutant, en l'observant, tandis que le vieillard parlait avec vivacité, une idée soudaine lui coupa presque la respiration. Une idée absurde, inconcevable : à l'intérieur de ce septuagénaire si fragile en apparence, il devait y avoir encore assez de force pour pouvoir tuer un jeune homme comme Giannuzzo, surtout poussé par le désespoir de voir son fils tourmenté et terrorisé en permanence par le chantage du Sicilien.

– … parce que vous comprenez, l'écriture de Byblos est une écriture syllabique, continuait Sebastiano, passionné et nerveux, exactement comme son fils.

Mais pendant ce temps, la pensée d'Alberto tissait une nouvelle toile qui semblait de plus en plus serrée. Qui pouvait dire comment les choses s'étaient passées ? Giannuzzo était venu, ce soir-là, faire du chantage à Roberto, l'avait menacé avec son couteau et il y avait eu une bagarre. Le professeur pouvait alors être intervenu pour prendre la défense de son fils. Que s'était-il vraiment passé ? Peut-être que le vieux professeur avait tué Giannuzzo pour défendre son fils qui était sur le point de succomber. Puis, tous les deux avaient porté le corps loin, sur la plage, et Roberto, pour sauver son père, avait joué le rôle de celui qui a peur d'être inculpé. Cette explication se tenait parfaitement, fonctionnait comme un engrenage, jusque dans le détail du mot en graphie gothique sur le sable de la plage, qu'il avait appris de Gertrude Leuter ce matin.

Pour le professeur Arrighi qui connaissait aussi l'écriture de Byblos et Dieu sait combien d'autres écritures anciennes et étranges, la graphie gothique devait être facile comme le syllabaire pour un étudiant à l'université.

– Combien de langues connaissez-vous ? lui demanda-t-il à un moment où Sebastiano Arrighi reprenait son souffle.

– Il y a façon et façon de connaître les choses, dit le vieux professeur, auquel Dieu sait combien de fois on avait dû poser cette question.

Néanmoins, il y répondait naïvement, et toujours avec la même satisfaction.

– Je parle, je lis et j'écris les principales langues européennes, un peu moins le russe et le hongrois. Je lis les principales langues orientales modernes et je m'en sors sans trop de mal avec leurs innombrables dialectes. Mais ma spécialité sont les langues disparues, les écritures de deux ou trois mille ans, comme celles de Byblos ou l'étrusque, l'osco-ombrien, le phrygien…

C'était comme avoir ouvert un barrage : Alberto fut inondé de noms, de citations, d'exemples, et pendant un moment il ne put placer un mot. Puis, finalement, il réussit à poser la question qu'il avait préparée :

– Vous devez sûrement savoir écrire l'allemand avec la graphie gothique ?

– Curieuse question, rétorqua Sebastiano Arrighi en le regardant avec hésitation, les rides de son front toutes plissées. Pourquoi ne devrais-je pas le savoir ?

Et il rit comme un enfant.

– Vous savez, les profanes posent toujours des

questions curieuses, voire stupides. Je vous le demandais parce que moi je parle et j'écris assez bien l'allemand, mais j'ai eu du mal à apprendre la graphie gothique, parce que, franchement, je ne comprends pas à quoi ça sert.

Il ne put poursuivre. Sebastiano Arrighi l'agressa presque.

– À quoi ça sert ? s'étonna-t-il amèrement. Je suis désolé, mais on ne peut pas tout peser comme si tout était du saucisson ! Aujourd'hui tout le monde fait ça. C'est évident qu'en apprenant la graphie gothique, on ne devient pas millionnaire comme en gagnant au loto sportif, mais si vous ne l'apprenez pas, vous ne pouvez pas prétendre connaître l'allemand, en comprendre l'esprit. Figurez-vous que j'ai même dû étudier, et je l'ai fait avec plaisir, le gothique ancien qui est beaucoup plus pointu et illisible que le moderne. À douze ans, mon fils m'a tenu le même discours : à quoi ça sert de perdre tout son temps pour apprendre à écrire de cette étrange façon ? Ce n'est pas mieux d'écrire l'allemand avec des caractères latins ? Je ne l'ai pas giflé parce que ce ne sont pas mes méthodes d'éducation, mais sur le principe…

Il continua pendant un moment, puis il comprit, à son tour, que ce genre de discussion devait être très aride pour un profane. Il écarta les bras et sourit :

– Excusez-moi, ce sont des histoires qui n'intéressent personne, sauf quelques vieux spécialistes comme moi. Mais, hélas, je ne sais pas parler d'autre chose. J'ai dû vous ennuyer vous aussi…

– Pas du tout, professeur, dit Alberto, au contraire. Je vais même en profiter pour que vous jugiez comment j'écris en gothique. Voilà, un mot…

Il prit une feuille de papier qui était sur la table et écrivit en grand un mot en allemand.

– Voilà, j'ai écrit « demain ». C'est correct ?

Il trouva le courage de sourire, de jouer le rôle du curieux qui essaie de passer le temps avec ce qu'il trouve, y compris avec la langue allemande.

Sebastiano Arrighi fronça les sourcils en lisant le mot.

– Vous vouliez écrire « demain » en allemand ?

– Oui

– Alors, non, vous deviez être distrait, dit le professeur.

Il se pencha sur la table et écrivit rapidement un mot :

– Vous voyez, *morgen*, en allemand, veut dire « demain » si on l'écrit avec un *m* minuscule, parce que c'est un adverbe, mais si on l'écrit avec un *m* majuscule, alors ça veut dire « matin » parce que c'est un substantif et que les substantifs en allemand, comme vous le savez, s'écrivent avec une majuscule…

– Ah oui ! quel âne je suis, ricana Alberto.

Tandis que le professeur s'était remis à parler avec passion, habilement, il lui prit la feuille des mains. C'était le même mot que Gertrude Leuter avait écrit, de son doigt humide, sur la petite table du café. Le même mot qu'elle avait lu sur le sable, près du corps sans vie de Giannuzzo : *morgen*.

Il fallut au moins une demi-heure pour qu'il parvienne à se libérer de Sebastiano Arrighi, ensuite il monta dans sa voiture. Il avait encore un espoir, si petit qu'il semblait même absurde, mais dans son travail, souvent, les espoirs les plus absurdes se réalisent. Il retourna à toute vitesse à Lignano Pineta, s'arrêta à l'hôtel Palace et demanda à la réception Mme Gertrude

Leuter. Deux minutes après, on lui dit qu'il pouvait monter dans la chambre de l'ingénieur.

Elle était à la fenêtre, seule, en short, en train de regarder la pinède alentour, d'un vert plus sombre à cause de la pluie. Elle avait une petite blouse en laine noire qui donnait encore plus de maigreur à son visage et de blancheur à ses cheveux blonds.

– Excusez-moi, fit Alberto.

Il était si fatigué qu'il s'assit juste avant qu'elle ne l'invite à le faire.

– Je crois que c'est la dernière fois que vous me voyez. Ensuite vous pourrez partir. Je n'ai qu'une chose à vous demander.

Restant assise, Gertrude Leuter se tourna vers lui, se mettant dos à la fenêtre, les genoux joints, les mains sur ses jambes nues, se tenant bien droite ainsi qu'une petite fille modèle. Elle resta silencieuse. Elle lui sourit seulement, l'invitant ainsi à continuer.

– Faites un effort de concentration sur un seul détail du matin du meurtre, à l'aube, quand vous avez découvert le corps de Giannuzzo sur la plage.

Elle acquiesça.

– Essayez de revoir le mot, et seulement ça, qui était écrit sur le sable. Rappelez-vous la façon dont il était écrit, essayez de vous imaginer comment il était écrit, comme vous l'avez vu, parce que je dois vous poser une question justement sur ce mot, et vous devrez me répondre tout de suite, sans réfléchir, instinctivement.

– Je vais essayer, dit Gertrude Leuter en entrouvant les yeux, docile aux ordres d'Alberto.

– Voilà la question, dit-il lentement.

Puis il ajouta plus rapidement :

– Le mot *morgen* était-il écrit avec une majuscule ou une minuscule ?

Gertrude Leuter n'hésita pas un instant :

– Avec une minuscule.

– Vous en êtes certaine ?

– Je le revois exactement comme si je le lisais maintenant, devant moi. Ce n'est pas quelque chose que je peux oublier facilement.

Alberto passa une main sur son visage et sur ses yeux qui le brûlaient. Puis il sortit de sa poche la feuille qu'il avait prise à Sebastiano Arrighi et la plia de façon qu'apparaisse seulement le mot écrit par le vieux professeur, et non celui qu'il avait écrit, lui. Avant de le montrer à l'ingénieur, il lui demanda :

– Eh bien, alors, si vous vous le rappelez aussi bien, essayez de vous souvenir d'un autre détail, de la façon qu'il était écrit…

Son espoir était désormais minime, proche de rien, comme s'il n'existait même plus. Sans doute ne cherchait-il qu'à s'illusionner ?

– Je vais vous montrer le mot sur une feuille. Bien entendu, il y a une grande différence quand on écrit sur le sable et quand on écrit sur une feuille, et pourtant, il devrait quand même y avoir une ressemblance fondamentale. Dès que je vous montrerai le mot, vous devrez me dire s'il ressemble à celui de la plage, vous devrez me le dire tout de suite, sans réfléchir…

Il lui mit d'un coup devant les yeux la feuille pliée sur laquelle apparaissait le mot écrit par Sebastiano Arrighi.

Mais, cette fois-ci, Gertrude Leuter ne répondit pas immédiatement. Elle regarda encore et encore le mot sur la feuille, puis dit :

– Je ne peux rien répondre, ni qu'il y ressemble ni qu'il n'y ressemble pas. Et puis vous savez que la graphie gothique fait se ressembler même les écritures les plus différentes.

– Oui, je le sais, dit Alberto.

Il n'y avait plus rien à faire. Sinon sauver Michela.

29

Il retourna sans plus attendre à la villa, mais elle n'était pas encore rentrée. Il dut dîner seul avec le vieux professeur et écouter ses discours sur les langues les plus inconnues du monde. Sebastiano Arrighi ne le laissa tranquille que vers vingt-deux heures, quand il alla se coucher. À minuit, dans la bibliothèque, le silence était tel qu'Alberto éprouvait un sentiment de mal-être. Il ne pleuvait plus et ce silence, dans toute la villa, était intolérable. Même le fleuve qui courait quasiment sous les fenêtres ne faisait pas entendre le moindre murmure. Ni les feuilles des grands arbres qui entouraient la maison. Ce n'était pas du silence, c'était du vide ; le néant qui avait précédé la création du monde.

Instinctivement, il cherchait à rompre ce silence en marchant autour de la grande table de la bibliothèque, mais le bruit de ses pas était absorbé instantanément, sombrant dans ce néant sans écho. Parfois, il tambourinait sur la table, mais elle était massive, longue de près de quatre mètres, capable de supporter des dizaines et des dizaines de livres, y compris les encyclopédies les plus lourdes, et c'était donc comme s'il tambourinait sur un mur en ciment : aucun son n'en sortait.

Alors, il essaya de se distraire en regardant à nouveau les livres sur les rayons qui tapissaient les murs jusqu'au plafond, en en prenant quelques-uns pour les feuilleter, bien que pour lui ils fussent complètement illisibles. Il en trouva un qui le fit sourire : un millier de pages grand format, entièrement consacrées à l'histoire de la lettre A, du premier idéogramme qui représentait la tête cornée d'un taureau à l'aleph hébreu en passant par l'alpha grec. Il était écrit en allemand et un homme avait consacré des années et des années de sa vie à l'étude de cette seule lettre de l'alphabet. Les hommes sont incroyables, pensa-t-il.

Puis, sur les rayons, il découvrit le tiroir avec le tourne-disque et les disques. Le silence lui crispait tellement les nerfs que la simple idée d'écouter un peu de musique le soulagea. Il mit sur la platine le premier disque qu'il trouva et, lorsqu'il lut le titre, il resta un moment figé : *morgen*.

Il baissa le bras avec le saphir et la chanson commença.

Dans le silence, il en saisit toutes les nuances. Ce n'était pas un motif extrêmement singulier, il avait le ton scandé et nostalgique de nombreuses chansons allemandes, moitié romantiques, moitié militaires. C'était le genre de l'ancienne *Lili Marleen* [1]. Il y avait toujours un moment, pensa-t-il, dans toute chanson allemande, où l'on voyait un soldat hérissé d'armes embrasser une jeune femme blonde, tandis qu'en arrière-plan passait, d'une allure martiale, un bataillon qui se dirigeait vers la guerre.

Le tourne-disque avait un mécanisme pour remettre

1. Célèbre chanson composée en avril 1915 par Hans Leip, alors soldat, et dédiée à deux femmes de petite vertu, Lili et Marleen. Interprétée par de nombreuses chanteuses populaires, elle sera entonnée sur tous les fronts de la Seconde Guerre mondiale. *(N.d.T.)*

le disque automatiquement et Alberto poussa le petit levier qui l'actionnait. Ainsi, la musique, dès qu'elle fut finie, recommença. Il monta le son, presque au maximum. Peu lui importait de réveiller le vieux Sebastiano, en admettant qu'il se fût réveillé. Il essayait de comprendre cette chanson, parce que plus il la comprendrait, plus clair serait tout le reste : *morgen*. Demain. Dans la chanson, le chœur ne répétait pas autre chose que ce mot : *morgen, morgen, morgen*. Demain, demain, demain.

Peut-être comprenait-il. Au cours de psychiatrie, on lui avait expliqué, entre autres, qu'une des caractéristiques de certaines formes de névrose est l'attente du lendemain. Il revoyait son professeur lui expliquer : « Certains névrosés ne vivent plus dans le présent, ils attendent le futur, le lendemain, l'heure prochaine, la minute qui va arriver, et ils vivent toujours dans la peur de cet avenir, pour voir ce qui se passera, s'il porte toutes les angoisses qu'ils redoutent. Ce sont des êtres qui ont toujours peur de tout, de la lumière et de l'obscurité, de la foule et de la solitude, du silence et du vacarme et qui finissent par exploser dans un acte de violence. »

Et Michela était tombée amoureuse de quelqu'un comme cela, pensa-t-il, tandis que la chanson fut couverte, subitement, par le vrombissement de la voiture de Roberto qui arrivait. Il entendit ensuite la porte de l'antichambre s'ouvrir, mais il ne bougea pas pour aller à leur rencontre. Il attendit leur arrivée, dans la bibliothèque, attirés qu'ils seraient par la musique si forte.

– Eh ! tu veux réveiller toute la province ? s'exclama Silvestro Loré en s'approchant de lui.

Habituellement pâle, son visage avait une teinte légèrement rosée : il devait être heureux, le père de

Michela, il s'était amusé, il voyait sa fille heureuse. Et comme elle était heureuse, Michela ! Elle lui souriait tout en étant très proche de Roberto, sa propriété, l'homme qu'elle aimait. Il comprit aussi pourquoi elle était si proche de lui et si heureuse, quand Silvestro Loré lui dit à l'oreille pour couvrir le bruit de la chanson :

– Ils veulent se fiancer, tu te rends compte ?

Alberto s'écarta de Silvestro et se dirigea vers Roberto. Le fiancé, pensa-t-il. Il avait découvert la vérité trop tard pour sauver Michela. Trop tard, pensa-t-il encore pendant le peu de pas qui le séparaient de Roberto.

– Viens ici, ordonna-t-il à Roberto.

Il l'avait attrapé par le col d'une main ferme et l'écarta de Michela comme on éloigne une bête immonde du berceau d'un enfant. Il le flanqua contre les rayonnages près du tourne-disque, sachant que la surprise paralyserait Roberto, physiquement et psychologiquement. C'est en effet ce qui se passa. Roberto semblait être devenu de bois, il cherchait d'instinct de l'aide en regardant Michela et Silvestro Loré, mais eux aussi, pendant un moment, restèrent paralysés par la violence imprévue de la scène. Alberto, au même moment, put hurler, sa voix dépassant la musique du chœur qui chantait à tue-tête *morgen, morgen, morgen*, les mots qu'il voulait hurler depuis quelques heures et qui explosaient en lui :

– C'est toi qui as tué Giannuzzo. Avoue !

Michela resta encore un instant immobile, le millième de seconde qu'il lui fallut pour comprendre le sens de ces mots, puis elle courut vers Alberto, en essayant de le pousser pour qu'il laisse Roberto.

– Tu es fou ! lui cria-t-elle avec haine.

Elle le haïssait ardemment, parce qu'il lui apparaissait soudainement méchant et venimeux, après tant d'années où elle avait vu en lui un ami, presque un frère.

– Tu es fou ou tu es saoul.

Silvestro Loré intervint lui aussi. Il lui mit une main sur l'épaule et essaya de l'écarter.

– Laisse-le, arrête cette comédie.

La couleur rose de bonheur de son visage avait disparu.

Alberto les entendait, les sentait proches, mais malgré cela, pour lui, ils n'existaient pas. Il flanqua une nouvelle fois Roberto contre les rayonnages.

– Écoute cette chanson, écoute-la bien, tu l'aimes tellement que tu l'avais en tête même le soir où tu as tué Giannuzzo, sur la plage ; tellement en tête que tu en as écrit le titre, *morgen*, sur le sable et que tu as oublié de l'effacer. Parle ! sinon c'est moi qui vais te faire parler.

Le visage de Roberto se crispa. Il suffoquait vu que l'autre lui serrait le cou ; il devenait fou à cause du hurlement de la musique. Il mit un coup de genoux énergique dans l'estomac d'Alberto. Il le vit s'abattre contre la table puis tomber à terre. Il entendit crier Michela, s'écarta d'elle et courut vers l'entrée.

Mais Alberto s'était relevé et réussit à lui attraper la veste ; il le fit tomber à la renverse et lui sauta dessus.

– Parle, sinon je te fracasse la tête sur le sol.

Il ne comprenait plus rien. Il frappait la tête de Roberto sur le parquet brillant de la pièce, sans s'en rendre compte, aveuglé par le désespoir : personne ne devait faire de mal à Michela, or Roberto lui avait fait tout le mal possible.

Ses yeux effrayèrent Roberto.

– D'accord, j'avoue, dit-il.

30

Ils étaient descendus de voiture. Giannuzzo se tenait appuyé d'une main à la portière ouverte et semblait écouter la mer, qui était toute proche. Roberto avait arrêté l'auto presque sur la plage. Même sans lune, cette nuit du 22 juin 1960 était une nuit très claire.

– Tu habites où ? demanda-t-il à Giannuzzo.

Il le sentait pantelant, il comprenait qu'il souffrait, il l'avait frappé avec violence peu de temps avant, lorsqu'il était arrivé à la villa et qu'il avait dû se défendre quand il avait sorti son couteau.

– Là, près du fleuve, répondit Giannuzzo, avec un ami sicilien qui fait des chaussures.

– Je t'accompagne, proposa Roberto.

Il le tenait par le bras pour le soutenir.

– Je vais me rafraîchir un moment la figure avec de l'eau.

Il s'accroupit sur la grève, attendit qu'une longue vaguelette arrive jusqu'à lui, plongea ses mains jointes en forme de conque et se jeta de l'eau sur le visage.

– Je suis un peu assommé, dit-il dans son dialecte sicilien très légèrement italianisé pour que Roberto comprenne, mais je suis content. Je suis vraiment content.

Quand il voulut se relever, Roberto dut l'aider.

– Il vaut peut-être mieux que je m'asseye un moment, dit Giannuzzo après avoir fait quelques pas. Si je me repose un peu maintenant, j'arriverai à rentrer chez moi.

Il regarda Roberto qui était debout.

– Mais je suis heureux, vous savez, vraiment heureux.

Il avait continué de le répéter durant tout le voyage, depuis Latisana. L'argent que Roberto lui avait donné le rendait heureux, il n'en avait jamais vu autant d'un seul coup et lui appartenant. Sa voix était basse, rauque, après la lutte violente qu'il avait eue avec Roberto, mais elle résonnait distinctement sur la plage déserte, plongée dans une lumière presque phosphorescente, qu'on aurait dit crépusculaire.

– Je vais faire venir sur le continent ma sœur Maruzza et on ira à Milan ; à Milan, on gagnera de l'argent, c'est une ville de riches.

À présent, il se parlait comme à lui-même, les mains l'une dans l'autre sur les genoux et, de temps en temps, il regardait Roberto debout devant lui, mais comme s'il n'était pas là.

– Je pourrais même emmener mon ami Giulianuzzo à Milan. Il a un métier en or, il fabrique des chaussures pour dames ; et les femmes iraient jusqu'à voler pour de belles chaussures.

Il se frappa les cuisses de satisfaction. Il se sentait riche, comme quand, dans son village sicilien, Salvatore Stavardone lui allongeait deux billets de dix mille lires et qu'il se mettait alors à traiter avec générosité ses amis et ses connaissances. Il invitait Vincenzino, Michele et Pietruzzo : « Allez, venez boire un verre ! Prenez ce paquet de cigarettes ! À votre santé, les gars ! » Mais ce n'était plus vingt mille lires qu'il avait en poche désormais, mais plus de cent mille, peut-être cent cinquante et il pensait à Vincenzino, à Michele et à

Pietruzzo comme si c'était des gueux. Ils l'étaient vraiment, pensa-t-il, alors que lui, maintenant, il était riche. Giulianuzzo aussi devrait comprendre qu'il était riche, qu'il lui louerait une boutique, à Milan, et se mettrait à travailler avec lui, parce que lui aussi, s'il le voulait, pouvait l'apprendre rapidement, ce métier.

– Chez nous, la vie est difficile, vous savez, poursuivit-il, et puis nous sommes une famille maudite : les gens étaient jaloux que ma mère soit une femme riche, même si pour épouser mon père, elle s'est mise dans la misère, et puis mon père est mort quand nous étions petits et alors vous savez ce qui se passe…

Il continuait de parler de sa mère, de ses sœurs, de ses tantes, et il semblait que tout cet argent l'avait comme un peu enivré et lui faisait revoir tout son passé sous une nouvelle lumière. Roberto ne pouvait pas le laisser là, il avait déjà eu affaire à sa susceptibilité maladive. Giannuzzo se serait vexé, il se serait senti méprisé. Alors il s'était assis à côté de lui, sur le sable, et l'avait écouté. Il essayait de rester calme mais, en lui, la tension était extrême parce qu'il avait toujours à l'esprit le couteau que Giannuzzo, qui à présent était calme et parlait tranquillement, lui avait mis sous la gorge, une heure auparavant. Il savait que s'il était encore en vie, c'était seulement grâce à la rapidité de sa réaction et à sa force. Et maintenant, il devait rester là à écouter le délire de ce pauvre type qui avec la poignée de sous qu'il avait entre les doigts, croyait pouvoir faire Dieu sait quoi. Et pour chasser l'image du couteau, et la peur qu'il éprouvait encore, il écouta à nouveau mentalement le motif qui le poursuivait depuis des mois : *morgen*, demain. Il parvenait à répondre « bien sûr » quand Giannuzzo le regardait fixement en lui répétant un des nombreux « vous savez » qu'il mettait dans chacune de ses phrases. Roberto écoutait en lui-même cette chanson, *morgen*, demain, et comme toutes les autres fois, il revoyait le mot écrit avec la graphie gothique. Cette graphie, que l'obstination de son père l'avait obligé à apprendre, lui gâchant ses années de jeunesse, avait été pour lui une obsession quand arrivait l'heure de préparer l'examen écrit d'allemand gothique. Et désormais, comme tout ce qu'on apprend quand on est enfant, il avait encore cette graphie au bout des doigts et pouvait l'écrire les yeux fermés, même dans l'obscurité. Tandis que Giannuzzo parlait et parlait encore comme un enfant qui se défoule après avoir pris des coups par son père, il écrivit sur le sable ce mot, *morgen*, en assez grands caractères pour pouvoir le lire dans la lumière incertaine de cette nuit sans lune. Il vit qu'effectivement il était bien écrit, selon toutes les règles calligraphiques que son père lui avait apprises plus de quinze ans auparavant ; seul un Allemand aurait pu l'écrire ainsi.

Puis, au bout d'un certain temps, Giannuzzo se tut subitement, comme un tourne-disque arrêté tout à coup. Il garda le silence, la tête penchée, le front presque appuyé sur les genoux, les mains fermées autour des genoux ; il semblait regarder la mer, si calme qu'on aurait dit un immense étang, ou bien les étoiles, ou peut-être regardait-il simplement à l'intérieur de lui-même. Ce silence était oppressant, menaçant : Roberto le sentit tout de suite, ce n'était pas la pause après une longue conversation, mais une inquiétante méditation qui alourdissait l'ambiance autour d'eux.

Puis Giannuzzo se leva, dans un geste brusque lui aussi, comme le levier de vitesse d'une voiture qu'on aurait démarrée à l'improviste. Roberto se leva également. Il avait peur, et en même temps était furieux d'avoir peur. Depuis des mois, il vivait avec cette fureur et avec cette peur de voir réapparaître devant lui Giannuzzo, avec ses menaces, ses envies d'argent, sa volonté de lui faire épouser Maruzza. Après la scène de ce soir, après avoir vu le couteau dans les mains de Giannuzzo, fureur et peur étaient arrivées à leur paroxysme.

– Un instant, dit Giannuzzo, et il mit une main sur sa poitrine pour que ses mots soient solennels. Ne croyez pas que vous m'avez acheté, avec votre argent.

Roberto répondit sereinement, en régurgitant toute sa fureur parce que cet homme-là n'était pas normal ; et avec les personnes anormales, il faut être calme.

– Mais ne dis pas de bêtises.

Calme, mais clair, parce que Giannuzzo était ignorant et qu'il fallait lui parler franchement.

– L'honneur ne s'achète pas, vous le savez, dit Giannuzzo.

Sa voix, si détendue jusque-là, se tendit, soudain pleine de menaces.

– Même si c'était un million ou un milliard, ne croyez pas que vous avez acheté l'honneur de Maruzza avec votre fric.

La mer était si calme que, près de la rive, quelques étoiles s'y reflétaient avant de disparaître aussitôt. Roberto lui répondit immédiatement, en observant la mer, tout en pensant qu'une demi-heure plus tôt, Giannuzzo avait embrassé cet argent, s'était écrasé ces billets de cinq mille et dix mille lires sur le visage, les bénissant. À présent, d'une voix agressive, il disait que l'honneur ne s'achète pas, pareil à un histrion sur la scène d'un cirque équestre qui veut jouer un grand drame. Il lui dit tranquillement, pour ne pas faire exploser la fureur qu'il percevait dans sa voix :

– Calme-toi. Je n'ai jamais voulu acheter l'honneur de personne. Je t'ai donné cet argent pour t'aider, comme on aide un ami.

Plus il se montrait calme, plus en lui grandissait la fureur de devoir traiter avec autant de prudence et de gentillesse un pignouf, fils de pignouf, qui le persécutait depuis tant de temps, lui extorquait de l'argent et le menaçait de son couteau. Sa fureur augmentait de devoir rester là à parler d'égal à égal, voire en inférieur, à cette espèce de sous-homme ignorant, méphitique et avide. Et tout cela parce que, l'été précédent, pendant dix minutes, il était resté avec sa sœur, Maruzza, lors d'une soirée en Sicile, parce qu'elle portait un habit avec une seule bretelle, en diagonale ; si elle avait eu un vêtement ordinaire, peut-être qu'il serait allé dormir et toute la honte de cette persécution stupide de la part de Giannuzzo n'aurait pas eu lieu.

– Non, vous avez voulu nous acheter, ma sœur et moi, avec votre argent, dit Giannuzzo, tragiquement.

Mais pour Roberto, il s'agissait de mots grotesques.

– Ici, dans le Nord, vous croyez tout pouvoir acheter avec votre argent, y compris l'honneur des honnêtes femmes.

Mais va te coucher, espèce de pitre, pensa Roberto, et il regardait la mer, là, proche de la rive, cherchant les étoiles qui tout à l'heure s'y reflétaient ; mais désormais, il ne les voyait plus. Va te coucher, pignouf ! La musique de *morgen* remontait en lui comme la marée, il l'entendait de plus en plus forte, *morgen, morgen*, demain, demain. Cette fois, il ne lui répondit même pas, humilié et furieux d'en être réduit à traiter avec un « type » comme lui.

– Regardez-moi dans les yeux quand je vous parle, lança Giannuzzo après un court instant.

Il fit un demi-pas vers lui, si bien que Roberto sentit sa forte odeur de transpiration et vit le blanc de ses yeux encore plus blanc.

– Parce que vous ne devez pas croire que vous avez acheté l'honneur de ma sœur avec votre argent, et ça, je veux que vous me le disiez en me regardant dans les yeux.

– Je te l'ai dit, soupira Roberto.

La colère contenue était sur le point d'éclater, mais il ne le regarda pas dans les yeux, pour qu'il ne croie pas qu'il dût répondre à chacune de ses provocations.

– Si vous regardez ailleurs, c'est que vous n'êtes pas sincère. Mais, l'honneur ne s'achète qu'avec ça, et non pas avec votre fric.

Cette fois-ci, entendant sa voix vibrante de menace, Roberto le regarda et vit alors le couteau briller dans la main de Giannuzzo. Encore ce couteau. Il le lui avait déjà pris tout à l'heure, dans le jardin de la villa, et voilà qu'il l'avait de nouveau dans les mains ; il devait l'avoir ramassé par terre. Les types comme lui tiennent plus à leur couteau qu'à leur vie. Son ventre se glaça ; l'arme était à la hauteur de son estomac, à quelques centimètres : un seul geste, et il le lui enfoncerait, lui coupant définitivement le fil de la vie. Il n'avait pas peur. Il n'entendait que *morgen*, demain, *morgen*, demain, *morgen*, demain. Il éprouva une furieuse et froide envie d'en finir avec cette torture qui semblait ne jamais devoir prendre fin. Ni l'argent, ni les raisonnements, ni le temps, pensa-t-il, ne mettrait un terme à cette persécution. Giannuzzo reviendrait toujours, tantôt menaçant et halluciné, tantôt en pleurs et en colère. Il se contenterait pour une heure ou pour un jour d'une poignée de billets, ensuite il sortirait de nouveau son couteau, et ses menaces, et encore son couteau jusqu'à ce qu'un jour ou l'autre, il reçoive vraiment la lame dans le ventre. Roberto avait fini par comprendre que Giannuzzo ne voulait rien de lui ; il ne voulait ni son argent ni le marier à Maruzza ni venger l'honneur de personne, en admettant qu'il y ait un honneur à venger. Giannuzzo n'attendait rien de personne ni même de la vie, il ne voulait ni amour, ni richesse, ni gloire, ni aucune forme de bonheur : Giannuzzo ne voulait qu'une seule chose, obscurément, aveuglément, et comme une brute, il la cherchait depuis toujours avec son instinct d'animal. Giannuzzo voulait tuer quelqu'un. Désormais, Roberto l'avait compris ; désormais, il le sentait dans son regard sauvage, aussi vif que celui d'un animal, et dans le geste féroce de la main qui empoignait le couteau. S'il ne le tuait pas, Giannuzzo tuerait quelqu'un d'autre, demain, ou dans dix ans. Et ce n'est qu'après avoir tué qu'il se sentirait un homme.

– Regardez-moi dans les yeux, m'sieur, ou je vous explique avec ça qu'on n'achète pas l'honneur avec du fric.

Roberto sentit, sans avoir besoin de le regarder, que la pointe du couteau était très près de son estomac, là où une blessure ne pouvait être que mortelle.

Alors, peur et fureur explosèrent, froidement, mathématiquement, avec une extrême violence. Ses gestes étaient, par nature, toujours nerveux, mais cette fois, ils furent explosifs et froidement calculés. On aurait dit qu'il exécutait avec diligence et promptitude les mouvements des cours de judo que lui avait appris son instructeur. Il saisit Giannuzzo au poignet, le lui tordit tandis qu'il le frappait de l'autre main au visage et d'un croche-pied le fit tomber.

En tombant, Giannuzzo fut contraint d'ouvrir la main qui tenait l'arme, et quand il se releva et qu'il se jeta sur Roberto, ce dernier avait déjà ramassé le couteau.

Giannuzzo tomba à nouveau, mais cette fois-ci pour toujours, égorgé. Roberto n'eut même pas à se pencher pour comprendre qu'il était mort. C'était inutile. Il attendit seulement quelques minutes. De la grand-route, au loin, il vit les phares d'une voiture, sans doute un couple qui venait trouver un peu de solitude sur la plage, c'était l'heure idéale, à la sortie des dancings ou des *pizzerie*. Il fallait qu'il parte tout de suite. Il nettoya le couteau dans le sable, lucidement attentif à tous les détails, puis avec son mouchoir, et le laissa par terre. Il aurait pu le jeter à l'eau, mais cela aurait été une erreur : il fallait faire croire à la police qu'il avait été tué par un autre méridional après une rixe à coups de couteau.

Ensuite, il regagna la voiture qu'il avait laissée sur le sentier, arriva chez lui un peu après minuit et ce n'est qu'une fois au lit, qu'il se souvint d'avoir écrit sur le sable le mot *morgen*, en gothique. C'était comme avoir signé son crime : même s'ils pouvaient penser que c'était un Allemand qui avait tué le Sicilien, qui pouvait être cet Allemand capable de battre Giannuzzo au couteau ? Ce qui était certain, c'est qu'ils ne pourraient plus croire qu'il s'agissait d'un règlement de comptes entre méridionaux. Mais désormais il était trop tard pour retourner sur la plage et effacer l'inscription.

Les jours suivants, en lisant les journaux, il s'aperçut que cette inscription n'avait pas été découverte ; personne ne parlait du mot *morgen* écrit sur le sable. Il ne comprit pas comment c'était possible, il n'y avait pas eu de vent et la mer était d'huile. Mais peut-être le sable ne se souvient-il pas ?

– C'était de la légitime défense, dit Roberto.

Il était debout, appuyé contre les rayonnages, ses cheveux blonds sur le fond de gros volumes d'un marron rehaussé d'or.

Michela était assise sur une des grandes chaises cathédrales de la bibliothèque ; elle ne le regardait pas, elle regardait Alberto, avec haine, une haine désespérée.

– C'est ça, légitime défense, reprit Alberto.

Il avait été debout à côté de lui, le regardant fixement, durant tout le temps de son récit ; il savait qu'il disait la vérité. Mais, à présent, il s'écarta, passa devant Silvestro Loré assis près de la table, le regard fixé sur un nœud de bois, et s'approcha de la fenêtre pour respirer un peu.

– Légitime défense, si l'on veut, parce qu'il te suffisait de désarmer Giannuzzo, sans le tuer nécessairement. Mais même en n'admettant pas la légitime défense, tu ne risques pas beaucoup.

Il avait parlé avec douceur, avec une infinie compassion, toutefois sa voix reprit son ton dédaigneux :

– Les juges te donneront quelques mois que tu ne feras sans doute pas. Mais ta faute n'est pas seulement d'avoir tué Giannuzzo, c'est de nous avoir tous trompés, comme le plus expert des criminels.

Il vit le regard de haine encore plus intense que Michela lui lança, mais il s'était résigné à cela depuis le matin, depuis qu'il avait compris qui était l'assassin de Giannuzzo. Il se sentait mal justement parce qu'il avait prévu la haine de Michela, cette haine chaude et instinctive qu'il lisait dans ses yeux.

– Tu es un criminel, même si tu as tué en état de légitime défense, insista-t-il, conscient d'exacerber la haine de Michela.

– Papa, dis-lui d'arrêter, sinon je vais devenir folle ! cria Michela, en se levant. Dis-lui d'arrêter.

– Laissez-moi parler, dit Alberto avec brusquerie, ensuite vous ne me verrez plus et vous pourrez vous faire tout le cinéma que vous voudrez.

Il revint doucement vers Roberto.

– Tu es dangereux, tu es un criminel névrosé, tu as tué froidement, même si c'est en état de légitime défense, et tu as créé et mis en place froidement un plan précis comme une partie d'échecs pour ne pas être inculpé. Tu as imaginé le système le plus diabolique pour ne pas être accusé de ce meurtre : tu as fait semblant d'avoir peur que la police t'inculpe. Et ça, seul un criminel-né peut le penser. Un vulgaire criminel, ou il fuit ou il essaie de se trouver un alibi et de montrer qu'il ne sait rien du crime. Toi, non. Toi, tu as commencé par tromper ton père en lui disant que tu avais peur, mais le plus beau, c'est que tu n'avais pas besoin de jouer un rôle pour mentir, c'était naturel. Et puis nous sommes arrivés et, à nous aussi, tu as menti, tu as continué à dire que tu voulais fuir, que tu avais peur d'être accusé : un vrai coupable ne montre jamais cette peur parce qu'il penserait se trahir, mais toi, comme beaucoup de névrosés, tu as des nerfs d'acier et tu n'avais donc pas cette crainte. D'ailleurs, tu as réussi à ne pas te trahir même quand tu as été interrogé par le brigadier Varnicaro : tu craignais tellement d'être pris pour le coupable que le pauvre brigadier ne pouvait imaginer que tu étais bien le meurtrier. Et ainsi tu as réussi à le tromper lui aussi.

Alberto se couvrit un instant le visage avec les mains, en essayant de rester calme et de résister à cette vague de haine glaciale et infinie qu'il sentait arriver de Michela.

– Mais ce qui est extraordinaire, et peut-être le plus marrant, c'est que tu es arrivé à tromper un vieux délinquant comme Romeo Prasin, et une des filles les plus rusées de cette terre, sa fille. Eux aussi t'ont cru innocent, du fait que tu montrais tellement ta crainte d'être pris pour le coupable ; et ils ont fini par spéculer sur ta peur. Irene Prasin voulait te faire fuir et partir avec toi, comme ça, tu te serais compromis et tu aurais fini par l'épouser. Mais si elle avait su ou pensé que tu avais tué Giannuzzo, elle t'aurait laissé tomber, parce qu'elle a déjà son père qui est allé en prison et qu'elle n'a aucune envie de se mettre avec quelqu'un qui finirait lui aussi derrière les barreaux. Irene et son père te passaient des coups de fil anonymes pour t'effrayer sans imaginer que c'était toi, en fait, qui les trompait en ayant réussi à les convaincre de ton innocence. Tu as ainsi trompé deux roublards comme eux ! Et, sans le savoir, tu as trompé également Maruzza, et tu as provoqué un autre meurtre.

Il regarda avec mépris le visage pâle, mais impassible, de marbre, de Roberto.

– Si tu avais été un honnête homme, après avoir tué Giannuzzo, tu serais allé te rendre en racontant la vérité, comme ça, Maruzza, en arrivant à Lignano, aurait su que c'était toi qui avais tué son frère par légitime défense. Mais tu n'es pas un honnête homme, et tu l'as trompée elle aussi. Maruzza est arrivée à Lignano, a appris que son frère avait été poignardé et qu'a-t-elle pensé ? Que c'était Salvatore Stavardone qui avait réglé ses comptes avec lui. Et c'est ce qu'a pensé également Giuliano Pappalettera qui a entendu de nombreuses fois Giannuzzo lui dire qu'il avait peur de Stavardone. Et c'est ainsi que Giuliano Pappalettera, pour venger son ami, est allé à Venise et a tué Salvatore

Stavardone. Et tout cela ne serait pas arrivé si tu n'avais pas trompé tout le monde, si tu avais été honnête.

Il se tourna un instant, parce qu'il avait entendu que Michela s'était levée. À présent, il n'y avait plus ni haine ni mépris dans son expression : c'était comme si, pour elle, il n'existait plus.

– Tu as fini ? lui demanda Michela, debout, une main appuyée sur un vieux pupitre, sur lequel se trouvait un livre aussi gros qu'un missel.

– Non, encore une minute, lui répondit Alberto, d'un ton brusque et meurtri.

Il se tourna à nouveau vers Roberto et sa voix devint hargneuse.

– Mais ce que je ne pourrai pas te pardonner, c'est d'avoir trompé Michela. Elle aussi te croyait innocent. Et ne me dis pas que tu l'as fait par amour, parce que tu n'aimes personne, non, tu l'as fait parce qu'elle est la fille d'un haut fonctionnaire du ministère de l'Intérieur, et tu as pensé, qu'ainsi, même si tu venais à être découvert, comme c'est le cas, elle prendrait ta défense et obligerait son père à te défendre. Et c'est en effet ce qui va se passer : Michela t'aime et Silvestro Loré va être obligé de te protéger. Tu ne feras sans doute même pas un jour de prison et tu seras acquitté pour légitime défense et puis, peut-être, réussiras-tu à épouser Michela et à la rendre heureuse pour le reste de sa vie. Ton plan a bien fonctionné, n'aie pas peur, je ne peux rien contre toi, mais au moins une fois dans ta vie, tu auras rencontré quelqu'un qui t'aura dit ce que tu es vraiment : un criminel.

Il avait terminé. Il alla prendre sa veste qu'il avait laissée sur le rebord de la fenêtre, se la mit sur le bras, et fit le tour de la grande table pour ne pas passer devant Michela. Cinq minutes lui suffisaient pour faire sa valise ; il partirait tout de suite après. Il avait l'impression de s'être tué et d'avoir tué Michela.

– Reste-là, le somma Silvestro Loré.

Il s'arrêta sans se retourner, parce qu'il n'avait plus rien à dire ni à entendre.

– Tu restes ici, lui dit Silvestro Loré en le rejoignant, parce que demain matin tu accompagneras Roberto chez le brigadier pour qu'il se rende.

– Non, fit Alberto en se retournant à moitié. Si tu veux un conseil, emmène-le tout de suite chez le brigadier. Si tu attends demain matin, tu ne le trouveras plus : il aura fui cette nuit avec Michela. Et tu ne pourras plus le faire arrêter sans qu'un scandale t'éclabousse. S'il n'est pas encore parti, c'est parce qu'il ne s'attendait pas à être découvert si vite. Mais il fuira avec Michela, c'est son arme secrète. Il vaut mieux que tu la lui prennes avant qu'il ne soit trop tard.

Il sentit venir de Roberto une vague de haine glaciale, même si le visage de ce dernier restait immobile, comme celui d'une statue.

Silvestro Loré regarda Roberto. Puis il regarda Alberto, indécis, et lentement s'approcha de Roberto. Il le fixa des yeux si longtemps que Roberto finit par tourner le regard et battit des paupières. Il lui dit :

– Je ne sais pas si ce qu'a dit Alberto est vrai. Je sais seulement que tu as tué Giannuzzo puisque tu viens de l'avouer.

Sa voix était basse, mais elle faisait peur à Roberto, à Michela et même à Alberto qui savait ce que signifiait ce ton de voix.

– J'espère que ce n'est pas vrai. Je l'espère pour toi. Parce que si tu as vraiment cru profiter de l'affection que j'ai pour ma fille, tu t'es trompé. Ne t'attends à aucune protection de ma part. Je prendrai des dispositions pour que la loi soit appliquée avec la plus grande sévérité et je viendrai moi-même témoigner au procès pour dire de quelle façon tu nous as trompés. Je ne sais pas si tu te rends compte de ce que peut signifier mon apparition en tant que témoin du ministère public dans un tribunal. Si tu comptais sur ma protection, tu t'es trompé : justement parce que ma fille t'aime, je serai ton ennemi le plus inflexible. Je n'ai jamais utilisé la loi à des fins personnelles, et même pour ma fille, je ne le ferai jamais.

Il répéta pour la troisième fois :

– Si tu comptais là-dessus, tu t'es trompé. Et maintenant, on y va ; tu vas aller te rendre. J'aurais voulu attendre demain matin, mais si Alberto a raison et que tu fuis avec ma fille, je serai le dernier des pères et le dernier des hommes de loi. Allez, on y va.

Il continuait à regarder Roberto dans les yeux et il ne se retourna pas en entendant Michela qui venait d'éclater en sanglots, les bras appuyés sur le gros livre qui était sur le pupitre. Il ne bougea pas d'un centimètre, bien que les larmes de sa fille fussent la seule chose au monde qui le touchât, bien que toute sa vie, jusqu'à cet instant, il eût fait n'importe quoi pour qu'elle ne pleure pas.

– Et si Michela était enceinte ?

Roberto était toujours appuyé contre les rayonnages, le visage hystérique et rigide. Alberto se retourna complètement pour le regarder, comme pour être certain que c'était bien Roberto qui avait prononcé ces mots. C'était bien lui qui les avait dits.

Michela cessa de pleurer. Subitement. Elle leva la tête qu'elle gardait cachée entre ses bras, se retourna lentement, elle aussi, pour être sûre que c'était Roberto qui venait de parler. C'était bien lui. Une espèce de grimace lui déforma le visage. À présent, elle comprenait. Soudainement, dans l'obscurité de son amour douloureux, s'étaient grandes ouvertes les fenêtres de la vérité. Et pour elle, cette vérité était plus monstrueuse encore que pour son père ou que pour Alberto. Ce n'était pas seulement une déception, c'était aussi un outrage.

– Alors tout ce qu'a dit Alberto est vrai.

Silvestro Loré, de sa lourde main, gifla Roberto au visage.

– Tu t'es trahi. Et tu t'es trompé encore une fois.

Il baissa la voix, mais c'était comme s'il parlait un ton plus haut, tellement elle vibrait.

– Ça ne change absolument rien, qu'il y ait quoi que ce soit entre Michela et toi, tu viendras de toute façon avec moi chez les carabiniers, maintenant, tout de suite, et ce sont eux qui penseront au reste.

La statue aux cheveux blonds, appuyée contre les rayonnages, eut un léger tremblement, comme dans certaines légendes où la pierre s'anime et prend vie. Alberto comprit que Roberto, démasqué et complètement perdu, était sur le point de bondir et de s'enfuir, mais il ne bougea pas. Il ne bougea pas non plus quand Roberto, effectivement, bondit comme la flèche d'un arc trop tendu, après avoir bousculé Silvestro Loré qui voulait l'arrêter. Il ne bougea que lorsque Silvestro Loré courut derrière Roberto, se mettant devant lui et le retenant.

– Laisse-le fuir, ça ne lui servira à rien, dit-il.

L'important était que Roberto soit loin de Michela.

Instinctivement, Silvestro Loré se rebella, mais Alberto le retint avec fermeté. Tous les deux entendirent le vrombissement de la voiture que Roberto avait démarrée. Michela aussi l'entendit. Ils se turent, tous, jusqu'à ce que le ronflement du moteur disparût et que le silence revînt.

– Laisse-moi, dit Silvestro Loré à Alberto.

Il se dirigea vers Michela dont le visage tremblait ; un tremblement rigide, une douleur sans paix.

– C'est vrai ? lui demanda-t-il, plein d'amour et de protection, disposé à concéder tous les pardons pourvu qu'elle ne souffre pas. C'est vrai pour le bébé ?

Alberto, la veste sur le bras, s'était assis sur une chaise au bout de la grande table.

– Non ! cria-t-elle, hurla-t-elle même, en se mordant les poings. Non ! Il a menti pour ça aussi, continua-t-elle de crier. Il espérait que pour l'aider, je dise oui, que je te fasse croire que c'était vrai...

Silvestro Loré la serra fortement pour qu'elle ne se débatte pas ; il la serra jusqu'à ce qu'elle ne puisse plus respirer et jette sa tête en arrière.

– Emmène-moi, papa, emmène-moi.

Michela commença de gémir sans pleurer. Elle ne pleurait pas en pensant aux heures qui précédaient, quand à Venise, dans une *trattoria*, Roberto lui avait dit qu'il voulait l'épouser, devant son père ; il l'avait dit avec un sourire tendre et masculin qui l'avait émue. Désormais, elle savait que toutes ses paroles faisaient partie d'un plan horrible : il voulait seulement l'engager et la compromettre, avec ses mots ; il voulait qu'elle finisse par s'abandonner, qu'elle soit réellement enceinte, pour que, même s'il venait à être découvert, ils ne puissent rien faire.

– Emmène-moi, papa, emmène-moi, emmène-moi, continua-t-elle de gémir tandis que Silvestro Loré, en la tenant par la taille, lui faisait monter l'escalier pour aller dans sa chambre.

Emmène-moi, emmène-moi, emmène-moi, continuait

à entendre Alberto, assis courbé sur la chaise cathédrale de la bibliothèque, la veste toujours sur le bras. Emmène-moi. Un gémissement de plus en plus lointain, qui finalement disparut, avant qu'il ne devienne fou.

Alors seulement il s'aperçut de la petite lumière rouge du tourne-disque. Il avait arrêté le disque, tout à l'heure, quand Roberto avait commencé d'avouer la vérité, mais il n'avait pas éteint l'appareil. Il se leva pour le faire. *Morgen*, demain, Michela ne pourrait plus jamais écouter cette chanson, sans mourir à nouveau comme ce soir. On peut mourir de bien des façons tout en continuant à rester en vie.

Il ne devait pas penser à cela. Il retourna s'asseoir au fond de la pièce, sur une chaise cathédrale. Le silence le rongeait, il fuma une, deux, trois, quatre cigarettes presque d'affilée. Bien que ne le voulant pas, il ne pouvait s'empêcher de songer à Michela. Son esprit revenait toujours à elle et au désastre dont Roberto était le responsable. Il fuma encore deux ou trois cigarettes. Il jetait les mégots par la fenêtre à côté ; dessous courait le fleuve, et dans l'obscurité de la nuit le bout incandescent dessinait un arc lumineux. Et son esprit revenait toujours à Michela, tandis que la douleur l'étouffait.

Puis il entendit des pas qui descendaient l'escalier : c'était Silvestro Loré.

– Elle dort, dit-il simplement.

Il s'approcha d'Alberto, le vieil homme était égal à lui-même, comme s'il n'était pas troublé, comme s'il était derrière son bureau du ministère de l'Intérieur. À un certain âge, l'expression ne change plus, on peut être mort à l'intérieur – lui aussi devait être mort – sans que cela se voie.

– Donne-moi une cigarette, dit-il.

– Non, fit Alberto, penché sur la chaise, sans le regarder. Ça te fait mal et tu le sais.

– Donne-moi une cigarette, répéta Silvestro Loré, s'il te plaît. C'était une vraie prière, et il était rare qu'il prie quelqu'un ainsi.

Alberto lui tendit son paquet et son briquet. Silvestro Loré fuma entièrement sa cigarette, sans parler, jusqu'à ce que le mégot lui brûle les doigts. Ensuite il alla dans l'antichambre où se trouvait le téléphone. Alberto l'entendit appeler la gendarmerie, puis comprit que le brigadier Varnicaro devait être arrivé à l'autre bout du fil. Il avait entendu tant de fois le père de Michela parler au téléphone d'homicides, d'enlèvements, d'espionnage, d'occupations d'usines, de recherches de dangereux criminels. Cette fois-ci aussi, ça devenait pour lui un dossier comme un autre, un simple dossier, même s'il y avait à l'intérieur toute la douleur et toute la détresse de sa fille. Il l'entendit dire d'un ton clair et bureaucratique :

– L'assassin de Giovanni Masetta s'appelle Roberto Arrighi.

Puis ajouter :

– Il a pris la fuite après avoir avoué.

Il l'entendit donner des ordres précis :

– Signalez-le aux postes-frontières. Installez des barrages routiers. Il est probablement avec Irene Prasin, mais si vous le retrouvez avec cette dernière, laissez partir la fille, elle est en dehors de tout ça.

Non, elle n'avait rien à voir avec toute cette histoire, pensa Alberto ; elle aussi, sans le savoir, n'était qu'une victime, une pauvre fille.

Silvestro Loré revint dans la bibliothèque, près d'Alberto.

– Elle dort, lui dit-il.

Alberto comprit qu'il ne se souvenait plus qu'il le lui avait déjà dit un instant auparavant. C'était le signe de sa profonde douleur.

– Je lui ai donné un somnifère, mais elle pourrait quand même se réveiller et je ne voudrais pas qu'elle se retrouve toute seule. Monte avec moi.

Alberto, toujours courbé sur la cathèdre, leva la tête.

– Tu ne peux pas me laisser partir ? dit-il entre prière et lamentation.

– Non, fit Silvestro Loré.

On lui avait appris à ne pas pleurer et il ne pleura pas, mais il se couvrit le visage avec une main.

– Laisse-moi partir, j'en peux plus.

– Moi non plus, dit Silvestro Loré, allez, viens.

Ils montèrent dans sa chambre. Un petit abat-jour était allumé dans un angle éloigné du lit ; il offrait une lumière de crèche et créait des ombres épaisses. Michela dormait toute recroquevillée, ainsi qu'un bébé, à peine recouverte par un drap, parce que après la pluie, la chaleur était revenue. Et cette nuit-là, il faisait chaud.

Ils s'assirent sur un petit canapé près de la fenêtre ; sur la table de nuit, le petit réveil de Michela indiquait deux heures moins quelques minutes et avait un tic-tac léger et rapide. Par la fenêtre, à travers le feuillage des grands arbres, on voyait quelques étoiles. Alberto en compta cinq, et en regardant l'heure sur le petit réveil et la hauteur des étoiles sur l'horizon, il parvint à trouver le nom de deux d'entre elles. Seulement deux, pensa-t-il, après toutes ces années durant lesquelles il avait traîné en secret, presque honteusement, ses gros livres d'astronomie. Mais astronomie et crimes ou autres saloperies humaines ne vont pas ensemble, c'est pourquoi il ne put reconnaître que deux étoiles.

Michela était là, recroquevillée dans son lit, immobilisée par un somnifère, comme un cri de douleur est arrêté par un bâillon ; ensuite elle se réveillerait et elle hurlerait. Il éprouva le désir de fumer pour chasser cette pensée qui lui serrait la gorge presque jusqu'à l'étouffement, mais on ne fume pas dans la chambre où quelqu'un dort, et puis peut-être ne désirait-il plus rien, ni fumer, ni rien d'autre. Silvestro Loré lui posa une main sur le bras.

– Merci, murmura-t-il à peine, comme l'on murmure dans la chambre des grands malades.

Alberto secoua la tête sans répondre. Merci : cela n'avait aucun sens.

– Tu as sauvé Michela, ajouta Silvestro Loré. Si tu n'étais pas arrivé à temps, elle était perdue.

– Je ne suis pas arrivé à temps, répondit Alberto.

Il aurait dû découvrir la vérité avant, bien avant, quand Roberto n'était encore rien pour Michela. Maintenant, c'était trop tard.

– Ce n'est pas vrai, tu es arrivé à temps.

Tous deux murmuraient comme des voleurs.

– Comment as-tu fait pour comprendre que c'était lui ?

Comment avait-il fait ? C'était difficile à expliquer.

– Je ne sais pas.

Alberto se pencha, il ne réussissait pas à rester assis droit ; dans cette position, il ne pouvait pas voir Michela recroquevillée dans son lit, bâillonnée par le somnifère.

– Je ne sais pas très bien, répéta-t-il, c'est peut-être simplement parce que j'ai de la mémoire, surtout pour ce que me dit Michela. Un jour, elle m'a parlé de Roberto et m'a dit qu'il aimait beaucoup une chanson qui s'intitulait *morgen*. Puis un matin, je suis allé interroger Romeo Prasin et, dans la chambre d'Irene, j'ai trouvé un tourne-disque encore allumé avec dessus un disque : *morgen*. Ensuite, un soir, je me suis retrouvé avec Michela et elle a fait jouer au juke-box une chanson, trois fois de suite, qui n'était autre que *morgen*.

Pendant ses pauses, il entendait la respiration de Michela, alors il recommençait à parler pour ne plus l'entendre.

– Ainsi, j'ai relié la chanson à Roberto. Mais cela ne voulait encore rien dire. Ensuite j'ai fait venir l'Allemande, Gertrude Leuter, de Hambourg, je l'ai interrogée et j'ai appris qu'à côté du corps de Giannuzzo, elle avait trouvé le mot *morgen* écrit en gothique sur le sable et que, par une impulsion aveugle de peur, elle l'avait tout de suite effacé.

Il ne marquait plus de pauses ; il parlait en murmurant, sans s'arrêter, de cette façon il n'entendait pas la respiration de Michela et pouvait, le temps d'un instant, l'oublier.

– À ce stade, je n'avais plus beaucoup de choix. Le mot pouvait avoir été écrit par un Allemand, mais la seule Allemande qui avait un motif pour tuer Giannuzzo était Gertrude Leuter. Or, ça ne pouvait pas être elle, parce que autrement, elle ne serait pas revenue en Italie se faire interroger : un assassin ne court pas un tel risque. Le mot pouvait donc avoir été écrit par un Italien, mais il n'y avait que deux Italiens, ici, qui avaient une raison de vouloir tuer Giannuzzo et qui savaient écrire également l'allemand en gothique : Roberto et son père. Pendant un moment, pour ne pas accuser Roberto, j'ai même pensé que ça pouvait être le vieux Sebastiano. Mais il y avait trop d'absurdités : un pauvre vieux comme lui ne peut avoir la force de tuer un jeune homme comme Giannuzzo. Et puis, il n'avait que faire des chansons du juke-box et il ne risquait pas d'écrire leur titre sur le sable. Alors, il ne me restait que Roberto. Je n'avais aucune preuve, mais j'en étais persuadé. Je n'avais qu'à le faire avouer, et pour cela, je vous ai attendus, ce soir, j'ai mis le disque dans la bibliothèque. J'ai été obligé d'être brutal, car sinon, il n'aurait rien dit. Michela m'a haï, peut-être toi aussi pendant un moment, mais je n'avais pas d'autres solutions.

Il avait terminé et entendit alors à nouveau, au-dessus du tic-tac léger et rapide du petit réveil, la respiration de Michela.

– Mais pourquoi, pourquoi a-t-il fait ça ? demanda Silvestro Loré. Il était beaucoup plus simple d'avouer avoir agi par légitime défense : Giannuzzo le menaçant avec un couteau, il s'est défendu pour ne pas être tué.

– Parce que.

Alberto haussa les épaules.

– J'ai beaucoup songé à cela aussi, et lorsqu'il a avoué ce soir, j'ai vu que tout était parfaitement limpide : il savait que ce n'était pas de la légitime défense. La justice ne pourra rien faire, tout au plus le condamner pour recours excessif à la force, mais au fond de lui, il sait qu'il a commis un meurtre. Réfléchis un instant : Giannuzzo tenait difficilement debout, il avait déjà été sonné, donc, pour se défendre, il n'avait nullement besoin de le tuer, il suffisait qu'il jette le couteau et qu'il l'assomme avec un autre coup de poing. Il pratique le judo à la perfection et il aurait très bien pu agir ainsi. Au lieu de cela, il l'a tué parce qu'il voulait s'en débarrasser pour toujours. Et ça, c'est la première raison. La deuxième, c'est que c'est un névrosé qui n'a confiance en rien ni en personne. Il a dû penser que s'il avouait, on le condamnerait à dix ou vingt ans, qu'on ne le croirait pas et s'est vu tout le reste de sa vie en prison. Il n'a donc pas résisté à l'idée de mentir, à chercher à se sauver par tous les moyens. Même ce soir, après son aveu, il n'a pas résisté. Un garçon normal se serait mis à pleurer et aurait demandé grâce ; et nous l'aurions tous aidé s'il s'était rendu, Michela, toi, et moi aussi ! Eh bien non, ses nerfs l'ont trahi, il s'est démasqué, il a fait comprendre qu'il spéculait sur l'affection de Michela et puis il a pris la fuite...

Au milieu de sa sombre douleur, il lui vint presque l'envie de rire.

– Mais pourquoi c'est moi qui dois te le dire ? Il n'y a pas deux ans que tu nous l'enseignais, tu dois te souvenir du sujet : névropathies criminogènes.

– Ah ! oui.

Silvestro Loré aussi eut envie de rire.

– Toi, tu as appris et moi, j'ai oublié.

Ils se turent pendant un long moment, puis il ajouta :

– Quand elle se réveillera, emmène-là très loin d'ici. Il faudra pas mal de temps avant qu'elle ne guérisse. Cette fois, je ne lui suffis plus. Si elle n'a pas quelqu'un comme toi à ses côtés, je ne sais pas si elle réussira à se reprendre. J'ai tellement peur.

Alberto se recula et s'abandonna contre le dossier du petit canapé ; lui aussi était très fatigué.

– Michela me hait, je ne peux donc rien pour elle. Laisse-moi partir, je t'en prie.

– Elle ne te hait pas ; ce soir, elle a fini par comprendre. Tu dois rester avec elle.

– Elle ne voudra pas.

Il avait envie de fumer, mais ce n'était pas possible.

– Elle ne voudra pas. Dès qu'elle se réveillera, elle

se mettra à hurler en me voyant. J'ai dû lui faire trop de mal, même si elle sait que c'était nécessaire.

– Non, fit Silvestro Loré. Michela sait pourquoi tu as fait cela : pour elle.

Il avait de légers vertiges et cette sensation d'angoisse cardiaque qu'il avait éprouvée d'autres fois avant que n'arrive une crise.

– Je dois rester ici quelques jours encore, au moins pour aider ce pauvre Sebastiano. Il ne sait pas quel genre de fils il a et j'essaierai de ne jamais le lui faire savoir.

Il se leva.

– Je vais me reposer un peu, s'il y a quelque chose, réveille-moi, mais ne la laisse pas.

Alberto secoua la tête. Il ne la laisserait pas. Doucement, Silvestro Loré sortit après s'être arrêté un instant pour regarder Michela, toujours dans la même position figée par le sommeil artificiel du somnifère. Doucement, l'aiguille des heures du réveil continua d'avancer, la fenêtre s'éclaircit, brodée par les feuilles sombres des grands arbres. Les étoiles avaient disparu. Michela était toujours immobile, pauvre chose abandonnée sur le lit et Alberto détournait son visage pour ne pas la voir, même si de temps en temps, il ne pouvait résister et se retournait en espérant qu'elle ait fait un mouvement, si minime soit-il. Mais elle était là comme une misérable marionnette cassée qu'on ne peut plus animer ; il n'y avait que sa respiration pour prouver qu'elle vivait encore.

Le soleil se leva quelque part derrière la maison, et au-delà des arbres, Alberto vit par la fenêtre le fleuve s'illuminer. Peu avant huit heures, le chien de la villa aboya paresseusement et on entendit la voix de la domestique l'appeler. Peu de temps après, Alberto entendit Michela respirer encore plus profondément. Il s'approcha du lit. Elle avait bougé dans son sommeil, avait allongé les jambes, s'était mise sur le ventre et s'était couvert le visage de son bras. Il prit le tabouret rembourré qui se trouvait devant la glace et s'y assit, près du lit. Neuf heures, neuf heures et quart.

Dix heures moins le quart, elle ouvrit les yeux et les referma, les rouvrit, considéra Alberto. Elle ne comprenait pas encore très bien. Puis Alberto vit dans son regard qu'elle se souvenait de tout. Elle resta allongée, sans se redresser, et l'observa d'un regard qui se remplissait lentement de douleur. Sa voix était contrôlée, faible mais dissimulait tout ce qu'elle éprouvait.

– Où est mon père ?

– Il dort encore, il viendra tout à l'heure.

Elle posa sa longue et belle main sur le coussin. Elle ferma les yeux.

– Tu veux dormir encore ? Je ferme les volets ?

Elle ouvrit les yeux.

– Non, fit-elle.

C'était déjà beaucoup qu'il n'y ait pas de haine dans son regard, même s'il était triste d'y trouver le vide, le néant.

– Tu veux que je te fasse monter quelque chose ? lui demanda-t-il.

– Non.

Dans sa voix aussi, il y avait du néant.

Il se tut pendant un moment, puis se leva du tabouret, sa veste toujours sur le bras, il l'avait gardée ainsi toute la nuit sans le savoir, et dit :

– Tu veux que je parte ?

– Non ! cria-t-elle brusquement, comme la veille au soir.

Soudainement, sa voix se remplit de douleur, et d'un

besoin désespéré d'aide ; soudainement, elle se leva et s'assit sur le lit, allongeant un bras et serrant convulsivement la main d'Alberto comme si elle craignait qu'il veuille fuir.

– Non, reste ici, ne me quitte pas, ne me quitte pas ! hurlait-elle jusqu'à ce qu'il s'assît sur le lit pour la serrer contre lui.

– Je ne vais pas te quitter, Mimi. Ma petite Mimi, je ne vais pas te quitter.

Mais elle ne l'entendait pas, elle se débattait contre lui en le serrant ; elle entendait seulement sa propre voix, la voix de sa peur instinctive de le voir s'en aller.

– Ne me quitte pas, Al, ne me quitte pas ! criait-elle au milieu de ses larmes, agrippée contre sa poitrine.

Alberto l'obligea à relever son visage, appuya sa bouche contre son oreille tandis qu'il lui caressait les cheveux et lui répéta dans un murmure, dans un souffle :

– Je ne vais pas te quitter, Mimi, je ne t'ai jamais quittée.

En parlant ainsi contre son oreille, elle l'entendrait.

Ce fut comme d'avoir éteint le feu d'une douleur insupportable. Elle cessa de pleurer, de se débattre et de crier. Elle continua seulement de le serrer aux épaules avec ses bras et elle resta avec son oreille près de ses lèvres, pour l'entendre encore une fois. Il lui répéta à l'oreille :

– Je ne t'ai jamais quittée. Jamais.

Rivages / noir
Dernières parutions

Petits romans noirs irlandais (n° 505)

André Allemand — *Au cœur de l'île rouge* (n° 329)
Un crime en Algérie (n° 384)

Claude Amoz — *L'Ancien Crime* (n° 321)
Bois-Brûlé (n° 423)
Étoiles cannibales (n° 487)

Olivier Arnaud — *L'Homme qui voulait parler au monde* (n° 547)

Cesare Battisti — *Dernières cartouches* (n° 354)
Terres brûlées (n° 477)
Avenida Revolución (n° 522)

William Bayer — *Tarot* (n° 534)

Marc Behm — *Tout un roman !* (n° 327)

Marc Behm/Paco Ignacio Taibo II
Hurler à la lune (n° 457)

Bruce Benderson — *Toxico* (n° 306)

A.-H. Benotman — *Les Forcenés* (n° 362)

Stéphanie Benson — *Un meurtre de corbeaux* (n° 326)
Le Dossier Lazare (n° 390)

James C. Blake — *L'Homme aux pistolets* (n° 432)

Michel Boujut — *Souffler n'est pas jouer* (n° 349)

Daniel Brajkovic — *Chiens féroces* (n° 307)

Wolfgang Brenner — *Welcome Ossi !* (n° 308)

Yves Buin — *Kapitza* (n° 320)
Borggi (n° 373)

Edward Bunker — *Les Hommes de proie* (n° 344)
L'Éducation d'un malfrat (n° 549)

James Lee Burke — *Dans la brume électrique avec les morts confédérés* (n° 314)
La Pluie de néon (n° 339)
Dixie City (n° 371)
Le Brasier de l'ange (n° 420)
La Rose du Cimarron (n° 461)

	Cadillac juke-box (n° 462)
	Vers une aube radieuse (n° 491)
	Sunset Limited (n° 551)
J.-J. Busino	*La Dette du diable* (n° 311)
	Le Théorème de l'autre (n° 358)
James Cain	*Au bout de l'arc-en-ciel* (n° 550)
Daniel Chavarría	*Un thé en Amazonie* (n° 302)
	L'Œil de Cybèle (n° 378)
	Le Rouge sur la plume du perroquet (n° 561)
D.Chavarría/J.Vasco	*Boomerang* (n° 322)
George Chesbro	*Le Second Cavalier de l'Apocalypse* (n° 336)
	Le Langage des cannibales (n° 368)
	Veil (n° 369)
	Crying Freeman (n° 403)
	Le Chapiteau de la peur aux dents longues (n° 411)
	Chant funèbre en rouge majeur (n° 439)
	Pêche macabre en mer de sang (n° 480)
	Hémorragie dans l'œil du cyclone mental (n° 514)
	Loups solitaires (n° 538)
Andrew Coburn	*Sans retour* (n° 448)
Piero Colaprico	*Kriminalbar* (n° 416)
Christopher Cook	*Voleurs* (n° 501)
Robin Cook	*Mémoire vive* (n° 374)
Peter Corris	*Le Grand Plongeon* (n° 394)
Hélène Couturier	*Sarah* (n° 341)
David Cray	*Avocat criminel* (n° 504)
Jay Cronley	*Le Casse du siècle* (n° 468)
A. De Angelis	*Les Trois orchidées* (n° 481)
J.-P. Demure	*Les Jours défaits* (n° 351)
	Noir Rivage (n° 429)
J.-C. Derey	*Black Cendrillon* (n° 323)
	Toubab or not toubab (n° 379)
	L'Alpha et l'oméga (n° 469)
Pascal Dessaint	*Du bruit sous le silence* (n° 312)
	Une pieuvre dans la tête (n° 363)

	On y va tout droit (n° 382) *Les paupières de Lou* (n° 493) *Mourir n'est peut-être pas la pire des choses* (n° 540)
Peter Dickinson	*L'Oracle empoisonné* (n° 519) *Quelques morts avant de mourir* (n° 537)
Tim Dorsey	*Florida Roadkill* (n° 476)
James Ellroy	*Ma part d'ombre* (n° 319) *Crimes en série* (n° 388) *American Death Trip* (n° 489)
Howard Fast	*Un homme brisé* (n° 523) *Mémoires d'un rouge* (n° 543)
Davide Ferrario	*Black Magic* (n° 560)
Kinky Friedman	*Dieu bénisse John Wayne* (n° 348) *N le Maudit* (n° 385) *Le Chant d'amour de J. Edgar Hoover* (n° 507)
B. Garlaschelli	*Alice dans l'ombre* (n° 532)
Doris Gercke	*Aubergiste, tu seras pendu* (n° 525)
Barry Gifford	*La Légende de Marble Lesson* (n° 387)
A. Gimenez Bartlett	*Rites de mort* (n° 352) *Le Jour des chiens* (n° 421) *Les Messagers de la nuit* (n° 458) *Meurtres sur papier* (n° 541)
James Grady	*Steeltown* (n° 353) *Comme une flamme blanche* (n° 445) *La Ville des ombres* (n° 553)
Salah Guemriche	*L'Homme de la première phrase* (n° 357)
Wolf Haas	*Vienne la mort* (n° 417) *Silentium !* (n° 509)
Joseph Hansen	*En haut des marches* (n° 342)
Cyril Hare	*Meurtre à l'anglaise* (n° 544)
John Harvey	*Lumière froide* (n° 337) *Preuve vivante* (n° 360) *Proie facile* (n° 409) *Eau dormante* (n° 479) *Couleur franche* (n° 511)

	Now's the Time (n° 526)
	Derniers sacrements (n° 527)
M. Haskell Smith	*À bras raccourci* (n° 508)
Vicki Hendricks	*Miami Purity* (n° 304)
Tony Hillerman	*Un homme est tombé* (n° 350)
	Le Premier Aigle (n° 404)
	Blaireau se cache (n° 442)
	Le Peuple des ténèbres (n° 506)
Craig Holden	*Les Quatre coins de la nuit* (n° 447)
Eugene Izzi	*Chicago en flammes* (n° 441)
	Le Criminaliste (n° 456)
Bill James	*Retour après la nuit* (n° 310)
	Lolita Man (n° 355)
	Raid sur la ville (n° 440)
	Le Cortège du souvenir (n° 472)
	Protection (n° 517)
Stuart Kaminsky	*Il est minuit, Charlie Chaplin* (n° 451)
Thomas Kelly	*Le Ventre de New York* (n° 396)
W. Kotzwinkle	*Le Jeu des Trente* (n° 301)
	Book of Love (n° 332)
Jake Lamar	*Le Caméléon noir* (n° 460)
Terrill Lankford	*Shooters* (n° 372)
Michael Larsen	*Incertitude* (n° 397)
	Le Serpent de Sydney (n° 455)
Hervé Le Corre	*L'Homme aux lèvres de saphir* (n° 531)
Alexis Lecaye	*Einstein et Sherlock Holmes* (n° 529)
Cornelius Lehane	*Prends garde au buveur solitaire* (n° 431)
Dennis Lehane	*Un dernier verre avant la guerre* (n° 380)
	Ténèbres, prenez-moi la main (n° 424)
	Sacré (n° 466)
	Mystic River (n° 515)
	Gone, Baby, Gone (n° 557)
Ernest Lehman	*Le Grand Chantage* (n° 484)
Christian Lehmann	*Un monde sans crime* (n° 316)

	La Folie Kennaway (n° 406)
	Une question de confiance (n° 446)
	La Tribu (n° 463)
Robert Leininger	*Il faut tuer Suki Flood* (n° 528)
Elmore Leonard	*Pronto* (n° 367)
	Les Chasseurs de primes (n° 391)
	Beyrouth Miami (n° 412)
	Loin des yeux (n° 436)
	Le Zoulou de l'Ouest (n° 437)
	Viva Cuba Libre ! (n° 474)
	La Loi à Randado (n° 475)
	L'Évasion de Five Shadows (n° 486)
	Hombre (n° 494)
	Duel à Sonora (n° 520)
	Valdez arrive ! (n° 542)
	Retour à Saber River (n° 558)
Bob Leuci	*L'Indic* (n° 485)
Ted Lewis	*Billy Rags* (n° 426)
Steve Lopez	*Le Club des Macaronis* (n° 533)
J.-P. Manchette	*La Princesse du sang* (n° 324)
	Chroniques (n° 488)
D. Manotti	*À nos chevaux !* (n° 330)
	Kop (n° 383)
	Nos fantastiques années fric (n° 483)
Thierry Marignac	*Fuyards* (n° 482)
Ed McBain	*Leçons de conduite* (n° 413)
Bill Moody	*Sur les traces de Chet Baker* (n° 497)
Tobie Nathan	*613* (n° 524)
Jim Nisbet	*Prélude à un cri* (n° 399)
Jack O'Connell	*Porno Palace* (n° 376)
	Et le verbe s'est fait chair (n° 454)
Renato Olivieri	*L'Affaire Kodra* (n° 402)
	Fichu 15 août (n° 443)
	Ils mourront donc (n° 513)
J.-H. Oppel	*Cartago* (n° 346)
	Chaton : trilogie (n° 418)
	Au Saut de la Louve (n° 530)

Abigail Padgett	*Oiseau de lune* (n° 334)
	Poupées brisées (n° 435)
Hugues Pagan	*Vaines Recherches* (n° 338)
	Dernière Station avant l'autoroute (n° 356)
	Tarif de groupe (n° 401)
	Je suis un soir d'été (n° 453)
David Peace	*1974* (n° 510)
	1977 (n° 552)
Pierre Pelot	*Natural Killer* (n° 343)
	Le Méchant qui danse (n° 370)
	Si loin de Caïn (n° 430)
	Les Chiens qui traversent la nuit (n° 459)
Anne Perry	*Un plat qui se mange froid* (n° 425)
Andrea G. Pinketts	*Le Vice de l'agneau* (n° 408)
Gianni Pirozzi	*Hôtel Europa* (n° 498)
Philip Pullman	*Le Papillon tatoué* (n° 548)
Michel Quint	*L'Éternité sans faute* (n° 359)
	À l'encre rouge (n° 427)
Hugh C. Rae	*Skinner* (n° 407)
John Ridley	*Ici commence l'enfer* (n° 405)
D. Salisbury-Davis	*L'Assassin affable* (n° 512)
Louis Sanders	*Février* (n° 315)
	Comme des hommes (n° 366)
	Passe-temps pour les âmes ignobles (n° 449)
G. Scerbanenco	*Le sable ne se souvient pas* (n° 464)
	Les amants du bord de mer (n° 559)
Budd Schulberg	*Sur les quais* (n° 335)
Roger L. Simon	*La Côte perdue* (n° 305)
Pierre Siniac	*L'Orchestre d'acier* (n° 303)
	Luj Inferman' et La Cloducque (n° 325)
	De l'horrifique chez les tarés (n° 364)
	Bon cauchemar les petits... (n° 389)
	Ferdinaud Céline (n° 419)
	Carton blême (n° 467)
Neville Smith	*Gumshoe* (n° 377)

Les Standiford	*Johnny Deal dans la tourmente* (n° 328) *Une rose pour Johnny Deal* (n° 345)
Richard Stark	*Comeback* (n° 415) *Backflash* (n° 473) *Le Septième* (n° 516)
Rex Stout	*Le Secret de la bande élastique* (n° 545)
Paco I. Taibo II	*Jours de combat* (n° 361) *Rêves de frontière* (n° 438) *Le Trésor fantôme* (n° 465) *Nous revenons comme des ombres* (n° 500)
Hake Talbot	*Le bras droit du bourreau* (n° 556)
Josephine Tey	*Le plus beau des anges* (n° 546)
Ross Thomas	*Traîtrise !* (n° 317) *Voodoo, Ltd* (n° 318)
Brian Thompson	*L'Échelle des anges* (n° 395)
Jim Thompson	*Avant l'orage* (n° 300)
Suso De Toro	*Land Rover* (n° 386)
Nick Tosches	*Dino* (n° 478)
Jack Trolley	*Ballet d'ombres à Balboa* (n° 555)
Marc Villard	*Made in Taïwan* (n° 333) *Personne n'en sortira vivant* (n° 470) *La Guitare de Bo Diddley* (n° 471)
J.-M. Villemot	*Ce monstre aux yeux verts* (n° 499)
John Wessel	*Le Point limite* (n° 428)
Donald Westlake	*Faites-moi confiance* (n° 309) *Trop humains* (n° 340) *Histoire d'os* (n° 347) *Le Couperet* (n° 375) *Smoke* (n° 400) *361* (n° 414) *Moi, mentir ?* (n° 422) *Le Contrat* (n° 490) *Au pire qu'est-ce qu'on risque ?* (n° 495) *Moisson noire* (n° 521) *Mauvaises nouvelles* (n° 535) *La Mouche du coche* (n° 536) *Jimmy the Kid* (n° 554)

J. Van De Wetering	*Le Papou d'Amsterdam* (n° 313)
	Maria de Curaçao (n° 331)
	L'Ange au regard vide (n° 410)
	Mangrove Mama (n° 452)
	Le Perroquet perfide (n° 496)
	Meurtre sur la digue (n° 518)
	Le Cadavre japonais (n° 539)
Charles Willeford	*Les Grands Prêtres de Californie* (n° 365)
	La Messe noire du frère Springer (n° 392)
	L'Île flottante infestée de requins (n° 393)
	Combats de coqs (n° 492)
John Williams	*Gueule de bois* (n° 444)
Colin Wilson	*Le Tueur* (n° 398)
	L'Assassin aux deux visages (n° 450)
Daniel Woodrell	*La Fille aux cheveux rouge tomate* (n° 381)
	La Mort du petit cœur (n° 433)
	Chevauchée avec le diable (n° 434)

Achevé d'imprimer en Mars 2005
par Novoprint (Barcelone)

Dépôt légal : Mars 2005

Imprimé en Espagne